BASTEI
LÜBBE

ROBERT RANKIN
im BASTEI-LÜBBE-Taschenbuchprogramm:

24 201 Das Buch der allerletzten Wahrheiten
24 204 Jäger des verlorenen Parkplatzes
24 210 Die größte Show jenseits der Welt
24 216 Der wundersamste Mann, der jemals lebte

Robert Rankin

DER WUNDERSAMSTE MANN, DER JEMALS LEBTE

Roman

Ins Deutsche übertragen
von Axel Merz

BASTEI LÜBBE

BASTEI-LÜBBE-TASCHENBUCH
Band 24216

Erste Auflage:
September 1996

Deutsche Lizenzausgabe 1996
Bastei-Verlag
Gustav H. Lübbe GmbH & Co.,
Bergisch Gladbach
Originaltitel: The Most Amazing
Man Who Ever Lived
Lektorat: Stefan Bauer
Titelbild: Ian Murray
by arrangement with
Transworld Publishers Ltd.
Umschlaggestaltung:
Quadro Grafik, Bensberg
Satz: Fotosatz Schell, Hagen a.T.W.
Druck und Verarbeitung:
Brodard & Taupin,
La Flèche, Frankreich
Printed in France

ISBN 3-404-24216-6

Dem wundersamsten Mann gewidmet,
der je meine Bücher
verlegt hat.
Heil Mister Patrick Janson-Smith!

Und
flüg
me
en s
Lüfte
Flügl
und
avo
tern
»Je
ern
De
der
klein
No
ehr
»D
r
ent
den
Vor
st
die

1. KAPITEL

Dieser alte Ikaruskram

»Und dann springe ich vom Ostpier in die Luft, und diese Flügel hier werden mich tragen.« Norman der Ältere machte eine umfassende Handbewegung, die Norman den Jüngeren sehr beeindruckte. »Und ich werde mich hinauf in die Lüfte schwingen.« Die rechte Hand des Vaters beschrieb die Flugbahn. Seine Linke gesellte sich energisch hinzu. »Auf und davon.« Die Hände flogen in Richtung Frankreich davon, bevor sie sich in den Hosentaschen von Norman dem Älteren wieder beruhigten.

»Jesses!« sagte der Sohn. »Und mit nichts als diesen Dingern da.«

Der Vater strich liebevoll über die Flügel auf der Werkbank in der heimatlichen Garage. »Nur mit diesen Dingern ganz allein.«

Norman der Jüngere seufzte tief. »Jesses!« sagte er einmal mehr. »Das muß man sich vorstellen!«

»Das wird deine Klassenkameraden beeindrucken, was?« Der Vater stieß dem Sohn in einer vertraulichen Geste den Ellenbogen in die Rippen. »Nicht viele deiner Klassenkameraden haben Väter, die fliegen können. Jede Wette.«

Norman der Jüngere schüttelte den Kopf. »Nicht viele«, sagte er. »Aber einige schon.«

»Einige schon?«

»Nun, da ist zum Beispiel Blenkinshops Vater. Er behauptet, die lamaistische Kunst der Levitation gemeistert zu haben. Charley Huxleys Bruder hat ein Paar Null-G-Hosen, und Boris Timms sagt, daß er einen Onkel hat – einen Priester –, der seinen Magen mit Helium aufblasen und durch die Luft fliegen kann, indem er fur ...«

Sein Vater unterbrach ihn glücklicherweise. »Nicht viele von ihnen haben gefiederte Flügel, wie mir scheint.«

Norman der Jüngere schüttelte zustimmend den Kopf. »Nicht viele«, stimmte er Norman dem Älteren zu.

Die Finger des Älteren strichen liebevoll über die gefiederten Flügel. »So schöne große Flügel«, sagte er und blickte wehmütig durch das spinnwebenverhangene Fenster der häuslichen Garage auf das einsame Meer und den Himmel. »So wunderschöne große Flügel.«

Auf dem Schulweg am nächsten Morgen dachte Norman ständig an die Unterhaltung, die er mit seinem Vater geführt hatte.

Kann es sein, fragte sich der Knabe, kann es wirklich sein, daß der Papa es schafft, mit diesen Flügeln zu fliegen? Oder ist das Ganze nur wieder eine dieser traurigen Überspanntheiten, an denen der alte Knabe in letzter Zeit so oft zu leiden scheint?

Der bevorstehende alljährliche *Skelington Bay East Pier Wettbewerb für muskelkraftgetriebene Flugmaschinen* zog jedesmal ganze Scharen von Urlaubern an. Die Exzentriker der Stadt wurden ebenfalls angezogen – aber von den tausend Pfund Preisgeld, die für den ersten erfolgreichen Flug über eine Distanz von eintausend Fuß ausgesetzt waren. Man erwartete nicht wirklich, daß irgend jemand den Preis gewinnen könnte. Es war schließlich alles nur ein großartiger Spaß, oder? Männer in Seifenkistenflugzeugen und grotesken Vogelkostümen, die schwerfällig geradewegs ins Meer plumpsten, um Geld für einen mildtätigen Zweck zu sammeln.

Ein großartiger Spaß, mehr nicht. Wirklich nicht.

Oder vielleicht doch?

Norman schlenderte kaugummikauend weiter und spielte mit seinem Tennisball.

Oder vielleicht doch?

Da Donnerstag war, hatte die 3A Naturwissenschaften.

Norman saß hinten im Klassenraum, wo er unbeobachtet beobachten konnte.

Mister Bailey klopfte mit seinem Stab an die Tafel. »Das Boylesche Gesetz«, sagte er im Tonfall eines Mannes, für den solche Dinge wirklich wichtig waren. »Was wissen wir über das Boylesche Gesetz?« Die Augen hinter den dicken Brillengläsern suchten vergeblich nach der kleinen Insel von Erleuchtung im Ozean leerer Gesichter.

»Blenkinshop?«

Blenkinshop, der Buddhist, nahm den Finger aus der Nase und betrachtete die Ausbeute. Dann sagte er: »Es gibt nur ein Gesetz, und das ist das Gesetz von Dharma.«

»Das Gesetz von Dharma also.« Mister Bailey winkte mit seinem Stock. »Komm herbei, Knabe, damit ich den Staub aus deinen Hosen klopfe.«

Im Schutz der gargantuesken Gestalt Bilsons stützte sich Norman auf den Ellbogen und starrte zum Fenster hinaus. Seine Gedanken waren weit weg vom Entsetzen körperlicher Züchtigung. Sie segelten hoch durch das Firmament, zusammen mit dem klerikalen Onkel Timms und einem ganzen Rattenschwanz von Dingen, die mit Fliegen zu tun hatten. Was sollte schon Besonderes am Fliegen sein? Man mußte sich nur richtig anstrengen. Ein Bursche mit seinen Fähigkeiten sollte ganz bestimmt in der Lage sein, hinter den Trick bei der Geschichte zu kommen.

Freitags gab es immer Sport. LE nannten sie es.

Die pickeligen Jünger der 3A standen zitternd und bibbernd in der zugigen Halle, in der es niemals Frühling zu werden schien. Wer von einer liebenden Mutter mit einem Attest ausgestattet worden war, der saß grinsend in der Sicherheit der Zuschauertribüne. Wessen Eltern hingegen an körperliche Ertüchtigung und Leibesübungen und Mannschaftsgeist glaubten, der schlich in Turnhosen und kurzärmeligem Hemd auf dem Hallenboden umher und musterte die Privilegierten auf den Rängen mit einer ungesunden Mischung aus Neid, Abscheu und Verachtung.

Mister MacLaren, der Sportlehrer, sprintete im vorschriftsmäßigen Trainingsanzug und übelriechenden Turnschuhen frisch und munter in die Halle. Seine Ankunft erweckte unter den unsportlichen Attestlosen die nackte Angst.

»Pferdesprünge, Tompkins und Turner. Unverzüglich!« Ein Stakkato im Befehlston, das den ehemaligen Nationalgardisten verriet. Eine derartige Stimme war heutzutage nicht mehr häufig zu hören. »Der Rest von euch stellt sich in einer Reihe auf, aber zack, zack! Abzählen, aber erst, wenn ich es sage. Jetzt!«

»Eins. Zwei. Drei. Vier«, ertönte eine Reihe unsicherer, schwachbrüstiger Stimmchen und endete im schweren, bassigen »Dreiundzwanzig« Teddy Bilsons.

»Und los!«

Nummer Eins war der pummelige Harry Hughes. Sein Anlauf in Richtung des hoch aufragenden Pferdes wirkte entschlossen und mutig. Er würde das einzige gebrochene Schlüsselbein dieses Tages davontragen.

Norman hatte die Unglücksnummer Dreizehn in der bibbernden Schlange. »Ein Mann mit Flügeln könnte ohne jede Mühe über dieses Sprungpferd hinwegsetzen«, murmelte er zu der zitternden Zwölf vor ihm.

»Um den großen Winston Churchill zu zitieren: ...«, erwiderte die Zwölf, *»gebt uns genügend Flügel, und wir erledigen den Job.«*

»*Zwölf!*« donnerte die martialische Stimme Mister MacLarens.

»Gott steh mir bei«, flüsterte Nummer Zwölf und bekreuzigte sich.

»Mit Flügeln ist alles möglich«, informierte Norman die hinter ihm zitternde Nummer Vierzehn, einen großen Burschen mit einem dünnen Flaum auf der Oberlippe. »Sowieso, alles hat mit Fliegen zu tun.«

Nummer Vierzehn nickte zustimmend. »Flügel sind ganz nützlich«, sagte er. »Das kann niemand bestreiten. Andererseits werde ich demnächst Fünfzehn und beginne gerade, ein lebhaftes Interesse an Mädchen zu entwickeln.«

Norman strich über seine flaumlose Oberlippe. »Ich nehme an, unter diesen Umständen ist es sinnlos, weiter mit dir über Flügel zu reden.«

Nummer Vierzehn nickte erneut. »Gibt es nicht in Südamerika so einen Vogel, den man Riesenkondom nennt?« fragte er.

»*Dreizehn!*« bellte Mister MacLaren.

»Gott steh mir bei!« murmelte Norman. Und plötzlich hatte er eine Idee.

Am folgenden Sonntag um fünf Uhr dreißig in der Frühe marschierte Norman der Jüngere feucht von Tau und Schweiß und mit Tragetaschen beladen zum Druidenhügel hinauf, wo er schließlich schwer atmend und schnaufend den Aufgang der Morgensonne erwartete.

Im Tal zu seinen Füßen lag Skelington Bay, der Ferienort, in dem er geboren war, eingehüllt in den von See her aufgezogenen Nebel, die beiden Piers umspült von leichter Dünung.

Über ihm der Himmel.

Der große, weite Himmel.

Der grenzenlose, große, weite Himmel.

Der wartende, grenzenlose, große, weite Himmel.

Das »Gott steh mir bei!« der Sportstunde hatte Norman den Jüngeren hergeführt. Plötzlich hatte er sich an ein Gemälde erinnert, das er während eines unfreiwilligen Klassenausflugs zur Stadthalle gesehen hatte.

Eines dieser großen, präraphaelitischen Werke, die die Gemeinderäte vor dem Krieg für einen Apfel und ein Ei erstanden hatten, um die Risse in den Wänden der Räume zu verbergen. Es zeigte Engel, die der Geburt Christi beiwohnten. Und diese Engel, obwohl sie scheinbar in alte Wohnzimmergardinen gewickelt waren und keine vernünftigen Schuhe trugen – diese Engel besaßen, wie Norman der Jüngere sich mit einem Schlag ganz deutlich erinnerte, *schmutzige graue Federflügel, die aus ihren Rücken wuchsen!*

»So schöne große Flügel«, wie sein Vater gesagt hätte.

Genau diese Erinnerung an die schönen großen Flügel war es gewesen, die den Denkapparat Normans des Jüngeren in Bewegung gesetzt hatte.

Engel konnten fliegen. Das war eine wohlbekannte Tatsache. Aber nach der Bibel besaß man, ganz egal, wie gut man als Mensch gelebt hatte, nur eine äußerst geringe Chance, nach dem Ableben zum Engel ernannt zu werden. Ein klein wenig geringer als Null. Die blöden Harfen und Flügel werden den Gesegneten nicht so freimütig geschenkt, wie die Karikaturisten uns das gerne glauben machen. Man *trat* den Engeln *bei*. Man *wurde* nicht einfach einer.

Und natürlich mußte man dafür zuerst tot sein.

Und wenn man erst tot war, dann konnte man natürlich auch nicht den alljährlichen *Skelington Bay East Pier Wettbewerb für muskelkraftgetriebene Flugmaschinen* gewinnen und mit den eintausend Pfund Preisgeld davonfliegen.

Aber was, wenn man mit den Engeln in Verbindung trat? Und wenn man erst mit ihnen kommunizierte, konnte man sich auch gleich ein paar Informationen über die zahlreichen Tücken und Tricks der Kunst des Fliegens verschaffen. Das würde einem sicher einen übernatürlichen Vorteil über die gesamte Konkurrenz verschaffen.

Ganz sicher würde es das.

Und so kam es, daß Norman der Jüngere den größten Teil des vorangegangenen Samstags in der öffentlichen Bücherei von *Skelington Bay* verbracht hatte. Allerdings hatte er bei seinem Durchwühlen der christlichen Traktate eine ganze Menge Nieten gezogen. Sie erzählten zwar unaufhörlich über Gebete und Schuld und ein makelloses Leben, aber kein einziges Wort darüber, wie man mit einem Angehörigen des federgeschmückten ewigen Chors dort oben ein

Schwätzchen halten konnte. Tatsächlich hatte der Möchtegernflieger bereits dicht davor gestanden, die ganze Sache abzuhaken und sich in die *Wimpy-Bar* zu verkrümeln, als der neue Bibliothekar von *Skelington*, der über eine Arbeitsbeschaffungsmaßnahme in der Bücherei gelandet war, mit einem großen bunten Buch in den Händen herbeigeschlurft kam und es Norman dem Jüngeren in die Hände drückte. »Sieh mal hier drin nach, Knabe«, sagte er. »Ich schätze, das ist genau das, wonach du suchst.«

Norman der Jüngere hatte das Buch mit mißtrauischem Interesse beäugt.

Der Titel lautete: *Das Nekronomikon*.

Nun war es in satanischen Zirkeln – oder dort, wo immer sich mehr als ein Heavy-Metal-Fan auf einer Stelle aufhielt – eine wohlbekannte, vieldiskutierte Tatsache, daß jede Leihbücherei im ganzen Land insgeheim eine Ausgabe des *Nekronomikons* hütete. Nicht das Original, natürlich nicht; gebunden in die Haut einer geopferten Jungfrau und geschrieben mit dem Blut des wahnsinnigen Arabers Abdul Alhazred. Das hütete der Vatikan. Aber in den Leihbüchereien, in den Leihbüchereien konnte man die verbotene lateinische Transkription des Olaus Wormius finden, übertragen in modernes Englisch und für die private Subskription als Loseblattsammlung von Marschall Cavendish oder sonstwem herausgegeben.

Natürlich redeten die Bibliothekare nicht über *Das Nekronomikon*. Sie hatten während ihrer geheimen Initiierungsriten wahrscheinlich irgendeinen bindenden Eid ablegen müssen, und sie zeigten *Das Nekronomikon* einfach nicht. Sie schworen Stein und Bein, daß dieses Buch nicht einmal existierte.

Bis auf ein paar Ausnahmen.

Der neue ABM-Bibliothekar hatte ein DEICIDE-T-Shirt getragen mit dem berühmten DEAD-BY-DAWN-Schriftzug*

* Der vierte Titel auf der A-Seite von DEICIDEs neuem, phantasievoll benannten Album *DEICIDE*.

auf der Brust. Sein Name lautete Chris, und er besaß eine Menge Haare auf dem Kopf. Und er arbeitete erst seit einem Tag in der Leihbücherei von *Skelington*. »Benutz den Kopierer. Dann verschwinde damit und probier's aus«, hatte sein Rat gelautet.

Und Norman der Jüngere hatte getan, wie ihm geheißen. Das heißt, er war noch dabei, es zu tun.

Für einen frühen Spaziergänger, der beispielsweise seinen Hund ausführte oder als Poet Inspiration auf dem nebelverhangenen Hügel suchte, hätte der Jüngling einen höchst beunruhigenden Anblick abgegeben. Ausgezogen bis auf die Unterhosen und in das Zentrum eines mit Kreide gezogenen Pentagramms gekauert. Thermoskanne und Sandwichbeutel vor sich auf dem Boden, gemeinsam mit einer verstreut herumliegenden Auswahl von allem, was nach seiner Meinung irgendwie okkult aussah. Die photokopierten Seiten des *Nekronomikons* in der Rechten, mit der Linken wild in der Luft herumfuchtelnd.

Und *intonierend*.

Wie man so etwas eben machen würde.

»Beid gegrübt, ihr Alten«, intonierte er, so gut er eben konnte. Mit noch nicht gebrochener, heller Knabenstimme und dem nasalen Klang einer mittleren Erkältung. »Bei gegrübt, Abnu Mummu Tiamet, Nar Maturu, Yog Notob, Nyarlathotep und ihr alle bubammen. Ib beböre Euch, Ihr pilzigen Abnormitäten, die Ihr bu grauenhaft beid, um im Grab bur Ruhe bu kommen. Erhebt Euch aus Euren Löchern der ewigen Binfternib und berbammelt Euch vor mir!«

An dieser Stelle darf nicht verschwiegen werden, daß eine deutlich wahrnehmbare Atmosphäre der Blasphemie über der gesamten Szenerie schwebte. Der ältere, erfahrene Leser hätte sich ganz bestimmt zweimal überlegt, ob er das Risiko der Ewigen Verdammnis eingegangen wäre und die Mächte der Finsternis heraufbeschworen hätte, und all das nur, um den ersten Preis in einem Wettbewerb für muskelkraftgetriebene Flugapparate zu gewinnen.

Andererseits – wenn man vierzehn ist, dann macht man eben derartige Dummheiten. Da sind wir alle gleich. Wer von uns kann schon die Hand aufs Herz legen und von sich behaupten, daß er während seiner Jugendjahre niemals Satan ein Opfer angeboten hat?

Nicht viele!

»Hört auf meine Worte«, intonierte der Jüngling weiter. »*Ninninghizzada, Lak Saakak, Laibach, Napalmtod* und *Keltischer Frost*. Ihr Geister und fiesen Viecher, kommt herbei und dient dem, der hier im fünfzackigen Stern auf Euch wartet! Gebt mir, was ich verlange! Ich will Flügel!«

Norman der Jüngere hatte sich für den direkten Weg entschieden. *Halte die Dinge klar und deutlich, und mache es kurz. Beschwöre die dunklen Bewohner der Finsternis aus ihrem Loch ohne Boden, laß sie ihre Geheimnisse ausspucken und dann nichts wie zurück mit ihnen, woher sie gekommen sind*. Und schnell. Es war besser so.

»Ich rufe und beschwöre Euch, bei den Kräften Lord Cthulhus, der nicht tot ist, sondern sich nur zu einem kleinen Nickerchen aufs Ohr gelegt hat! Gehorcht meinen Befehlen! Manifest! Gebt mir Flügel! Ich will Flügel! Ich will Flügel, Flügel, Flügel!!! Ich will sie, und zwar ein bißchen plötzlich! Ich will nichts als Flügel!«

Wenn eine Atmosphäre der Blasphemie – eine sehr deutlich wahrnehmbare Atmosphäre! – über der gesamten Szenerie schwebte, dann schwebte da auch so eine Ahnung, daß irgendein lebloser Geist jeden Augenblick vor Norman dem Jüngeren erscheinen könnte ... mit einer Zitatensammlung des berühmten Winston Churchill in den knochigen Pranken.

»Flügel!« klagte Norman. »Ich befehle Euch, bringt mir Flügel!«

Es war wirklich nicht zum Lachen (ganz besonders nicht der Scherz mit Winston Churchill). Es war im Gegenteil eine ganz verdammt schlechte Idee. Die Vögel, die in der ersten Morgendämmerung ihr lautes Konzert begonnen hatten, waren inzwischen verstummt. Plötzlich war es ringsum sehr, sehr still geworden. Und ganz definitiv lag mit einem Mal ein eisiges Frösteln in der Luft.

Aber Norman hatte nun einmal angefangen, und er war entschlossen, die Sache auch zu Ende zu bringen. Chris, der Bibliothekar, hatte für Norman einen bestimmten lateinischen Sprechgesang angestrichen, der als das »Große Rufen« bekannt war. Und der junge Magier in den Unterhosen schrie ihn förmlich hinaus, mit allem, was seine hohe Knabenstimme hergab. Zwischendrin ein paar der mittlerweile sattsam bekannten Intonationen: »Was wir wollen? Flügel!! *Flügel!!* Wann? *Jetzt*, auf der Stelle!«, nach Augenmaß eingeflochten, wo immer es dem Knaben angemessen schien.

Doch dann verstummte er schlagartig.

Irgend etwas bewegte sich. Etwas Großes. Norman konnte es nicht sehen, aber irgendwie fühlte er, daß sich etwas näherte.

Und dann hörte er es.

Aus großer Entfernung, aus dem Dunst des nebligen Morgens, erklang ein schwaches, flatterndes Geräusch. Es war ganz sicher ein flatterndes Geräusch, das da erklang, aus großer Entfernung.

Unter dem feuchten Tau brach Norman der kalte Schweiß aus. Er strengte seine Augen an und spähte in den Nebel hinaus. Die Sonne, halb hinter dem Horizont hervorgekrochen, glitzerte auf den Reihen von Hecken und blendete ihn.

Er strengte auch seine Ohren an. Das flatternde Geräusch wurde lauter. Irgend etwas näherte sich da. Etwas verdammt Großes.

Große Flügel schlugen in der kühlen Morgenluft. Gewaltige Flügel. Flügel, als wäre der südamerikanische Riesenkondom persönlich unterwegs.

»Ja!!!« kreischte Norman, höchst erfreut über die Tatsache, daß bereits eine so kleine Satansbeschwörung ein so gewaltiges Geschenk hervorbrachte. »Hier bin ich! Meine Flügel! Meine Flügel! Meine Flügel!«

Es war über ihm. Es war genau über ihm. Es war geradewegs zu ihm gekommen. Das war es.

»*Meine Flügel!*«

Dann ein scharfes, knackendes Geräusch; ein Augenblick lang Stille – und ein Schrei oben in der Höhe. Der Schrei eines Riesenkondoms? Nicht im entferntesten.

Ein weiterer Schrei durchdrang die Stille, und dann schoß von oben herab, aus dem Nebel, mit einer Geschwindigkeit von mindestens zweihundert Stundenkilometern, eine ganze Kaskade von Draht, Wachs, Haken, Ösen, Federn ...

Und Norman der Ältere.

»Achtung da unten!« kreischte der Unglücklichste unter den Lebenden. »Die Flugsysteme haben versagt! Baaaahn freiii! Aaaaaaaaaaahhh!«

»O mein Gott!!!« Norman der Jüngere versuchte sich in Sicherheit zu bringen. Aber irgendwie hatte sich sein linker dicker Zeh im Eingriff seiner Unterhose verfangen.

Also konnte er nicht.

In den wenigen Sekunden, die ihm auf dieser Ebene der Existenz noch verblieben, fand Norman der Jüngere eben ausreichend Zeit, um über die Torheit nachzudenken, mit der er sich der Lösung des Problems muskelkraftgetriebenen Fluges genähert hatte. Aber nicht genug, um bei Gott um Verzeihung zu bitten.

Eine Schande. Wirklich.

Die Sonne, inzwischen ganz aufgegangen, blickte über das trocknende Gras des Druidenhügels hinweg auf das wirre Chaos, das einmal Norman und sein Vater gewesen war.

Die alte Sonne grinste. Schließlich hatte sie diesen alten Ikaruskram schon früher einmal gesehen. Und sie war sicher, daß auch das hier nicht das letzte Mal gewesen war. Eines Tages würde es bestimmt wieder jemand probieren. Eines Tages.

Ein wenig später kam eine Gruppe von Bibliothekaren

den Hügel hinauf, um die geheimen Initiierungsriten abzuhalten. Sie fanden die Überreste der ehemaligen Flieger und amüsierten sich nicht wenig über die Dummheit der Menschen. Genau wie die Sonne zuvor.

Einer von ihnen, sein Name lautete Chris, und er steckte im Gewand des Initiierungsnovizen Nullten Grades, schob mit der Hand seine Korkenzieherlocken aus der Stirn und richtete den Blick gen Himmel, als würde er nach einem Zeichen suchen.

»Das ist ganz ohne Zweifel ein katholischer Priester dort oben«, sagte er nach einer Weile. »Seht ihr ihn?«

2. KAPITEL

Der wundersamste Mann, der jemals lebte, lag in seiner Badewanne und ließ sich einweichen.

Diejenigen, die dem wundersamsten Mann mit persönlicher Hingabe dienten, die ihn hegten und verhätschelten, seine Kopfkissen aufschüttelten und seine Nasenhaare zupften, knieten in Körperhaltungen auf den marmornen Fliesen des Badezimmers, die Bereitschaft und Unterwürfigkeit ausdrückten.

Es war an ihnen, zu *dienen*. An ihm war es nur, zu *sein*.

Unten in der großen Empfangshalle, deren pinkfarbene Wände mit einer unbezahlbaren Sammlung von Canalettos, Caravaggios, Carsons, Klees und Koons behängt waren, begrüßten Diener in Livreen mit Schnüren und Borden aus goldenem Draht und enganliegenden Trikots die Rat suchenden Köpfe des Staates. Die Kapitäne der Industrie. Erzbischöfe, Pressebarone, Poeten und Prinzessinnen.

Täglich kamen sie herbei, diese Noblen, die Hochgestellten und Privilegierten, um den wundersamsten Mann zu besuchen, auf daß er sie mit seinem Rat beglückte, eine

Lösung zu der einen oder anderen Weltkrise anbot, den Vater oder die Kinder segnete. Ihnen einfach nur ein gutes Wort schenkte. Oder eine Geste.

Im Nympharium des wundersamsten Mannes ruhten die Konkubinen auf seidenen Kissen, badeten die Füße in Schalen voller Babyöl und tranken aus edlen Gefäßen ihre Champagnersorbets. Einige lasen im *Hallo!*-Magazin. Andere nicht.

In der Küche wendete Dave, der Omelettechef, ein Omelette mit Frühstücksfleisch in seiner Omelettepfanne und pfiff ein Lied von *Keltischer Frost**.

In einem etwas abgelegeneren Raum nahm der Privatsekretär das allmorgendliche telepathische Diktat seines Herrn und Meisters entgegen und tippte munter auf der Schreibmaschine vor sich hin.

Es war eine Szene voller Frieden und Harmonie. Genau so, wie es eigentlich immer sein sollte.

Mit halb geschlossenen Augen, der Bauch durchstieß die Oberfläche des Badewassers, übersandte der wundersamste Mann seinem Sekretär die Worte: »Und obwohl ich natürlich angenehm berührt bin, daß Sie das Flaggschiff Ihrer neuen Kreuzfahrtlinie nach mir benannt haben, bedaure ich sehr, Ihnen mitteilen zu müssen, daß ich nicht persönlich die Champagnerflasche zum Stapellauf schwingen kann. Ich bin leider unabkömmlich wegen der Weltpremiere meines neuesten Spielfilms. Et cetera, et cetera, et cetera.

Bitte seien Sie doch so freundlich und lesen Sie mir den Text noch einmal vor, Mavis. Und dann seien Sie noch so nett und sagen Dave in der Küche Bescheid, daß er das Lied – ist es nicht von *Keltischer Frost*? – in der falschen Tonart pfeift. Anschließend können Sie den Rest des Tages frei nehmen.«

Im abseits gelegenen Schreibzimmer zog Mavis das Blatt

* Wahrscheinlich *Schreie des Nekromanten*, das letzte Stück ihres schon klassischen Albums *To Mega Therion*.

Gohrsmühle hadernhaltig aus der Remington und las laut vor. »Danke sehr, Master.« Dann fügte er hinzu: »Wie immer sind Sie zu freundlich.«

»Das bin ich, in der Tat.« Nachdem er die tägliche Post erledigt hatte, versank der wundersamste Mann wieder tiefer in seinem Badewasser und versuchte, in Gedanken die letzte mathematische Formel für ein universales Heilmittel und das ewige Leben zu lösen.

Und er hätte sie gelöst – wenn nicht plötzlich das heftige Pochen an der Tür seines Zimmers und das laute, protestierende Gekreisch seiner Zimmerwirtin gewesen wäre.

Und wäre er nicht der wundersamste Mann gewesen, der jemals lebte, dann wäre er wahrscheinlich aufgewacht und hätte festgestellt, daß seine ganze Wundersamkeit wie in den allerschlechtesten Komödien nichts weiter als ein Traum und er selbst alles andere als wundersam war.

»Mach, daß du endlich aus dem Bad kommst, du faules Schwein, oder ich sage meinem Mann Cyril, daß er die Tür aufbrechen soll!«

Der wundersamste Mann, der jemals lebte, schreckte hoch.

Um sich – einmal mehr – in dem pompösen Büro seines Londoner Verlegers wiederzufinden.

»Meine aufrichtige Entschuldigung«, sagte er zu der Gestalt hinter dem Verlegerschreibtisch. »Wie es scheint, bin ich eingedöst.«

»Kein Grund zur Entschuldigung«, entgegnete der Verleger zwischen zusammengebissenen Zähnen hindurch. »Überhaupt kein Grund.«

»Im Gegenteil, mein Lieber. Ich habe Ihnen zumindest vorübergehend meine geistreiche Konversation vorenthalten. Das ist beinahe unverzeihlich.«

»Beinahe.« Der Verleger lehnte sich in seinem großen, mit rotem Leder bezogenen Verlegersessel zurück und paffte an einem Stumpen. »Wahrscheinlich waren Sie im Begriff, mir geistreiche Erklärungen wegen der neuerlichen Verspätung Ihres Manuskripts zu liefern.«

Der wundersamste Mann schüttelte den Kopf. »Im Gegenteil, mein Lieber. Schon wieder. Ich bin lediglich kurz vorbeigekommen, um Ihnen meine monatliche Unkostenabrechnung vorzulegen und einen Scheck mitzunehmen. Und natürlich, um Ihnen die unschätzbare Freude meines Besuchs zu machen.«

»Natürlich.« Der Verleger betrachtete den Überbringer absolut keiner Freude, und schon gar keiner unschätzbaren, der sich in dem großen Sessel auf der gegenüberliegenden Seite seines großen, mit rotem Leder bezogenen Verlegerschreibtisches lümmelte. Wie um alles in der Welt, so fragte er sich nicht zum ersten Mal, wie um alles in der Welt kam er eigentlich dazu, diesem Flegel jeden Monat wieder große Teile seines Firmengewinnes abzutreten, während der Kerl an einer *Autobiographie* arbeitete? *An seiner eigenen Autobiographie?*

Einer Arbeit mit dem Titel: *Der wundersamste Mann, der jemals lebte*. Einer Arbeit, von der er, der Verleger, bis zum heutigen Tag noch nicht eine einzige Seite zu Gesicht bekommen hatte.

Wer zur Hölle *war* dieser Mann?

Und *was* war er?

Er war ganz sicher *irgend jemand*.

Allein seine physische Präsenz unterschied ihn beträchtlich von der gewöhnlichen Menge. Er war groß im buchstäblichen Sinne des Wortes: gut über zwei Meter und entsprechend proportioniert. Seine Leibesfülle steckte in einem dreiteiligen übergroßen Anzug aus grünem, handgewebten Bolskine Tweed. Eine rote Seidenkrawatte war um den massigen Hals geknüpft und wurde von einer diamantenen Nadel gehalten. Exotische Ringe steckten auf den meisten seiner fleischigen Finger. Seine enge Weste zierten eine Uhrkette, mehrere Kristalle und kleine Amulette.

Und sein Schädel. Eine große, kahlgeschorene Kugel. Das Gesicht wurde von vorstehenden Augenbrauen und einem Mehrfachkinn beherrscht, dessen einzelne Vorsprünge sich gegenseitig zu übertrumpfen suchten. Die Hakennase glich dem Schnabel eines Falken. Und der Mund war zu einem fröhlichen Grinsen verzogen.

Aber das hervorstechendste Merkmal waren die Augen. Schwarze Augen mit weißen Pupillen. Augen wie diese sah man nicht jeden Tag. Und auch nicht die Art, wie diese Augen einen ansahen. Als würden sie einem nicht in das Gesicht blicken, sondern mitten in den Schädel, irgendwo in der Nähe des Hinterkopfs. Höchst beunruhigend, das.

Genau jetzt zum Beispiel.

Der Verleger schnippte die Asche von seinem Stummel in Richtung des Aschenbechers. Vorbei. So sah er aus, dieser Mann.

Aber – *wer* war er?

Die Geschichten um seine Person waren Legion. Er hatte die ganze Welt bereist, hatte jeden bedeutenden Menschen getroffen und alles getan. Manches sogar zweimal. Er hatte die Sahara auf einem Einrad durchquert, um einer Wette mit Humphrey Bogart willen, und er war um Kap Horn geschwommen, weil Präsident Truman ihm gesagt hatte, daß jemand es schaffen könnte. Mutter Theresa nannte ihn einen »Sexpoten«, und seine eigene Großmutter behauptete, er habe ihr beigebracht, wie man Eier aussaugt.

Er hatte die Massen in Woodstock begeistert, als er Jimi Hendrix mit einem Ukulele-Solo die Schau stahl, und er hatte zweimal Wimbledon gewonnen. Die Tiere nannten ihn Bruder, und seine Brüder nannten ihn auch so. Auf den Fidschis wurde er als Gott verehrt.

Sein Name war dem Verleger wohlbekannt. Er hatte ihn schon viel zu oft in die Empfängerspalte viel zu vieler Schecks geschrieben.

Der Mann war Hugo Artemis Solon Saturnicus Reginald Arthur Rune.

Und er war schon wieder eingedöst.

»Das werde ich nicht!« Der Verleger ließ seine Faust auf die rotlederne Schreibfläche seines Verlegerschreibtisches niederkrachen, daß der Aschenbecher einen Satz machte und seinen Inhalt über die Telefone verteilte.

Der Tallahassee-Tanz-Champion von 1934 erwachte einmal mehr und erkundigte sich, ob sein Scheck in der Zwischenzeit ausgestellt worden sei.

»Es wird keinen Scheck geben, bevor ich keine geschriebenen Worte sehe. *Ihre* Worte.«

»Oh, wenn es das ist – ich habe viele Worte«, erwiderte Hugo Rune. »Jedes einzelne davon profund und sogar gleich reihenweise mehrsilbig.«

»Ich will ein vollständiges Manuskript, und das bis zum Ende dieser Woche. Es wird keine weiteren Schecks mehr geben, bis ich das Manuskript in den Händen halte.«

»Wenn das so ist – ich nehme auch Bargeld«, sagte der Mann, der den erschossen hatte, der Liberty Valance erschossen hatte.

»Sie verschwinden auf der Stelle und setzen sich an Ihre Schreibmaschine. *Auf der Stelle!*« Der Verleger erhob sich von seinem großen, rotledernen Verlegersessel und zeigte auf die Tür.

»Nun setzen Sie sich erst mal wieder. Setzen Sie sich.« Hugo wedelte mit seinen rosigen Fingern, und der Verleger setzte sich. Dann sprang er wieder auf. »Ich werde mich nicht setzen«, sagte er.

Rune legte den Kopf auf die Seite und musterte den Verleger. Er sah einen schlanken Burschen vor sich, elegant gekleidet mit weißem Baumwollhemd, Klubkrawatte, schwarzem Jackett und grauen Flanellhosen. Mitte Vierzig. Eigene Haare und Zähne, prägnante Gesichtszüge, gut entwickeltes Kleinhirn.

Der Name des Verlegers lautete Andrew Jackson-Five. Ein Name, der Rune wohlbekannt war, hatte er ihn doch schon unten in der Ecke von für seinen Geschmack viel zu wenigen Schecks gelesen. Ein Name, den der Mann, der die Meile einst in vier Minuten *gehüpft* war, deutlich auf dem Aufnäher an der Innenseite des verlegerischen Hemdenkragens lesen konnte.

Rune bemerkte auch die gesteigerte motorisch neuronale Aktivität im Hypothalamus des Verlegers. Sie verriet seinen Wunsch nach einem möglichst frühen Mittagessen.

»Ich kenne ein nahegelegenes Speiselokal«, sagte Rune, »wo man ein ganz vorzügliches *boef en croûte* serviert, frittierte Hähnchenleber mit gegrillter Ananas, Zimt-und-Rosinen-Auflauf und Bananenpudding. Der Küchenchef schenkt außerdem einen Wodka aus, der einer Saturn Fünf ohne Übertreibung die Hitzekacheln aus der Spitze zieht. Gehen wir essen?«

»*Nein!* Wir gehen *nicht* essen!« Der Verleger zerquetschte seinen Stumpen im Aschenbecher. »Ich habe genug von Ihren Extravaganzen, Rune.«

»*Mister* Rune«, sagte Hugo. »Und ich habe nicht die leiseste Ahnung, von welchen Extravaganzen Sie sprechen.«

Der Verleger sank zurück in seinen Sessel (der gleiche, immer noch rotledern, obwohl die Rechtschreibkorrektur sich konstant weigert, dieses Wort zu erkennen) und nahm *Mister* Runes monatliche Aufstellung der Unkosten zur Hand. Dreiundzwanzig eng beschriebene Seiten. Er blätterte die Liste durch und suchte willkürlich einen Posten heraus.

»Toilettenpapier«, sagte er.

»Toilettenpapier?« Rune polierte seine Uhrkette mit einem übergroßen roten Gingan-Taschentuch. »Toilettenpapier kann man ja wohl kaum als Ausgabe bezeichnen.«

»Aber Toilettenpapier mit *Monogramm*?«

»Und was spricht bitte schön dagegen? Wollen Sie mir vielleicht sagen, daß aus Grundlilien, Gladiolen und gefärbtem Baumwollflachs handgeschöpftes japanisches Toilettenpapier, parfümiert mit Bergamotte und Sassafras und von Hand in die Form des heiligen Lotus geschnitten, daß ein solches Papier es nicht verdient, mit einem Monogramm verziert zu werden?«

»Sie benutzen *lotusförmiges* Toilettenpapier?« Der Unterkiefer des Verlegers hing schlaff in den Gelenken.

»Ich bin Rune«, sprach Rune. »Ich löse das Unlösbare, ich beschreibe das Unbeschreibliche. Meinen Sie vielleicht, ich soll mir den Hintern mit irgendeinem Markentoilettenpapier von der Stange abwischen lassen?«

»Sagten Sie, Sie *lassen* sich den Hintern abwischen?«

»Ich finde, Ihr Interesse an meinen Körperfunktionen grenzt beinahe an Fetischismus«, entgegnete Rune. »Sie sind nicht zufällig ein Angehöriger der hemdchenhebenden Bruderschaft, was?«

»Was?« Mister Jackson-Five fiel in seinen Sessel zurück. »Wie können Sie es wagen, Sir!« sagte er.

»Sir trifft die korrekte Anrede schon ein wenig besser. Und wenn Sie es genau wissen wollen, ich benutze die Wasserspülung für meine Häufchen. Im Gegensatz zu meinem guten Kumpel, dem Dalai Lama, wie ich bemerken darf, dessen Geschäft üblicherweise gesammelt, getrocknet und gemahlen und als sakrale Hostie verwendet wird.«

»Das stimmt niemals!«

»Und ob das stimmt*.«

»Das ist ja ekelhaft.«

»Nicht halb so ekelhaft wie eine ganze Menge anderer Dinge, die mir beinahe augenblicklich in den Sinn kommen.«

»Genug«, ächzte Mister Jackson-Five und erhob sie einmal mehr aus seinem Verlegersessel. »Genug, genug, genug, genug! Ich bin ein vielbeschäftigter Mann. Verschwinden Sie freundlicherweise auf der Stelle und liefern Sie mir das fertige Manuskript bis allerspätestens Freitag. Auf Wiedersehen.«

»Setzen Sie sich«, entgegnete Rune seelenruhig. »Setzen Sie sich, beantworten Sie in Ruhe den Anruf, und schreiben Sie dann meinen Scheck aus.«

»Aber mein Telefon klingelt gar nicht.«

»Das wird es. Das wird es so sicher wie die Tatsache, daß

* Es stimmt tatsächlich.

jeden Augenblick eine dicke Maid mit Herpespickeln durch Ihre Tür kommen und Ihnen mitteilen wird, daß Ihr Wagen an die Kette gelegt wurde.«

»Mein Wagen steht auf dem Firmenparkplatz. Auf Wiedersehen, Mister Rune. Manuskript bis Freitag, und nicht später.«

»Telefon«, sagte Hugo Rune, und das Telephon begann zu klingeln.

»Reiner Zufall«, erwiderte der Verleger. »Auf Wiedersehen.«

»Die Firmenzentrale«, sagte Rune. »Am Apparat der Vorstandsdirektor, direkt aus New York. Ein dringender Anruf. Besser, Sie gehen endlich 'ran.«

»Unsinn.« Mister Jackson-Five setzte sich erneut und nahm den Hörer ab. »Hallo?« sagte er.

Worte drangen in das verlegerische Ohr, Worte, die über die transatlantische unterseeische Kabelverbindung oder geostationäre Telekommunikationssatelliten oder sonst irgendwelchen technologisch unwahrscheinlich weit fortgeschrittenen Hokuspokus kamen.

»Guten Tag, *Sir.*« Mister Jackson-Five richtete sich kerzengerade in seinem Sessel auf. »Rune? *Mister* Rune, jawohl, Sir. Er ist hier in meinem Büro, Sir. *Was* soll ich, Sir? Aber Sir! Wissen Sie eigentlich, wie hoch seine Unkosten diesen Monat sind? Was? Geld spielt keine Rolle? Aber Sir ... Jawohl, Sir. Jawohl. Jawohl, Sir. Sofort, Sir.«

»Kopf hoch«, sagte Rune, nachdem der Verleger den Hörer wieder eingehängt und sein Scheckbuch hervorgezogen hatte. »Nirgendwo eine Spur von der herpespickeligen Dicken. Ach ja, und machen Sie doch einen Barscheck daraus, wenn Sie so nett wären?«

»Es scheint, Sie haben Freunde in den obersten Etagen«, sagte der Verleger.

»Es scheint so, ja«, erwiderte Hugo Rune. »Aber jetzt muß ich wirklich los. Sind Sie sicher, daß Sie nicht mit mir zum Essen gehen wollen?«

Mister Jackson-Five schüttelte verneinend den Kopf. »Das Manuskript? Bis Freitag?« fragte er in völlig resigniertem Ton.

»Ich werde meinen Privatsekretär veranlassen, es von Skelington herüberzufaxen.«

»Oh, Sie machen ein wenig Urlaub?« Der bittere Unterton kehrte in die Stimme des Verlegers zurück.

»Rune hat keine Zeit für Urlaub. Ich werde im Zusammenhang mit einem Projekt nach Skelington Bay gehen, das ich für die britische Regierung durchzuführen gedenke. Sehr geheim, die ganze Sache. Streng geheim, oberste Geheimhaltungsstufe, wenn Sie verstehen, lauter so ein Zeug. Bedauerlicherweise darf ich Ihnen nicht mehr darüber erzählen.« Hugo Rune tippte mit dem Finger an seinen hakennäsigen Gesichtserker. »Höchst geheim das alles, wirklich.«

Jackson-Five vergrub das Gesicht in den Händen. »Gehen Sie, Mister Rune. Gehen Sie nach Hause.«

»Mit einem kleinen Umweg über die Bank«, nickte Rune, wischte den Scheck vom rotledernen Verlegerschreibtisch und ließ ihn, nach dem Falten, in seiner Brieftasche aus Biberleder (ein Geschenk von Mae West) verschwinden. »Einen schönen Tag noch.«

»Auf Wiedersehen.«

Weit weg, hinter dem großen Teich, in der Stadt New York, hatte der Vorstandsdirektor der Transglobe-Verlagsgruppe den Telefonhörer nach seiner Unterhaltung mit Mister Andrew Jackson-Five eben wieder in die Gabel gehängt.

Jetzt sank er in das parfümierte Wasser seiner marmornen Badewanne zurück und versuchte einmal mehr, im Kopf die allerletzte mathematische Gleichung aufzustellen, um seine Formel für ein universelles Heilmittel und ewiges Leben zu vervollständigen.

Er war ein großer Mann mit massigen Proportionen, und

die Ähnlichkeit mit einem gewissen Hugo Rune auf der anderen Seite des großen Teiches war so frappierend, daß jeder ihn ohne Zögern zumindest für Runes eineiigen Zwillingsbruder, viel eher aber noch für Hugo Rune persönlich gehalten hätte.

Aber – wie war das nur möglich?

Schließlich – hier ist Hugo Rune, und er betritt im Augenblick den Aufzug in der britischen Niederlassung der Transglobe-Verlagsgruppe. Er betritt den Aufzug in dem Augenblick, als eine Dicke mit Herpespickeln hinaus will. Wie der Zufall so spielt, ist sie unterwegs zum Büro des Verlegers, Mister Andrew Jackson-Five. Und sie hat eine traurige Nachricht zu überbringen. Wie nämlich der Mercedes von Mister Jackson-Five vom Firmenparkplatz weggefahren werden mußte, um Platz für Mister Hugo Runes chauffeurgesteuerte Limousine zu machen. Und daß der Mercedes nicht nur auf der Hauptstraße an die Kette gelegt, sondern in der Zwischenzeit obendrein abgeschleppt wurde.

Aber der große Menschenfreund Rune wird nicht zum Büro des Verlegers zurückgehen und sagen: »Sehen Sie, ich hatte Sie gewarnt.«

3. KAPITEL

»Asche zu Asche, Funk zu Funky«, sang der Reverend Käsefuß.

»Staub zu Staub, du Mistkerl!« Seine Haushälterin zerrte an seinen Kleidern und machte die Sorte Gesicht, die manche Ehefrauen aufsetzen, wenn sie bemerken, daß ihre Gatten zur falschen Tageszeit – meistens zu früh – betrunken sind. *»Staub zu Staub!«*

»Du meine Güte«, sagte der Reverend und schielte in sein Gebetbuch. »Staub zu Staub, richtig.«

Eine warme Frühlingssonne sandte ihren Segen auf die Kirche von Skelington mit ihren pittoresken gotischen Säulen und Bögen, den ornamentverzierten Eibenhölzern, dem überdachten Friedhofstor aus dem fünfzehnten Jahrhundert, den mittelalterlichen Grabplatten aus Messing und dem *»Bizarrer Vikar vergewaltigt meinen Koffer«*-Skandal, der nun in der dritten Woche durch die Sonntagspresse ging.

Die Knaben aus der 3A, inzwischen ausnahmslos eifrige Leser der Sonntagspresse, standen in einem ungeordneten Haufen um das offene Grab herum, in dem der Sarg mit den sterblichen Überresten von Norman dem Jüngeren zu seiner letzten Ruhe gekommen war. Der Sarg war über ziemliche Umwege von der Kirche nach hier geschafft worden, aber die Burschen hatten die Wanderung genossen. Zumindest war es ein schöner Tag für einen Spaziergang.

Norman der Ältere, an den Rollstuhl gefesselt, beide Beine in Gips, heulte leise in ein Kleenex. Normans Mutter, die fünf Jahre zuvor mit einem Vertreter für doppelte Isolierverglasungen durchgebrannt war und keine Nachsendeadresse hinterlassen hatte, saß in einem Bungalow einige Dutzend Meilen weiter im Norden und aß am Fernseher Käsekräcker.

»Staub zu Staubbeutel«, kicherte Reverend Käsefuß in diesem Augenblick. »Wer möchte mit dieser Frau in den heiligen Stand der Ehe treten? Nein, halt, ich habe zwei Seiten zu weit geblättert.«

»Ziemlich plattes Klischee, diese betrunkenen Pfaffen, meinst du nicht auch«, flüsterte Boris Timms zu Charlie Huxley. »Ich habe einen Onkel, auch ein Priester, der kann seinen Magen mit Helium aufblasen und sich selbst in die Luft erheben, indem er fur ...«

»Ich hatte einen Onkel namens Aldous«, flüsterte Charlie. »Und der wußte wirklich, wie man sich besäuft.«

»Haltet ihr wohl den Mund, ihr zwei? Zeigt gefälligst ein wenig mehr Respekt, Burschen.« Mister Bailey gab Timms und Huxley eins hinter die Ohren.

»Der Mensch wird geboren durch die Frau und hat nur eine kurze Spanne zu leben, und er ist voller Müsli«, sermonte der Kofferliebhaber eben.

»Müsli ist gar nicht schlecht«, kicherte Timms. »Und ... *autsch!*« fuhr er fort, als er erneut einen Rüffel hinter das Ohr bekam.

Viel zu dicht am Grab, um sich nicht unbehaglich zu fühlen, scharrte Teddy Bilson unruhig mit den Füßen und blies eine Träne von der Nasenspitze. Er gab schniefende Geräusche von sich. »Es ist eine himmelschreiende Schande, jawohl, eine himmelschreiende Schande«, schniefte er.

»Tod ist ein armseliges menschliches Konzept« erklärte der Buddhist Blenkinshop. »Sieh mal, Bewußtsein ist seiner Natur nach etwas Chemisches, und es ändert sich, wenn sich die Chemie ändert. Das eine geht in all den anderen auf, vermischt sich, genau wie alle in dem einen aufgehen. Das Sufis sagt, ...«

»Wirst du wohl den Mund halten?« Mister Bailey beugte sich vor, um auch Blenkinshop zu rüffeln. Aber Blenkinshop duckte sich geschickt unter dem Schlag hinweg, und der Lehrer verschwand im offenen Grab. Was ein weiteres Schauspiel war, das man nicht alle Tage zu sehen bekam.

»Das *Sufis* sagt«, fuhr Blenkinshop fort, »daß alles ein ständiges Werden und Vergehen ist. Oder so ähnlich. Aber es macht keinen Unterschied.«

Auf einem nahegelegenen Grabstein saß ein etwas bläßlicher Junge. Ein wenig zu kurz für seine Größe, aber schon recht alt für seine Jugend. Sein Haar war rot und in einer Frisur geschnitten, die zu den Zeiten der Beatles einmal als »Pilzkopf« berühmt gewesen war. Der Knabe besaß die typischen Sommersprossen von Jungen mit rotem Haar und die typischen Aknepusteln von Jungen seines Alters. Er trug eine graue Schuluniform und einen verwirrten Ausdruck im Gesicht.

Sein Name war Norman.

Norman der Jüngere.

»Wer ist diese Frau, die meinem Vater die Hand hält?« fragte Norman der Jüngere den Knaben in Weiß, der neben ihm stand und grinste wie ein Honigkuchenpferd.

»Sie ist eine Bibliothekarin«, erwiderte der Knabe. »Sie hat deinem Vater das Leben gerettet, indem sie ihm Mund-zu-Mund-Beatmung gab. Gerade noch rechtzeitig.«

»Ihm und *mir nicht*?«

»Du warst schon zu weit hinüber, Kamerad. Tut mir wirklich leid.«

»Also bin ich ... bin ich ... weißt du, ob ich ...?«

»Tot. Ja, Kamerad. So tot, wie ein ... nun, wie ein toter Junge eben. Ja.«

»So eine Scheiße.« Norman beobachtete, wie die zahlreichen Trauernden versuchten, Mister Bailey aus dem offenen Grab zu helfen. Es freute ihn zu sehen, daß aus seiner alten Klasse niemand mithalf.

»Dieser Kofferficker macht eine richtige Schau aus meinem Begräbnis«, sagte Norman. »Ich hätte mir schon ein wenig mehr Würde bei meinem Abgang gewünscht.«

Der Knabe in Weiß grinste noch immer. »Ich dachte mir, daß es dich vielleicht ein wenig aufmuntern würde. So ein Trauerfall kann für alle Betroffenen eine sehr traumatische Zeit sein, insbesondere für den Verstorbenen selbst.«

»Ich fühle mich aber gar nicht besonders verstorben. Eigentlich fühle ich überhaupt nichts Richtiges. Bist du sicher, daß da nicht irgendein Fehler vorliegt?«

»Kein Fehler, Kamerad. Du kannst mir glauben, von hier aus betrachtet siehst du ziemlich mausetot aus.«

»So eine Scheiße.« Norman der Jüngere verstummte und wandte sich wieder seiner Beerdigung zu. Er beobachtete, wie der Reverend Käsefuß sich vornüber beugte, um Mister Bailey zu helfen, und von seiner Haushälterin einen Tritt in den Allerwertesten erhielt. Er plumpste in das Grab und auf den Lehrer.

»Ich sag' dir was«, sagte der Knabe in Weiß. »Wenn du mir nicht glaubst, dann geh doch einfach selbst hinüber und fuchtle deinem Vater mit den Händen vor dem Gesicht herum. Und schrei ihn ein bißchen an, wenn du willst. Er kann dich weder sehen noch hören. Aber manche Toten lieben es. Schreien sich alles von der Seele.«

»Meinst du, es hilft?« fragte Norman der Totere.

»Nicht im geringsten. Aber es bringt mich zum Lachen, das kann ich dir sagen.«

»Na, dann danke schön.« Norman versuchte die Hände in die Hosentaschen zu stopfen, aber es ging nicht. »Scheint, daß ich ein wenig transparent bin«, sagte er kläglich. »Aber – wer bist du eigentlich? Mister Jordan, oder vielleicht der Erzengel Gabriel?«

»Vergiß das.« Der Knabe in Weiß schien wirklich belustigt. »Ich bin dein JH.«

»Mein was?«

»Dein Jenseits-Helfer. Meine Aufgabe ist es zu trösten. Dir durch die ersten schwierigen Tage deiner Anpassung zu helfen. Du wirst herausfinden, daß es gar nicht so schlecht ist, tot zu sein, wenn du dich erst daran gewöhnt hast. Aber mir scheint, du gewöhnst dich ungewöhnlich schnell an die neue Situation.«

»Ich mache nur ein tapferes Gesicht«, widersprach Norman. »Innerlich habe ich die Hosen gestrichen voll. Und du bist absolut kein Trost, wenn du es genau wissen willst.«

»Tut mir leid, Kamerad. Es ist mein erster Auftrag in dieser Art. Sie gaben mir ein Handbuch und sonst nichts. Du kennst das Gefühl bestimmt auch.«

Norman kannte es nicht, aber er nickte trotzdem. »Ja, ich kenne das.«

»Willst du noch so lange hier herumstehen und warten, bis der dicke Teddy Bilson in das Grab fällt und mit den Füßen durch den Sargdeckel bricht, oder sollen wir jetzt schon verschwinden?«

»Ich schätze, ich würde lieber jetzt verschwinden.« Norman blickte in den klaren blauen Himmel hinauf, dann auf das Gras zu seinen Füßen, dann wieder zurück in das Gesicht des Grinsers in Weiß. Und da verließ ihn der Mut. »Wohin denn verschwinden«, brachte er hervor.

»Was meinst du mit *wohin*?«

»Ich meine«, Norman deutete mit zitternden Fingern in die Richtungen, zuerst nach oben, wo man im allgemeinen den Himmel vermutet, dann nach unten, wo die ...

»Nein, nein, nicht nach unten.« Der Jenseits-Helfer kringelte sich fast vor Heiterkeit. »Es gibt kein *dort unten* mehr. Ich werde dir alles erklären. Jedenfalls alles, was ich über die Sache weiß. Wir nehmen den Aufzug.«

»Den Aufzug?« fragte Norman. Er blickte erneut in den klaren blauen Himmel. »Wir nehmen einen *Aufzug* nach oben?«

»Was denn sonst?«

»Nun«, Norman versuchte sich am Kopf zu kratzen, aber da war kein Kopf, »es besteht nicht rein zufällig die Möglichkeit, ein paar gefiederte Flügel zu kriegen, oder vielleicht doch?«

»Gefiederte Flügel?« Der Bursche in Weiß klappte vollends zusammen. »Nein, überhaupt nicht. Nein, Kamerad. In dieser Hinsicht hast du hier wirklich Pech gehabt.«

Norman starrte bitter zu seinem heulenden Vater hinüber. Aber sein heulender Vater befand sich nicht mehr länger in seinem Rollstuhl. Irgendwie hatte er es fertiggebracht, auch noch in Normans Grab zu fallen.

»Also gut dann. Verschwinden wir. Mit dem Aufzug, wenn es sein muß.«

Es mußte sein.

Und der Aufzug war gar nicht schlecht.

Die Art von Aufzug, die man in großen Einkaufspalästen und U-Bahnstationen fand. Alles reich verziertes viktorianisches Gußeisen. Und ein schwerer Messinghebel, mit dem die Fahrtrichtung eingestellt wurde. Nach oben oder nach unten. Hier in der Ecke des Friedhofs sah er ein wenig deplaziert aus, der Aufzug, aber außer Norman und seinem Helfer und Beistand konnte ihn niemand sehen.

»Alles an Bord«, sagte der Bursche. »Nach oben. Oberste Etage: ewiges Leben, endlose Glückseligkeit, Harfenklänge, elegante Tuniken und Heiligenscheine.«

»Können wir das nicht auslassen?« fragte Norman.

»Wie du meinst.«

Norman stapfte in die Aufzugskabine, und der Bursche in Weiß zog das Gitter zu. »Weißt du, irgendwie kommst du mir bekannt vor«, sagte Norman. »Kenne ich dich von irgendwo?«

»Das hat aber wirklich verdammt lange gedauert. Wir sind zusammen in den Kindergarten gegangen.«

»Ja, stimmt. Du bist ...«

»Jack«, ergänzte Jack. »Jack Bradshaw.«

»Norman«, entgegnete Norman.

»Ja. Ich weiß, wer *du* bist.«

»Ach ja, stimmt. Also gut, Jack. Was hast du seit damals gemacht?«

»Ich bin gestorben. Schon damals, mit fünf.«

»Ich dachte, du wärst weggezogen. Meine Mutter hat es gesagt.«

»Ich bin vom Pier gefallen und ertrunken, so war es wirklich.«

»Schöne Scheiße. Aber was für ein Zufall, daß du jetzt mein Jenseits-Helfer bist!«

»Nicht wirklich.« Jack legte den großen Hebel um, und der Lift begann in die Höhe zu gleiten. »Ich habe deinen Namen in den Büchern gesehen und meldete mich freiwillig für diese Sache. Du bist der erste, den ich kenne, der seit meinem eigenen Tod ebenfalls den Löffel abgeben mußte. Also dachte ich mir, es wäre nett, dich wiederzusehen. Machst du dir immer noch in die Hosen, wenn du es mit der Angst kriegst?«

»Nein, mache ich nicht. Ich war damals fünf, vergiß das nicht. Und du? Bohrst du noch immer in der Nase und ißt hinterher deine Popel auf?«

»Ständig. Machen das nicht alle?«

»Vermutlich.«

Der Aufzug bewegte sich mit alarmierender Geschwindigkeit nach oben. Wäre Norman noch fünf gewesen, er hätte sich zweifellos aufs neue blamiert. Immer höher und immer schneller wurde der Lift. Durch eine kleine Wolke oder zwei, und hinauf und hinauf und hinauf.

»Aber Moment mal«, sagte Norman plötzlich. »Du bist ja gar keine fünf mehr!«

»Stimmt. Du aber auch nicht, alter Knabe.« Jack lehnte sich gegen das gußeiserne Gitter der Aufzugstür und spuckte hinaus. »Jetzt sieh dir diesen Sauger an, wie schön der fällt! Bombe ausgeklinkt.«

»Ich meine«, fuhr Norman unbeirrt fort, »wenn du mit fünf gestorben bist, wie kommt es dann, daß du nicht immer noch wie fünf aussiehst? Ich dachte, im Himmel würde man nicht älter, oder?«

»Keine Ahnung. Ich war noch nie im Himmel.«

»Aber ... aber du hast doch gesagt, daß ...«

»Ich habe nur gesagt, daß wir nicht nach *unten* müssen. Weil es nämlich kein *dort unten* mehr gibt. Ich habe mit keinem Wort erwähnt, daß wir in den Himmel fahren.«

»Aber wohin fahren wir dann? Nicht in das Fegefeuer? Ich will nicht in das Fegefeuer. Ich bin nicht römisch-katholisch, ich bin Presbyterianer.«

»Was ist ein Presbyterianer?«

»Keine Ahnung. Ich war noch nie in der Kirche.«

»Ich schätze, du hast ein tödliches Glück, daß es kein *dort unten* mehr gibt. *Tödliches Glück*, hast du verstanden?«

»Sehr witzig«, entgegnete Norman. »Werden wir bald dort sein – wohin auch immer wir fahren?«

»Ja, ziemlich bald«, antwortete Jack. »Hast du nicht Lust,

ein wenig durch das Gitter zu rotzen, bevor wir ankommen?«

»Nein, überhaupt nicht.«

Und da Norman überhaupt keine Vorstellung von dem hatte, was ihn bei seiner Ankunft erwartete – wo auch immer er schließlich ankommen würde –, war er auch weder enttäuscht noch überrascht, als er schließlich angekommen war und sah, was ihn erwartete. Sozusagen.

Was immer es war, und wo auch immer es war, es war anscheinend ziemlich groß. Es war überall. Und es hing da, irgendwie, offensichtlich an etwas noch Größerem festgemacht. Was auch immer das war. Sozusagen.

Was auch immer das war.

Um ein wenig deutlicher zu werden: Das meiste von dem, worauf Norman jetzt mit sperrangelweit offenstehendem Mund gaffte, sah irgendwie wie die Hülle von einem dieser gewaltigen, wirklich beeindruckenden viktorianischen Ministerien-für-dies-oder-jenes aus, die im Regierungsviertel herumstanden und eine Menge Platz verbrauchten. Die Art von Gebäuden, in die man niemals eine Menschenseele treten sah und aus der niemals jemand herauszukommen schien.

In seinem Meisterwerk, dem »Buch der Allerletzten Wahrheiten«, erklärt uns Hugo Rune, daß diese Gebäude in Wirklichkeit nichts anderes sind als leere Ziegelsteinfassaden, die man am Ende des Zweiten Weltkriegs in aller Eile aus dem Boden gestampft hat, um Besucher aus Deutschland in dem Glauben zu wiegen, daß all ihre Bomben während des Blitzkriegs an London vorbeigegangen sind. Rune hat das aus offensichtlich zuverlässiger Quelle erfahren, nämlich von seinem guten Freund Winston Churchill, der zugegeben haben soll, daß diese Bauwerke von Spezialisten aus den Pinewood-Studios errichtet worden sind und ihr Inneres komplett voller Bombentrümmer ist.

Nun, dieses Bauwerk hier sah jedenfalls ganz genauso aus. Nur, daß es größer war. Viel größer. Es zog sich hin und hin und hin, Rang um Rang. Reihe auf Reihe von nackten, leeren Fenstern. Eine gewaltige Treppenflucht führte zu einem höchst beeindruckenden Portal im Stil des Britischen Museums.

»Das ist nicht der Himmel, oder?« Norman kratzte sich am Kopf. »Ich kann mich wieder am Kopf kratzen«, sagte er.

»Natürlich kannst du dich wieder am Kopf kratzen«, sagte Jack. »Hier oben bist du richtig fest.«

»Aber hier oben ist *nicht* der Himmel.«

Jack ging zu der Treppenflucht voraus. »Hier wirst du arbeiten«, rief er über die Schulter zurück.

»*Arbeiten?*« Norman kaute auf dem Wort und spie es wieder aus. »*Arbeiten?* Sekunde mal.«

»Sieh es mal aus diesem Blickwinkel«, sagte Jack, als Norman ihn eingeholt hatte. »Die schlechte Nachricht lautet, daß du tot bist. Aber die gute Nachricht ist die, daß du einen Vollzeitjob hast. Eine richtige Arbeit. Du solltest mir dafür dankbar sein.«

»Dir was?« Norman schnaubte. »Aber ... aber ich will gar keine Arbeit, und erst recht keinen Vollzeitjob. Ich bin erst vierzehn. Ich habe noch Jahre vor mir, die ich auf der Schule verpennen kann. Anschließend plane ich allen Ernstes, auf das College zu wechseln und dort weiterzupennen. Einen akademischen Grad erwerben und dann mit der Stütze weiterzupennen. Du lebst anscheinend hinter dem Mond, Jack. Junge Leute arbeiten heutzutage nicht mehr.«

»Hier schon«, widersprach Jack. »Und du hast mit Sicherheit keine Jahre, die du irgendwo herumpennen kannst. Du bist tot, Kamerad. Tot wie ein ...«

»... toter Junge, ja, ich weiß. Das hast du mir bereits klargemacht.«

»Also, worauf wartest du dann noch?« Sie waren auf dem obersten Treppenabsatz angekommen und standen nun vor einem gewaltigen runden Platz voller Drehtüren. Jack drückte, und die Drehtüren drehten sich, und er drehte sich mit den Drehtüren. Wie das eben so geht.

Norman blieb auf der Schwelle zurück und setzte das Gesicht des Großen Zweifels auf. Das Aussehen dieses Ortes gefiel ihm auch nicht das kleinste bißchen. Es war nicht der Himmel, und Jack konnte ihm ebensogut vorlügen, daß das hier nicht der »Böse Ort« war. Vielleicht sollte er einfach die Beine in die Hand nehmen und verschwinden. Sein Glück irgendwo anders versuchen. Den Lift nach unten zur Erde nehmen und fliehen. Am Druidenhügel herumspuken oder so was. Alles wäre besser als eine Ewigkeit mit normaler Vollzeitarbeit zu verbringen. Ganz egal, um welche Form von Vollzeitarbeit es sich letzten Endes handelte.

»Ich bin weg«, sagte Norman und wandte sich zur Flucht.

Aber er floh nicht. Nein.

Am unteren Ende der Treppe, wo der Lift ihn ins Freie entlassen hatte, da war nichts.

Wirklich. Jede Menge Nichts. Ein verdammt ernst aussehendes Nichts. Gesprenkelt mit Sternen. Es war genau die Art von Nichts, die einem sagt: »Hier nicht, Freundchen.«

Normans Gesicht des Großen Zweifels wich Normans Gesicht von Schrecklicher Verdrießlichkeit. »Ich weiß wirklich nicht, womit ich das hier verdient habe«, murmelte er. Aber dann, nur für einen winzigen Augenblick, hatte er eine kristallklare Erinnerung. Eine Erinnerung an einen nackten Knaben, nur mit Unterhosen bekleidet, der im Lotussitz in einem Pentagramm saß und barbarisch laut den Namen unheiliger Götter kreischte. Und mit dieser kristallklaren Erinnerung gewann Norman ziemlich rasch das Gefühl, daß er genau wußte, womit er das hier verdient hatte. Sehr genau.

Und so kam es, daß Norman der Jüngere dem JH Jack Bradshaw sehr kleinlaut in das Innere des Gebäudes folgte.

4. KAPITEL

Nun ergab es sich, daß viele Meilen nördlich von Skelington Bay, aber nur drei Meilen südlich vom Londoner Büro der Transglobe-Verlagsgruppe, eine kleine Gemeinde namens *Brentford* lag. An diesem Tag schien dort die Sonne, wie sie hin und wieder eben scheint. Zärtlich berührten ihre Strahlen die schönen geneigten Dächer der eleganten viktorianischen Terrassen und brachten die architektonischen Meisterleistungen der Memorial-Bücherei und des historischen Butts-Anwesens zur Geltung, genau wie die reiche Blütenpracht der wunderschönen Gärten und Parks.

Ach, *Brentford*!

Die Sonne schien in viele Fenster in dieser Gemeinde. Zum Beispiel in die des *Fliegenden Schwans*. *»Das Walhalla des durstigen Mannes, wo edle Menschen genießen und von noblen Taten sprechen.«* Dort spielte das Sonnenlicht auf dem verschwitzten Kopf Nevilles, des Wirtes, Vollzeit-Teilzeitbarmann und Meister seines Fachs. Welche Geschichten dieser Mann zu erzählen hat! Und vielleicht werden wir sogar bald die Gelegenheit finden, ihm auch zuzuhören.

Oder dort, in die Fenster der *Beine der Gattin*. Die Sonne späht zaghaft hinein und auf die blonde Frau, die mit schlanken, perfekt manikürten Fingern eine Spur von Holunderblüte zu einem Omelette in der Pfanne fügt. Und seufzt. Wer? Die Frau, nicht die Sonne. Warum? Wer weiß.

Und ein Stück die Straße hinab. Durch das doppelt verglaste Isolierfenster eines Wohnzimmers hindurch und die Schiebetür einer Veranda, wen haben wir denn da, auf den die Sonne scheint? Nun, Normans Mutter, wie es der Zufall so will. Vor dem Fernsehschirm. Auf dem Sofa. Im Schoß des Milchmannes, Mister Marsuple. Ts, ts. Die alte Sonne verzichtet auf einen Kommentar und scheint einfach weiter.

Und scheint in der Tat sogar höchst strahlend durch die

hohen Bogenfenster des gotischen Kastens dort. Die Fenster des Brentforder Gerichtshofes. Und hier, mit ihren goldenen Strahlen, in denen goldene Staubpartikel schweben, hilft sie, die Szene für die Sorte von Drama und Nervenkitzel und Intrige zu beleuchten, die da kommen wird.

Wie es eben so kommt.

Der Gerichtshof ist heute gerammelt voll. Auf dem Balkon, wo die Öffentlichkeit sitzt – kein einziger Platz mehr frei. Alle Karten schon in der vorangegangen Nacht ausverkauft. Im *Fliegenden Schwan*. Von einem gewissen John Vincent Omally, geboren in Dublin, aufgewachsen in *Brentford*, dessen Familie, wie behauptet wird, dieses Privileg in Händen hält und bereits seit Generationen von einem Erben zum nächsten weitergibt, verbrieft durch Tradition oder eine alte Bulle oder sonstwas. Und bei fünf Mäusen pro Nase – wer wird da schon so ungehobelt sein und zu streiten anfangen, wenn er die Chance hat, einer Schau beizuwohnen, wie sie sich da ankündigt?

Weil es nämlich in dieser Gemeinde *Brentford*, diesem Städtchen, das wiederholt und beständig alle nationalen Statistiken Lügen straft, indem es anscheinend völlig verschont bleibt von jeglicher Art von Kriminalität, eine gewisse Aufregung gegeben hat wegen eines Sohnes der Gemeinde, der vor den Friedensrichter zitiert worden ist und nun einer Anklage entgegensieht. Dieser Sohn der Gemeinde, dieser gerade achtzehnjährige angebliche Self-Made-Millionär, der stets großzügig einen beträchtlichen Anteil seines Einkommens in wohltätige Spenden für die Gemeinde hat fließen lassen, wird nun wegen einer geradezu lächerlichen Angelegenheit vor Gericht gestellt, und das verspricht einen geradezu klassischen Skandal abzugeben.

Ganz besonders für diejenigen, die einen Teil seiner Großzügigkeiten erhalten und davon die Eintrittskarten für die Verhandlung gekauft haben, und die sich nun auf dem der Öffentlichkeit vorbehaltenen Balkon drängten, zusammen mit ihren Thermosflaschen und Sandwichpaketen und bequemen weichen Kissen.

Der Gerichtssaal war ein wirklich stolzes Zimmer. Würdevoll und Ehrfurcht gebietend. Mit Wandverkleidungen aus poliertem Eichenholz, Bänken aus verstaubtem Samt, Balustraden aus glänzendem Messing und Teppichen dicht und rot.

Unter dem Wappen der Gemeinde mit seinen grimmigen Greifen und der Bierstange und dem lateinischen Wahlspruch *Non est disputandum Brentfordium Large* (am Brentforder Bier gibt es nichts auszusetzen) thronte der Thron des Richters. Und auf dem Thron thronte der Richter.

Ein kleiner Mann. Mit rotem Gesicht und finsterem Aussehen. Brigadier Algenon »Dickerchen« Wilberforce, DSM, OTO, KY und so weiter und so fort, getaucht in einen breiten Strahl von Sonnenlicht und zutiefst der Zeit nachtrauernd, als man das Hängen noch nicht aus dem Strafgesetzbuch gestrichen hatte.

Ein Fremder war dieser Mann, nicht aus der Gemeinde, herangeschafft in allerletzter Minute, um den ortsansässigen Friedensrichter zu vertreten, den Ehrenwerten Glastonbury, Philosoph, Freigeist und Autor des Bestsellers *»Laß dich nicht von der Justiz aufs Kreuz legen«*; Untertitel: *Ein moderner Reiseführer durch das Rechtssystem des Vereinigten Königreiches*.

Manche behaupteten, Richter Glastonbury wäre im letzten Augenblick erkrankt, doch andere, die es wahrscheinlich besser wußten als die meisten, tuschelten, daß man den Brigadier für die Verhandlung berufen hätte, um das wichtige billige eindimensionale stereotype *Leichter-Gegner-Klischee* ins Spiel zu bringen, das der Sache andernfalls so sehr gefehlt hätte.

An der Seite dieses Ungeheuers saßen der Gerichtsdiener, ein Bursche namens Wallace Woods, und eine Dame mit einem Strohhut, die an einer grauen Socke strickte.

Ringsum im Gerichtssaal saßen all jene Leute, die man in jedem Gerichtssaal findet: ernst dreinblickende junge Männer mit kleinen albernen Perücken und schwarzen Talaren, die Bündel von Akten geschäftig von einem Platz zum anderen trugen, eine fleißige Frau, die auf einem kleinen Apparat mit offensichtlich viel zu wenigen Tasten alles mitschrieb, was so gesagt wurde, Männer mit Bärten und Pullovern, die die Sozialberichte ausstellten; Sekretärinnen und Sekretäre und subalterne Bedienstete; und dann noch dieser und jener und so weiter.

Die nationale Presse wurde durch die Person »Knüller« Molloys repräsentiert, Nachwuchsreporter des Brentforder Merkurs.

Knüller lehnte an einer Säule in der Nähe des Notausgangs, rauchte eine illegale Selbstgedrehte und überlegte angestrengt, wie die Aussichten standen, daß er vielleicht einen neuen Gag aus einer Gerichtsverhandlung kitzeln könnte. Wie es bisher gelaufen war, nicht so besonders, schloß er.

Auf der Anklagebank, umringt von Polizeibeamten: der Beklagte. Ein hochgewachsener Bursche in zerknitterten Leinenhosen, einem Hawai-T-Shirt, Segeltuchschuhen und ohne Socken. Er trug einen hohen Haarturm auf dem Kopf, besaß eine edle aquinische Nase, freundliche Augen, einen stets lächelnden Mund und ein stolzes Kinn.

Es gab einiges von Interesse an seiner Person, zum Beispiel, daß seiner verknitterten Leinenjacke ein Ärmel fehlte oder daß sich über seinem linken Auge ein dicker blauer Fleck befand. Nur so zum Beispiel. Aber all das würde zweifellos noch eine Erklärung finden. Mit der Zeit. Wenn es an der Zeit war.

Der Name des hochgewachsenen Burschen (und er war wirklich ein hochgewachsener Bursche, der die Polizeibeamten ringsum um Haupteslänge überragte), der Name lautete Cornelius Murphy.

Und er war aus dem Stoff, aus dem Romane gemacht werden.

Cornelius wandte sich um, grinste und winkte mit der nicht in Handschellen gefesselten Linken in Richtung des

Balkons, eine Geste, die von kräftigem, warmem Applaus begrüßt wurde. Zusammen mit ein oder zwei anerkennenden Pfiffen und einem vereinzelten Ruf: »Freiheit für den Sohn unserer Gemeinde!« Knüller Molloy zog seinen Stift hervor und schrieb einen Vermerk in sein Notizbuch.

Der Ehrenwerte Richter Wilberforce, der in der Zwischenzeit die Akten auf seinem ehrwürdigen Pult durchgeblättert hatte, blickte von seinem Blättern auf und sagt: »Ruhe in diesem verdammten Gerichtssaal.« Wie man so etwas eben sagte. Was nichts Gutes erwarten ließ. Und nicht unerwartet gekommen war. Er war schließlich Wilberforce.

»Diener«, fuhr der Richter ungehalten fort, »welches von diesen verdammten Papieren ist die verfluchte Anklageschrift für diesen elenden Schurken?«

»Alle diese verdammten Papiere, Euer Ehren«, erklärte der Gerichtsdiener.

»Verdammt hübsche Menge von diesen Mistdingern. Wenn das so weitergeht, hänge ich den ganzen Tag hier fest. Sagen Sie mir nur, worum es eigentlich geht, und ich werde das Urteil verkünden.«

Knüller Molloy steckte seinen Stift wieder ein.

»Es ist eine ziemlich komplizierte Geschichte, Euer Ehren«, erklärte der Gerichtsdiener. »Alles fing mit einem geringfügigen Vergehen an, einer Parksünde sozusagen. Und dann hat sich eins zum andern gesellt, und jetzt haben wir hier ein weltweites Spionagenetz, internationale Verbrechersyndikate, großmaßstäbliche Geldwäscherei, politische Konspiration und nicht zuletzt die Gefahr, daß das gesamte wirtschaftliche Fundament unseres Heimatlandes zerstört wird.«

Der Friedensrichter warf einen abschätzigen Blick auf Cornelius Murphy. Cornelius Murphy fing den Blick auf und warf ihn dem Richter zurück. »Sind Sie für all das verantwortlich?« fragte der Richter.

»Nein«, erwiderte Cornelius. »Ich bin unschuldig.«

»Nun, das werden wir sehen, nicht wahr? Tatbestand des ersten Anklagepunktes, Gerichtsdiener.«

»Dem Angeklagten wird vorgeworfen, daß er letzten Donnerstag gegen etwa ein Uhr mittags seinen metallicblauen Cadillac Eldorado auf einer doppelt durchgezogenen Linie vor den Geschäftsräumen eines gewissen Wally Woods, bekannt als hervorragender Lieferant frischer Fische für das Gebiet der Gemeinde *Brentford*, abgestellt hat.«

»Das sind Sie, nicht wahr?«

»Wer, ich, Euer Ehren?« fragte der Gerichtsdiener.

»Sie. Wally Woods. Das sind doch Sie, oder nicht?«

»Jawohl, Euer Ehren. Das bin ich.«

»Nun? Hat der Schurke seinen Wagen dort geparkt oder nicht?«

»Er hat, Euer Ehren.«

»Dann ist er auch verdammt noch mal schuldig. Schuldig wie die Hölle. Ich werde ihn verknacken.«

»Buuuhhh!« ging es auf dem Balkon los.

»Ruhe!« ging der Friedensrichter hoch.

»Verzeihung«, ging Cornelius Murphy dazwischen. »Aber ich bestehe auf meinem Recht, von einer Jury angehört zu werden.«

»Von einer Jury?« Der Ehrenwerte Richter Wilberforce ließ sich in seinen Stuhl zurücksinken. »Undenkbar! Justiz ist eine Angelegenheit für Profis und nicht für eine Bande unqualifizierter Zivis. Wo steckt eigentlich Ihr Verteidiger?«

»Ich verteidige mich selbst«, erwiderte Cornelius. »Ich werde mein Recht in Anspruch nehmen, zu den Anklagepunkten zu schweigen. Außerdem plädiere ich auf Paragraph zweiundvierzig, Absatz fünf, sowie auf *Plan Neun aus dem Weltall**.«

* *Plan Nine from Outer Space*. USA 1958. Regie: Edward D. Wood, Buch: Edward D. Wood, K. William C. Thompson.
Darsteller: Bela Lugosi, Vampira, Lyle Talbot u.a.
79 Min. (Original mit Untertiteln).

»*Plan Neun aus dem Weltall**?« Der ehrenwerte Richter Wilberforce zupfte seine Perücke in Form. »Meinen Sie die ursprüngliche Schwarzweißfassung des Klassikers aus den Fünfzigern, oder reden wir hier über das Remake Chris Windsors von 1982, alles in Farbe und mit Dolby-Sound, namens *Der große Menschenfresser*?«

»Das Original, Euer Ehren«, antwortete Cornelius Murphy.

»Das läßt die ganze Angelegenheit in einem völlig neuen Licht erscheinen. Ich werde mir eine Notiz im Hinterkopf machen.«

Knüller Molloy zog seinen Stift einmal mehr aus der Tasche und kratzte sich damit am Kopf.

»Gerichtsdiener, lesen Sie ein paar der anderen Anklageschriften vor«, sagte der Friedensrichter.

»Was stimmt denn nicht mit der ersten, Euer Ehren?« fragte der Gerichtsdiener.

»Gefiel mir nicht. Ich habe keine Lust, mich damit zu befassen. Nächste Anklage.«

»Häh?« meinte Wally Woods.

»Seien Sie hübsch vorsichtig mit Ihren ›Hähs‹, sonst finden Sie sich ganz schnell selbst auf der Anklagebank wieder.«

»Nicht schlecht«, sagte Cornelius Murphy.

»Nicht schlecht, *Euer Ehren*, Angeklagter. Merken Sie sich das.«

»Besitz und Betrieb eines nicht versicherten Fahrzeugs, namentlich des metallicblauen Cadillac Eldorado. Außerdem hat er auch keine Steuern dafür bezahlt. Weigerung, einen Beweis für die Eigentümerschaft vorzulegen, außerdem Fahren ohne gültigen Führerschein«, las Wally vor.

»Und wie plädieren Sie in dieser Angelegenheit, Angeklagter?«

* Der anerkannt schlechteste Film aller Zeiten. Und wahrscheinlich auch der billigste.

Cornelius schüttelte entschieden den Kopf und verschwand für einen Augenblick hinter seinen Haaren. »Welche davon meinen Sie, Euer Ehren?« fragte er, nachdem er sein Gesicht wiedergefunden hatte.

»Weigerung, einen Beweis für die Eigentümerschaft vorzulegen«, schlug der Friedensrichter vor.

»In dieser Angelegenheit plädiere ich unter Berufung auf Bruce Gellers mittelmäßigen Klassiker *Die wilden Bienen* von 1976.«

»Ach, wirklich?« Der ehrenwerte Richter Wilberforce fuhr sich über das Kinn. »Würde es Ihnen vielleicht etwas ausmachen, Ihren Einwand auf die Fortsetzung von 1978 zu ändern, *Terror aus dem Himmel*?«

»Selbstverständlich nicht, Euer Ehren. Der erstgenannte besitzt die bessere Handlung und gute Schauspieler, unter anderem Ben Johnson, während letzterer eine reine Fernsehproduktion war.«

»Gut gesprochen.« Der Friedensrichter fischte seinen kleinen Hammer unter den Akten hervor und ließ ihn auf die ehrenwerte Tischplatte vor sich niedersausen. »Die Anklage wegen Weigerung, einen Beweis für die Eigentümerschaft vorzulegen, wird hiermit abgewiesen. Wenn es überhaupt je zu einer richtigen Verhandlung gekommen wäre, heißt das«, sagte der Richter.

»Hurra! Hurra!« dröhnte es vom Balkon.

»Schnauze da oben«, dröhnte der Richter.

»Irgendwas fehlt hier«, sagte der Gerichtsdiener.

»Stimmt, irgendwas fehlt hier«, sagte Knüller Molloy und begann, mit seinem Bleistift Notizen zu machen.

»Warum rufen wir nicht einen Zeugen der Anklage auf, um die ganze Sache endlich ins Rollen zu bringen?« fragte der Richter. »Wer leitet eigentlich die Untersuchung der Staatsanwaltschaft?«

»Ich, Euer Ehren.« Eine hagere, ganz in Schwarz gekleidete Gestalt erhob sich langsam von ihrem Sitz und verbeugte sich leicht aus der Hüfte. Das Gesicht war leichenblaß, und das nach hinten gekämmte pechschwarze Haar entblößte einen spitzen Haaransatz, der sich tief in die Stirn hinabzog. Das Haar verschwand unter dem gestärkten Kragen und kam zum linken Hosenbein wieder heraus. Die Augen schienen ein wenig blutunterlaufen zu sein, und auf die Lippen war ein Hauch von Max Factors *Mitternachtsrot* aufgetragen. »Gwynplaine D'hunkel, Anwalt der Krone«, stellte er sich in einem transsylvanischen Dialekt vor.

»Richtig«, sagte der Friedensrichter. »Ich bemerke, daß Sie keinerlei Schatten werfen, Mister D'hunkel. Sollte ich das vielleicht als bemerkenswert einstufen?«

Gwynplaine D'hunkel schüttelte langsam und entschieden den Kopf. Knüller Molloy klopfte seine Taschen auf der Suche nach einem Bleistiftspitzer ab.

»Ich möchte Einspruch einlegen, Euer Ehren«, sagte Cornelius Murphy.

»Aus welchem Grund?«

»Aus dem Grund, daß der Vertreter der Anklage hier ganz eindeutig ein Untoter ist.«

»Wohl gesprochen. Würden Sie bitte Stellung beziehen, Mister D'hunkel?«

»Nicht, wenn es nicht unbedingt sein muß, Euer Ehren. Wirklich nicht.«

»Oh, jetzt machen Sie schon. Schließlich stehen wir beide auf der gleichen Seite, oder nicht?«

»Buuuh«, ertönte es vom Balkon.

»Schnauze dort hinten«, ertönte es aus dem Mund des Richters.

Gwynplaine D'hunkel wischte über seine Revers. »Der Standpunkt von Euer Ehren ist wohl bedacht. Ich möchte deswegen mit einer Gegenfrage antworten. Ist es mir erlaubt, meinen Aktenkoffer dort aus der Sonne zu nehmen?«

»Und wozu soll das nun wieder gut sein?«

»Weil ich das Gefühl habe, es könnte Euer Ehren unangenehm sein, wenn ich zu einem Haufen schwelender Asche auf dem Teppich reduziert werde, Euer Ehren. Es könnte dem Ansehen der Krone schaden und dem Angeklagten eine Gelegenheit geben, die Verhandlung anzufechten, Euer Ehren.«

»Wohl gesprochen, Mister D'hunkel.«

»Danke sehr, Euer Ehren.«

»Ich erhebe Einspruch«, sagte Cornelius Murphy und hob seine ungefesselte Linke. »Ich kenne keinen legalen Präzedenzfall, bei dem ein Nekrophiler mit einer Untersuchung beauftragt worden wäre.«

»Ich weise den Begriff Nekrophiler strikt zurück«, sagte der untote Mister D'hunkel. »Ein Nekrophiler ist eine lebende Person, die es mit Toten treibt. Ich hingegen bin eine tote Person, die das Blut der Lebenden trinkt. Es gibt also einen sehr deutlichen Unterschied, und ich habe das Gefühl, diese Tatsache unterstreichen zu müssen.«

»Einmal mehr: Gut gesprochen, Mister D'hunkel. Einspruch abgelehnt.«

»Was?« fragte Cornelius.

»Einspruch abgelehnt! Sicherlich mag Mister D'hunkel ein wiederbelebter Körper sein, der sich an menschlichem Fleisch vergeht, aber er ist trotz allem ein Anwalt der Krone und deswegen durchaus qualifiziert, diese Untersuchung durchzuführen. Wir befinden uns hier in England, wissen Sie? Ich werde meine Pferdepeitsche an jedem ausprobieren, der das Gegenteil behauptet, beim heiligen Godfrey.«

»Hat vielleicht jemand einen Kuli für mich?« erkundigte sich Knüller Molloy. »Mein Bleistift hier ist ganz stumpf.«

»Bitte rufen Sie Ihren ersten Zeugen auf, Mister D'hunkel.«

»Vielen Dank, Euer Ehren. Ich rufe Polizeikonstabler Kenneth Loathsome in den Zeugenstand.«

»Rufen Sie Polizeikonstabler Kenneth Loathsome.«

»Ruft Polizeikonstabler Kenneth Loaths Sohn.«

»Ruft Polizeibestaller Kennedys jüngsten Sohn.«

»Ruft bei der Kennedy an, die Polizei ist im Stall bei ihrem Sohn.«

»Der Stall von Kennedys Sohn ist abgebrannt.«

»Vergeßt den Kuli«, brummte Knüller Molloy. »Das ist wirklich ein abgedroschener alter Witz, ist das.«

»Sind Sie Polizeikonstabler Kenneth Loathsome?« fragte der verstorbene Gwynplaine D'hunkel.

»Natürlich bin ich das«, entgegnete der pickelige Herbert in der schlecht sitzenden Uniform. »Wer sollte ich denn sonst sein?«

»Dann nehmen Sie doch freundlicherweise dieses Buch hier in die linke Hand und wiederholen Sie laut, was auf dem Einband geschrieben steht.«

Der pickelige Herbert tat, wie ihm geheißen. »Hiermit schwöre ich bei meinem Blut, daß ich meine Seele an die dunklen Mächte verkaufe und ihnen dienen ...«

»Einspruch«, sagte Cornelius Murphy.

»Was ist denn jetzt schon wieder, Mister Murphy?«

»Der Staatsanwalt drängt dem Zeugen ganz eindeutig einen Pakt mit seiner satanischen Majestät auf, Euer Ehren.«

»Stimmt das, Mister D'hunkel?«

»Vielleicht«, erwiderte D'hunkel.

»Nun, ich bin überhaupt nicht von derartigen Dingen an meinem Gerichtshof erbaut, Mister D'hunkel. Ich möchte nicht, daß das noch einmal geschieht.«

»Ich bin Euer Ehren zutiefst dankbar, daß Sie mich auf meinen Verstoß gegen das Protokoll aufmerksam gemacht haben. Darf ich darum bitten, die Angelegenheit aus den Akten zu streichen?«

»Natürlich dürfen Sie.«

»Einspruch«, sagte Cornelius Murphy.

»Sie stellen sich aber allmählich als ein sehr widerspenstiger junger Mann heraus, Mister Murphy«, sagte der Friedensrichter. »Darf ich erfahren, auf welcher Grundlage Sie diesmal Einspruch einlegen?«

»Auf der Grundlage des 1952er Films *Käfer*, Euer Ehren. Regie führte, glaube ich wenigstens, Jeannot Szwarc.«

»Und die Darsteller?«

»Bradford Dillmann, Euer Ehren. Und eine nette Schar von Nebenrollen.«

»Recht so. Also lassen wir in den Gerichtsakten stehen, daß der Staatsanwalt einen Versuch unternommen hat, den ersten Zeugen dazu zu bewegen, seine Seele an den Satan zu verkaufen.«

»Verdammt«, sagte Gwynplaine D'hunkel und entblößte seine überlangen, spitzen Eckzähne.

»Ich bin ganz sicher, daß ich etwas vollkommen Offensichtliches übersehe«, murmelte Knüller Molloy vor sich hin. »Ich bin sicher, ich könnte mir in den Hintern beißen, wenn alles endlich eine Erklärung findet.«

»Ich denke, wir hatten inzwischen genug Verzögerungen«, sagte der ehrenwerte Friedensrichter. »Seien Sie doch so gut und nehmen Sie Ihren ersten Zeugen ins Kreuzverhör, Mister D'hunkel.«

»Danke sehr, Euer Ehren. Also, Konstabler Loathsome. Würden Sie bitte dem Hof mit Ihren eigenen Worten schildern, wie ...«

»Ich fürchte, ich muß die Verhandlung an genau dieser Stelle erst einmal unterbrechen«, unterbrach der ehrenwerte Friedensrichter Wilberforce die Verhandlung an genau dieser Stelle.

»Verzeihung, Euer Ehren?«

»Ich habe eine Verabredung zum Mittagessen. Ein kleines Restaurant ganz in der Nähe, wo man ein ganz vorzügliches *boef en croûte* serviert, frittierte Hähnchenleber mit gegrillter Ananas, Zimt-und-Rosinen-Auflauf und Bananenpudding. Der Küchenchef schenkt außerdem einen selbstgebrannten Wodka aus, der einem Flußschiffer ohne Übertreibung den Teer aus den Gummistiefeln zieht. Wollen Sie vielleicht mitkommen, Mister D'hunkel?«

»Wenn es Euer Ehren nichts ausmacht, nein danke. Während der Stunden des Tageslichts gehe ich nur selten nach draußen. Ein Krug voll Plasma und ein Lebersandwich im Keller werden vollkommen ausreichen. Vielleicht hat der junge Konstabler ja Lust, mir Gesellschaft zu leisten?«

»Ganz wie Sie meinen. Also gut. Das Gericht vertagt sich bis um zwei Uhr heute nachmittag. Alles erhebt sich.«

»Das ist meine Aufgabe!« protestierte der Gerichtsdiener.

»Was?«

»Ich sage: Alles erhebt sich.«

»Ach so. Also los dann, Sie verdammter Blödmann. Sagen Sie Ihren Spruch.«

»Alles erhebt sich«, sagte Wally, und alles erhob sich.

»Na? Wie geht's denn so?« fragte eine Stimme. Sie kam aus Höhe von Murphys Kniescheibe.

»Hallo Tuppe«, sagte Cornelius und strahlte den winzigen Burschen mit dem Gesicht eines Engels und dem sexuellen Appetit eines Jeff Stryker an. »Ich hab' dich gar nicht reinkommen sehen?«

»Das ist nicht ungewöhnlich. Die Leute übersehen mich leicht.« Tuppe strahlte seinen allerbesten Freund und Partner in zahlreichen epischen Abenteuern von unten herauf an. »Also bist du am Gewinnen, oder was?«

»Schwierig zu sagen. Es ist noch zu früh. Der Staatsanwalt hat sich als eine ziemliche Überraschung herausgestellt. Aber ich weiß ein paar Dinge über den Friedensrichter, die er nicht weiß, und so denke ich, die ganze Angelegenheit sollte bis zum Fünfuhrtee erledigt sein.«

»Was meinst du, wie viele Jahre sie dir aufbrummen werden?«

»Überhaupt keine. Ich werde diesen Gerichtssaal als freier Mann verlassen, mit hoch erhobenem Kopf.«

»Was? Noch höher als jetzt schon? Das würde ich liebend gerne sehen. Am liebsten aus einem Fenster im ersten Stock natürlich.«

»Die Wahrheit wird triumphieren«, sagte Cornelius. »Übrigens, warum bist du eigentlich so spät dran?«

»Ich hatte noch ein Telefonat mit diesem Privatdetektiv, den du eingestellt hast, um die Spur deines Vaters zu finden.

Anscheinend hat er seinen Auftrag erfüllt und deinen Alten bis in die Büros der Transglobe-Verlagsgruppe zurückverfolgt.«

»Brillant«, sagte Cornelius. »Aber was macht er dort?«

»Sieht ganz danach aus, als wollte er seine Autobiographie verkaufen. Unter dem Titel *Der wundersamste Mann, der jemals lebte*.«

»Ja. Das paßt zu ihm. Sonst noch was?«

»Ja, in der Tat. Die Sache, die dich am meisten interessieren dürfte. Dein Privatschnüffler hat die Büros verwanzt, und er sagt, dein Vater behauptet, in ein geheimes Regierungsprojekt verwickelt zu sein. Irgend etwas verdammt Großes und noch Geheimeres.«

»O Mannomann«, sagte Cornelius.

»Ja. Und er will nach ...«

»Ich hasse es wirklich, Ihre Unterhaltung zu stören«, sagte der Polizist, der mit seiner linken Hand an Cornelius' rechte gefesselt war. »Aber mein Kamerad hier und ich würden jetzt gerne zur Frittenbude hinuntergehen und eine Kleinigkeit essen.«

»O ja, selbstverständlich.«

»Wenn es Ihnen nichts ausmacht, dann bringen wir Sie solange zurück in Ihre Zelle, verhauen Sie noch ein wenig und verschwinden.«

»Kein Problem«, sagte Cornelius. »Ich seh' dich später, Tuppe. Sagen wir um Viertel nach drei draußen vor dem *Fliegenden Schwan*?«

»Drinnen«, widersprach Tuppe. »Ich geb' dir auch einen aus.«

»Nett von dir. Ich nehme Champagner. Auf Eis. Eine Flasche.«

»Geht klar. Bis dann, Cornelius. Viel Glück.«

»Ich geb' mir Mühe.«

»Wiedersehen, die Herren Polizeibeamten.«

»Wiedersehen, Tuppe.«

»Wiedersehen.«

5. KAPITEL

Das Innere des mächtigen Gebäudes sah in Normans Augen noch weniger einladend aus als das Äußere. Und das Äußere hatte schon verdammt wenig einladend ausgesehen.

Nachdem er durch die Drehtüren hindurch war, fand er sich in einer großen Empfangshalle wieder. Der Boden war ganz mit grauem Marmor ausgelegt, und die Wände waren mit Eichenpaneelen verkleidet. Allerdings fehlte das Sonnenlicht, das den Gerichtshof von *Brentford* so vorteilhaft zur Geltung kommen ließ. Statt dessen erstrahlte (?) der Raum im düsteren Licht von Gaslampen, die Norman ziemlich deprimierten.

Ein paar nikotinfarbene Säulen streckten sich einer unsichtbaren Decke weit oben entgegen. Es gab eine Reihe von Aufzugtüren in einer weit entfernten Wand und eine antiquierte Telefonzentrale auf einem Empfangsschalter dicht daneben. Und hinter diesem Empfangsschalter eine Dame mit Strohhut, die an einer grauen Socke strickte.

Es war nicht die gleiche Frau, aber da Norman die erste sowieso nicht gesehen hatte, konnte er das auch nicht wissen. Noch nicht.

»Komm schon«, sagte Jack. »Mir nach.«

Norman blickte hoch und hinauf und hin und her. »Wo sind wir?« fragte er. »Was für ein Ort ist das hier?«

»Alles zu seiner Zeit. Jetzt komm schon.«

Ein weiterer Aufzug wurde benutzt. Dieser hier hob die beiden Passagiere über viele Stockwerke hinauf. Normans Mut blieb unten.

Dann waren da Korridore und Gänge und Türen über Türen über Türen. Nach ziemlich langer Zeit blieb Jack endlich vor einer der Türen stehen, die so anonym aussah wie alle anderen, stieß sie auf und kündigte an: »Wir sind da.«

Der Raum war beleuchtet mit genau der Sorte von Licht, die man in der Küche unter der Spüle findet, wenn man versucht, die Verstopfung im Siphon zu beseitigen. Es war kein großer Raum, aber er war vollgestopft.

Er litt sozusagen an einem verdammt ernsten Fall von Aktenschranküberfüllung.

Es gab Dutzende von ihnen. Hölzerne Schulter an hölzerner Schulter, einer neben dem anderen, einer über dem anderen und darüber noch mehr von ihnen. Norman machte sich gar nicht erst die Mühe nachzuzählen, wie viele es sein mochten. Einer allein reichte vollkommen aus, um ihn in tiefe Depressionen versinken zu lassen.

Der Raum war alles andere als ordentlich. Das berühmte »Ordnung aus Chaos«, für das Gott so berühmt ist, hatte sich deutlich spürbar niemals auf diese besondere kosmische Ecke ausgedehnt.

Mitten im toten Herzen dieses Raumes stand ein schwerer Schreibtisch, Bastion eines Satzes von – was denn sonst? – Aktenablagekörben. Eine ganze Reihe weiterer Ablagekörbe bildete Türme verschiedener Höhen auf dem Teppich ringsum, der allerdings meistenteils vollkommen unsichtbar unter den Bündeln verschnürter Akten und achtlos zu Boden geworfener Pappbecher lag.

Jack schloß die Tür, trampelte vorsichtig über einen anscheinend wohlbekannten Pfad zwischen den Hindernissen hindurch, wischte achtlos ein paar Aktendeckel von einem verstaubten Stuhl und nahm darauf Platz. »Setz dich, wohin du willst«, sagte er zu Norman. »Hast du Lust auf eine Tasse Kaffee oder Tee?«

»Ich will nach Hause«, sagte der tote Norman. »Wenn sich das irgendwie einrichten läßt?«

»Läßt sich nicht, Kamerad. Tut mir leid.«

Norman setzte sich auf einen Stapel Ablagekörbe und schnitt ein düsteres Gesicht. Wenigstens hatte das Zimmer ein Fenster, wenn auch dahinter nichts als Schwärze zu sehen war. Und ein großes Schild, quer über das Fensterglas geklebt, auf dem zu lesen stand: »Das Öffnen dieses Fensters ist nicht gestattet.« Es inspirierte Norman nicht gerade zu größerem Selbstvertrauen.

Jack wühlte in einer Schublade des Schreibtischs. Schließlich förderte er eine Thermoskanne und zwei Pappbecher zu Tage und an das düstere Licht. Jack schüttelte Büroklammern aus dem einen Pappbecher und wischte den anderen mit seinem Hemdsärmel sauber. »So«, sagte er schließlich. »Was hältst du von meinem Büro? Einfach phantastisch, nicht wahr?«

»Soll ich etwa auch hier arbeiten?«

»Genau!« Jack füllte den Büroklammerbecher mit Tee und reichte ihn Norman. »Zucker ist schon drin. Ich benötigte dringend einen Gehilfen, verstehst du? Ich hänge ein wenig hinterher. Nun, genaugenommen eine ziemliche Menge, und als ich dann deinen Namen in den Büchern fand, da habe ich mich als JH gemeldet und dich unten abgeholt. Und jetzt bist du hier.«

»Na, dann recht herzlichen Dank auch.«

Jack grinste sein Grinsen. »Du scheinst nicht sehr erfreut zu sein, Kamerad.«

»Ich hab's dir doch schon gesagt! Ich will nicht arbeiten. Ich will herumtrödeln. Wenn ich eine Chance gehabt hätte, die tausend Pfund beim *Skelington Bay East Pier Wettbewerb für muskelkraftgetriebene Flugmaschinen* zu gewinnen, dann hätte ich mir noch jahrelang ein schönes Leben machen können.«

Jack schenkte Tee in seinen eigenen Becher ein und nippte daran. »Du hättest nie im Leben gewonnen«, sagte er. »Ein Priester gewinnt den Wettbewerb. Er bläst seinen Bauch mit Helium auf und schießt sich durch die Luft, indem er einfach kräftig fur ...«

»Was willst du damit sagen, ein Priester gewinnt den Wettbewerb? Woher willst du das denn wissen?«

»Wir wissen alles hier oben. Steht alles in den Akten und Büchern. Wer wann geboren wird. Wie lange die Leute leben, warum und wann sie sterben. All das.«

Norman pfiff durch die Zähne. »Das weißt du *alles*?«

»Es ist unser Job, das zu wissen. Zum Beispiel, als ich mich darum beworben habe, dein JH zu werden. Weißt du, wann ich das gemacht habe?«

»Letzte Woche, als ich gestorben bin, vermutlich.« Norman nippte an seinem Tee, schnitt eine Grimasse und spuckte auf einen Aktendeckel.

»Nicht letzte Woche«, erklärte Jack. »Vor fünf Jahren.«

»Ach du meine Güte«, entfuhr es Norman. »Und was ist aus freiem Willen und Selbstbestimmung geworden?«

»Du warst frei, zu tun, was auch immer du wolltest. Es ist einfach nur, daß wir schon wissen, wie du dich entscheidest, bevor du dich entschieden hast.«

»Und wer bist du jetzt? Was ist das hier für ein Ort? Eine Art himmlisches Aktenarchiv?«

»Nein, nein, nein.« Jack klopfte sich konspirativ mit dem Finger an die Nase. »Das ist es nicht. Wir sind das bestgehütete Geheimnis in der Geschichte der Ewigkeit. Das hier ist die *Universale Reinkarnationsgesellschaft*.«

Wenn er auf Beifall wartete, dann wartete er jedenfalls umsonst. Es kam keiner. Norman zuckte einfach nur die Schultern und fragte nach: »Die was?«

»*Universale Reinkarnationsgesellschaft*.« Jack trank seinen Tee aus. »Noch eine Tasse?«

»Nein, danke.«

»Wie du willst. Bedien dich nur selbst.« Jack goß sich nach. »Sitzt du bequem?«

»Nicht besonders, nein.«

»Nun, ich fange trotzdem an. Alles begann damit, daß Gott den Himmel und die Erde schuf.«

»Wird es lange dauern?« unterbrach ihn Norman. »Ich muß nämlich …«

»Was mußt du?«

»Och, nichts. Nicht wirklich jedenfalls. Erzähl weiter. Gott schuf also den Himmel und die Erde.«

»Genau. Und es war seine Absicht, daß nur gute Menschen in den Himmel kommen sollten, wenn sie starben. Nur *wirklich* gute Menschen. Der ganze Rest ... du weißt schon.«

»In die Hölle?«

»Wir nennen es nicht so. Wir nennen es EVA.«

»Sieh an.«

»*Ewige-Verdammnis-Anlage*. Sieh mal, Gott gab Moses die Zehn Gebote, richtig? Neun davon sind relativ einfach einzuhalten, wenn man ein wenig achtgibt. Kein Morden, kein Stehlen, kein Ehebruch ... könnte schon eher ein Problem werden, aber kein wirklich großes. Aber das Zehnte Gebot. Dasjenige, in dem es heißt: Du sollst nicht nach dem Rind deines Nachbarn verlangen*.«

»Ich kann nicht gerade von mir behaupten, daß ich jemals Verlangen nach dem Rind eines meiner Nachbarn gespürt habe«, erklärte Norman. »Oder nach seinem Hintern, wenn wir schon dabei sind.«

»Nein. Aber ich wette, du warst neidisch auf seine neue Stereoanlage oder seinen Heimcomputer, sein Fahrrad oder was auch immer. Das ist alles das gleiche. Nur wenige Leute schaffen es jemals, das Zehnte Gebot einzuhalten, das kann ich dir sagen.«

»Und? Wohin führt uns das alles?« wollte Norman wissen.

»Genau nach hier. Es führt alles genau nach hier. In der Offenbarung wird die exakte Größe der Heiligen Stadt im Himmel beschrieben. Es ist ein Würfel, mit genau zwölftausend Furlongs Kantenlänge.«

»Was ist ein Furlong**?« fragte Norman.

»Keine Ahnung, aber es ist nicht *sooo* gewaltig groß. Hör einfach zu, dann verstehst du, worauf ich hinauswill. Die Hölle jedenfalls wurde geschlossen, und der Himmel droht aus allen Nähten zu platzen. Und deshalb sind wir alle hier gelandet.«

* Exodus, 20,17. Ehrlich! (Anm. d. Übers.)
** eine Achtelmeile, ca. 200 Meter (Anm. d. Übers.)

»In der EVA.«

»Genau. Das sind wir.«

»Nein, warte mal eine Sekunde. Die Hölle ist geschlossen worden?«

»Richtig. Geschlossen. Auch Gott überlegt sich manche Sachen zweimal, verstehst du? Und da er nun einmal der allwissende nette Bursche ist, der er ist, hat er sich nach und nach ein wenig schuldig gefühlt wegen all dieser armen Seelen, die bis in alle Ewigkeit vor sich hinschmorten, nur weil sie irgendwann einmal einen nachbarlichen Ochsen begehrt haben.«

»Oder einen Hintern.«

»Genau. Also hat er die Hölle dichtgemacht.«

»Gut für Gott«, sagte Norman. »Ich bin jedenfalls erleichtert, daß ich nicht in die Hölle muß.«

»Oh, du wärst sowieso nicht dorthin gekommen. Du hättest mindestens achtzehn sein müssen, bevor sie dich dort hineingelassen hätten. Eintritt für Minderjährige strengstens verboten. Nur Hardcore dort, wenn du verstehst. Was ich damit sagen will: Babys begehren nun einmal Rasseln und so ein Zeug. Stell dir nur vor, all diese bis in alle Ewigkeit schmorenden Säuglinge. Kein Schwanz hätte das Geschrei ausgehalten.«

Norman verstand sehr wohl, worauf Jack hinauswollte.

»Und nicht zu reden von der Erbsünde.«

»Der Erbsünde?«

»Habe ich dir nicht gerade gesagt, daß du nicht darüber reden sollst?« Jack verfiel schon wieder dem Frohsinn. »Einer über Gott, das. Die alten Kalauer sind immer noch die besten, was?«

»Wenn du meinst.« Norman rutschte unbehaglich auf seinem Sitz hin und her. »Du hast nicht zufällig ein Kissen da, oder?«

»Nein. Ich habe nur das eine hier, und das brauche ich selbst. So, und um die Geschichte abzuschließen: Bis die Erweiterung fertig ist, macht die *Universale Reinkarnationsgesellschaft* eben weiter.«

»Ich kann mich nicht daran erinnern, daß du etwas über eine Erweiterung gesagt hast.«

»Die Erweiterung eben, die Gott an den Himmel anbauen läßt, um all die Millionen Seelen aufzunehmen, die nicht in die Hölle sollen. Der Himmel ist voll bis zum Rand, das habe ich dir doch schon gesagt. Und bis das himmlische Konstruktionsbüro mit der Erweiterung fertig ist, müssen wir hier die ganze Arbeit erledigen.«

»Und warum kann Gott nicht einfach mit dem Finger schnippen und die Erweiterung erscheinen lassen?« fragte Norman. Eine recht vernünftige Frage, wie es scheint.

»Eine recht vernünftige Frage, wie es scheint«, sagte Jack. »Aber er kann nicht, Kamerad. Er kann nicht. Auf diese Art und Weise läuft das Geschäft nicht. Er liebt es, über die Dinge nachzudenken, sie im Kopf herumzuwälzen. Vergiß nicht, er ist schon so ewig und ewig am Leben, und er hat auch schrecklich lange gebraucht, um den Himmel und die Erde zu schaffen, oder etwa nicht?«

»Schätzungsweise hast du recht.«

»Also, bis alles fertig ist, müssen wir die Seelen der Toten eben im Umlauf halten. Sie recyceln. Wenn jemand stirbt, dann schnappen wir uns die Seele und setzen sie jemandem ein, der gerade geboren wird. Das hat uns vor einige Probleme gestellt, weil die Zahl der Toten die der Lebenden um das Dreißigfache übersteigt. Das Angebot übersteigt die Nachfrage, oder umgekehrt, je nachdem, von welcher Seite man es sieht. Jedenfalls gibt es eine gewaltige Warteschlange.«

»Wo?« fragte Norman.

»In einem riesigen Ring um die Sonne. Verstehst du, wenn du stirbst, dann verläßt dein Körper die Seele.«

»Ich dachte immer, es wäre genau andersherum.«

»O nein, ist es nicht. Der Augenblick, in dem du stirbst, befreit deine Seele vom Körper. Aber da die Seele nicht irgendein Gewicht oder eine Masse besitzt, unterliegt sie auch nicht den Gesetzen der Gravitation. Also bleibt sie einfach an Ort und Stelle. Die Erde bewegt sich inzwischen weiter auf ihrer Bahn um die Sonne und läßt die Seele einfach zurück. Deswegen kommt es an Todestagen ja auch immer wieder zu Spukerscheinungen. Die Erde ist genau einmal um die Sonne herum und an der gleichen Stelle wie ein Jahr zuvor, wo die Seele wartet. Wenn die Seele sich also als Geist oder Gespenst manifestieren will, dann macht sie das an diesem Tag. Die meisten verzichten allerdings darauf. Sie hängen einfach nur herum, mitten im All, und genießen die Sonne und den Anblick der vorüberziehenden Planeten. Es soll sehr entspannend sein. Sehr kosmisch. Wirklich.«

»Und wie sehen diese Seelen jetzt aus?«

»Sie *sehen* nicht aus. Sie sind so eine Art Energiepartikel. Sehr kraftvolle Energie – immerhin betreiben sie einen Menschen ein ganzes Leben lang.«

»Und warum läßt man diese Seelen nicht einfach im All herumhängen und die Sonne genießen, bis die Erweiterung fertiggestellt ist? Warum all dieser Papierkram hier?«

»Eine gute Frage, Kamerad«, sagte Jack. »Wirklich, eine sehr gute Frage.«

»Und wie lautet die Antwort darauf?«

»Frag mich nicht. Ich arbeite hier nur.«

»Schon gut, schon gut. Ich frage dich nicht. Das ist alles nur totale Zeitverschwendung. Wer trägt hier die Verantwortung? Gott?«

»Nicht hier. Hier hat der Chef die Verantwortung.«

»Und was macht der Chef?«

»Er kontrolliert die Dinge«, erwiderte Jack. »Einer seiner Vorfahren hatte die Idee zu der ganzen Sache. Er ist ein dikker, fetter Bursche, der Chef. Wir nennen ihn …«

Erzogen wie alle Jungen – mit *Sesamstraße* und *Löwenzahn* –, machte Norman sich darauf gefaßt zu raten. Aber Jack fuhr fort: »… Sir. Wir nennen ihn Sir«, sagte Jack. »Aber er wird nicht mit dir reden wollen. Er redet niemals mit irgend jemandem. Ich habe jahrelang auf einen neuen Bleistift gewartet, ohne Quatsch. Aber Gott steht hinter all dem. Dort steht er immer. Und ich kann nur eines sagen, wenn es um Gott geht.«

»Und das wäre?« fragte Norman.

»Eier«, entgegnete Jack.

»Heh, leise! Er könnte uns zuhören!« Norman hielt sich die Ohren zu.

»Keine Sorge. Aber wenn ich Eier sage, dann meine ich das wörtlich. Gott hat den Menschen nach seinem Ebenbild geschaffen, richtig? Nach dem Bild, nach dem der alte Mann sich ursprünglich selbst geschaffen hat. Und wo hat er die Eier hingetan, he?«

»Ich weiß, wo er die Eier hingetan hat«, erwiderte Norman bitter. »Und ich hatte niemals eine Chance, meine vernünftig einzusetzen.«

»Er hat sie nach draußen gelegt, Kamerad, das hat er gemacht! Ist das nicht vielleicht eine bescheuerte Konstruktion? Die empfindlichste Stelle der gesamten männlichen Anatomie, und was macht er? Umhüllt er sie mit einer Schale? Plaziert er sie im Innern des Beckens? Einen Dreck. Er legt sie nach draußen, läßt sie in einem schlaffen Hautsack herumbaumeln, wo sie nur auf das hochgerissene Knie oder den Fußball warten. Mir jedenfalls sagt das alles, sagt das.«

»Was sagt dir das?«

Jack tippte sich an die Stirn. »Er hat sie nicht mehr alle.«

»Das ist witzig«, entgegnete Norman.

»Was ist denn witzig?«

»Ach, nichts. Er hat sie nicht mehr alle, sagst du.«

»Genau. Ein wahnsinniges Genie. Hat ein paar großartige Ideen gehabt, doch die Kleinigkeiten sind ihm einfach durch das Netz geschlüpft. Die Eier draußen, Brustwarzen bei Männern, Käsefüße, stinkende Achselhöhlen, wirklich stinkende Schei ...«

»Ich verstehe, worauf du hinauswillst. Du willst sagen, er ist nicht halb so allmächtig, wie er angeblich sein soll.«

»Du hast es kapiert, Kamerad.«

»Also schön«, sagte Norman. »Jetzt weiß ich das Wichtigste. Die Hölle hat dichtgemacht, der Himmel platzt aus allen Nähten. Die Erweiterung ist noch nicht fertig. Und eine große schmutzige Gesellschaft wurde gegründet, um Seelen zu reinkarnieren, die gar nicht reinkarniert werden wollen. Und wir können die Schuld an allem Gott zuschieben, weil er die Eier nach draußen gelegt hat.«

»In aller Kürze, ja.«

»Bitte zeig mir den Weg nach draußen.«

»Es gibt keinen Weg nach draußen, Kamerad. Du hast eine Vollzeitarbeit, und du solltest dankbar dafür sein. Hauptsache Arbeit.«

»Ich weiß nicht, wie oft ich dir das noch sagen muß! Ich will keine Arbeit! Ganz besonders keine Vollzeitarbeit. Und schon gar nicht hier.«

»Es gibt Vergünstigungen«, sagte Jack.

»Was für Vergünstigungen?« fragte Norman.

»Priorität, wenn die Erweiterung fertig ist. Wir gehen als erste hinein. Wegen unserer verdienstvollen Arbeit hier. Das sagt der Chef jedenfalls. Und es wird ein ganz wundersamer Ort. Ich habe die Prospekte gesehen. Ich habe einen hier, wenn du mal sehen willst? Sobald die Erweiterung fertig ist, sind wir drin.«

»Wie lange wird das dauern?« fragte Norman.

»Nicht lange.«

»Wie lange?«

»Ziemlich kurz.«

»Wie kurz?«

»Höchstens ein paar tausend Jahre«, sagte Jack. »Aber die Zeit verrinnt wie im Flug, du wirst sehen. Wir haben jede Menge zu tun. Jede Menge aufzuarbeiten.«

»Nein«, sagte Norman. »Nein, nein, nein! Ich bleibe nicht hier. Ich will im All treiben und Sonnenbaden und den Planeten zusehen. Wo ist der Ausgang?«

»Du kannst nicht gehen. Nicht, nachdem du erst einmal hier warst. Es ist eine Regel.«

»Dann will ich reinkarniert werden. Ich laß es darauf ankommen. Ich werde schon nichts begehren. Einfach nur herumhängen.«

»Ach, komm schon, Norman!«

»Was ist denn aus dem ›Kamerad‹ geworden? Das ist mir wirklich in die Nase gestiegen, dieses ›Kamerad‹!«

»Bleib hier, und du wirst dich daran gewöhnen.«

»Nein, tu' ich nicht. Hol meine Akte herbei und füll den Schein aus. Ich will zurück zur Erde.«

»Nun, wenn du so fest entschlossen bist, dann kann ich dich nicht daran hindern.«

»Gut. Laß uns endlich anfangen.«

»Wie du meinst. Irgendwo hab' ich noch ein Formular herumliegen. Es ist ein neues Projekt, das der Chef extra für Leute angeleiert hat, die wirklich nicht hier arbeiten wollen.«

»Das bin ich!« sagte Norman. »Ich will wirklich nicht hier arbeiten.«

»Ich schätze, du hast die Wahl.«

»Brillant!« sagte Norman. »Dann möchte ich bitte Lead-Sänger in einer richtig erfolgreichen Heavy-Metal-Band sein. Oder ein Hollywoodstar, ganz egal welcher.«

»Oh, so groß ist die Auswahl nicht, fürchte ich. Sieh mal, bei dem großen Rückstau von Seelen, da mußte der Chef die Reinkarnation bis jenseits der menschlichen Spezies ausdehnen.«

»Dann Löwe!« sagte Norman, der sich nicht durch eine derartige Lappalie abschrecken ließ. »Oder Leopard.«

»Ah«, sagte Jack. »Hier haben wir ja das Formular. Wirf erst mal einen Blick drauf, und dann sag mir, was du sein möchtest.«

Norman schnappte sich das Formular und überflog es von oben nach unten. Einmal. Ein zweites Mal. Und ein drittes Mal, diesmal von unten nach oben. Und mit einem sehr verdrießlichen Gesicht blickte er anschließend wieder zu Jack.

»Und? Was soll's sein?« fragte der Bursche. »Rettich oder Rosenkohl?«

6. KAPITEL

»Rettich-Entrecôte und flambierter Rosenkohl«, sagte der Ehrenwerte Richter Wilberforce. »Steak und Brokkoli. Eine Käseplatte. Rolly-Polly-Pudding. Sehr schmackhaft das alles. Und ein verdammt guter Portwein. Und Brandy. Und dieser wahnsinnige Wodka. Brennt selbst Supermann ein Loch in die Unterhose. Und jetzt zurück zum Geschäft. Sind wir vollzählig? Alles in Ordnung?«

»Sind wir, Euer Ehren. Alles in Ordnung, Euer Ehren«, sagte der Gerichtsdiener.

»Und darf ich annehmen, daß wir auch alle bereits das ›Alles erhebt sich‹ und so weiter hinter uns haben, da wir jetzt alle sitzen?«

»Ich denke doch, Euer Ehren.«

»So. Um es mit den Worten Freddies zu sagen: ›The Show must go on.‹* Mister D'hunkel, bitte fahren Sie mit Ihrem Kreuzverhör des Konstablers fort.«

»Ah.« Gwynplaine D'hunkel betupfte sein Kinn mit einem seidenen Taschentuch. »Ich bedaure, aber der junge Konstabler ist nicht länger bei uns.«

»Das, so vermute ich, ist ein Euphemismus für: ›Er ist tot.‹ Nicht wahr, Mister D'hunkel?«

»Kann schon sein, daß es das ist, Euer Ehren.«

»Der Bursche gefiel mir sowieso nicht. Er hatte so einen unruhigen Blick.«

»Ich erhebe Einspruch, Euer Ehren«, sagte Cornelius Murphy.

»Ah, Sie sind auch noch bei uns. Das ist immerhin etwas, vermute ich.«

Cornelius war in der Tat noch da. Obwohl sich sein Äußeres seit dem vorübergehenden Aufenthalt in der Zelle

* Nicht Freddy Q.!

(wegen der Mittagspause seiner Wächter) auf die eine oder andere Weise subtil verändert hatte. Zu dem blauen Fleck über dem Auge hatte sich eine dicke Lippe gesellt, und an seinem Jackett fehlte nun auch der zweite Ärmel. Auch das Aussehen der Polizeibeamten hatte die eine oder andere Änderung erfahren. Der eine von ihnen war geschmückt mit etwas, das die boxende Gemeinde mit einem »verdammt großen Veilchen« bezeichnete. Der andere trug den Arm in der Schlinge.

»Und was, Mister Murphy, haben Sie diesmal zu beanstanden?«

»Daß der Anwalt der Krone sich ganz eindeutig am Blut des armen Konstablers Loathsome gütlich getan hat. Wahrscheinlich liegt seine ausgesaugte, verschrumpelte Hülle irgendwo unten im Keller herum.«

»Eine vollkommen haltlose Verdächtigung«, sagte der Anwalt der Krone Gwynplaine D'hunkel. D'hunkel, der Zerstörer. »Und ganz eindeutig verleumderisch. Ich möchte Euer Ehren bitten, diesen Sachverhalt der vorliegenden Anklageschrift gegen das Subjekt hinzuzufügen.«

»Genau. Auf diese Weise funktioniert das Gesetz«, stimmte der Friedensrichter zu. »Die Aufzeichnungen der Verhandlung zeigen ganz eindeutig, daß der Angeklagte förmlich um weitere fünf Jahre im Bunker gefleht hat. Oder was auch immer ich ihm in meiner sprichwörtlichen Milde aufzubrummen gedenke.«

»Buuuh, buuuh, buuuh!« machte der Balkon.

»Genau meine Meinung«, sagte Cornelius. »Das ist ein Schauprozeß!«

»Aber eine verdammt gute Schau, was?« krähte der Richter.

Knüller Molloy, der von der Mittagspause mit einem Diktaphon zurückgekehrt war, schaltete den Apparat angewidert ab.

»Also schön. Wen möchten Sie denn als nächstes aufrufen, Mister D'hunkel?«

»Nun, wenn es Euer Ehren recht ist, dann würde ich lieber all die kleinen Anklagen im Augenblick beiseite lassen und direkt zum Knackpunkt des Falles kommen.«

»Darauf hätte ich wetten können!«

»Ruhe, Mister Murphy, oder ich verurteile Sie wegen Mißachtung des Gerichts.«

»Der Knackpunkt dieses ganzen Falles, Euer Ehren, liegt im Reichtum des Angeklagten und der Art und Weise, wie er ihn erworben hat. Ich würde deswegen gerne *Die verrückte Welt des Arthur Brown* in den Zeugenstand rufen.«

»*Die verrückte Welt des Arthur Brown*, Mister D'hunkel? Sie meinen den heißspornigen Rockanarchisten aus den Sechzigern, an den man sich vor allem wegen des einzigen erinnerungswürdigen Hits erinnert?«

»*Fire*, Euer Ehren? Ja, das ist der Mann, in der Tat.«

»Nun, dann rollen Sie ihn nur herein, Mister D'hunkel, und lassen Sie uns sehen, was wir zu sehen bekommen.«

»Ich rufe *Die verrückte Welt des Arthur Brown*.«

»Ruft die entzückende Maid des Arthur Clown.«

»Ruft den weiblichen Clown namens Arthur.«

»Ruft Arthur Schneid und seine tausend Frauen.«

»Das war schon beim ersten Mal nicht lustig«, brummte Knüller Molloy. »Es ist einfach nicht lustig. Es war nie lustig, und es wird niemals lustig sein.«

»Sie sind Arthur Schneid? Wo sind Ihre tausend Frauen?« erkundigte sich Gwynplaine D'hunkel.

»Ich bin Arthur Brown«, sagte Arthur Brown. »Arthur Brown von der Societät Chamsky, Weinheim, Esau, Brown & Ackeren.«

»Was ein herrliches Akronym bildet, wenn mich nicht alles täuscht«, sagte der Friedensrichter.

»Ich denke, da haben Sie nicht ganz unrecht, Euer Ehren«, sagte Mister D'hunkel. »Offensichtlich ein billiger Kalauer auf Dinnerparties.«

»Warum auch nicht?«

»Ja, warum auch nicht, Euer Ehren?«

»Also schön. Wir werden nicht warten, bis sich das allgemeine Gelächter gelegt hat. Bitte seien Sie so freundlich und nehmen Sie jetzt Ihren Zeugen ins Kreuzverhör, Mister D'hunkel.«

»Vielen Dank, Euer Ehren.« Der Anwalt der Krone von jenseits des Grabes wandte sich an den Knaben im Zeugenstand. Einen gutgekleideten Stadtmenschen im mittleren Alter. Mit einem schmalen Aktenkoffer. »Nun, Mister Brown ...«

»Einspruch, Euer Ehren« sagte Cornelius. »Der Zeuge wurde nicht vereidigt.«

»Jetzt vergessen Sie mal den verdammten Eid«, erwiderte der ehrenwerte Richter. »Das hält alles viel zu lange auf. Mister D'hunkel, Ihr Zeuge, bitte.«

»Wie Sie wünschen, Euer Ehren.«

»Schmierig«, sagte Cornelius. »Sehr schmierig.«

»Mister Brown, Ihre Firma beschäftigt sich, glaube ich, in der Hauptsache mit großmaßstäblichen Betrügereien und der Vermeidung von Einkommenssteuern?«

»Das ist der Fall, jawohl.« Eine sehr, sehr höfliche Stimme.

»Und Sie verwalten in gutem Glauben das gegenwärtige Konto des Angeklagten, ist das korrekt?«

»Jawohl, das ist korrekt.« Der smarte Bursche zog ein Bündel Papiere aus seiner Aktenmappe und reichte es dem Anwalt der Krone.

»Beweisstück A«, sagte D'hunkel. »Darf ich es dem Angeklagten vorlegen, Euer Ehren?«

»Bitte, tun Sie sich keinen Zwang an, Mister D'hunkel.«

»Sehr freundlich von Ihnen. Sehr, sehr freundlich.«

»Sehr schmierig. Sehr, sehr schmierig.«

»Das reicht jetzt aber, Mister Murphy!«

»Verzeihung, Euer Ehren.« Cornelius nahm das Bündel Papiere entgegen und überflog es kurz.

»Mister Murphy«, sagte der Anwalt der Krone mit dem bösem Grinsen, »würden Sie diese Aufstellung Ihres gegenwärtigen Vermögens als korrekt einstufen?«

Cornelius blickte erneut auf die Papiere, diesmal noch flüchtiger. »Scheint so. Plusminus ein oder zwei Millionen.«

»Würden Sie bitte die fragliche Summe laut vorlesen?«

»Na gut. Hier steht dreiundzwanzig Millionen Pfund.«

»Oooooooh«, sagte der Balkon.

»Ich habe eine Menge gespendet«, verteidigte sich Cornelius. »Aber es wächst trotzdem immer weiter. Morgen spende ich noch mehr, wenn Sie wollen.«

»Ich bin sicher, daß Sie das gerne würden, Mister Murphy. Aber woher kommt Ihr Vermögen? Das ist es, was ich wissen will. Wir besitzen keinerlei Aufzeichnungen, daß Sie jemals einer normalen Arbeit nachgegangen sind.«

»Ich bin mein eigener Arbeitgeber«, sagte Cornelius.

»Ihr eigener Arbeitgeber? Als was denn genau?«

»Ich bin ein Abenteurer«, erwiderte der große Junge stolz.

»Und was für eine Art Abenteurer sind Sie?«

»Ein epischer. Ganz definitiv ein epischer.«

»Hurraaah!« machte der Balkon.

»Ich lasse den Saal räumen, wenn nicht augenblicklich Stille einkehrt«, machte der Richter.

»Murmel murmel«, machte der Balkon. Ganz, ganz leise.

»Ein epischer Abenteurer?« Mister D'hunkel bürstete weiteren unsichtbaren Staub von seinen Revers. »Und wohin genau führen diese epischen Abenteuer, die Sie erleben?«

»Ich ziehe es ehrlich gesagt vor, diese Frage nicht zu beantworten.«

»Ach, seien Sie doch kein Spielverderber, Mister Murphy«, murrte der Anwalt der Krone. »Sie haben die Schule vor sechs Monaten ohne Aussicht auf eine Arbeit verlassen, es gibt keinerlei Aufzeichnungen, daß sie jemals einer Arbeit nachgegangen wären, und hier stehen Sie vor uns und besitzen ein Vermögen von dreiundzwanzig Millionen Pfund. Britischen Pfund. Ein nicht gerade kleines Vermögen, möchte ich meinen. Wollen Sie uns wirklich nicht das Geheimnis Ihres Erfolges verraten?«

»Würden *Sie* das tun?« fragte Cornelius.

»Ich befinde mich nicht auf der Anklagebank«, entgegnete D'hunkel.

»Euer Ehren«, sagte Cornelius. »Ich würde gerne mein Plädoyer ändern.«

»Auf schuldig? Prima, das erspart uns eine ganze Menge Zeit. Hiermit verurteile ich Sie zu ...«

»Nein, nicht auf schuldig, Euer Ehren. Ich möchte auf William Castles Film von 1956 plädieren, *Ich sah, was du getan hast*.«

Der Friedensrichter dachte einen oder zwei Augenblicke über den Antrag Murphys nach. »Das zieht nicht!« sagte er schließlich.

»Wirklich nicht?« fragte Cornelius.

»Nein, es zieht nicht«, mischte sich Gwynplaine D'hunkel ein. »Lassen Sie mich auf Mister Murphys Plädoyer antworten, Euer Ehren. Ich plädiere auf *Dark Star*, Regie John Carpenter. Obwohl sich anscheinend kaum jemand daran erinnert.«

»Ich hab's!« sagte Knüller Molloy.

»Was? Wirklich? Nie im Leben!« sagte der Gerichtsdiener.

»Und ich hab's doch! Ich hab' all diese Filme in der Mittagspause im schnellen Vorlauf angesehen. Ich hab's herausgefunden.«

»Dann erzähl schon«, kreischte der Balkon. »Spuck's aus!«

»Darf ich, Euer Ehren?« fragte Knüller.

»Wenn Sie es nicht lassen können?« sagte der Friedensrichter. »Ich werde diesen Murphy hier trotzdem verurteilen. Der Bursche ist mit Sicherheit irgendein internationaler Waffenhändler oder sonstwas. Ein kurzer Bürstenhaarschnitt und zwanzig Jahre hinter schwedischen Gardinen, das ist genau das richtige für ihn.«

»*Die Wagen, die Paris verspeisten*«, sagte Cornelius Murphy.

»Zu spät, Mister Murphy, und außerdem auch noch falsch. Sagen Sie Ihren Text, Mister Molloy.«

»Er ist es!« sagte Knüller Molloy. »Der Friedensrichter. Jedesmal, wenn in einem Film eine Gerichtsszene kommt, dann erscheint einem der Richter irgendwie bekannt, und man verschwendet die restliche Zeit des Films damit zu sagen: ›Ist das nicht der Typ aus diesem Film? Oder diesem? Oder vielleicht jenem?‹ Nun, Sie sind jedenfalls dieser Typ, oder nicht?«

»Oder nicht?« grölte der Balkon.

»Oder doch.« Der Richter grinste. »In letzter Minute herbeigerufen, um die Rolle des Brigadiers Algenon »Dickerchen« Wilberforce, DSM, OTO, KY und so weiter und so fort zu spielen. Ich befand mich schon im Ruhestand, wissen Sie? Ich habe die Rolle nur angenommen, um genügend Geld für die künstliche Hüfte meiner Frau zusammenzukriegen.«

»Ich kaufe ihr zwei neue Hüften«, sagte Cornelius. »Und auch ein neues Gebiß, wenn Sie wollen.«

»Nein, mein Freund. Ich fürchte, dazu ist es zu spät«, sagte der ehemalige Hollywood-Nebendarsteller. »Sie haben es hier schließlich mit einem Profi zu tun.«

»*Plan Neun aus dem Weltall*?« sagte Knüller. »Wurden Sie da nicht von Tor Johnson niedergemetzelt?«

»Das war ich, genau. In *Die wilden Bienen* wurde ich zu Tode gestochen. Ich war der Hausmeister.«

»Sie trugen einen Bart«, sagte Knüller.

»Einen falschen.«

»War gar keine schlechte Rolle. Aber wen zur Hölle spielten Sie in *Dark Star*?«

»Das Alien«, sagte der Richter. »Aber nur die Hände. Sehr scharfsinnig übrigens von Ihnen, Mister D'hunkel. Muß ich noch mehr sagen, Mister Murphy, bevor ich Sie verurteile?«

»Wie wär's mit einer fairen Verhandlung?« fragte Cornelius.

»Sehr amüsant, Mister Murphy. Sehr satirisch. Aber ich will nicht so sein. Ich werde Ihnen eine einzige Frage stellen, und wenn Sie die richtige Antwort wissen, dann dürfen Sie als freier Mann hoch erhobenen Hauptes dieses Gericht verlassen.«

Cornelius warf einen Blick auf seine Armbanduhr. Genau vierzehn Minuten nach drei. Der Weg zum *Fliegenden Schwan* dauerte eine Minute. »Fragen Sie schon«, sagte er.

»Wie heiße ich?« fragte der Richter.

»Sie heißen, ähhh ... ähhh ...«

»Jetzt muß ich aber zur Eile drängen.«

»Ich hab's auf der Zunge.«

»Ja? Wirklich? Sonst jemand im Gerichtssaal? Los schon, Leute!«

»Ohhh!« und »Ahhh!« und »Ahhh!« und »Ohhh!« machte das Volk auf dem Balkon. »Wie heißt er bloß? Wie war doch gleich sein Name? Das ist doch der Typ, der in ... Wie hieß nochmal der Film? Du weißt doch, was ich meine! Er spielte die Rolle des ...«

»Niemand, der es weiß? Mister Murphy? Geben Sie sich einen Ruck, Mann!«

»Einen Augenblick noch. Oh, fast hatte ich ihn!«

»Cornelius Murphy, ich befinde Sie für schuldig in allen Punkten der Anklage, und ich verurteile Sie hiermit zu ...«

»Cash Flagg!« sagte Cornelius Murphy.

Schweigen.

Man hätte eine Stecknadel fallen hören können.

»Falsch«, sagte der Friedensrichter. »Dreiundzwanzig Jahre.«

»Nein«, sagte Cornelius. »Nein, nein, nein!«

»Doch«, sagte der Friedensrichter. »Doch, doch, doch!«

»Bruce Morgan!« heulte Cornelius auf, als man ihn in Richtung der Zellen abführte. »Charles Winthrope! Clive McMurty! Bill Seabrock ...!«

Aber seine Worte gingen im Tumult unter. Alle erhoben sich, und die meisten gingen nach Hause. Der Gerechtigkeit war einmal mehr Genüge getan.

»Wie war denn jetzt sein Name?« fragte Knüller Molloy.

»Ich hab' nicht die leiseste Ahnung«, erwiderte Gwynplaine D'hunkel. »Hätten Sie nicht Lust, mit mir in den Keller zu gehen?«

7. KAPITEL

»Rosenkohl«, sagte Norman. »Ich wähle Rosenkohl.«

»Was?« Jack wäre beinahe aus dem Stuhl gefallen. »Das kann nicht dein Ernst sein, Kamerad! Ich meine Norman. Ich meine, das glaube ich einfach nicht. Nein, das kannst du nicht!«

»Ich kann. Und ob ich kann! Wenn ich die Wahl habe, ob ich hier arbeiten oder mein Leben als Rosenkohl fristen will, dann will ich ein Rosenkohl sein. Wo muß ich unterschreiben?«

»Nein, Norman. Warte! Nur nichts überstürzen!«

»Den Stift bitte!« sagte Norman. »Oder willst du meine Unterschrift in Blut, oder was?«

»Nein!« Jack streckte abwehrend die Hände vor. »Du willst doch nicht wirklich als Rosenkohl leben! Wirklich nicht!«

»Doch. Rosenkohl döst den ganzen Tag lang in der Sonne. Das ist alles, was ich vom Leben will.«

»Rosenkohl wird geerntet«, sagte Jack. »Mit der Hacke. Von wegen in der Sonne dösen!«

»Das passiert uns allen.« Norman zuckte die Schultern. »Ein schneller Schlag mit der Hacke und Schluß. Aus. Kaputt. Damit kann ich leben. Trag mich als Rosenkohl ein. Und kennzeichne meine Akte mit Rosenkohl bis zum *Tag des Jüngsten Gerichts**.«

»Rosenkohl stirbt aber nicht, wenn er geerntet wird«, sagte Jack.

»Natürlich stirbt er.«

»Nein, tut er nicht.«

»Tut er doch.«

* Das vierte Lied auf der ersten Seite des *Angels-One-Five*-Albums *Shaving the Monkey*.

»Tut er nicht. Gemüse lebt noch, wenn man es im Laden kauft. Solange es nicht verrottet, ist es nicht tot.«

»Unsinn«, erwiderte Norman. »Du willst mich auf den Arm nehmen.«

»Nein, will ich nicht.«

»Willst du doch.«

»Will ich nicht. Du lebst und bist bei vollem Bewußtsein, wenn sie dich in kochendes Wasser werfen. Sicher, dann stirbst du, aber erst, wenn du durch und gar bist. Dauert ungefähr zwanzig Minuten. Schreckliche Art zu sterben, das.«

»Gemüse spürt keinen Schmerz«, entgegnete Norman trotzig.

»Und ob! Natürlich hat Gott Adam und Eva nichts davon gesagt. Er wußte, daß es ihnen den Appetit verschlagen hätte.«

»Und was ist mit Rettich? Wird Rettich gekocht?«

»Nein. Rettich wird roh gegessen. Roh und *lebendig*. Immer einen Bissen nach dem anderen: mampf, mampf, mampf. Die einzelnen Bissen leben immer noch, wenn sie im Magen landen, mitten unter all der schrecklichen Magensäure. Einige Bissen könnten sogar lange genug überleben, um am nächsten Morgen mit der Schei ...«

»Danke«, sagte Norman. »Ich glaube, ich verstehe.«

»Trotzdem«, Jack zeigte wieder sein Grinsen, »du hast selbstverständlich die Wahl. Also, was darf's sein? Rettich oder Rosenkohl?«

»Wie sind denn die Arbeitszeiten hier?« fragte Norman. »Nur so aus Interesse.«

»Ziemlich gut«, entgegnete Jack. Er nahm das Formular aus Normans Fingern, zerknüllte es zu einer hübschen runden Kugel und warf es geschickt in den Papierkorb, wo es unter Hunderten anderer kleiner zusammengeknüllter Bälle zur Ruhe kam, von denen jeder einmal genau das gleiche Formular gewesen war.

Nun, wenn das hier ein Film wäre, möglicherweise sogar

unter der Regie von Jeannot Szwarc oder Bruce Geller, dann wäre die Kamera jetzt bestimmt zu einer Großaufnahme herangefahren, um dem Kinobesucher zu verdeutlichen, daß das ein wichtiger Hinweis ist. Ein Hinweis, der impliziert, daß Jack gegenüber Norman nicht ganz ehrlich war, als er behauptete, dies hier wäre sein erster Auftrag als Jenseits-Helfer.

Aber da wir es mit einem Buch und nicht mit einem Film zu tun haben (noch nicht!), geht dieses an und für sich wichtige Detail einfach unter.

»Es gibt Freizeiteinrichtungen«, fuhr Jack fort. »Ping Pong und die verschiedenen Betriebsfußballmannschaften. Und wir dürfen im Pool der Gesellschaft schwimmen.«

»Ich bin so begeistert, daß es mir glatt die Sprache verschlägt«, sagte Norman.

»Ja, ja. Du wirst schon etwas finden, das du magst. Es wird dir gefallen. Besser jedenfalls, als wenn du als Rosenkohl leben müßtest, das verspreche ich dir. Also, können wir endlich anfangen?«

»Würde es dir etwas ausmachen, wenn ich zuerst auf die Toilette gehe?«

Jack hob eine mißtrauische Augenbraue. »Du hast nicht vor abzuhauen, oder?«

»Bestimmt nicht«, log Norman. »Wo sollte ich denn schon hin, heh? Wohin denn?«

»Natürlich. Ich schätze, du könntest dich höchstens in einem Schrank verstecken oder so.«

»Und was sollte mir das nutzen?«

»Nichts. Aber es würde mich zum Lachen bringen.«

»Ich geh' dann mal schnell aufs Klo, wenn du nichts dagegen hast.«

»Guter Junge. Links aus der Tür und die dritte Tür links.«

»Danke.« Norman erhob sich von seinem Aktenstapel und suchte vorsichtig einen Weg zur Tür.

Irgendwo mitten im Chaos von Jacks Schreibtisch begann eine Gegensprechanlage zu summen, als sich die Tür hinter

Norman eben geschlossen hatte. Jack schob Papiere und Akten zur Seite und drückte auf einen Knopf.

»Bradshaw«, meldete er sich.

Worte kamen durch den Lautsprecher, Worte, die über irgendeine hundsgewöhnliche Telefonverbindung transportiert wurden. Nicht über Satellit und schon gar nicht durch ein Tiefseekabel. Ein ungeübter Erzähler würde hier einen Abschnitt einfügen, der näher auf die Einzelheiten eingeht.

»Wie kommst du voran, Bradshaw?« fragte die Stimme des Chefs.

»Keine Probleme, Sir. Er ist genau der Richtige. Ein richtiger kleiner Drückeberger. Genau das, wonach Sie gesucht haben, Sir.«

»Hervorragend, Bradshaw, ganz hervorragend. Nun, du kennst das ja inzwischen. Rede weiter auf ihn ein, erzähl ihm alles, was er wissen muß, und stell verdammt noch mal sicher, daß er den Rest nicht herausfindet.«

»Er stellt eine Menge Fragen, Sir, aber ich weiß schon, was ich ihm sage. Er ist eine Niete; er will nur herumhängen und sonst nichts.«

»Und mehr wollen wir auch nicht von ihm. Gute Arbeit, Bradshaw. Ich melde mich bald wieder.«

»Auf Wiedersehen, Sir.«

Draußen auf dem Korridor zog Norman das Ohr von der Tür zurück. »Eine Niete, was?« flüsterte er vor sich hin. »Nun gut, das werden wir ja noch sehen.«

In einem weit entfernten Raum legte der Chef seinen Telefonhörer auf die Gabel und ließ sich in das parfümierte Badewasser seiner Marmorwanne zurücksinken, wo er über die letzte mathematische Gleichung zur Vervollständigung seiner Formel für ein universales Heilmittel und ewiges Leben nachdachte.

Er war ein großer Mann, der Chef. Glatzköpfig und mit gewaltigem Bauch. Und es konnte überhaupt kein Zweifel daran bestehen, wes toter Hülle Geistes er war.

Ziemlich verblüffend, diese Ähnlichkeit. Ziemlich verblüffend.

»Alles in Ordnung jetzt?« fragte Jack nach Normans Rückkehr. »Bist du OK?«

»Ja, danke. Also, wo soll ich sitzen?«

»Du kannst meinen Stuhl haben, Norman.«

Jack erhob sich.

Norman setzte sich.

»Und was soll ich tun?«

»Ich erklär's dir.« Jack erklärte es ihm. Es war eine sehr komplizierte Prozedur, die viele verschiedene Besuche bei vielen verschiedenen Aktenschränken erforderte. Es hatte viel mit Querverweisen und Formularausfüllen und einer verwickelten Comptometrischen Maschine aus Messing zu tun, die Jack *Karmaskop* nannte. Der wirkliche Sinn dieses Geräts blieb Norman verborgen, größtenteils deswegen, weil Jack nicht weiter darauf einging; nur so viel: die Ergebnisse, die er durch all die vielen Besuche bei den Aktenschränken, die Querverweise und das Formularausfüllen gewann, mußten doppelt überprüft und am Ende in die Maschine eingegeben werden.

Jack zeigte Norman ein Anwenderhandbuch und meinte schließlich: »Steht alles hier drin, was du wissen mußt.« Das Buch war dick wie ein Telefonbuch. »Blickst du soweit durch?«

Norman gähnte. »Und wo wirst du sitzen?« fragte er.

»In meinem neuen Büro«, erwiderte Jack. »Ich bin befördert worden. Eine Treppe höher, verstehst du?«

»Meinen herzlichen Glückwunsch.«

»Ich komme in einer Stunde oder so noch mal vorbei und sehe nach, wie du zurechtkommst. Wenn du Hilfe brauchst, dann drück einfach auf den blauen Knopf an der Gegensprechanlage.«

»Mach besser zwei Stunden daraus«, sagte Norman. »Ich würde gerne zuerst ein wenig aufräumen.«

»Ich kann auch vier Stunden daraus machen, wenn du möchtest. Das wäre dann so gegen Feierabend.« Jack setzte sich in Richtung Tür in Bewegung. »Bis dann also«, sagte er.

»Bis dann.«

Die Tür schloß sich, und Norman blieb ganz allein in dem schrecklich vollgestopften Raum zurück. Draußen preßte Jack das Ohr an die Tür.

Und hörte absolut überhaupt nichts.

Kein Geräusch von Geschäftigkeit. Kein Rascheln von Papier. Kein Geräusch von Aufräumen. Nichts. Ganz genau das, was er zu hören erwartet hatte.

Er kicherte leise vor sich hin, als er in Richtung Aufzug ging.

»Kicher du nur, du Rindvieh«, flüsterte Norman, der das Ohr diesmal von innen an die Tür gepreßt hatte. »Ich werd' schon noch dahinterkommen, was hier vorgeht, du wirst sehen. Aber zuerst die wichtigen Dinge«, sagte er, während er sich einen Weg zu seinem Schreibtisch zurück bahnte. »Ich frage mich, wie ich diese blöde Messingmaschine am besten kaputt kriege?«

Norman setzte sich und schmollte. »Ich hätte zumindest andere Klamotten verlangen sollen«, beschwerte er sich. »Ich bin ganz schön aufgeschmissen, wenn ich die nächsten zweitausend Jahre in dieser dämlichen grauen Schuluniform verbringen muß. Aber ich bin sowieso aufgeschmissen, wenn ich die nächsten zweitausend Jahre hier verbringen muß.«

Er dachte über die Messingmaschine nach, doch sie war mit massiven Bolzen an der Schreibtischplatte festgemacht. So einfach würde es nicht werden.

Norman lehnte sich in seinem Stuhl zurück, kickte Aktendeckel beiseite und legte die Füße auf den Tisch. »Ich werde gar nichts tun«, sagte er. »Nicht einen Schlag. Aus mir werden sie jedenfalls keine produktive Arbeit herausholen.«

Er summte leise vor sich hin, wie es ihm gerade in den Sinn kam, und schaukelte im Rhythmus mit dem Stuhl. »Ich werde hier herumdösen bis zum Jüngsten Tag oder was auch immer. Genau. Das mach' ich.

Oder doch nicht. Was sage ich da nur?« Er nahm die Füße vom Schreibtisch und erhob sich. »Das ist anscheinend genau das, was sie von mir wollen. Nichtstun. Sie wollen, daß ich einfach nur herumtrödele. Nur das weiß, was ich wissen soll, und nichts über den ganzen verdammten Rest herausfinde. Also schön, wir werden ja sehen.«

Norman mühte sich zum nächstgelegenen Aktenschrank hinüber und öffnete die oberste Schublade.

Was für eine Menge Akten!

Er zog willkürlich eine hervor und nahm sie mit zurück zu seinem Schreibtisch. Dann setzte er sich wieder und schlug die Akte auf. »Wen haben wir denn da? Colin Scud«, las er. »Was ist das denn für ein Name? Colin! Ts, ts.« Er vertiefte sich in die Akte von Mister Colin Scud und las die Einzelheiten halblaut vor sich hin. »Geboren am 29. Juli 1957, begehrte die Schubkarre eines Spielkameraden im Kindergarten (das war rot unterstrichen!). Dann Grundschule.« Norman las Seite um Seite.

»Hauptschule.« Noch mehr Seiten. »Oberschule.« Und noch mehr, und immer weiter. »Arbeit beim Sozialamt.« Und weiter. »Hobbys: Eisenbahnen ... Geschichte des englischen Kanalsystems ... Mitglied im Club der Modellbusbauer. Nie von zu Hause weggegangen. Lebt bei seiner Mutter. Und stirbt am ...« Norman las das Datum und zog seine multifunktionale Digitalarmbanduhr zu Rate, die er noch immer am Handgelenk trug. » ...Freitag in acht Tagen um Mitternacht. Du armer dummer Hund, Colin. Wie siehst du deinem Ende entgegen?«

Norman blätterte weiter zur letzten Seite. »Erhält einen tödlichen elektrischen Schlag beim Öffnen der Kühlschranktür. Ziemlich beschissen. Ich wünschte, ich könnte dir helfen, Colin, alter Freund, aber ich kann nicht. Aber ich sag' dir, was ich tun werde: Ich versuch', etwas wirklich Heißes für deine nächste Reinkarnation zu finden. Pornofilmstar oder Formel-Eins-Fahrer oder so was in der Art.«

Norman ging zu dem Aktenschrank und zog eine weitere Akte hervor. Zog, genauer gesagt, zehn weitere Akten hervor, um sich die ständige Hin- und Herlauferei zu sparen.

»Also gut«, sagte der Bursche schließlich. »Wen haben wir denn hier? Noch einer, der schon lebt. Und noch einer. Anscheinend suche ich im falschen Aktenschrank. Ich brauche die, die erst noch geboren werden. Ich frage mich, wo die Ungeborenen untergebracht sind?«

Es dauerte nicht allzu lange, bis er den Aktenschrank gefunden hatte. Genauer gesagt, die dreiundzwanzig Aktenschränke voll. Norman zog einen Stapel Akten hervor und schleppte sich mit ihnen zu seinem Schreibtisch zurück.

»Also schön, die Ungeborenen. Jetzt suchen wir dir einen schönen aus, Colin, mein alter Freund.«

Norman öffnete einen Ordner.

Willkürlich.

»Und los geht's, Colin. Ein hübscher kleiner Bube. Kommt nächsten Dienstag zur Welt. Wollen mal sehen, ob er berühmt wird.« Norman blätterte durch die sehr dünne Akte bis zur letzten Seite. »O nein. Wird er nicht. Sehr betrübliche Sache, das. Stirbt nächsten Freitag in acht Tagen um Mitternacht an einem Kurzschluß in seinem Brutkasten. Armer kleiner Kerl. Ziemlich traurige Geschichte, das. Also gut, suchen wir einen anderen.«

Norman fand einen anderen. Beziehungsweise eine andere. Ein kleines Mädchen. »Also gut, hier ist ein anderer. Beziehungsweise eine andere. Ein kleines Mädchen. Das ist doch mal eine Abwechslung, was, Colin, alter Freund? Ich wette, du wirst dein Eisenbahn-Gucken aufgeben. Wollen mal sehen, ob sie ein Top-Model wird, oder eine Premierministerin oder was auch immer. O Mann, nein! Stirbt an einem elektrischen Schlag. Im Kinderbett von einem Blitz getroffen. Freitag in acht Tagen um Mitternacht. *Was hat das alles eigentlich zu bedeuten?*«

Norman kehrte zu den Akten der bereits Lebenden zurück, die er aus den Schränken gezogen hatte. Alle Leute hatten verschiedene Lebenswege hinter sich, kamen aus verschiedenen Ländern der Erde, waren in verschiedenen Ecken der Welt zu verschiedenen Zeiten geboren worden, hatten ihre Träume verwirklicht oder auch nicht, besaßen verschiedene Hobbys und verschiedene Leidenschaften. Aber eins hatten sie alle gemeinsam. Sie würden alle am Freitag in acht Tagen um Mitternacht an den Folgen eines elektrischen Schlages sterben. Alle. Ohne Ausnahme!

»Alle? Ohne Ausnahme?« Norman stolperte benommen zum nächstgelegenen Aktenschrank und zerrte so viele Akten hervor, wie er nur tragen konnte.

Und noch eine, und noch eine, und noch eine.

Und alle und alle und alle und alle.

Sie würden alle am Freitag in acht Tagen an einem elektrischen Schlag sterben.

Alle.

Ohne Ausnahme.

Die Alten, die Jungen und die Ungeborenen.

Die ganze verdammte Menschheit.

Und alle an einem ›elektrischen Schlag‹.

»Nein!« sagte Norman. »Das kann nicht mit rechten Dingen zugehen. Es kann einfach nicht. Noch einmal von vorn. In alphabetischer Reihenfolge. Ganz von vorn.« Er stolperte zwischen den Aktenschränken hindurch und arbeitete sich zu den A vor.

Plötzlich sagte er: »Oh, mein Vater!« Was zumindest als Hinweis darauf zu verstehen war, daß sein Nachname irgendwie mit A begann. Wie auch immer er lauten mochte.

»Mitten unter den B«, sagte Norman. Was nicht mehr beweist, als daß man manchmal recht und manchmal eben unrecht hat.

»Die Akte von meinem Dad.« Er nahm sie mit zum Schreibtisch und wischte alle anderen mit einer ungeduldigen Handbewegung zu Boden. Dann schwebten seine Hände über der Akte. Unschlüssig.

Mit zitterndem Daumen hob er eine Ecke des Deckels an.

Und ließ ihn wieder fallen.

Er konnte nicht. Konnte nicht nachsehen. Wollte nicht wissen, wann sein eigener Vater sterben würde. Oder wie. Das war wirklich schrecklich. Das konnte man einfach nicht machen!

»Jemand anderes«, sagte er und schob die Akte zur Seite. »Jemand anderes, den ich kenne. Jemand, der mir egal ist. Dieser verdammte Lehrer, Mister Bailey, der in mein Grab gefallen ist. Er ist auch unter B.«

Und richtig, da war er.

Norman blätterte durch die Akte seines Schulmeisters, hier und da sprachlos wegen der exotischen sexuellen Aktivitäten seines Lehrers.

»Aber warum ausgerechnet Orangen?« murmelte er vor sich hin.

Ah, da war es. Natürlich. Auf der letzten Seite, wo sonst.

Und da stand es! In dicken, großen Druckbuchstaben!

»Freitag in acht Tagen. Zwölf Uhr Mitternacht. Kurzschluß im vibrierenden Innern der aufblasbaren *Miß Zaubermund*.«

Der gute alte ELEKTRISCHE SCHLAG!

»Aaaaaaarrgghhh!« kreischte Norman. »Sie werden alle sterben!«

8. KAPITEL

Knüller Molloy kehrte von der Toilette zurück und suchte einen freien Barhocker. »Sitzt hier jemand?« fragte er.

»Ja«, erwiderte Tuppe. »Ich sitze hier.«

»Oh, Entschuldigung. Ich habe Sie nicht gesehen.«

»Passiert mir andauernd. Sie sind der Reporter aus der Gerichtsverhandlung, nicht wahr?«

»Genau der bin ich.«

Sie befanden sich im *Fliegenden Schwan*, wo sonst. Die Nachmittagssonne schien durch andere Fenster herein als die Morgensonne, aber der Effekt war genau der gleiche. Einfach wunderbar.

Der Thekenraum weilte in sanften Bernsteintönen, hier und da ein Glitzern auf dem polierten Messing der Zapfhähne oder den glänzenden Gläsern, die ständig und überall gehoben und gesenkt wurden. Leise, angenehme Unterhaltungen der Mittagsgäste erfüllten das Lokal. Das Gefühl, daß alles so war, wie es sein sollte. Für immer und ewig.

Ach, *Brentford*!

»Wo bleibt mein Kumpel Cornelius?« fragte Tuppe. »Er hätte inzwischen längst hier sein sollen!«

»*Murphy!*« rief Knüller Molloy aus und bestellte damit ahnungslos ein Glas Bier der gleichnamigen Sorte. »Der Richter hat ihn eingebuchtet.«

»Was?« sagte Tuppe.

»Dreiundzwanzig Jahre«, sagte Knüller.

»Was?« sagte Tuppe.

»Nun, er ist dreiundzwanzig Millionen Mäuse schwer. Ich schätze, der Richter wollte ironisch sein, oder was auch immer. Heh, wo sind Sie auf einmal?«

»Hier unten«, murmelte Tuppe von dort unten, weil er von seinem Barhocker gefallen war und nun mit den Füßen in der Luft strampelnd auf dem Teppich lag. »Ich befinde mich in einer Art Schockzustand.«

Die leisen Unterhaltungen waren erstorben. Dreiundzwanzig Million britische Pfund! Das war ein zu unanständig großer Betrag, um ihn zur Mittagszeit in einem Lokal wie dem *Fliegenden Schwan* zu erwähnen.

Vielleicht in der Poolbar des Sultans von Brunei.

Aber nicht hier im *Fliegenden Schwan*.

Hier nicht.

»Erlauben Sie mir doch, Ihnen wieder aufzuhelfen.« John Omally, am Ort lebender Trinker und Gerichtsbalkon-Eintrittskarten-Schwarzhändler, hastete herbei, um dem kleinen Freund des dreiundzwanzigfachen Millionärs zurück auf den Barhocker zu helfen. »Ich hoffe doch, Sie haben sich nicht weh getan?«

»Nein, alles in Ordnung, danke. Aber da muß ein Irrtum vorliegen! Cornelius hätte diesen Prozeß nicht verlieren dürfen!«

»Doch, hat er. Aber es war eine richtige Verschwörung. Der Staatsanwalt war ein Sargbewohner, und der Richter war ein Hollywood-Nebendarsteller. Genau der, der immer die Richter in den Filmen spielt und dessen Namen man nie weiß.«

»Sie meinen doch nicht den Burschen aus *Plan Neun aus dem Weltall*?« fragte Neville, der Vollzeit-Teilzeitbarmann, Herrscher der Theke, und stellte Knüller Molloy seinen Krug *Murphy's* hin.

»Doch. Genau den.«

»In ›*Die wilden Bienen*‹ hat er den Hausmeister gespielt«, sagte der alte Pete.

»Ja, und da trug er einen Bart«, sagte Jim Pooley.

»Er hat auch in ›*Käfer*‹ mitgespielt«, sagte Norman Hartnel (offensichtlich nicht mit Norman dem Jüngeren oder seinem Vater verwandt, deren Nachname bekanntlich mit A beginnt. Oder war es B?)

»Und in ›*Dark Star*‹ hat er die Hände des Aliens gespielt«, sagte Knüller. »Obwohl das nicht viele Leute wissen.«

»Kyle McKintock«, kamen John Omally, Jim Pooley, Norman Hartnel, der alte Pete und Chips, der Hund vom alten Pete, schließlich überein.

»Ich dachte, das wüßte jeder?« fragte Tuppe.

»Nun, Ihr Freund jedenfalls wußte es nicht. Deswegen wurde er ja auch verurteilt. Aber dreiundzwanzig Jahre sind nicht *sooo* lang. Bei guter Führung ist er nach fünfzehn schon wieder draußen, immer noch ein junger Mann. Dann kann er bei Talkshows mitmachen und sich als Berühmtheit feiern lassen. Wie dieser Bursche vom großen Eisenbahnraub. Wie war noch sein Name?«

»Frank Irgendwas, oder nicht?« meinte Neville.

»Dave«, sagte Omally.

»Nein, es war Pete«, sagte Jim Pooley.

»Nie im Leben«, sagte der alte Pete. »Ich hab' ein Alibi.«

»Hat nicht Roger Daltrey in diesem Film mitgespielt?« fragte Neville. »Oder verwechsle ich das mit Mick Jagger?«

»Ich schätze, es war Phil Collins«, sagte Knüller.

»Ja, das ist der Bursche«, sagte der alte Pete. »Phil Collins, der große Posträuber. Er ist jetzt mit dieser Schauspielerin verheiratet, wie heißt sie doch gleich?«

»Twiggy?« lautete Jims Vorschlag.

»Mary Hopkins«, konterte Norman Hartnel.

»Nein«, sagte Knüller. »Die ist mit irgend jemandem aus dem Musikgeschäft verheiratet.«

»Aber Phil Collins *ist* im Musikgeschäft«, sagte der alte Pete.

»Ich dachte, Sie sagten, er sei der große Posträuber?«

»Na, vielleicht ist er ja auch mit Joan Collins verheiratet?«

»Nein«, widersprach Neville. »Joan Collins ist mit Norman Mailer verheiratet.«

»Du meinst wohl Marylin Monroe!«

»Genau! Marylin Monroe. Sie ist jetzt mit Phil Collins verheiratet.«

»Sie ist tot«, sagte Jim.

»Oh, der arme Phil. Er muß ganz verzweifelt sein. Elvis soll auch schon tot sein, wie ich erst kürzlich gehört habe. Nicht, daß ich mir je etwas aus ihm gemacht hätte. Ich mochte Paul Whitemann mehr.«

»Hat der nicht bei Lew Stones Orchester mitgespielt?« fragte John.

»Nein, das war Al Bundy. Oder vielleicht auch George Melly.«

»George Melly hat mich einmal in einer Kneipe verprügelt«, sagte Jim Pooley. »Wir hatten einen Streit über Picasso.«

»Keine Frau ist es wert, daß man sich wegen ihr prügelt«, sagte der alte Pete weise.

»Ich habe kein Glas *Murphy's* bestellt«, sagte Knüller Molloy.

»Ich denke nicht, daß uns das weiterhilft«, sagte Tuppe. »Ich muß Cornelius aus dem Gefängnis befreien, und zwar möglichst bald. Jetzt gleich.«

»Ich frage mich, wie wir Ihren Freund am besten aus dem Knast holen können?«

Der Klang von Omallys Stimme und die Art und Weise, wie er die Bemerkung äußerte, reichten vollkommen aus, um eine ziemlich große Fläche rings um die Verschwörer freizumachen. Plötzlich saß jedermann mit Ausnahme von John, Jim, Knüller und Tuppe wieder an seinem Tisch und fuhr dort mit seinem fröhlichen, belanglosen Geschnatter fort.

»Haben Sie vielleicht eine bestimmte Idee?«

»Habe ich.« Omallys Stimme war nur ein Flüstern.

»Sehen Sie mal, mein Freund Jim hier und ich, wir haben zu unserer Zeit auch hin und wieder ein paar epische Abenteuer erlebt.«

»Ich habe darüber gelesen«, sagte Tuppe. »Aber ich dachte, ihr Typen hättet euch aus dem Geschäft zurückgezogen?«

»Nicht ein Stück. Wir haben uns nur ein wenig zwischen den einzelnen Engagements ausgeruht. Und ich spüre es im Urin, daß uns ein glücklicher Zufall heute an diesem Tag zusammengebracht hat. Das ist ja wohl das Wenigste, was Jim und ich tun können, Ihren unrechtmäßig eingesperrten Freund aus dem Gefängnis zu befreien.«

»Was?« Jim prustete in seinen Bierkrug, und Schaum flog durch die Gegend.

»Fahren Sie fort«, sagte Tuppe.

»Nein, nein. Einen Augenblick bitte«, sagte Jim. »Diese Art von Geschäft umfaßt ganz sicher illegale Praktiken wie die Dynamit-Behandlung verschlossener Türen oder Flucht auf Leben und Tod vor der Konstablerei, um nur zwei Beispiele zu nennen. Lauter solche Sachen. Bestimmt.«

»Nicht, wenn wir es so machen, wie ich mir die Sache denke«, widersprach John.

»Keine Gefahr für Leib und Leben? Wirklich?«

»Nicht die allerkleinste, Jim. Du scheinst aber nicht gerade in deiner Heldenform zu sein, alter Freund.«

»Heldenform? Was redest du denn da? Hast du zuviel *Sony the Hedgehog* gespielt?«

»Also bring mal dein volles Potential ins Spiel.«

»Mein Glas ist leer«, sagte Jim. »Trockenheit der Kehle verhindert, daß ich über Dinge nachdenken kann, die mein volles Potential verlangen.«

»Ich geb' einen aus«, sagte Tuppe und zog ein gewaltiges Bündel großer Geldscheine hervor. »Wenn Sie einen Weg erkennen können, wie wir Cornelius freibekommen, dann habe ich keinen Zweifel daran, daß er Sie für Ihre diesbezüglichen Anstrengungen reichlich belohnen wird.«

Omally versuchte, seine Augen von dem gewaltigen Banknotenbündel abzuwenden, aber sie widerstanden seinen Bemühungen. »Darf ich dann noch einmal das gleiche haben?« erkundigte er sich höflich.

»Und ich auch«, sagte Knüller. »Aber was anderes.«

»Aber sicher.«

»Mehr in diese Richtung, Neville!« rief Omally.

Der Vollzeit-Teilzeitbarmann hastete gehorsam herbei. »Ich vertraue darauf, daß ihr in meiner Bar niemanden zum Aufruhr anstachelt, John?« sagte er.

»Nicht die Bohne. Wir unterhalten uns nur ein wenig mit diesem kleinen Mann hier.«

»Mir ist zu Ohren gekommen«, sagte Neville, »daß Hugo Rune wieder in die Gegend zurückgekehrt ist.«

»Der alte Bösewicht«, sagte Tuppe. »Mein Kumpel Cornelius wird ihm schon zeigen, wo's langgeht.«

»Diese Worte erfreuen meine Ohren. Wenn es soweit ist, meinen Sie, er könnte vielleicht auch die Tatsache zur Sprache bringen, daß Rune seit achtzehn Jahren einen unbezahlten Deckel in dieser Bar liegen hat? Der Gedanke daran verursacht mir immer noch schlaflose Nächte.«

»Mit dem allergrößten Vergnügen. Also, was trinken wir?«

Omally schob sein halbleeres Bierglas beiseite. »Ich hatte einen doppelten Whisky«, sagte er.

»Ich auch! Ich auch!« stimmte Pooley ein.

»Und ich«, sagte Knüller Molloy.

»Na gut. Ich nehm' einen dreifachen«, sagte Tuppe.

»Dieser Bursche hat Klasse«, sagte Omally. »Dann also eine Runde Dreifacher, Herr Wirt!«

In einer privaten Nische direkt neben dem Dartbrett begann Omally schließlich mit leiser, ernster Stimme zu sprechen. Er sprach von hölzernen Pferden und Fluchttunneln. Von der Konstruktion von Drachen, die das Gewicht eines Mannes trugen und mit Leichtigkeit über eine Gefängnismauer geflogen werden konnten. Von verkleideten Gefängnisbesuchern, die die Kunst des Pelmanismus* beherrschten und sich komplizierte Computereintrittskodes merken konnten. Die die vorzeitige Entlassung eines Verurteilten bewirken konnten, indem sie sich mit Hilfe fortgeschrittener Apparate in geschlossene Systeme hackten. Und von verschlungenen, verschiedenen Plänen, die nur Omally allein verstand und die einen Vorschuß von vielen tausend Pfund Kapital verlangten.

Irgendwann später, als er beinahe sein Pulver verschossen hatte und genügend Kraft aufbrachte, um den Blick endlich von dem gewaltigen Bündel Geldscheine abzuwenden, das Tuppe noch immer in den Händen hielt, bemerkte er voller Erstaunen, daß die Anzahl seiner ihm gespannt lauschenden Zuhörer sich um genau einen erhöht hatte.

»Das ist ja wirklich faszinierend«, sagte Cornelius Murphy. »Reden Sie doch weiter, guter Mann! Ich genieße jede einzelne Minute.«

* **Dann sehen Sie doch selbst im Wörterbuch nach!**

9. KAPITEL

»Das ist ja wirklich entsetzlich!« Norman biß sich auf den Knöchel. »Ich muß unbedingt etwas dagegen unternehmen!«

Aber was?

»Jemanden informieren«, sagte Norman.

Aber wen?

»Jack«, sagte Norman. »Nein, nicht Jack.«

Dann den Chef.

»Nein, auch nicht den Chef.«

Wen denn?

»Wer stellt mir eigentlich dauernd diese Fragen?«

Ich bin's. Dein Gewissen.

»Ach so. Nur, damit das klar ist. Aber ich muß mit jemandem reden!«

Und mit wem?

»Hör endlich auf! Es gibt nur eine einzige Person, an die ich mich wenden kann.«

So? Und wen? Ich bin ganz Ohr.

»Gott«, sagte Norman. »Ich muß mit Gott reden.«

Mensch!

»Nein, halt. Ich kann nicht einfach ihn damit belästigen, ganz egal, wie schlecht die Dinge stehen. Er kennt sein eigenes Geschäft schließlich am besten, und wenn er beschlossen hat, die gesamte Bevölkerung von Großbritannien am Freitag in acht Tagen an einem elektrischen Schlag sterben zu lassen, dann wird er bestimmt nicht darüber erbaut sein, wenn ich einfach hingehe und ihn frage, was zur Erde er sich eigentlich dabei gedacht hat. Ich würde wahrscheinlich seinen großen Unwillen erregen, und er würde mich mit der Beulenpest oder sonstwas strafen.«

Aber andererseits …

»Aber andererseits …«, fuhr Norman fort, »… andererseits – was, wenn er gar nichts davon weiß? Anscheinend bin ich ganz genau über die Sache gestolpert, über die ich auf gar keinen Fall stolpern sollte, einfach indem ich aufgestanden bin und einen der Aktenschränke geöffnet habe. Was man nicht von mir erwartet hat.

Das scheint ein ziemlich großes Geheimnis zu sein. Das muß es gewesen sein, als Jack sagte, es sei das bestgehütete Geheimnis in der gesamten Geschichte der Ewigkeit. Irgendwie weiß Gott wahrscheinlich selbst nichts davon.«

Eine interessante Theorie. Sehr interessant. Obwohl der Weg, auf dem Norman zu seiner Erkenntnis gelangt war, wenn er überhaupt zu einer Erkenntnis gelangt war und wenn es überhaupt auf diesem Weg war und wenn das wirklich alles überhaupt stimmte, wie auch immer er diesen Weg gefunden hatte, zumindest zweifelhaft erscheinen mochte (oder eine Erklärung verlangte [wenn auch nur für diese Satzkonstruktion. Hmmm.]).

Aber es war nun einmal diese Theorie, zu der er gelangt war, und nachdem er nun einmal bei ihr angelangt war, wollte er sie natürlich auch verifizieren.

Zum Beispiel, indem er Gott fragte.

»Und jetzt ist ein genauso guter Zeitpunkt wie jeder andere auch«, sagte Norman, schlüpfte durch die Tür nach draußen und stahl sich durch den Korridor davon.

Wenn Gott überhaupt irgendwo in diesem verdammten Gebäude herumhing, dann mit an Sicherheit grenzender Wahrscheinlichkeit in der Penthouse-Suite. Oder wie auch immer das URG-Äquivalent davon heißen mochte. Jedenfalls die Zimmer im obersten Stock.

Norman schlich durch diesen Korridor und jenen. Alle sahen gleich aus, trostlos und monoton, aber gnädigerweise waren sie wenigstens leer. Als er endlich den Aufzug nach oben gefunden und auf den Rufknopf gedrückt hatte, da zitterten seine Knie wie im Rhythmus eines Eddie-Floyd-Schlagers, und sein Mund war so trocken wie der Humor des Autors. (Hmmm!)

Es bestand noch immer die Möglichkeit, und sie schien gar nicht von *sooo* weit hergeholt, daß der große Boß genau über die elektrischen Schläge Bescheid wußte und daß Norman die verdiente Strafe für seinen Vorwitz aufgebrummt bekam. Die Beulenpest. Sozusagen.

Ein leises *Klickediklick* klickedicklickte, eine Bimmel bimmelte, und die Aufzugstüren öffneten sich.

Norman trat rasch in die Kabine und suchte den Knopf für das oberste Stockwerk.

»Willst du nach oben?« erkundigte sich eine Stimme.

Es war eine sehr tiefe Stimme. Mit dem, was man Timbre nennt.

Norman hätte beinahe die peinliche Handlung vollzogen, die ihn in Verruf gebracht hatte, als er fünf gewesen war.

»Ah«, sagte er und wandte sich zu dem Besitzer der Stimme um.

Er lauerte in einer schattigen Ecke. Ein großer Mann. Mindestens zwei Meter. Und breit, mächtig breit, ringsum und überhaupt. In einem dreiteiligen weißen Anzug. Weiß schien offensichtlich die Farbe der Gesellschaft zu sein. Es überraschte Norman zwar nicht sonderlich, trotzdem fehlte zwangsläufig ein wenig Originalität.

Der Kopf war ein großer und kahl obendrein. Die Nase in der Form eines Falkenschnabels, zwischen vielen Backenfalten und über einem großzügigen Mehrfachkinn. Er sah aus wie der reinste Doppelgänger einer gewissen Person, die gewissen Personen nicht gänzlich unbekannt war, zu denen Norman der Jüngere allerdings in keinster Weise gehörte.

Die Stimme erkannte Norman jedoch. Es war die Stimme, die durch Jack Bradshaws Gegensprechanlage gedrungen war, als Norman an der Tür gelauscht hatte.

Es war die Stimme vom ... Norman bemerkte, wie Fetzen der Titelmusik von *Löwenzahn* unfreiwillig in einem nervösen Pfeifen über seine Lippen kamen. Der Chef, und er war es tatsächlich, betrachtete Norman mit seinen wirklich äußerst beunruhigenden Augen. Schwarz wie der Tod. Mit winzigen, weißen Pupillen.

»Ich hatte mich erkundigt, ob du nach oben willst«, erkundigte er sich.

»Ja, ganz hoch«, erwiderte Norman hoffnungsvoll.

»Und wohin, könnte man fragen? Und das tue ich.«

»Zur Sporthalle«, schlug Norman vor.

»Ich denke, du kommst besser mit mir«, sagte der Chef.

»Ich denke, ich mache besser, daß ich aus dem Lift komme«, sagte Norman.

Aber das ging nicht, denn da hatten die Türen sich bereits geschlossen. Mit der gleichen Endgültigkeit wie die Türen einer Todeszelle.

10.
KAPITEL

»Im Augenblick kursiert ein geflügeltes Wort«, sagte John Omally, während er immer und immer wieder das dicke Bündel Banknoten aus dem Knäuel nachzählte, das Tuppe ihm auf Cornelius' Drängen hin hatte zahlen müssen, quasi als Kompensation für die angefallene Belohnung, falls er wirklich imstande gewesen wäre, den großen Jungen mit Hilfe eines seiner vollkommen unglaublichen Pläne, von denen er gesprochen hatte, aus dem Gefängnis zu befreien. »Und dieses Wort, wenn ich richtig verstanden habe, lautet: ›Beschäftige einen Teenager, solange er noch alles weiß und die Antwort auf alle Fragen kennt‹.«

»Ich denke, es ist deine Runde«, sagte Jim Pooley.

»Ich hatte einen vierfachen«, sagte Knüller Molloy.

»Wir werden alle *Murphy's* trinken«, sagte John. »Gott möge unserem Mann beistehen, was auch immer er vorhat.«

»Was haben wir eigentlich vor?« fragte Tuppe, während das herrliche, metallicblaue Cadillac Eldorado Cabriolet *Brentford* weiter und weiter hinter sich ließ.

»Abenteuer«, erwiderte Cornelius, während er mit einer Hand seine Haare zusammenhielt und mit der anderen gleichzeitig versuchte, seine Hosen gegen ein Paar zu wechseln, das zwei Beine besaß. »Ein Abenteuer von der Rock'n-'Roll-Sorte, das nicht von der Handlung geführt wird und dialogüberladen ist, wie das bisher der Fall war.«

»Also auf der Spur deines fehlgeleiteten Vaters, oder was?«

»Nichts da.« Cornelius warf seine mißhandelte Hose aus dem Wagen.

Einem entgegenkommenden Radfahrer voll ins Gesicht.

Der Radfahrer riß das Stück Stoff herunter, was zu einer Verwicklung im Vorderrad mit anschließendem Segelflug über den Lenker, einer Begegnung mit einem Mülleimer am Straßenrand, sauber aus den Nähten gegangenen Lycra-Hosen und einem Notarzteinsatz führte.

»Was soll das heißen, ›nichts da‹?« fragte Tuppe. »Du hast einen Privatdetektiv monatelang hinter deinem Alten hergejagt. Und jetzt hat er ihn gefunden.«

»So?« fragte Cornelius mit dem Fuß im falschen Bein seiner neuen Hose.

»Nun, er könnte immerhin irgend etwas Schreckliches im Sinn haben, oder? Irgend etwas, das du verhindern mußt.«

»Wahrscheinlich. Aber da wir nicht den leisesten Schimmer haben, was das sein könnte, sehe ich auch nicht, was wir dagegen unternehmen könnten.«

»Oh«, sagte Tuppe. »Nichts dagegen einzuwenden. Also, was machen wir? Oder habe ich das schon gefragt?«

»Wir machen Ferien«, erwiderte Cornelius. »Der Reißverschluß sollte nicht auf dem Rücken dieser Hose sein, oder?«

»Paß auf den Bäcker dort auf, mit dem großen Blech voller Sahnetorte!« sagte Tuppe.

Cornelius kurvte um den Bäcker herum und vermied in

letzter Sekunde einen Stoßstangen-Hintern-Kontakt, der unweigerlich zu einer Relokalisation des fraglichen Blechs, weitflächiger Sahnetortenkontamination einschließlich Gesichtseinschlag bei unschuldigen Passanten und am Ende mit großer Gewißheit zu einer verdammten slapstickmäßigen Sahnetortenschlacht geführt hätte.

»Ferien?« fragte Tuppe.

»Ferien«, sagte Cornelius. »Wir fahren nach *Skelington*. Das sind nicht meine Hosen. Das müssen deine sein. Die Beine reichen mir nur bis zu den Knien!«

»Dein Vater ist ebenfalls auf dem Weg nach *Skelington*«, sagte Tuppe. »Merkwürdig, daß du ausgerechnet *diese* Stadt für unsere Ferien ausgesucht hast. Was für ein Zufall!«

»Wir suchen uns eine Arbeit am Meer«, sagte Cornelius und kämpfte mit seinem Hosenbund.

»Arbeit? Was sagst du da?«

»Der falsche Richter hat mein Vermögen eingefroren.«

»Klingt ziemlich unangenehm.«

»Ich tu' einfach so, als hätte ich das nicht gehört. Wir sind pleite. Wieder einmal. Die Millionen sind futsch. Wir sitzen auf der Straße.«

»Genau wie es sein sollte. Soll ich das Radio voll aufdrehen, und wir warten einfach ab, was als nächstes passiert?«

»Mach das«, sagte Cornelius Murphy. »Ich lenke nur eben an den Straßenrand und nehm' die beiden Anhalterinnen auf. Sobald ich mich salonfähig gemacht habe. Hast du eine Schere da oder so was?«

Es waren sehr hübsche Käfer, die beiden Anhalterinnen. Braune lange Beine, blondes Haar. Rosige, jugendliche Gesichtsfarbe, hochprofilige Brustwarzenabdrücke in der oberen T-Shirt-Gegend. Der Traum eines alten Mannes und die Phantasievorstellung jedes Jungen. Politisch korrekt? Wer gibt schon einen Dreck darauf.

»Können wir euch mitnehmen?« fragte Cornelius.

»Sicher«, sagte die eine schlanke Schönheit. »Wir wollen nach Süden.«

»Wir auch. Springt rein.«

Die schlanke Schönheit und ihre ebenso schlanke wie schöne Begleiterin warfen ihre Rucksäcke in den Kofferraum und stiegen ein.

»Mein Name ist Thelma«, sagte die Schönheit #1. »Und das ist meine Freundin Louise.«

»Cornelius Murphy«, sagte Cornelius Murphy und drückte seinen Haarturm nieder.

»Das ist vielleicht ein starkes Auto«, sagte Louise.

»Uns gefällt es«, sagte Tuppe.

»Wer sagt das?«

»Ich.«

»Oh, tut mir leid. Ich hab' dich gar nicht gesehen.«

»Cornelius?« fragte Tuppe.

»Was gibt's, mein Freund?«

»Cornelius, ich bin stark dafür, diesen dämlichen Running Gag zumindest für eine gewisse Zeit zu unterbrechen. Ich fürchte, er hat sonst ernste Auswirkungen auf mein Sexualleben.«

»Soweit es mich betrifft: in Ordnung«, erwiderte Cornelius. »Jetzt geht der Rock'n'Roll los.«

»Ich hab' nur einen Scherz gemacht«, sagte Louise. »Ich finde dich sehr süß.«

»So«, sagte Tuppe, während der Cadillac die Straße entlangglitt und London weit hinter sich zurückließ. »Und was macht ihr beiden Ladies mit eurer Zeit, wenn ihr nicht gerade Autos anhaltet?«

»Wir fliegen«, sagte Louise.

»Ihr seid Stewardessen?« fragte Tuppe.

»Nein. Wir fliegen wirklich«, sagte Thelma. »Wir sind nämlich Engel.«

»Cornelius«, flüsterte Tuppe. »Wir haben zwei Verrückte an Bord.«

»Keine echten Engel«, erklärte Louise. »Wir machen beim

Skelington Bay East Pier Wettbewerb für muskelkraftgetriebene Flugmaschinen mit.«

»Stellt euch nur vor, genau dahin wollen ...«

»Wir müssen hier anhalten«, unterbrach ihn Cornelius. »Irgendwas ist los da vorne. Ich hoffe nur, es ist keine Straßensperre.«

»Du hast mir noch gar nicht erzählt, wie du aus dem Gefängnis ausgebrochen bist«, sagte Tuppe. »Ich nehme an, nach deinem Äußeren zu urteilen, daß ein bestimmtes Maß an Unerfreulichkeiten dabei mit im Spiel war.«

»Es gab ein paar Meinungsverschiedenheiten«, erklärte Cornelius. »Der Konstabler vertrat die Meinung, daß ich in meiner Zelle zu bleiben hätte, und ich, ich vertrat sie nicht. Sie hörten, wie ich das Schloß knackte, und legten sich auf die Lauer, aber ich war vorsichtig genug, um einen Teil des eisernen Bettgestells auszubauen, den ich als Schläger benutzen könnte, sollte die Situation es erforderlich machen.«

»Was sie prompt machte.«

»Jedenfalls begann ein Wettbewerb in Kampfkunst. Der abschließende Stand war Zwei für den Flüchtling und Null für die Konstabler. Aber da vorne passiert irgendwas!«

Und dort vorn passierte wirklich irgendwas.

Sie befanden sich auf der A3, und der gesamte Verkehr kam zum Erliegen. Der Grund dafür war nicht sofort ersichtlich, aber ist er das jemals? Vielleicht wurden zwei Spuren in eine zusammengeführt, was üblicherweise dazu führt, daß Autofahrer in gesteigerte Idiotie verfallen und sich gegenseitig so schnell wie möglich blockieren. Warum das so ist, das weiß keine Sau, aber daß es so ist, das weiß jedes Schwein.

Aber vielleicht lag es auch gar nicht an einer Fahrbahnverengung. Vielleicht hatte es mehr mit der gar nicht allzu weit entfernten Rauchsäule zu tun, die sich in den ansonsten vollkommen blauen Himmel hinaufkräuselte.

»Irgend jemand hat einen Unfall gebaut. Was zumindest eine scheußliche Sache ist«, sagte Cornelius.

»Sollen wir vielleicht aussteigen und sehen, ob wir helfen können?«

»Genau das wollte ich auch gerade vorschlagen, Tuppe. Hat eine von euch Ahnung in Erster Hilfe?« fragte Cornelius die beiden Anhalterinnen.

»Nicht die leiseste«, sagten beide wie aus einem Mund.

»Laß die Schlüssel stecken«, sagte Louise. »Wenn der Verkehr sich wieder in Bewegung setzt, holen wir euch ein.«

»Gute Idee.« Cornelius ließ die Schlüssel zurück, Tuppe winkte zum Abschied, und die beiden marschierten in Richtung der Ursache des Verkehrsstaus davon.

Es war nicht allzu weit voraus.

»Weißt du, wie das in meinen Augen aussieht?« fragte Tuppe, als er die Trümmer erblickte.

»Sag schon«, sagte Cornelius.

»Fliegende Untertasse«, sagte Tuppe.

»Scheint so, was?«

»Scheint so.«

Und es *schien* nicht nur so.

Es *war* auch so.

Es war eines dieser ultraleichten Scoutschiffe, ganz ohne Zweifel, und ganz ohne Zweifel konstruiert aus Metallen, die auf diesem Planeten unbekannt waren. Und es hatte eine verblüffende Ähnlichkeit mit dem Ding, von dem die US Airforce noch immer behauptet, daß es sich nicht im Hangar 27 der Muroc Air Base, Muroc Dry Lake, Kalifornien befindet.*

Und hier war das Ding. Mitten auf der A3. Abgestürzt.

Eine Anzahl Neugieriger hatte sich um das Objekt versammelt. Die aus den vordersten Wagen des rückwärtigen Staus. Sozusagen.

Ein korpulenter junger Mann in einem braunen, dreiteiligen Zweireiher. Ein Freizeitkleidungsfetischist, der schlank und hungrig aussah. Eine Dame mit Strohhut, die an einer grauen Socke strickte.

* Warum eigentlich zur Hölle? Wir alle wissen doch, daß es dort ist.

Vielleicht nicht unbedingt die ideale Wahl für ein Willkommenskomitee, um einen Besucher von einem weit entfernten Stern zu begrüßen. Aber so spielt das Leben. Sozusagen.

Dieses Willkommenskomitee hatte sich nun um eine vielleicht einen Meter hohe Gestalt versammelt, die in einer schicken Uniform mit goldenen Epauletten und geflochtenen Manschetten steckte. Die Gestalt besaß einen gewaltigen Kopf und eine noch gewaltigere Nase, die irgendwie an dem gewaltigen Kopf saß. Die Farbe war grau, das Design mekonisch.

Das Willkommenskomitee schrie.

Laut.

»Schieb das verdammte Ding aus dem Weg!« brüllte der Freizeitkleidungsfetischist. Mit geballten Fäusten und auf luftgefüllten Sohlen auf und ab hüpfend.

»Ich habe eine Verabredung!« brüllte der korpulente junge Mann in dem braunen, dreiteiligen Zweireiher und tippte mit dem dicken kurzen Finger auf das Teil, von dem der Typ, der es ihm in einer Kneipe angedreht hatte, vergessen hatte zu erwähnen, daß es eine *gefälschte* Rolex war.

»Ich hab's in keiner Weise eilig«, brüllte die Dame mit dem Strohhut und der halbfertigen Socke. »Ich brülle nur gerne herum.«

Der Außerirdische bemühte sich nach Kräften, ebenfalls zu Wort zu kommen. »Δ✽∇☆>◀!« bemerkte er.

»Sie haben ja vielleicht gut reden!« sagte die Dame mit dem Strohhut.

»Können wir behilflich sein?« fragte Cornelius. »Wir sind zwar in Zivil unterwegs, aber wir sind vom Automobilklub.«

»Wurde aber auch Zeit«, brüllte der in Aerobic-Manier von Hacke zu Zehenspitze hüpfende Freizeitkleidungsfetischist und schüttelte die Fäuste gegenüber der kleinen Gestalt mit dem gewaltigen Kopf. »Dieser Scherzkeks hier hätte um ein Haar meinen Wagen von der Straße gedrängt.«

»Und meinen auch!« brüllte der Träger der gefälschten Rolex. »Und meiner ist ein XR3i, Touring Modell! Mit allen Extras!«

»Genau wie meiner auch«, brüllte der Aerobicer. »Und mein Airbag wäre um ein Haar losgegangen!«

»Mein Warnblinker hat sich schon automatisch eingeschaltet.«

»Meiner auch!«

»Und meine ABS-Bremsanlage hat ein computergesteuertes Verzögerungsprofil für jedes einzelne meiner Räder berechnet. Allermodernste Technik!«

»Wie meines auch!«

Der Außerirdische blickte von einem zum anderen. Und er blickte ganz schön perplex.

Cornelius blickte zu Tuppe.

Und Tuppe blickte zu Cornelius.

Und Tuppe und Cornelius blickten auch ganz schön perplex.

»Sie lügen!« brüllte die falsche Rolex. »Ihr Wagen hat gar keinen Airbag! Sehen Sie sich nur ihre Stoßstange an! Sie sind diesem Typ von hinten in seine Fliegende Untertasse gerauscht. Wenn Ihr Wagen einen Airbag hätte, dann hätte er sich auch aufgeblasen!«

»Mein Wagen hat eine Laserzieleinrichtung!« brüllte der Mann zurück, unter dessen farbenfroher Sportkleidung ein purpurner Posinggürtel aus Lycra hervorlugte. »In den Scheinwerfergehäusen eingebaut! Die Strahlen kreuzen sich genau zehn Meter vor der Haube und errechnen ein digitales, dreidimensionales Bild, zusammen mit der Geschwindigkeit und der Verzögerungsrate, genau wie es in dieser Werbung mit den *Crash-Test-Dummies* und dieser singenden Frau zu sehen ist, und diese Einrichtung hat beschlossen, daß mein Airbag nicht benötigt wird.«

»So ein Unsinn!« sagte Tuppe.

»Das ist kein Unsinn! Das ist High-Tech!«

»Genau wie mein Wagen auch«, sagte die falsche Rolex. »Und die schöne Metallicfarbe ist außerdem einbrennlakkiert!«

»Ein Immobilienmakler«, sagte Tuppe.

»Wer?« fragte Cornelius.

»Der Typ mit der falschen Rolex.«

»Das ist niemals eine falsche Rolex, wie können Sie es wagen!« Der Rolexträger legte die Hand um seine Rolex.

»⁒$@$Δ◁◁▲▲½☆□■▢▢▢Δ∇!!!« sagte der Weltraummensch.

»Genau meine Meinung!« sagte Tuppe.

»Was sagt er?« fragten die meisten der Anwesenden.

»Er sagt, daß die Uhr zwar das klassische Oyster-Design aufweist, aber die Ziffern sind in Chrom statt in Gold, und das Armband hat die falsche Farbe.«

»Sein Wagen hat auch die falsche Farbe!« brüllte der Freizeitkleidungsfetischist. »XR3i! Von wegen! Das ist ein stinknormaler XR2! Er ist kein Immobilienmakler, sondern ein Vertreter von Vorwerk!«

»Bin ich nicht!« kreischte die falsche Rolex.

»Ist er wohl«, widersprach die Dame mit dem Strohhut.

»Bin ich verdammt noch mal nicht!«

»Bist du verdammt noch mal wohl! Und ich sollte es wissen. Schließlich bin ich deine Mutter!«

»Sind Sie verdammt noch mal nicht!«

»Bin ich verdammt noch mal doch«, sagte die Dame zu Tuppe.

»Geben Sie ihm eins hinter die Löffel«, schlug Tuppe vor. »Das hilft manchmal.«

Tut, tut, tuuuut! machte der rückwärtige Verkehr, als es ihm langsam zu dumm wurde.

»❃⬇◀▶△△▲□◯✉⌕☎Δ◇«, sagte das kleine grüne Männchen.

»Was hat er gesagt?« erkundigte sich Cornelius.

»Er hat gefragt, ob wir ihn vielleicht an einen Ort mitnehmen könnten, an dem er in Sicherheit ist, bevor die Männer von *Projekt Mißgunst* und dem *M.J.12* auf der Bildfläche erscheinen und ihn mit sich wegschleppen, damit sie an ihm herumexperimentieren können.«

»Ich wußte gar nicht, daß du venusianisch sprichst, Tuppe.«

»Es ist nicht venusianisch, sondern rumänisch.«

Wooo, wooo, wooo! erklangen die Sirenen sich nähernder Polizeifahrzeuge.

»Sie kommen jetzt besser mit uns«, meinte Cornelius zu dem bruchgelandeten Untertassenpiloten.

»▲⊠⧫⧫∇▫Δo!« sagte der Knabe.

Cornelius, Tuppe und der *Mann von einem anderen Stern** joggten entlang der aufgestauten Reihe von Fahrzeugen zurück zu Cornelius' Cadillac.

Unglücklicherweise wartete an dem Platz, wo Cornelius und Tuppe den Cadillac Eldorado zusammen mit den Schlüsseln zurückgelassen hatten, nicht einmal mehr der Platz auf die beiden.

Thelma und Louise hatten den Wagen geklaut.

KAPITEL 11

»Lassen Sie mein Ohr los!« heulte Norman. Aber der massige Chef** ließ nicht. Er schüttelte den toten Jungen im Gegenteil ganz kräftig daran.

»Was denkst du dir eigentlich dabei, hier herumzulaufen?« verlangte er von Norman zu wissen.

»Ich wollte … ich meine, ich … Lassen Sie mein Ohr los!«

»Wie heißt du?« Die dicken Finger zogen und drehten und zwickten Normans Ohr.

»Norman!« quiekte Norman.

* 1958. Regie Hal Vernon. In einer Nebenrolle Kyle McKintock als der Kleinstadtrichter, dessen Tochter sich in den Außerirdischen verliebt.

** Aus Gründen einer möglichen Verletzung des Copyrights verbietet es sich, von dem massigen Chef als *dickem Chef* zu schreiben.

»Jack Bradshaws neuer Assistent?«

»Das bin ich, jawohl, Sir.«

»Dann solltest du an deinem Schreibtisch sitzen und nicht umherwandern, oder etwa nicht?«

»Jawohl, Sir. Aua!«

»Aber du sitzt nicht an deinem Schreibtisch.«

»Nein, Sir. Aua!«

»Weil du ein Drückeberger bist, Knabe, oder vielleicht nicht?«

»Jawohl, Sir«, stimmte Norman nur allzu bereitwillig zu. »Das ist es, Sir. Es tut mir leid, Sir.«

»Das sollte es auch.« Die dicken Finger entließen Normans Ohr, und Norman fiel hart auf den Hintern.

»Dein erster Tag bei deiner neuen Arbeit, und du rennst schon in der Gegend rum und drückst dich.«

Norman kämpfte sich auf die Füße und rieb sein rotes, geschwollenes Ohr. »Es tut mir leid, Sir«, nuschelte er. »Lassen Sie mich bitte wieder aussteigen, Sir, und ich gehe auf dem schnellsten Weg zurück an meine Arbeit.«

»Ich denke nicht.« Der massige Chef fixierte Norman mit einem vernichtenden Blick.

»O Mann«, sagte der tote Junge und spürte, wie seine Knie weich wurden.

»Nein«, sagte der massige Chef. »Wenn du in der Gegend rumrennen willst, dann sollst du in der Gegend rumrennen. Zusammen *mit mir.* Ich bin auf meiner Runde, um die Relokationsbuchten zu inspizieren. Du wirst mich dabei begleiten.«

»Prima!« sagte Norman. Ohne jede Spur von Begeisterung in der Stimme.

»Du wirst eine ganze Menge lernen.« Der massige Chef beugte sich vor, streckte sich und drückte den allerobersten Knopf. Eine ganze Menge oberhalb von Normans Reichweite. »Eine ganze Menge.«

»Eine ganze Menge«, sagte Norman.

»Eine ganze Menge, jawohl. Hier gibt es eine ganze

Menge Leute, die niemals meine Bekanntschaft gemacht haben. Eine ganze Menge, die niemals das Entzücken verspürt haben, meiner Rede zu lauschen. Du wirst eine ganze Menge lernen: Eine ganze Menge.«

Der massige Chef peilte zu dem rotschöpfigen Knaben hinunter. Norman hielt sich immer noch mit einer Hand das gerötete Ohr. Mit der anderen bohrte er in der Nase.

»Oder in deinem Fall vielleicht auch nicht.«

Nach einer Weile, die weder besonders lang noch besonders kurz war, sondern genau irgendwo in der Mitte lag, kam der Aufzug plötzlich mit einem *Klonk!* und einem *Klack!* zum Halten, und eine Bimmel bimmelte.

Die Tür glitt zur Seite, und Norman, der sich noch immer das Ohr hielt, aber nicht mehr länger in der Nase bohrte (er war inzwischen beim Rollen und Drehen, kurz vorm Stadium des Wegschnippens), fand sich mit einer wirklich sehr eigenartigen Aussicht konfrontiert.

»Was ist das?« brachte er in ehrfurchtsvollem Ton über die Lippen.

»Das sind die Relokationsbuchten.« Der massige Chef setzte sich in Bewegung. »Komm mit.«

Norman schwankte unentschlossen. Er mußte hier raus. Sein schreckliches Wissen über die tödlichen elektrischen Schläge an Gott weitergeben. Oder an sonstwen. Er mußte etwas unternehmen.

»Na, wird's bald?« fragte der massige Chef.

»Komme schon«, erwiderte Norman.

Was da draußen lag, das war zumindest laut und groß. Sehr laut und sehr groß. Und sehr voller Messing. Es war ein monströser, dampfgetriebener, nach Öl stinkender Apparat, und er war riesig. Stand einfach so im Freien, unter dem schwarzen Himmel.

Lauter polierte Schwungräder und Regler und pochende Kolben und große runde Glasinstrumente mit zuckenden

Nadeln. Rohre liefen in alle Richtungen, und überall Bolzen und Nieten und Nähte und alles. Jules Verne trifft Isambard K. Brunel* im Haus von Cecil B. DeMille.

Und die Maschine erstreckte sich über eine gewaltige Fläche. Sie zog sich dahin, ein Schleifen und Tuckern und kleine Dampfwölkchen in jeder nur denkbaren Richtung. Es gab Rampen und Laufstege und Brücken aus durchbrochenem Schmiedeeisen. Kleine Männer in Overalls, genau die Sorte, die man normalerweise bei Reinigungsfirmen antrifft, huschten hierhin und dorthin mit Ölkännchen in der Hand, schmierten Nippel und wischten mit Lappen alles sauber.

»Wozu ist das gut?« Norman mußte schreien, um den Lärm der Maschine zu übertönen.

»Sie treibt die großen Himmelsdüsen an«, sagte der gewaltige Chef mit gewaltiger Stimme. »Die Öfen sorgen dafür, daß genügend Druck in den Boilern herrscht, welche die Turbinen antreiben, die die Generatoren zum Arbeiten bringen, welche die Energie liefern, die die großen Himmelsdüsen benötigen. Hörst du mir zu, Knabe?«

»Und wozu sind die großen Himmelsdüsen gut?« brüllte Norman.

»Sie senden die Frequenzen aus, die du in das Karmaskop einprogrammiert hast. Du hast doch hoffentlich das Handbuch gelesen?«

»Das hatte ich jedenfalls vor.«

»Ja, ich wette, das hattest du.«

»Pardon?«

»Egal. Jede Seele besitzt eine individuelle elektrische Frequenz. Du berechnest diese Frequenzen anhand der Prozeduren, die Jack dir erklärt hat. Wenn du die Frequenz dann

* Der berühmte Konstrukteur der *Great Eastern* und ihres Schwesterschiffes, das in der *Größten Show jenseits der Welt* (Bastei-Lübbe [einer der wundersamsten Verlage, der je existierte] Nr. 24210) eine so tragende Rolle spielt.

in das Karmaskop eingegeben hast, wird sie direkt zu den großen Himmelsdüsen übertragen. Die Düse sendet die Frequenz, die fragliche Seele wird aus der Masse, die die Sonne umkreist, herausgelöst, in die Düse hineingesaugt, neu programmiert und realloziert und am Ende zurück auf die Erde gespuckt, in ihren nächsten Empfänger. Hörst du mir zu, Knabe?«

Norman hörte zu, aber mit den Gedanken war er ganz woanders.

»Was ist?« fragte der Chef. »Bist du mit den Gedanken woanders?«

»Kommt Gott eigentlich jemals hier herunter und inspiziert persönlich die Maschine?« fragte Norman. »Ich dachte, ich könnte ihm vielleicht ›Guten Tag‹ sagen.«

Der vernichtende Blick musterte Norman ein weiteres Mal vernichtend. »Komm mit.«

»Jawohl, Sir.«

Norman folgte dem massigen Chef. Während der große Mann vorausging, wanderten Normans Augen unruhig nach links und rechts in der erbärmlichen Hoffnung, daß er vielleicht ein Schild finden könnte mit der Aufschrift STAIRWAY TO HEAVEN*, oder auch eine Tür mit einem Schild BÜRO GOTTES – BITTE EINTRETEN OHNE ANZUKLOPFEN.

Aber nein.

Schließlich kam er zu einer Tür. Sie sah ganz und gar nicht wie eine Tür aus, die in GOTTES BÜRO führte, eher im Gegenteil. Genaugenommen genau das Gegenteil. Es war eine gewaltige, schwarze schmierige Eisentür mit einer ganzen Menge Nieten und mehreren mächtigen Riegeln.

Der massige Chef begann damit, die Riegel zur Seite zu schieben. Einen, zwei, drei.

»Was ist dahinter?« fragte Norman.

»Das wirst du schon sehen.«

* Led Zeppelin.

»Ich bin nicht sicher, ob ich es sehen will.« Norman trat einen Schritt zurück, aber der massige Chef wirbelte mit einer für seine gewaltige Körperfülle bemerkenswerten Flinkheit zu dem Knaben herum und erwischte ihn einmal mehr am Ohr.

»Ich muß, glaub' ich, wieder zurück an meine Arbeit«, quiekte Norman. »Oh, bitte, lassen Sie mich los. Oh!«

Mit der freien Hand schob der massige Chef den letzten Riegel zur Seite und zog die schwere Eisentür auf. Ein Schwall übelriechender Luft kam heraus. Norman kämpfte und wand sich, aber ohne Erfolg.

»Ich fürchte«, sagte der massige Chef, »du hast genau das getan, was du nicht hättest tun sollen, und du hast etwas entdeckt, das du nicht entdecken durftest.«

»Nein«, jammerte Norman, »nein, nicht ich, Sir.«

»Doch, du. Und so muß ich dich zu meinem Bedauern ›fallenlassen‹, wie man so schön sagt.«

»Nein, bitte, warten Sie ...! Ich ... ich ...« Aber die schreckliche Tür stand inzwischen weit genug offen, um einem mittelgroßen, rothaarigen, pilzköpfigen, sich windenden Etwas in einer grauen Schuluniform und mit gerötetem Ohr den Durchlaß zu ermöglichen.

»Aaaaaaggghhh!« schrie Norman, als er in die Dunkelheit und abwärts fiel.

Bang! machte die entsetzliche Tür, und *Klack! Klack! Klack!* ertönte das Geräusch der gewaltigen Bolzen in zunehmend größerer Entfernung über Norman. *Klack!*

Echos und Finsternis und Vergessenheit und eine wirklich verdammt beschissene Art und Weise, wie der erste Tag bei Normans neuer Arbeit zu Ende ging.

Oder sogar die nackte Existenz.

Oder was auch immer.

12.

KAPITEL

»Er sagt, er möchte mit jemandem reden, der Entscheidungen treffen kann«, sagte Tuppe zu Cornelius, als sie schwer atmend und hechelnd in einer Scheune angekommen waren. Der kleine graue Außerirdische mit der großen Nase und dem viel zu großen Kopf saß schwer atmend und hechelnd zwischen den beiden schwer atmenden und hechelnden epischen Abenteurern. Aber er atmete und hechelte in einem anderen Tonfall und Rhythmus. Wie man es von einem kleinen grauen Außerirdischen mit einer großen Nase und einem viel zu großen Kopf eben erwarten konnte.

»Mit jemandem, der vertrauenswürdig ist«, fuhr Tuppe fort. »Er sagt, er möchte mit Erich von Däniken reden.«

»Oh, richtig! Gute Idee! Hast du ihn eigentlich schon gefragt, ob er uns Grüße von einem entfernten Stern bringt? Und ob wir nicht alle unsere Atomwaffen niederlegen, in Frieden miteinander leben und die Weisheit unserer gütigen Brüder im Weltall teilen sollen?«

»Nö«, entgegnete Tuppe. »Das habe ich ganz vergessen. Soll ich ihn jetzt vielleicht fragen?«

»Nein, Tuppe. Sieh mal, ich habe den Tieflader mit dem Anhänger bemerkt, von dem die Untertasse dieses Witzbolds gefallen ist. Er trug überall die Aufschrift der berühmten Doktor Doveston Wunderschau. Der Kerl ist Teil einer Jahrmarktsnummer, Tuppe. Das hätte dir eigentlich gleich auffallen müssen, schließlich bist du mit dem Zirkus aufgewachsen.«

»Stimmt das?« fragte Tuppe die großköpfige Großnase.

»∇▲✂✉◁⬥⇨☆«, erwiderte die graugesichtige großköpfige Großnase. Auf Rumänisch. Was sonst.

»Er sagt, daß das nicht stimmt«, sagte Tuppe. »Nun, wenigstens zum Teil. Er ist tatsächlich *von* dem Anhänger des Tiefladers heruntergefallen, aber nur, weil er zuerst *auf* dem Anhänger eine Bruchlandung gemacht hat.«

»Ja ja. Wirklich sehr glaubwürdig, diese Geschichte.«

»Weißt du, manchmal kannst du schrecklich zynisch sein, Cornelius«, sagte Tuppe.

Wooo, wooo, wooo! erklangen einmal mehr die Sirenen sich nähernder Polizeifahrzeuge.

»Am besten, wir rennen weiter«, sagte Cornelius.

»Ich weiß überhaupt nicht, warum ich wegrennen soll. Ich werde schließlich nicht gesucht.«

»Da hast du vermutlich recht«, sagte Cornelius. »Dann bleibst du eben mit E. T. hier, und ich renne allein.«

»Blödsinn«, sagte Tuppe.

»✻▲✻«, sagte E. T.

»Er sagt auch Blödsinn«, erklärte Tuppe. »Also rennen wir alle zusammen.«

Und so rannten sie alle zusammen.

Es war ein schöner Tag. So richtig zum Rennen. Und eine schicke Landschaft. So richtig zum Rennen. Wogende Weizenfelder mit gesprenkelten Heckenreihen. Und diesen Gehölzen, die wie kleine Wäldchen aussehen, sich aber meist nur als Dickichte entblößen, wenn man näher kommt.

Sehr hübsch. Wirklich.

Sehr ländlich. Und idyllisch. Ländlich und idyllisch. Sehr ländlich und sehr idyllisch. Und sehr hübsch. Sozusagen.

»Welche Richtung?« fragte Tuppe, als sie das Sozusagen hinter sich hatten und eine Straße erreichten.

Cornelius war ziemlich hinüber vor Erschöpfung. Er hatte Tuppe die ganze Zeit auf den Schultern getragen und das kleine graue Weltraummännchen unter dem Arm. »Egal«, keuchte er.

»▲▽★ π✂∅☆ ☆⊵⊳● ∗▲∇◆ ◆◆>>□●«, sagte das kleine graue Männchen.

»Er sagt, er hört ein Auto kommen«, sagte Tuppe.

»Ich höre nichts«, erwiderte Cornelius und strengte seine Ohren an. »Überhaupt nichts. Wetten, daß er nicht hören kann, welche Farbe es hat?«

△✂▢▲ ✽➭Δ■>∗Δ● ➭✂✂ Ω■#✽✽ΩπΔ▢● ✽➭Δ■>∗Δ● ➭✂✂ Ω■#✽✽ΩπΔ▢● △✂▢▲ ✽➭Δ■>∗Δ● ➭✂✂ △✂▢▲ Ω■#✽✽ΩπΔ▢●◇ ➭✂✂ △✂▢▲ ☆▲ Δ▲<©◇ ∇>☎>✂▲▲△✽◇ sagte das kleine graue Männchen.

»Rot«, sagte Tuppe.

»Hör auf! Rot!« Cornelius schöpfte allmählich wieder Atem.

Das Geräusch eines Wagens, der sich hinter einem Hügel verborgen rasch näherte, drang an sein Ohr. Der Wagen erschien auf der Kuppe und kam auf die drei zu. Er war *rot*.

»Jetzt sag nicht, er hat nur geraten«, sagte Tuppe.

»Das wollte ich auch nicht. Ich wollte viel eher sagen: ›Versteckt euch im Straßengraben und schleicht euch auf die Rücksitze, wenn ich das Signal gebe.‹«

»Blöde Idee das.«

»Er sagt …«

»Ist mir scheißegal, was er sagt. Versteckt euch!«

Der rote Wagen kam näher, und Cornelius stellte sich mit ausgestreckten Händen mitten auf die Straße. Es war eine enge Straße. Eher ein schmales asphaltiertes Sträßchen. Jawohl, ein Sträßchen. Also konnte der rote Wagen nicht einfach einen Bogen um Cornelius herum machen, schließlich war es nur ein schmales Sträßchen und alles. Und so kam der Wagen mit quietschenden Reifen und viel schwarzem Gummi auf dem Sträßchen hinter sich und mit Cornelius vor sich zum Stehen. Es gab ein lautes, poppendes Geräusch, und Cornelius öffnete die Augen wieder. Gerade rechtzeitig, um zu sehen, wie der Airbag, der in einem Spitzenmodell wie diesem serienmäßig eingebaut war, den Fahrer in einen großen Ballon von nach Sicherheit riechender Kunstfaser einhüllte.

»Hilfe, zu Hilfe! Helft mir hier raus!« brüllte eine bekannte, aber eigenartig erstickt klingende Stimme.

»Das ist der Typ mit der gefälschten Rolex«, sagte Cornelius und gab Tuppe und seinem neu gefundenen Freund von den Sternen das Signal, das sie verabredet hatten (heimlich).

Der große Junge huschte flink zur Fahrertür des roten Wagens und zog sie auf. »Kann ich Ihnen vielleicht behilflich sein, Sir?« erkundigte er sich höflich.

»Helfen Sie mir hier raus, verdammt!«

»Mit dem größten Vergnügen.« Cornelius packte den Fahrer am Arm und zog und zerrte, so fest er nur konnte.

Dann kämpfte er sich aus dem Straßengraben hoch und kehrte zu dem Wagen zurück. »Ich fürchte, ich habe den Ärmel Ihres Jacketts abgerissen«, sagte er entschuldigend. »Kann es sein, daß wir den gleichen Schneider haben?«

»Helfen Sie mir hier raus! Ich ersticke!«

Cornelius zog das multifunktionelle Schweizer Armeemesser aus der Tasche. Es hatte ihm immer zu denken gegeben, warum die Schweizer um alles in der Welt eine Armee benötigten, wo sie doch neutral waren. Vielleicht beschäftigte sich dieses feindlose militärische Organ einfach mit der Erfindung ständig neuer Klingen und Erweiterungen für das berühmte Messer, um auf diese Weise die Zeit totzuschlagen? Vielleicht war Schweizer Armee auch nur ein Markenname, wie Ronco, Maggi oder Matchbox. Oder Vorwerk.

»Ist doch scheißegal«, nuschelte der erstickende Vertreter. »Schneiden Sie mich einfach frei.«

Cornelius beeilte sich, der Aufforderung nachzukommen. Eine Menge Schnitte, noch mehr Zischen, und dann noch mehr Rufen. Lautes Rufen. Genauer gesagt Brüllen. Der Rolexträger schoß aus seinem Auto wie ein Sturm aus einem Wasserglas. Oder war es ein Sturm *in* einem Wasserglas?

»Was denken Sie sich eigentlich dabei? Mitten auf der Straße zu stehen! Sie hätten getötet werden können!«

»Mir fehlt nichts, danke«, erwiderte Cornelius. »Dieser Wagen, den Sie da fahren, der hat wirklich einen verdammt kurzen Bremsweg. Haben Sie AVS* serienmäßig eingebaut?«

* Oder heißt es AVD oder ABS oder ADAC oder ACDC? Aber eigentlich ist das vollkommen egal.

»Und einen Blaupunkt«, sagte der Vertreter von Vorwerk.

»Und echte Lederausstattung, wie mir scheint«, sagte Cornelius.

»Der Fahrersitz kann sich dreiundzwanzig verschiedene Sitzpositionen merken und paßt sich automatisch den Lumbarwirbeln an«, erklärte der Fahrer stolz.

»Was, bei jedem? Oder nur bei Ihnen?«

»Bei jedem. Setzen Sie sich mal rein, ich zeig' Ihnen, wie es funktioniert.«

»Mensch, danke!« sagte Cornelius. »Ich würde das wirklich gerne mal ausprobieren.«

Es dauerte nur einen Augenblick. Nicht länger. Eine Tür wurde zugeknallt, eine Zentralverriegelung rastete ein (auch diese in der Serienausstattung enthalten!), ein zerschnittener Airbag wurde zur Seite gerissen, und ein Zündschlüssel (mit einem Anhänger von der Sorte: *Mein Zweitwagen ist ein Jaguar XJS 3.2 MFLi*) erfuhr eine Drehung.

Fertig.

Tuppe winkte vom Rücksitz.

Der Ex-Besitzer winkte nicht zurück. Er lag mitten auf der Straße, strampelte mit den Beinen und weinte bitterlich.

Cornelius machte es sich in dem automatischen Sitz bequem und pfiff eine melancholische Melodie*.

»Das ist wirklich sehr eigenartig«, sagte Tuppe zu dem kleinen grauen Männchen.

»Was ist eigenartig?« fragte Cornelius Tuppe.

»Mavis hier erzählt mir soeben ...«

»Mavis?« fragte Cornelius.

»Mavis«, wiederholte Tuppe. »So heißt unser Weltraumwesen hier.«

* Manco Capac auf dem Quintessenz-Album *In Blissful Company* (1969). Übrigens nur dann ein Sammlerstück, wenn es noch im ursprünglichen Faltcover steckt. (Diese Details sind wichtig, sind sie. Jawohl!)

»Das ist wirklich ein sehr eigenartiger Name für ein Weltraumwesen.«

»Genau das habe ich gerade gesagt.«

»Nichts dagegen einzuwenden. He, seht mal! Wir sind bald da.« Am Straßenrand voraus stand ein Schild – jetzt war es schon hinter ihnen, weil Cornelius ziemlich schnell fuhr. Jedenfalls hatte auf dem Schild gestanden: Skelington Bay – 1 Meile. »Wo sollen wir deinen kosmischen Kumpel denn rauslassen?«

Das kleine graue Männchen sprach ein paar Worte in seinem Kauderwelsch, und Tuppe setzte an: »Nun ...«

»Nein, mach dir keine Mühe«, unterbrach ihn Cornelius. »Er sagt, wir sollen ihn in der Nähe des West Piers absetzen. Ich hab's mitgekriegt.«

»Wie? Wieso hast du ihn denn verstanden?« wollte Tuppe überrascht wissen.

»Weil er gar kein Rumänisch spricht, sondern Esperanto.«

»Ich kenne jede Menge irdischer Sprachen«, erklärte der kleine graue Mavis. »Habt ihr etwas dagegen, wenn ich wechsle?«

»Kein Stück«, entgegnete Cornelius kopfschüttelnd, und sein Haar verteilte sich großzügig im gesamten Wagen. »Wenn du meinst, daß es deiner Glaubwürdigkeit hilft, dann kannst du meinetwegen in Suaheli reden.«

»Oh, ich meinte nicht die Sprachen. Ich will meine Uniform wechseln. Mich als Erdenwesen verkleiden, damit niemand mich erkennt.«

»O ja, bitte, mach das!« Cornelius fuhr unbeirrt weiter. »Das muß ich unbedingt sehen.«

»Danke, und das wirst du. Macht es dir etwas aus, wenn du einen Augenblick lang wegsiehst?« bat der Außerirdische Tuppe. »Ich trage nämlich keine Unterwäsche.«

»Oh, sicher.« Tuppe blickte weg.

Ein paar geschäftige Geräusche ertönten, und dann sagte der Weltraumbewohner: »Ich bin fertig. Du kannst wieder hersehen.«

Tuppe sah wieder hin. »Mich laust der Affe!« sagte er.

»Mußt du immer so unflätige Ausdrücke benutzen?« beschwerte sich Cornelius. Nicht ganz zu Unrecht. Er warf einen Blick über die Schulter nach hinten. »Mich laust der Affe!« sagte er.

»Nicht schlecht, was?« meinte der Weltraumbewohner. Und es war wirklich nicht schlecht.

Verschwunden war der laufende außerirdische Meter mit dem ausladenden Schädel und der gewaltigen Nase. Und an seiner Stelle ...

»Ein Schaf!« sagte Tuppe. »Du bist ein Schaf!«

»Nein, bin ich nicht«, sagte das Schaf. »Ich bin ein Hund. Ein Collie.«

»Du bist ein Schaf«, sagte Tuppe. »Glaub mir. Ich kenne Schafe. Nicht so gut wie Schweine vielleicht, aber ich weiß trotzdem genau, wie sie aussehen. Und du siehst aus wie ein Schaf.«

»Aber ich soll eigentlich ein Collie sein. Mit Namen Lassie.«

»Wieso Lassie?« fragte Cornelius das Schaf.

»Weil Collies immer Lassie gerufen werden«, erklärte das Schaf. »Es ist ein alter Brauch oder eine alte Tra- ...«

»Schäferhunde«, sagte Tuppe. »Collies sind Schäferhunde.«

»Genau das bin ich«, sagte Mavis das Schaf, genannt Lassie.

»Nein, das bist du nicht. Du bist ein Schaf und kein Schäferhund!«

»Aber du bist ein sehr überzeugendes Schaf«, mischte sich Cornelius ein. »Wie hast du das gemacht, wenn ich fragen darf?«

»Schon mal was von Transperambulation pseudokosmischer Antimaterie gehört?« fragte das Schaf.

»Nur, daß es irgend so ein Science-Fiction-Blödsinn ist.«

»Nein. Es ist ein Kostüm.« Das Schaf griff mit seinen kleinen Füßen nach oben (oder vielleicht waren es auch Hufe, für den Fall, daß Schafe keine Füße haben) und zog den Kopf ab. Mavis das kleine graue Männchen peilte durch das Halsloch seines wolligen Anzugs. »Meint ihr, daß es was ausmacht?« fragte er. »Schaf, Schäferhund, was ist schon der Unterschied?«

»Ein ganz gewaltiger«, sagte Tuppe. »Bist du das erste Mal auf der Erde?«

»Natürlich nicht. Ich war schon ziemlich oft hier.«

»Ich glaube nicht, daß du in dieser Hinsicht vollkommen ehrlich zu uns bist.«

»Also gut, ja, es ist das erste Mal.«

»Und wer hat dir dieses Kostüm verpaßt?«

»Mein Kamerad Bryant. Wir haben zusammen studiert, aber er hat seine Pilotenlizenz nicht geschafft und arbeitet jetzt als Verkäufer. Als ich ihm erzählte, daß ich auf geheimer Mission zur Erde fliege, da hat er gesagt, er würde mir helfen. Er hat die Verkleidung und meinen irdischen Namen organisiert.«

»Lassie?« fragte Tuppe.

»Nein, nicht Lassie. Mavis. Bryant hat gesagt, die meisten Menschen würden Mavis heißen, und daß es eine alte Tradition wäre oder ein alter ...«

»Halt«, unterbrach Cornelius seinen Redeschwall und hielt den Wagen an. »Das war alles wirklich sehr unterhaltsam, aber genug ist genug. Wir sind da. Ich würde sagen, das hier ist der West Pier, weil nämlich sein Gegenstück in östlicher Richtung liegt. Zieh dir deinen Schafskopf wieder über und sei so freundlich, diesen Wagen zu verlassen.«

»Danke fürs Mitnehmen«, sagte Mavis, das Schaf namens Lassie und zog den Schafskopf wieder über. »Ich weiß es wirklich zu schätzen.«

»Was soll das werden?« fragte Tuppe Cornelius. »Wir können ihn doch nicht einfach in seiner Schafsverkleidung hier zurücklassen!«

»Und warum nicht?«

»Nun, er kommt keine fünf Schritte weit.«

»Ach, macht euch keine Sorgen um mich«, sagte Mavis oder Lassie oder Werauchimmer. »Ich reibe einfach meinen

Kopf an jemandem, laß mich mit nach Hause nehmen und füttern und streicheln. Ich weiß, wie es geht.«

»Nichts weißt du«, widersprach Tuppe. »Die Leute behandeln Schafe nicht auf die gleiche Weise wie Hunde.«

»Tun sie nicht?«

»Tun sie nicht. Die Leute mögen Hunde vielleicht streicheln und füttern, aber Schafe werden geschoren und *gegessen*.«

»*Was?*«

»Ich fürchte, dein Kumpel Bryant hat dich in ein falsches Kostüm gesteckt.«

»Ach du lieber Mann!« sagte Werauchimmer. »Wasauchimmer* soll ich denn jetzt tun?«

»Warum hörst du nicht einfach mit der dämlichen Verkleidung auf und erzählst uns die Wahrheit?« schlug Cornelius vor. »Du kommst gar nicht wirklich aus dem Weltraum, oder?«

»Das habe ich auch nie behauptet.«

»Oh, ich denke aber doch«, entgegnete Tuppe. »Zumindest hast du dir den Anschein gegeben.«

»Das war meine Tarnung«, sagte ein zerknirschter Werauchimmer. »Für den Fall, daß man mich schnappt. Bryant hat gesagt, daß ich so tun sollte, als käme ich aus dem Weltraum, wenn die Sache mit dem Collie nicht funktioniert und mir auch niemand glaubt, daß ich Mavis der Erdenmensch bin. Und in diesem Fall sollte ich verlangen, daß man mich zu Erich von Däniken bringt.«

Tuppe schüttelte den kleinen Kopf. Cornelius seufzte und trommelte mit den Fingern auf dem schnittigen Grand-Prix-Lenkrad des Wagens, das in diesem besonderen Modell serienmäßig eingebaut war. »Mir scheint«, sagte er schließlich, »daß, wie Tuppe ganz richtig beobachtet hat, dein

* Es paßt gut zu Werauchimmer, ist aber ansonsten falsch. (Anm. d. Übers.) (Hmmm. [Anm. d. Lektors]) (Aaargh! [Anm. d. Korrektors])

Freund Bryant dich ganz schön in die Kacke geritten hat. Ich hab' zwar Mitleid mit dir, aber bevor du mir nicht die ganze Wahrheit erzählt hast, kannst du von mir keinerlei Hilfe erwarten. Wir sitzen hier in einem geklauten Wagen, und das ist gar nicht gut. Also rede jetzt schleunigst, oder versuch dein Glück woanders, Bursche.«

»Ich komme nicht aus dem Weltraum«, bekannte Werauchimmer im Schafskostüm ziemlich kleinlaut.

»Ah«, sagte Tuppe. »Was für eine Überraschung.«

»Also, woher kommst du?« fragte Cornelius.

»Von genau dort, wo all die fliegenden Untertassen in Wirklichkeit herkommen.«

»Also doch aus dem Weltraum«, sagte Tuppe.

»Falsch.« Der Werauchimmer deutete auf das Meer hinaus. »Nicht aus dem Weltraum. Von dort draußen.«

13. KAPITEL

Im Weltraum, so erzählt man sich, kann niemand hören, wenn man schreit. Norman, der nun seit beträchtlicher Zeit fiel und schrie, hätte, wäre er gefragt worden, diese Geschichte bestätigen können. Aber kein Schwein war in der Nähe, das ihn fragte. Und so bestätigte er die Geschichte auch nicht.

»Aaaaaaagghh!« schrie Norman. »Aaaaaaagghh!«

Und dann machte er *Rumms!*, als er ganz unvermittelt mit Fallen aufhörte und in das einschlug, dem er die ganze Zeit über entgegengefallen war, was auch immer es war.

»O Gott!« sagte Norman. »O und Hilfe!« Er taumelte in einem Hügel von Abfall umher und überlegte, in welcher Richtung früher »oben« gelegen hatte.

»O Gott!« sagte Norman einmal mehr. »Ich hätte sterben können!«

»Blödsinn«, widersprach eine Stimme. »Du bist schon tot.«

»Wer hat das gesagt?«

»Bleib, wo du bist, und ich schalte das Licht ein.«

Norman blieb, wo er war.

Irgend jemand schaltete das Licht ein.

Und Norman konnte endlich, blinzelnd und geblendet zwar, aber doch sehen, wo er gelandet war. Am Boden eines – wie es aussah (und in der Tat auch war) – verlassenen Aufzugsschachts. Eingekeilt in einen Haufen modriger Papiere und zerbrochener Büromöbel.

»Wo sind Sie?« fragte Norman. »Wer auch immer* Sie sind.«

»Ich bin hier!« Eine leibhaftige Geistererscheinung wuchs vor ihm aus dem Boden. Langes weißes Haar, langer weißer Bart, zerfetzte Kleider und ein wilder Blick in den Augen.

»Leck mich am Arsch!« sagte Norman. »Ben Gun!«

»Nein, ich bin nicht Ben Gun«, krächzte die Erscheinung und tanzte um den Knaben herum. »Ich bin Claude, bin ich.«

»Claude wer?«

»Weiß nicht mehr. Vielleicht Claude Butler. Oder war das eine Fahrradmarke? Dann Claude Raines?«

»Das *Phantom der Oper*?« fragte Norman.

»Ich war nie in der Oper«, sagte das Phantom von was auch immer. »Ich bin schon Ewigkeiten über Ewigkeiten hier.«

»O Mann!« sagte Norman. »Ewigkeiten über Ewigkeiten?«

»Über Ewigkeiten über Ewigkeiten. Ja. Ich hab' dich gar nicht erwartet, Bursche. Hast du dir einen Termin geben lassen?«

»Ich bin einfach reingerauscht«, sagte Norman ohne die

* Jetzt ist es wieder richtig. Wenigstens das *wer auch immer*. Sozusagen. (Anm. d. Übers.)

geringste Spur von Humor. »Und ich würde es begrüßen, wenn Sie mir den Weg nach draußen zeigen.«

»Es gibt keinen Weg nach draußen. Nur nach oben, und niemand kann da hochklettern. Und wenn doch, dann wartet oben eine verdammt große Tür, und die hat sich nicht mehr geöffnet seit Ewigkeiten über Ewigkeiten ...«

»... über Ewigkeiten?« fragte Norman. »Meinen Sie, Sie könnten mir vielleicht wenigstens aus diesem Müllhaufen helfen? Ich stecke fest.«

»Müllhaufen?« Der Idiot sprang auf und ab. »Das ist kein Müllhaufen, ist das nicht! Das sind alles Beweise, alles Beweise sind das! Eines Tages werde ich sie bei Gericht vorlegen, du wirst schon sehen, wirst du schon!«

»Das würde ich nur zu gerne«, erwiderte Norman. »Aber ich habe dringende Geschäfte zu erledigen. Vorher. Bitte helfen Sie mir heraus.«

»Also schön.« Der alte Spinner packte Norman bei den Schultern und zog ihn aus dem vergammelten Haufen Müll.

»Vielen herzlichen Dank«, sagte Norman. »Es war ziemlich ungemütlich da drin.«

»Was hast du denn angestellt?« fragte der alte Rauschebart. »Ein klerikaler Irrtum, was? War es ein klerikaler Irrtum?«

»In gewisser Weise, ja.« Norman klopfte Abfall von seiner grauen Schuluniform.

»Ich wette, du hast etwas herausgefunden, das du nicht herausfinden solltest, hast du, wette ich.«

»Ja, kann schon sein.«

»Alles hier unten«, krächzte der Alte. »All die Beweise! Was er angestellt hat, was er jetzt vorhat. Er wirft alles hier zu mir hinunter, um mich zu verspotten. Weil ich ihn ertappt habe.«

»Wer sind Sie?« fragte Norman.

»Ich bin Claude«, sagte Claude. »Claude Werauchimmer*. Ich komm' einfach nicht drauf.«

* nicht verwandt mit Mavis, dem Schaf namens Lassie.

»Und was sind Sie?«

»Was ich bin? Ich bin der verdammte Chef! Das ist es, was ich bin!«

»Sie sind der Chef? Das verstehe ich nicht.«

»Ich hab' ihn erkannt«, sagte der verdammte Chef. »Ich hab' herausgefunden, welche finsteren Pläne er verfolgt. Ihn auf frischer Tat ertappt. Und er hat mich gepackt und hier hinuntergeworfen und all die schönen Beweise hinterher und dann die verdammte Tür verriegelt, *dieser Bastard*!« brüllte der Alte in den Schacht hinauf. »*Du fetter Bastard! Ich kriege dich!*«

»Sie meinen, der Chef dort oben ist nicht der echte Chef? Und daß Sie der echte Chef sind?«

»Bist du blöd oder so? Was hab' ich dir denn die ganze Zeit erzählt?«

»Tut mir leid«, erwiderte Norman. »Ich bin noch ein wenig durcheinander.«

»Ging mir genauso. Ganz genauso. Ich hab' immer und immer wieder seinen Namen in den Akten gesehen. Dachte, es wäre ein klerikaler Irrtum. Hab' ihn darauf angesprochen. Und er? Er packt mich einfach und schmeißt mich in den verdammten Aufzugsschacht und ...«

»Ja, das haben Sie bereits erzählt. Aber *wer* ist er?«

»Er ist ein verdammter Bastard, das ist er.«

»Das ist sicher *was* er ist, aber nicht *wer*.«

»Versuch nicht, mir mein Geschäft zu erklären, Bursche. Ich hab' ihn auf frischer Tat ertappt. Ich weiß, wer und was er ist. Und ich hab' alle Beweise hier unten und ...«

»Sie werden sie vor Gericht vorlegen?« fragte Norman.

»Das hast du von mir, was?«

»Welche Beweise haben Sie denn?«

»All das hier. Haufenweise. Und du hast alles durcheinandergebracht, Knabe, indem du hineingefallen bist.«

»Tut mir leid«, sagte Norman. »Aber ich bin nicht gefallen. Ich wurde gestoßen.«

»Von ihm, da könnte ich wetten, könnte ich da.«

»Ja«, erwiderte Norman. »Zeigen Sie mir die Beweise, die Sie haben. Bitte.«

»Es ist alles hier. Daten, Fakten, Querverweise, Geburtstage, Todestage. Alles seine. Immer und immer wieder! In dieser Minute gibt es vier von ihm dort unten, weißt du das?«

»Wo unten?«

»Unten auf der Erde, du kleiner Dummkopf. Vier von ihm, und alle exakt gleich. Geklont hat er sich, der Bastard. Und er macht immer weiter, wird immer schlauer und schlauer und gefährlicher mit jedem Mal.«

»Sie meinen, dort unten ist jemand, der es irgendwie fertigbringt, sich immer und immer wieder zu reinkarnieren? Ist es das, was Sie meinen?«

»Nein, nicht reinkarniert. *Pre-inkarniert*. Das ist es, was er tut. Er hat die Maschinen manipuliert, verstehst du? Jedesmal, wenn er stirbt, geht seine Seele – oder eine davon, da er jetzt zu viert ist – zurück in das System und realloziert sich an seinem Geburtstag wieder auf sich selbst. An seinem *ursprünglichen* Geburtstag.«

»Was? Er reinkarniert sich in die Vergangenheit?«

»*Pre-inkarniert*. Das habe ich dir doch bereits erklärt. Seelen können so was. Zeit bedeutet nichts für Seelen. Und er fand es heraus. Schlauer Bursche, das. Er kommt einfach immer und immer wieder zur Welt, an seinem ursprünglichen Geburtstag in seinem ursprünglichen Körper. Und er macht niemals den gleichen Fehler zweimal, das kann ich dir sagen. Er weiß alles, verstehst du? Die Zukunft. Was geschehen wird. Dieser Bastard! Ich werd' ihn trotzdem kriegen. Ich hab' alle Beweise, direkt hier unten. Ich werde vor Gericht …«

»… gehen. Und das zu Recht.« Norman kniete sich hin und nahm einen Stapel vergammelter alter Akten auf. »Und all das hier bezieht sich nur auf einen einzigen Mann?«

»Einen einzigen, aber viele Leben lang. Soweit ich weiß, immer wieder das gleiche Leben lang. Ziemlich gute

Masche, was? Unsterblichkeit, das ist es. Hat sich selbst geklont, der Bastard, hab' ich dir das schon gesagt?«

»Sie erwähnten es kurz. Wie hat er das gemacht?«

»Hat sich irgendwann mal als Fünfling wiedergeboren, schätze ich.«

»Als Fünfling? Aber ... aber ... Sie sagten doch, es gäbe nur vier von ihm dort unten!«

»Vier dort unten, genau das habe ich gesagt. Und einer hier oben. Der verfluchte falsche Chef. Der gleiche Typ! Hörst du eigentlich nie zu, was man dir sagt, Bursche?«

»Ich geb' mir Mühe«, antwortete Norman. »Aber es ist ganz schön viel auf einmal. Sie sagen – nur, damit ich es richtig verstehe –, Sie sagen, daß dieser Mann sich immer und immer wieder in seinen ursprünglichen K an seinem ursprünglichen Geburtstag *pre-inkarniert*. Und daß er – ist das richtig? – sich an alles erinnert, was er in seinem letzten oder den Leben davor getan hat, und daß er beim zweiten Mal alles besser macht, beim dritten Mal noch besser und so weiter und so weiter.«

»Du hast es erfaßt, Bursche. Er weiß alles, macht alles, geht überall hin, kennt jeden. Immer zur rechten Zeit am richtigen Ort, der Bastard, der.«

»Ja«, sagte Norman gedehnt. »Der Bastard. Aber wenn er das tut. Wenn man das tun könnte. Mensch! Man wäre ...«

»Der wundersamste Mann, der jemals lebte, jawohl, wäre man«, sagte der Alte. »Und das wäre noch nicht mal alles, was man wäre. Man wäre noch ein ganzes Stück mehr.«

»Und was?«

Der Alte fixierte Norman mit einem wilden, glitzernden Blick. »Der verdammte leibhaftige Teufel in Person«, sagte er.

14.
KAPITEL

Der wundersamste Mann, der jemals in mehreren Teilen lebte, ist seit einiger Zeit unserem Blick entglitten. Aber jetzt kommt er wieder zurück ins Spiel.

Einquartiert hatte er sich im Besten, das *Skelington* anzubieten hatte. Weit weniger, als er sich eigentlich gewünscht hätte. Aber trotzdem das Beste, was er hier kriegen konnte.

Im *Skelington Bay Grande*.

Das »*e*« war dem *Grand* von seinem neuen Besitzer hinzugefügt worden, der überzeugt gewesen war, daß es dem Laden eine *gewisse Klasse* verleihen würde. Etwa in der Art, wie Kutschenlampen an den Torpfosten, die automatisch aufleuchten, wenn man mit seinem Wagen in die Einfahrt kommt, dem Haus eine *gewisse Klasse* verleihen. Oder Nummernschilder mit Initialen und Geburtstag auf dem Mini. Oder ein wirklich interessanter Name für den neuen Bungalow, indem man den ersten Teil des Vornamens der Gemahlin und den ersten Teil des eigenen Vornamens zusammenfügt und dabei etwas wie GAB-STEF erhält.

Lauter solche Sachen.

Aber – was bedeutet eigentlich eine *gewisse Klasse*? Kann man eine *gewisse Klasse* wirklich definieren? Oder ist es wie mit »Stil« oder »gutem Geschmack«, ein relatives, nicht näher quantifizierbares dies-oder-jenes? Bedeutet es eine *gewisse Klasse*, wenn man sich, seine Familie und sein Haus für das *Hallo!*-Magazin fotografieren läßt, wie es dieser gewisse Schreiber von Horrorgeschichten* getan hat, der für all jene namenlos bleiben muß, die die betreffende Publikation nicht erstanden haben?

Oder etwa nicht?

Wir müssen unsere eigenen Schlußfolgerungen daraus ziehen.

* James Herbert.

Ich weiß jedenfalls, daß ich meine gezogen habe!

Der gegenwärtige Inhaber des *Grand* hatte die seinen gezogen. Und er hatte das »*e*« angefügt. Der Name des gegenwärtigen Inhabers lautete Kevin, und der seiner lieblichen Frau lautete Lynne. Er hatte eine erfolgreiche Karriere als Vertreter von Vorwerk hinter sich, sie eine ebenso erfolgreiche Karriere als *Dominatrix,* deren Visitenkarte mit dem Spruch »Böse Buben gehen mit Striemen auf dem Hintern nach Hause« geworben hatte. Die beiden waren aus ihrem Bungalow mit den automatischen Kutschenlampen an den Torpfosten hierhergezogen und hatten das *Grande* »übernommen«.

Nun war aber das *Grande* bei weitem nicht so großartig wie einst das *Grand*. Die Zeit und schlechte Pflege hatten ihren Gutteil dazu beigetragen, daß vom einst so stolzen Glanz nicht mehr die kleinste Spur geblieben war.

Verschwunden der Hof voller eingetopfter Palmen, wo hübsche junge Dinger bis zum Morgengrauen getanzt und Taftröcke beim Foxtrott hochhackige Schuhe geküßt hatten.

Traurig, aber wahr. Der Beckstein und die Ohrensessel von Lloyd, die Stehlampen mit den quastenverzierten Schirmen, die Blumenschalen, die Spiegel in ihren vergoldeten Rahmen. Alles verschwunden.

Hinaus mit dem Alten, so schreien sie keck
Und mit dem Neuen herein!
Und reißt diese Trennmauer ein!
Und werft diesen Schund da weg!
Bringt herbei die gemusterten Teppichfliesen,
Die dreiteil'ge Garnitur aus Dralon.
Und Anbaumöbel – schon immer gewesen!
Mann, wird man nicht blind davon?

Danke sehr.

Hugo Rune hatte die gesamte obere Etage des *Grande* angemietet. Wenn es um eine *gewisse Klasse* ging, dann besaß Rune sie jedenfalls. Und noch ein wenig mehr. Eher mehr mehr. Eine ganze Menge mehr.

Er stand am imitierten georgianischen UPVC-Fenster in der KEV-LYN-Suite, und das letzte Sonnenlicht des Tages hüllte seinen üppigen Leib mit einer perfekten Aura ein. Nobel, nobel. Eine *gewisse Klasse* eben.

Sein übertrieben breiter Schatten, der schon auf viele schicke Orte gefallen war, fiel nun auf zahlreiche gemusterte Teppichfliesen.

»Ich denke, unsere Gesellschaft ist noch unvollständig«, sagte Hugo Rune. »Tatsächlich bin ich mir sogar ziemlich gewiß.«

Hinter dem schweren Schatten des Mannes saß eine Gruppe gut gekleideter Personen um einen Aufstelltisch, der sich bei Hugos Eintreten unverschämterweise nicht aufgestellt hatte.

»Einer fehlt noch«, wagte ein Wagemutigerer zu sagen. Während der nicht so wagemutige Rest schwieg.

»Eine befremdliche Entität«, sagte Rune. »Von nicht geringer Wichtigkeit zum gegenwärtigen Zeitpunkt.«

»Wenn Sie meinen.«

Rune wandte sich um und hob eine haarlose Augenbraue.

»Wenn sie meinen, *Mister Rune*.«

»Wenn sie meinen, *Mister Rune*.«

»Wir fangen ohne ihn an. Wer hat den Koffer?«

Der-der-den-Koffer-hatte erhob sich und bot Rune den Koffer an.

»Und ist er voll-bis-zum-Platzen mit Geld, wie wir übereingekommen sind?« fragte der große Mann.

»Ist er.«

Die andere haarlose Augenbraue.

»Ist er, *Mister Rune*.«

Die ungesund wirkenden Augen unter den kahlen Brauen betrachteten die Anwesenden. Vier an der Zahl. Männer.

Sehr gut angezogen. Drei im mittleren Alter, einer ziemlich jung (und wagemutiger als der Rest). Regierungstypen. Maßgeschneidert. Polierte Schuhe. Der *Dominatrix* Lynne aus der Zeit ihrer letzten beruflichen Tätigkeit wohlbekannt.

Rune nahm den Koffer, prüfte sein Gewicht und warf ihn zu Boden. »Da draußen«, sagte er und deutete auf einen unbestimmten Punkt jenseits des UPVC-Fensters. »Da draußen. Sagen Sie mir, was Sie dort sehen.«

Der junge Wagemutige ging zum Fenster hinüber. »Einen heruntergekommenen Badeort und zwei uralte Piers.«

»Und was noch?«

»Das Meer?«

»Nur das Meer? Sonst sehen Sie nichts?«

»Nur das Meer. Sonst sehe ich nichts.«

»Das ist alles. Sie sehen nur das Meer, aber Rune sieht mehr als das Meer.«

»Aber was sehen Sie, Mister Rune?«

»Ich sehe Gold«, sagte Rune. »Viel Gold. Viel, viel, viel, viel, viel Gold.«

»Ein versunkenes Schiff, oder was?«

»Nein, mein Lieber. Kein versunkenes Schiff. Das Gold ist im Meer selbst.«

»Ich glaube nicht, daß ich Ihnen folgen kann.«

»Das überrascht mich nicht.« Rune stellte sich zu dem wagemutigen jungen Mann ans Fenster und blickte hinaus auf die Bucht. Lichter flammten auf den beiden alten Piers auf. Ferienvolk schlenderte über die Promenade. Das Meer schäumte an den Klippen.

»Im Wasser selbst«, sagte Rune. »Eine Kubikmeile Seewasser enthält im Durchschnitt Gold im Wert von 93 Millionen und Silber im Wert von acht Millionen Pfund*.«

»Sie machen Witze!« sagte der wagemutige junge Mann.

»Das ist absolut nicht gelogen. Sie können es auch nachlesen**.«

* Das ist absolut nicht gelogen. Sie können es nachlesen!

** Sag' ich doch!

»Ich hab' davon gehört«, sagte einer der weniger wagemutigen, älteren Burschen aus der hinteren Ecke des Zimmers. »Aber ich war auch auf einer Privatschule. Ich muß es schließlich wissen.«

»Ich weiß auch darüber Bescheid«, sagte ein anderer, weniger wagemutiger älterer Bursche, der zwar nicht auf eine Privatschule gegangen war, es aber irgendwie trotzdem wußte. »Doch es gibt keine Methode, mit der man dieses Gold aus dem Wasser holen kann. Wenn es eine gäbe ...«

»Wenn es eine gäbe«, unterbrach ihn Rune, »dann würde der Mann, der diese Methode kennt und das Gold aus dem Wasser holen kann, und wenn es auch nur ein kleiner Teil von allem wäre, dieser Mann würde der ...«

»... reichste Mann auf der Welt«, sagte der wagemutige junge Mann.

»Und noch mehr«, sagte Rune.

»Aber es geht nicht«, sagte der ältere Knabe, der die Privatschule besucht hatte.

»Es gibt nichts, das nicht geht«, widersprach Rune. »Nur Dinge, die *bis jetzt* noch niemand geschafft hat.«

Der Privatschüler fühlte den Drang zu fragen, ob Rune diesen Spruch auf einem Knallbonbon gelesen habe, aber er war nicht wagemutig genug, um seine Frage zu stellen.

»Es ist ein Rätsel«, sagte Hugo Rune. »Das Gold ist da, soviel steht fest. Das Rätsel lautet: Wie sieht die Methode aus, mit deren Hilfe wir es aus dem Wasser holen. Es ist ein Rätsel. Hugo Rune löst Rätsel. Ich denke, also habe ich recht*.«

»Und wie wollen Sie's machen?« fragte der wagemutige junge Mann.

»Es reicht, wenn ich es weiß und Sie wissen, daß ich es weiß.«

»Klingt in meinen Ohren wie Scheiße«, sagte der Privatschüler in einem seltenen Anflug von Wagemut.

* Moderne Version eines veralteten Mottos.

»Klingt in meinen Ohren wie Scheiße, *Mister Rune*«, verbesserte Hugo Rune. »Aber Sie sind hier, ich bin hier, und der Koffer voller Geld ist hier, den mein guter Freund, der Premierminister, mir geschickt hat. Also ist das ganz gewiß keine Scheiße, mein Lieber.«

»Verzeihen Sie mir, Mister Rune.«

»Ich verzeihe Ihnen. Der Premierminister und ich haben einen Vertrag in dieser Angelegenheit abgeschlossen. Ich werde das Gold aus dem Wasser holen, und wir werden es zwischen uns aufteilen. Er kann die gesamten Staatsschulden begleichen und Ihrer Majestät, der Königin (Gott segne sie!) das alte Britische Empire zurückkaufen. Und ich, ich habe meine eigenen Pläne. Ich vertraue darauf, daß keiner der Anwesenden Herren so unpatriotisch ist, unserer geliebten Königin die Gelegenheit zu neiden, endlich wieder über ein Reich zu herrschen, in dem die Sonne niemals untergeht?«

»Kein Gedanke!« sagte der Privatschüler.

»Gott schütze die Königin!« sagte der wagemutige junge Mann. »Sie werden die Dienste eines Assistenten benötigen, Mister Rune. Darf ich mich hiermit als Bewerber für diese Position empfehlen?«

»Sie dürfen, Sie dürfen«, sagte Rune. »Und Sie sind hiermit eingestellt.«

»Vielen Dank, Sir, vielen herzlichen Dank. Und was mein Salär betrifft ...«

»Treiben Sie es nicht auf die Spitze, Freundchen. Sie können alles auf die Spesenabrechnung setzen, was Sie für nötig erachten. Aber wir müssen uns unverzüglich an die Arbeit machen. Der Koffer dort enthält einen sehr großen Geldbetrag. Ihre Aufgabe wird es sein, das Geld auszugeben.«

»Richtig.« Der wagemutige junge Mann, persönlicher Assistent Hugo Runes, rieb sich die Hände.

»Sie werden das Geld für den Kauf von *Skelington Bay* ausgeben.«

»Verzeihung?«

»Diese Stadt hier. Jedes Geschäft, jedes Haus, jede öffentliche Einrichtung. Alles. Die Parks, die Promenade und die Piers. Sie werden gleich morgen früh damit anfangen.«

»Aber ...«

»Ich bin Rune«, sagte Rune. »Und Rune akzeptiert kein ›Aber‹! Kaufen Sie alles. Ich will die Einwohner bis spätestens nächsten Mittwoch auf ihren Fahrrädern sehen. Heute ist Donnerstag. Sie haben jede Menge Zeit.«

»Wird erledigt, Sir«, sagte der wagemutige junge Mann wagemutig.

»Gott schütze die Königin«, sagte Hugo Rune.

Die Sterne schimmerten auf *Skelington Bay* herab.

Und ...

»Genug, das reicht!« brüllte Hugo Rune.

Häh? Was?

»Dieses Kapitel mag vielleicht nicht ganz so lang geworden sein, wie ich es gerne hätte, aber es ist trotz allem *mein* Kapitel. Und Rune teilt *sein* Kapitel nicht mit anderen Charakteren in anderen Szenen.«

Äh, Verzeihung ...

»Verzeihung, *was*?«

Verzeihung, *Mister Rune*.

15. KAPITEL

Die Sterne schimmerten auf *Skelington Bay* herab.

Und das Meer gurgelte wie ein glückliches Baby zwischen den hölzernen Pfeilern des altehrwürdigen Westpiers.

Inzwischen war es fast Mitternacht, der Tag war geschafft, und die Kneipen und Strandbars und Klubs hatten geschlossen. Die Stadt lag noch nicht ganz im Schlaf. Ein oder zwei fröhliche Stimmen durchdrangen hier und da die Stille, ein Lied wurde gesungen, ein Pfiff war zu hören, die Hupe eines Wagens hupte ein entferntes Auf Wiedersehen.

Nächtliche Fischer warfen ihre Leinen aus, ein Junge und ein Mädchen spazierten Hand in Hand am Strand entlang. Ein Hund bellte, zwei Katzen stritten wegen irgendwas, und als der Vikar sich im Schlaf umdrehte, murmelte er »Handgepäck« und fiel prompt aus dem Bett.

In einem Decksstuhl am Ende des Piers lümmelte Cornelius faul herum, die Beine lang ausgestreckt. Neben ihm Tuppe, die kurzen Beine in der Luft baumelnd. Unter Tuppes Liegestuhl schnarchte der Bursche von unter dem Meer laut in seinem inzwischen recht verfilzten Schafskostüm.

Cornelius legte die Hand an den Kopf und betastete gewisse empfindliche Stellen. Die Empfindlichkeit dieser gewissen empfindlichen Stellen rührte nicht von den Schlagstöcken der Brentforder Konstablerei her, o nein. Das waren neue empfindliche Stellen. Neue blaue Flecken und Prellungen, die Cornelius sich erst vor kurzer Zeit am Strand eingefangen hatte.

Es war wirklich alles ein schreckliches Mißverständnis gewesen, mehr nicht. Und ganz sicher nicht die Schuld des großen Jungen. Nun, eigentlich war es schon seine Schuld, aber irgendwie auch wieder nicht. Sozusagen.

Es war der Bursche im Schafskostüm, der an allem schuld war. Obwohl er eigentlich auch nichts dafür konnte. Weshalb es dann ja auch soweit gekommen war. Sozusagen. Verstehen Sie?

Und es war so gekommen: Der Bursche im Schafskostüm hatte Cornelius und Tuppe seine Geschichte erzählt. Es war eine ziemlich alte Geschichte, doch sie hatte trotzdem gar nicht uninteressant geklungen. Sie begann damit, daß der Bursche aus einem unterseeischen Königreich namens

Magonia kam, wo eine weise alte Rasse in Frieden und Harmonie lebte. Zusammen mit Fischen und Nixen. Die Geschichte beinhaltete einige geheime Verhandlungen mit den Landbewohnern, die einen möglichen Technologietransfer gegen das Versprechen, bestimmte Gegenden der Ozeane nicht auszubeuten, zum Gegenstand hatten. Sie beinhaltete des weiteren eine gewisse Menge an New-Age-Unsinn, das übliche Geschwätz von wegen Gaia und Ökomanie und darüber hinaus einen ganzen Haufen von dem, was Cornelius bereits in der Scheune erwähnt hatte. Zum Beispiel, daß die Menschheit endlich ihren nuklearen Wahnsinn aufgeben sollte. Und einer kosmischen Bruderschaft beitreten. Und so weiter. Et cetera. Et cetera.

Cornelius hatte sich die Geschichte von Anfang bis Ende angehört. Er hatte zu allem höflich genickt und als der kleine Tiefseebewohner schließlich beim et cetera et cetera angekommen war, eine bescheidene Bitte geäußert.

Nämlich. Daß. Der Bursche im Schafskostüm. Einen Beweis für seine aquatische. Herkunft. Liefern. Sollte.

Indem er einfach in das Wasser hinausmarschierte, den Kopf untertauchte und für fünf Minuten oder so unter Wasser atmete.

»Und dann glaubst du mir?« hatte der Bursche im Schafskostüm gefragt.

»Ich kann ja wohl schwerlich abstreiten, was ich mit meinen beiden Augen beobachtet habe«, hatte Cornelius geantwortet.

»Also schön. Dann komm mit, und ich mach's.«

Und das hatte er auch getan.

Eine verdammt schlechte Idee war das gewesen.

Am Strand waren nicht mehr viele Leute anzutreffen gewesen. Nur eine Gruppe Jugendlicher. Bauernsöhne, wie es der Zufall so wollte. Fertig für den Tag und ziemlich hoch auf den Wogen der Freude, die in Aludosen mit Ring-Pull-Griff daherkam. Und diese Jugendlichen konnten ja wohl auch schwerlich abstreiten, was sie mit ihren eigenen, wenn auch verschleierten Augen zu sehen bekommen hatten.

Und sie hatten einen großen Typen zusammen mit einem kleinen Typen gesehen, die ein armes hilfloses Schaf in einen grausamen Tod trieben, indem sie es im Meer ersäuften. Und sie hatten ihrer rechtschaffenen Empörung über diesen scheußlichen Akt Luft gemacht, indem sie Kieselsteine aufzusammeln und die beiden Schafsmörder zu steinigen begonnen hatten. Den ganzen Strand entlang. Sozusagen.

Der Bursche im Schafskostüm hatte von all dem überhaupt nichts mitbekommen. Glücklich, in seinem natürlichen Element atmen zu können, war er erst nach sieben Minuten (auf seiner wasserdichten Armbanduhr) wie ein maritimer Lazarus aus seinem nassen Grab an die Oberfläche zurückgekehrt.

Und das war auch der Grund, warum das Schafskostüm jetzt so verfilzt war.

Jedenfalls, seine Rückkehr an die Wasseroberfläche, zusammen mit seinem Schrei: »Was zur Hölle geht hier verdammt noch mal eigentlich vor?«, hatte unter den Steinigenden eine gewisse Panik erzeugt, die beinahe augenblicklich dazu führte, daß sie von ihrem Steinigen abließen und laut kreischend in den Schutz der nächstgelegenen Strandbar flohen.

Cornelius streckte sich in seinem Liegestuhl, gähnte herzhaft und klappte den Mund wieder zu. Tuppe gab leise grummelnde Töne von sich.

»Was hast du gesagt?« fragte Cornelius.

»Ach, nichts. Mir tut* von oben bis unten alles weh, und ich habe überhaupt keine Lust, die ganze Nacht am Ende dieses Piers zu verbringen. Das ist alles.«

»Tut** mir leid« sagte Cornelius. »Aber du kannst mir ja

* Machen Sie tunlichst keine Sätze mit *tun* oder *machen*! (Alte Lehrerweisheit. Aber was wissen die schon, eh?)

** Und vermeiden Sie Worthäufungen! (Gleiche Quelle.)

wohl kaum einen Vorwurf daraus machen*, daß die ortsansässigen Zimmerwirtinnen sich geweigert haben, ein Schaf für die Nacht einzuquartieren.«

»Beinahe hätte ich diese eine Kurzsichtige davon überzeugt, daß Mavis ein Collie ist«, sagte Tuppe. »Bis dieser Blödmann mit seinem MÄÄÄH! MÄÄÄH! anfangen mußte!«

»Tut** mir leid«, wiederholte Cornelius sich. »Aber ich mußte ihn schließlich verbessern. Er hat die ganze Zeit WAU! WAU! gemacht, und die Leute fingen schon an, mißtrauisch zu uns herüberzustarren.«

»Und du bist auch Schuld an den Steinen, die wir abgekriegt haben.«

»Ich akzeptiere einen gewissen Anteil der Schuld daran, ja.«

»Und an der Tatsache, daß wir nicht im Wagen schlafen können? Du hast den Schlüssel stecken gelassen, während wir nach einer Unterkunft suchten, und jemand hat ihn geklaut, sobald wir unserem schönen neuen Auto den Rükken zuwandten.«

»Es gibt so viel Unehrlichkeit in der Welt heutzutage«, beschwerte sich Cornelius Murphy.

»Und ich bin hungrig«, sagte Tuppe. »Und daran bist du ebenfalls schuld, weil du ja unbedingt unser letztes Geld dem Typen geben mußtest, der dir die *großartigen Pläne* angedreht hat.«

»Er sah so hungrig aus«, verteidigte sich Cornelius.

»Du warst eine einzige große Enttäuschung für mich heute, weißt du das?«

»Morgen mache ich alles wieder gut«, versprach Cornelius.

»Ach ja? Und wie bitteschön willst du das anstellen?«

* Schon wieder!
** Mir auch.

»Ich werde uns eine Menge Geld verdienen.«

»O ja? Und wie Bitteschön willst du das anstellen? Auch auf die Gefahr hin, daß ich mich wiederhole?«

»Eine Werbekampagne.«

»Eine Werbekampagne? Und was willst du bewerben, wenn ich fragen darf?«

»Einen kleinen Goldesel von einer Schau, die ich zu managen gedenke. Sie nennt sich ›Professor Tuppe und sein wundersames tanzendes Schaf‹.«

»Gute Nacht«, sagte Tuppe.

»Gute Nacht.«

16. KAPITEL

Norman hatte überhaupt keine gute Nacht. Auf dem Boden des stillgelegten Aufzugsschachts. »Wir müssen uns einen Fluchtplan überlegen«, erzählte er Claude zum wiederholten Mal. »Wann bringt der Wärter die Mahlzeiten?«

»Wärter? Mahlzeiten? Bist du völlig übergeschnappt, oder bin ich es?«

»Ich glaube nicht, daß ich es bin, aber ich kann mich irren. Also, wann bringt der Wärter die Mahlzeiten?«

»Es gibt keine Mahlzeiten. Man ißt nicht hier oben. Niemand ißt oder schläft hier. Man arbeitet hier, und sonst nichts. Für diesen verdammten Bastard. Man erfüllt seinen bösen Willen, hilft ihm und leistet ihm bei seinen machiavellistischen Plänen Beistand. Aber Essen und Schlafen? Da bist du auf dem Holzweg, Junge. Völlig auf dem Holzweg.«

»Aber ich muß hier raus! Ich weiß schreckliche Dinge! Ich muß mit jemandem darüber reden! Menschen werden sterben, Millionen Menschen!«

»Menschen sterben nun einmal. Die ganze Zeit über. Zu Millionen. Daran ist überhaupt nichts Neues.«

»Aber es ist etwas Neues an der Art und Weise, wie sie sterben. Alle auf einmal, und jeder, der lebt. Soweit ich die Sache sehen kann.«

»Schlecht«, sagte der Alte. »Ziemlich schlecht ist das. Der Bastard steckt dahinter, jede Wette.«

»Natürlich steckt er dahinter, wer denn sonst?« fragte Norman. »Obwohl ich keine Ahnung habe, wie oder warum. Aber ich muß ihn aufhalten, und das bedeutet, daß ich hier raus muß. So schnell wie möglich.«

»Ich wünschte nur, ich könnte dir dabei helfen«, sagte der Ex-Chef. »Aber ich besitze nur vorübergehend klare Momente, so wie jetzt im Augenblick. Die meiste Zeit starre ich nur mit mörderischen Blicken in die Gegend. Nicht, daß ich tote Leute noch umbringen könnte, natürlich nicht. Aber man kann sie schon ziemlich damit erschrecken.«

»Oh, großartig!« sagte Norman. »Einfach großartig!«

»Es gibt da ein Loch«, sagte der alte Knabe.

»Ein Loch? Wo?« fragte Norman.

»Oben. Noch höher als die Tür. Du kannst es sehen, wenn du deine Augen anstrengst.«

Norman strengte seine Augen an. »Ich kann nichts sehen«, sagte er.

»Nun, es ist jedenfalls dort oben. Ich habe es gesehen. Aber wir kommen nicht hin. Wir können nicht an der Wand hinaufklettern. Nichts, woran man sich festhalten könnte.«

»Aber es muß einen Weg geben«, brummte Norman. »Es gibt immer einen Weg. Wo ein Wille ist, da ist auch ein Weg.«

»Und wenn es einen Weg gäbe – was würdest du tun, wenn du erst dort oben wärst?«

»Ich würde mit Gott sprechen«, sagte Norman. »Ihm erzählen, was hier vor sich geht.«

»Mit Gott sprechen?« Der Alte schüttelte sich vor Lachen. Fast hätte es ihn umgerissen. »Du kannst nicht mit Gott sprechen«, sagte er, als er wieder zu Atem gekommen war. »Niemand kann mit Gott sprechen.«

»Egal. Ich muß jedenfalls etwas unternehmen!«

»Zurück zur Erde gehen, das ist es, was du tun mußt.«

»Aber ich weiß nicht wie!« sagte Norman.

»Ich schon«, sagte der Alte. »Du mußt lediglich eine der großen Himmelsdüsen umprogrammieren und dich hinunterschießen, das ist alles.«

»Sagen Sie mir wie«, verlangte Norman.

»Halte dich nur an die Anweisungen, die du in deinem Handbuch gelesen hast, und ...«

»Halt, hören Sie auf«, sagte Norman.

»Du hast nie einen Blick in das Handbuch geworfen, was, Knabe?«

»Nein«, gestand Norman. »Hab' ich nicht.«

»Macht nichts. Ich kann dir alles beibringen, was du wissen mußt. Dauert vielleicht ein paar Jahre, zwischen meinen Wahnphasen, aber du wirst es schon lernen.«

»Danke für das Angebot, aber soviel Zeit hab' ich nicht.«

»Ist sowieso alles verdammter akademischer Kram«, sagte der alte Knabe. »Wenn man bedenkt, daß du es niemals bis zu dem Loch da oben schaffen wirst. Ganz egal, ob da ein Wille ist. Einen Weg jedenfalls sehe ich nicht.«

»Es muß aber einen geben!« beharrte Norman. »Es muß einfach einen geben.«

»Nicht, bevor du nicht zu fliegen gelernt hast, Bursche. Nicht, bevor du nicht fliegen kannst.«

»Fliegen.« Norman machte das bestürzteste aller möglichen Gesichter.

»Hab' ich was Falsches gesagt?« erkundigte sich der alte Knabe.

»Fliegen. Ich wollte fliegen, und das hat mich hierhergebracht. In erster Linie jedenfalls. Aber Moment mal!« Norman spähte in den Aufzugsschacht hinauf und blickte sich dann in seiner erbärmlichen Zelle um. »Das ist es! Fliegen! Das ist es! Das ist es!«

»Ist es das?«

»Das ist es!« Norman kuppelte sein Gehirn ein, schaltete

den Mund hinzu und duschte den alten Claude förmlich mit seinen Ideen.

Der Ex-Chef lauschte aufmerksam, um am Ende ebenfalls ein Gesicht zu ziehen.

Ein Gesicht des Entsetzens.

»Das kannst du nicht machen!« heulte er auf. »Das kannst du nicht. Das kannst du einfach nicht!«

»Aber ich muß!« widersprach Norman. »Es ist die einzige Möglichkeit. Wenn ich zu dem Loch hinauffliegen könnte, dann könnte ich entkommen, die eiserne Tür öffnen, ein Seil oder sonstwas hinablassen und Sie ebenfalls befreien. Sie könnten die große Himmelsdüse für mich bedienen. Und Sie wären frei!«

»Ja, schon, aber all meine Beweise! Du hättest alle verbrannt!«

»Einige, aber längst nicht alle.«

»Sag mir noch mal, was du vorhast, Söhnchen. Erzähl's dem alten Claude noch mal.«

»Ich fliege den Aufzugsschacht hinauf«, erklärte Norman. »Nicht mit Flügeln, das würde in einem so engen Schacht nicht funktionieren. Sondern mit einem Heißluftballon. Dieses Papier hier, es ist feucht. Wir könnten es zusammenkleben wie Pappmaché, einen Ballon daraus machen. Einen Brenner darunterbasteln und etwas, woran ich mich festhalten kann, ein Feuer anzünden, den Ballon mit heißer Luft füllen, und schon fliege ich den Schacht hinauf. Eine blendende Idee, wie Sie zugeben müssen.«

»Aber all meine Beweise!«

»Ihnen bleibt immer noch all das Zeug, aus dem wir den Ballon machen. Und sehen Sie nur, dort liegt ein alter Papierkorb, den wir als Brenner einsetzen könnten, und diese alten Stühle dort könnten wir kleinmachen und für das Feuer benutzen. Sie würden gar nicht so viel Papier verlieren.«

»Und wie willst du das Feuer anmachen, Bursche?« fragte der Alte. »Hast du ein Päckchen Streichhölzer dabei oder was?«

»Wo ein Wille ist, da ist auch ein Weg«, sagte Norman.

»Ja, langsam glaube ich dir das sogar, du kleiner Bastard von einem Schlauberger.«

»Soll das heißen, daß Sie mir helfen?« fragte Norman, während er dem Alten die Hand hinstreckte.

»Soll es«, sagte der Ex-Chef und schüttelte sie kräftig.

17. KAPITEL

Der wundersamste Mann, der jemals lebte, zog die Dralonvorhänge der KEV-LYN-Suite beiseite und atmete die erste frische Luft des Tages.

Und *puuuh!*, was für ein tiefer Atemzug es war!

Die Sonne schien durch das UPVC – was ganz schön schlau ist, weil sie vor dem gleichen Fenster auch untergegangen war! – und erhellte das scheußliche Appartement. Eine Gestalt lag zusammengekrümmt in Bettlaken auf dem Boden, erwachte schlagartig und ging durch die traditionelle »Was? Wer? Wo bin ich?«-Routine. Dann, als sie völlig wach und wieder beisammen war, erhob sie sich und verbeugte sich tief vor dem Mann, der nun ihr Meister war.

»Guten Morgen, Guru«, sagte die Gestalt. »Darf ich Ihnen das Frühstück bringen?«

Rune justierte den Gürtel seines monogrammverzierten Morgenmantels und straffte die dazu passende Krawatte. »Ich nehme den kompletten *Grande*-Magenfüller«, sagte er. »Alle Zeitungen, die dieser Laden zu bieten hat, schwarzen Kaffee, Toast mit Honig, Jaffa-Cakes und eine Flasche vom feinsten Brandy.«

»Wie Sie wünschen, Meister.« Der wagemutige junge Mann, als der sich die Gestalt inzwischen entpuppt hatte, schien inzwischen nicht mehr so wagemutig zu sein. Irgendwie ein wenig hohlwangig und mit wildem Blick in den Augen. Irgend etwas Unheilvolles war allem Anschein nach in der Nacht über ihn gekommen, und das war allem Anschein nach etwas, über das man besser nicht weiter spekulierte oder rätselte.

Igitt!

Rune winkte den blassen jungen Mann zu seinen Pflichten und ließ sich auf einem Parker-Knoll-Lehnsessel mit schrecklich rötlichbraunem Schonbezug nieder. »So viel zu tun«, murmelte er. »Und alle Zeit der Welt, um es zu tun. Zumindest für einige von uns ...«

»Machen Sie die Asterisken da wieder weg!« sagte Rune. »Das Kapitel ist zu Ende!«

18. KAPITEL

Etwas ganz Bestimmtes war beinahe zu Ende. Unten am Boden des stillgelegten Aufzugsschachts.

Beinahe.

»Rollen Sie das ein wenig zur Seite«, sagte Norman. »Und leimen Sie es an dieses Stück hier.«

»Dieses Ding wird nie im Leben fliegen«, sagte der Doppelgänger von Ben Gun. »Es hat die falsche Form. Was soll es eigentlich darstellen?«

»Es ist ein Kopf«, erklärte Norman. »Heißluftballons sehen heutzutage nicht mehr wie Heißluftballons aus. Eher wie Köpfe. Oder Bauernhäuser oder Haartrockner. Jedenfalls nicht wie Heißluftballons.«

»Und wessen Kopf soll das hier sein?«

»Jesus«, sagte Norman.

»Jesus? Der sieht aber überhaupt nicht wie Jesus aus. Wenn er überhaupt jemandem ähnlich sieht, dann schon eher …«

»Sehen Sie mal, in Ordnung. Ich weiß nicht, wie Jesus aussieht. Aber es ist ja auch nur ein Symbol. Es ist immer noch ein Heißluftballon.«

»Ich habe Jesus einmal kennengelernt«, sagte der Urgroßvater.

»Nie im Leben!«

»Und ob! Er hat mir seine ganze Geschichte erzählt.«

»Schießen Sie los«, sagte Norman.

»Nachdem er gekreuzigt worden war, als er in den Himmel kam.«

»Schießen Sie los«, sagte Norman einmal mehr.

»Ja. Nun, er kommt also oben beim Himmel an und hält mit dem heiligen Petrus am Himmelstor ein Schwätzchen, als Petrus plötzlich zur Toilette muß und Jesus sich einverstanden erklärt, fünf Minuten lang für Petrus auf das Tor aufzupassen. Die Neuankömmlinge überprüfen und so.«

Norman beschäftigte sich mit Drahtstücken und zerbrochenem Büromobiliar. »Ja, und Jesus steht am Goldenen Tor, und sein alter jüdischer Vater kommt hoch. Und Jesus fragt: ›Name?‹«

»Und der alte jüdische Knabe sagt: ›Joseph.‹«

»Und Jesus sagt: ›Beruf?‹«

»Und der alte jüdische Bursche sagt: ›Zimmermann.‹«

»Und Jesus sagt: ›Moment mal, du kommst mir irgendwie bekannt vor. Hattest du nicht einen Sohn?‹«

»Und der alte jüdische Knabe antwortet: ›Ja, ich hatte einen. So einen lieben Sohn!‹«

»Und Jesus, der nun überzeugt ist, daß der alte Knabe vor ihm sein Vater ist, aber trotzdem absolut sichergehen will, sagt: ›Hatte dein Sohn irgendwelche besonderen Kennzeichen oder unverwechselbaren Narben, als du ihn das letzte Mal gesehen hast?‹«

»Und Joseph antwortet: ›Ja, er hatte Löcher in Händen und Füßen.‹«

»Und Jesus wirft die Arme um den alten Juden und sagt: ›Vater!‹«

»Und der alte jüdische Knabe wirft die Arme um Jesus und sagt ...«

»Pinocchio«, sagte Norman. »Ja, davon hab' ich gehört.«

»Ehrlich? Nie im Leben!« sagte der alte Claude. »Hat er dir die Geschichte etwa auch erzählt?«

»Jesus hat Ihnen nie im Leben diese Geschichte erzählt!« sagte Norman. »Das ist ein wirklich uralter Witz.«

»Aber er hat sie mir trotzdem erzählt! Das ist sein Lieblingswitz. Der, und dann noch die Geschichte mit: ›Peter, ich kann dein Haus von hier oben sehen.‹ Und natürlich sind die Witze alt. Er hat sie mir vor tausend Jahren erzählt. Und genau so sieht dein Ballon aus.«

»Wie Jesus?«

»Nein. Wie Pinocchio. Du wirst ihn niemals in die Luft bringen.«

»Werde ich doch. Und er wird sogar uns beide nach oben bringen.«

»Wird er verdammt noch mal nicht. Du bist total verrückt, Bursche. Kennst du übrigens den mit dem Elefanten und dem Garderobenticket?«

»Ich bin fertig hier«, sagte Norman und trat zurück, um sein Werk zu betrachten. Selbstverständlich konnte er nicht allzu weit zurücktreten, da er ja am Boden des stillgelegten Aufzugsschachts stand und so. Aber er war trotzdem in der Lage, sich einen groben Überblick über das Ding zu verschaffen.

Und es war ein ziemliches Ding, das muß in aller Deutlichkeit gesagt werden.

Ein Hauch der Gebrüder Montgolfier hier, ein Hauch von Onkel Konzen's *Tausend Steuertricks* dort, und für die, die mit einem sehr, sehr langen Gedächtnis ausgestattet sind: ein paar Fetzen von Ilja Rogoff's Knoblauchpillenwerbung ganz am oberen Ende.

Es sah mächtig schick aus.

Mächtig kopfähnlich und schick.

Es sah auch mächtig nach Pinocchio aus.

»Ich hab's dir gleich gesagt«, meinte Urgroßvater Claude Ben Gun der Alte. »Sieh dir nur diese Riesennase an. Jesus hat keine so große Nase.«

»Das ist eine eigene geniale Erfindung von mir«, gestand Norman voller Stolz. »Um *Sie* nach oben zu schaffen. Ich zünde den Kram in diesem Papierkorb hier an, der Ballon füllt sich mit heißer Luft, und ich schwebe den Schacht hinauf zu der Öffnung. Dann binde ich das Ende von diesem Pinocchio-Nasenstück auf, die heiße Luft entweicht, und der Ballon gleitet wieder hinunter. Sie binden die Nase wieder zu, der Ballon füllt sich wieder mit heißer Luft, und Sie schweben nach oben und leisten mir beim Loch Gesellschaft. Und jetzt sagen Sie mir: Ist das nicht wirklich verdammt clever, oder was?«

Der alte Knabe blickte Norman an, blickte den Ballon an, blickte Pinocchios Nase an – und blickte wieder zurück zu Norman. Und dann stahl sich ein furchteinflößendes Grinsen auf sein Gesicht, und er klopfte dem Jüngeren kräftig auf den Rücken. »Du bist ein Genie«, krächzte er. »Ein Genie, so wahr ich Claude heiße.«

»Danke sehr«, sagte Norman. »Ich tue eben immer nur mein Bestes.«

»Sicher, das tust du. Das tust du sicher. Also mach schön so weiter, Söhnchen, und zünde das Feuer im Papierkorb an. Mach deine Arbeit.«

»Ah«, sagte Norman. »Ja. Das Feuer. Anzünden.«

»Ja, zünd das Feuer an, Söhnchen. Worauf wartest du noch?«

»Es muß doch einen Weg geben, ein Feuer anzuzünden.« Norman wühlte in seinen grauen Flanellhosen-Hosentaschen. Sie enthielten all die standardmäßig zweifelhaften Dinge, die vierzehnjährige Knaben eben so mit sich führen. Streichhölzer? Nein. Streichhölzer waren nicht darunter. Norman betrachtete grübelnd seine digitale Multifunktionsuhr. Er hatte gehört, wie jemand behauptet hatte, daß die Batterie in Flammen aufgehen würde, wenn man sie herausholte und mit einem Hammer oder so darauf schlug. Aber er hatte diesen Trick schon früher ausprobiert (natürlich), und er hatte nicht funktioniert (natürlich nicht).

Norman blickte sich suchend am Grund des stillgelegten Aufzugsschachts um. »Die Glühbirne«, sagte er nach einer Weile. »Wir zerschlagen die Glühbirne, stecken etwas Metallisches in den Sockel, um einen Kurzschluß zu produzieren, *Blitzbummpängflamm!*, und schon haben wir Feuer.«

»Ach du lieber Gott, nein!« Der alte Weißbart trat alarmiert einen Schritt zurück. »Du willst doch wohl nicht ernsthaft mit Elektrizität herumspielen, Söhnchen? Nein, das willst du nicht. Sicher nicht. Tu dir den Gefallen. Seelen sind geladene Partikel, weißt du? Du könntest dich selbst entladen bei einem Kurzschluß. Du würdest aufhören zu existieren.«

»Sie machen Witze!«

»Nein, mach' ich nicht. Bleib ja weg von elektrischen Entladungen, das rate ich dir wirklich mit allem gebotenen Ernst.«

»*Elektrische Entladungen!* O Mannomann!« Norman schüttelte den Kopf. Dann sagte er: »Schießpulver. Wir machen Schießpulver. Alle Zutaten finden wir hier unten. Graphit aus den alten Bleistiften, Schwefel aus dem da ...«, eine Kopfbewegung in eine finstere Ecke, wo bestimmte Dinge organischer Herkunft lagen, aus denen man höchst einfach Schwefel extrahieren konnte, » ... und Salpeter. Das ist Kaliumnitrat.« Norman ließ den Finger über die nächstgelegene Wand gleiten. »Sehen Sie das weiße Pulver? Das ist eine chemische Verbindung, die unter Bedingungen wie denen hier unten aus Ziegelsteinen herauskristallisiert. Es ist alles da, was wir brauchen.«

»Scheint so«, sagte der alte Knabe. »Was hast du noch mal gesagt, wo du den Schwefel herholen willst? Ich konnte nicht genau sehen, wohin du gezeigt hast.«

»Äh«, sagte Norman. Erneutes Kopfdeuten.

»Äh! Du hast recht«, sagte der Ex-Chef.

»Aber sehen Sie es einmal so«, sagte Norman. »Wenn wir nicht von hier fliehen können und zur Erde gehen und aufhalten, was auch immer geschehen soll, bevor es geschieht, dann werden Millionen von Menschen sterben, wenn nicht sogar alle. Und das sind ganz schön viele. Sicher werden Sie über das bißchen Scheiße hinwegkommen, aus dem wir den Schwefel gewinnen. Ich meine, sehen Sie sich nur unseren Ballon an! Wir reden hier schließlich von sogenannter ›Science Fiction‹, oder etwa nicht?«

»Also gut«, der alte Knabe scharrte mit seinen zerfetzten Schuhen über den Boden. »Ich vermute, es besteht die entfernte Möglichkeit, daß tatsächlich alle Zutaten zur Herstellung von Scheiß ... äh, Schießpulver hier unten herumliegen.«

»Natürlich liegen sie hier unten herum.«

»Aber um uns weitere Peinlichkeiten zu ersparen – warum nehmen wir nicht einfach das hier?«

»Was ist das?«

»Mein Einwegfeuerzeug«, sagte Ben Gun, der Ex-Chef namens Claude.

19. KAPITEL

»Hast du uns etwas zum Essen besorgt?« fragte Tuppe.

»Nicht viel, wie ich befürchte«, erwiderte Cornelius. »Ich fand ein paar Fünfer im Rückzahlungsschacht eines Spielautomaten. Aber ich hab' das Geld reinvestiert. Fast hätte ich drei Joker gehabt. Aber nicht ganz.«

»Also haben wir kein Frühstück.«

»Nicht als solches. Hast du dir inzwischen Gedanken über unsere geschäftliche Partnerschaft gemacht?«

»Cornelius Murphy präsentiert Professor Tuppe und sein …? Nein, nicht viel«, sagte Tuppe. »Ich hab' Boris gefragt, aber er war nicht scharf darauf.«

»Boris?« fragte Cornelius.

»So lautet mein Name«, sagte der amphibische Knabe im Schafskostüm. »Aber ich sag' euch was: Mögt ihr Fisch?«

»Ich liebe Fisch«, erwiderte Tuppe.

»Ich auch«, stimmte Cornelius zu.

»Also schön, warum fange ich uns nicht einfach ein paar Fische? Ihr macht ein Feuer am Strand, und schon haben wir ein Frühstück.«

»Ich hab' keine Angelrute«, sagte Cornelius.

»Ich brauch' keine Angelrute«, sagte Boris. »Ich fange sie mit den Zähnen.«

»Du machst Witze«, sagte Tuppe.

»Nein, mach' ich nicht. Was habt ihr lieber, Flundern oder Seebarben?«

»Alles«, sagte Cornelius. »Aber du wirst zuerst das Schafskostüm ausziehen wollen, oder nicht?«

»Besser nicht. Ich will nicht, daß mich jemand beobachtet, wenn ich es wieder anziehe.«

»Also schön, wie du willst.«

»Gut. Heb' mich einfach über die Brüstung, und ich tauche nach etwas Eßbarem.«

»In Ordnung.« Cornelius hob Boris über die Brüstung und warf ihn hinunter. *Plopp!* machte es, als er im Wasser landete und wegtauchte.

»Er hat Charakter, soviel steht fest«, sagte Tuppe. »Komm, wir gehen an den Strand und machen ein Feuer.«

»Heh, ihr da!« schrie ein wütender Fischer, der zusammen mit ein paar seiner Kollegen gerade seine Ausrüstung verstaut hatte. »Das haben wir gesehen, du verdammter sadistischer Bastard.«

»Komm, wir rennen an den Strand«, sagte Cornelius. »Ich liebe Frühsport.«

»Du kannst aber gut grillen!« sagte Boris ein wenig später und kaute auf einer Makrele.

»Wie kocht ihr eigentlich unter Wasser?« wollte Tuppe wissen. »Löscht das Wasser nicht die Flamme?«

»Wahrscheinlich benutzen sie diese Transperambulation pseudokosmischer Antimaterie«, sagte Cornelius und biß in einen Hering.

»Versuch bitte nicht, mich zu verarschen. Immerhin hab' ich uns Frühstück besorgt, oder nicht?«

»Hast du«, gestand Cornelius. »Und wir sind dir auch sehr dankbar. Aber was wirst du als nächstes tun? Du hast deine fliegende Untertasse verloren und die geheimen Gespräche verpaßt, an denen du teilnehmen solltest. Du kannst nicht einfach hierbleiben und den Rest deines Lebens als Schaf verkleidet verbringen.«

»Ich sehe nicht, welche großartige Wahl ich sonst hätte«, erwiderte das verkleidete Schaf. »Wenn ich zurückgehe, dann werfen sie mich ins Gefängnis, weil ich die fliegende Untertasse verloren habe. Kann ich nicht einfach bei euch Typen bleiben und mich ein wenig amüsieren?«

Cornelius blickte Tuppe an.

Tuppe blickte Cornelius an.

»Natürlich kannst du«, sagte Tuppe.

»Natürlich kann er nicht«, sagte Cornelius. »Er gehört nicht hierher, Tuppe. Er ist vielleicht ein ziemlich überzeugendes Schaf, da magst du recht haben. Aber *sooo* überzeugend auch wieder nicht, und … ach, hör schon auf! Es ist einfach ein idiotischer Vorschlag, das ganze Leben in einem Schafskostüm zu verbringen!«

»Rod Hull hat einen rechten Arm, der sein ganzes Leben lang als Emu verkleidet ist«, sagte Tuppe. »Und dem Arm gefällt es.«

»Du wirst nach Hause gehen müssen«, sagte Cornelius. »Wirklich.«

»Ich weiß«, sagte Boris. »Aber zuerst können wir uns noch ein wenig amüsieren, ja?«

»Ja«, sagte Cornelius. »Das können wir.«

»So«, sagte Boris. »Soll ich noch mal tauchen und uns ein paar Krabben zum Nachtisch holen?«

Cornelius blickte sich suchend um. Der Strand füllte sich allmählich mit Menschen. Menschen mit zeigenden Zeigefingern.

»Nein«, sagte Cornelius Murphy. »Tu, was immer du willst, aber nicht das.«

Gegen Mittag hatte sich bereits eine recht große Menschenmenge um den Schafartigen versammelt.

»Apport, Lassie!« kreischte eine Kleine und warf ein Stöckchen.

»Er ist gut mit Kindern, eh, Cornelius?« fragte Tuppe, als Boris am Strand entlang hinter dem Stöckchen herschoß.

»Er zieht eine Menge Aufmerksamkeit an«, erwiderte der große Junge. »Du könntest uns eine Menge Tassen Tee verdienen, wenn du ihn zu einem Tanz überreden würdest. Es muß ja nicht gleich der Moonwalk* sein. Ein leichter Walzer tut's auch.«

»Wie kannst du nur einen solchen Vorschlag unterbreiten, Cornelius? Boris gehört einer weisen, überlegenen Unterseerasse an. Selbst der leiseste Hinweis auf eine solche Demütigung ist in meinen Augen mehr als grotesk.«

»Tuppe«, sagte Cornelius. »Wir sind abgebrannt. Es ist überhaupt nicht gut, am Meer abgebrannt zu sein. Am Meer kann man sich vergnügen! All die Freuden! Neue Freunde, die man unterhalten kann!«

»Was für neue Freunde?« fragte Tuppe.

»Nun, ich dachte zum Beispiel an diese beiden hübschen, braungebrannten Schönheiten dort drüben. Die mit den nackten Titten und den weißen Bikinihöschen.«

»Hereinspaziert, hereinspaziert!« brüllte Tuppe.

* Michael J.

20. KAPITEL

Was uns irgendwie zu Vertretern oder Agenten bringt.

Was ist nur an dem Wort »Agent«, daß es so phantastisch zu dem Wort »ausgekocht« paßt?

Denken Sie an das letzte Mal, als Sie einem Agenten begegnet sind. Einem Reisebüroagenten? Einem Künstleragenten? Einem Filmagenten? Einem Geheimagenten?

Einem IMMOBILIENAGENTEN?

Sehen Sie, jetzt wird Ihnen allmählich alles klar. Agenten können nichts dafür. Agenten sind die Sorte Leute, die sich von Karrieren als Agenten angezogen fühlen. Ausgekocht, das sind sie. Schlüpfrig. Rechtsanwälte werden zum Beispiel auch »Gesetzesagenten« genannt. Dann gibt es sogenannte Werbeagenturen. Eheanbahnungsagenturen. Satanische Agenturen.

Uns so weiter und so fort.

Ja, allmählich beginnen Sie zu verstehen.

Es ist ein verräterisches Wort, dieses »Agent«. Tief im Innern Ihres Herzens wissen Sie ganz genau: Wann immer Sie sich mit einem Agenten einlassen, werden Sie *übers Ohr gehauen*.

Sie geben Ihr Bestes, um das zu verhindern, natürlich. Jedesmal. Sie arbeiten wirklich hart daran. Aber am Ende verlieren Sie doch, egal was sie auch tun. Agenten haben das, was man unter dem Begriff »geheime Agenda« versteht.

Und das Wort *Agenda* stammt aus der gleichen lateinischen Wurzel wie das Wort *Agent*. Die Wurzel dieses Wortes lautet *agere*, und das bedeutet *handeln, tun*.

Da haben Sie's.

David Rodway war ein Immobilienagent. Genaugenommen war er *Skelington Bays* einziger Immobilienagent. Eigenartig, wenn man bedenkt, daß *Skelington* so eine kleine Stadt ist. Weil nämlich jeder, der jemals eine englische Stadt besucht hat, beobachten kann, daß sich um so mehr Immobilienagenten in einer Stadt herumtreiben, je kleiner sie ist.*

David Rodway hatte sich den Weg zu seiner augenblicklichen Position als einzigem Immobilienagenten der Stadt mühsam erarbeitet. Er hatte hart gearbeitet. Begleitagenturen, Teilzeitagenturen, all das. David Rodway war der geborene Agent. In einer früheren Inkarnation war er Kardinal Richelieu gewesen. Aber nicht, daß er davon *wußte*.

Der gegenwärtige Chef der Universalen Reinkarnationsgesellschaft wußte davon. Natürlich.

»Guten Morgen, Sir«, sagte David Rodway zu dem gutgekleideten jungen Mann mit dem wilden Blick, der mit einem prallen Koffer sein Büro betreten hatte. »Wie kann ich Ihnen behilflich sein?«

Der junge Mann mit dem wilden Blick streckte eine Hand zum Freimaurergruß aus und erhielt einen zurück.

Eine kurze, verschlüsselte Konversation begann. Logendetails und Rangfolgen wurden ausgetauscht. Alles schien in Ordnung.

Der junge Mann mit dem wilden Blick nahm auf Geheiß** des Immobilienagenten Platz. Er nahm seine Umgebung in sich auf: schickes kleines Büro. Sauberer Teppich. Stühle so eben bequem genug. Computerschirm. Moderner Schreibtisch***. Ein kleiner schmieriger glatzköpfiger Schleimball hinter dem Schreibtisch, der eine Rotarier-Klubkrawatte zwischen dem glatten, nadelstreifigen Kragen seines Burton-Hemds zurechtzupfte. Jackett offenstehend, aber wenigstens die Ärmel nicht aufgekrempelt. Monogrammverzierte Manschettenknöpfe. Hinter dem Schreibtisch, wie gesagt.

* Der Grund dafür ist vollkommen unbekannt. Aber es ist keine Tradition, keine alte Bulle oder etwas in der Art.

** Vielleicht eine Art Schreibtisch?

*** Offensichtlich doch nicht.

»Mein Name ist Stephen Craik« sagte der junge Mann mit dem wilden Blick, der noch vor kurzer Zeit so wagemutig gewesen war. »Ich bin in offiziellem Auftrag hier, als Agent für eine Gesellschaft, die einige hiesige Besitztümer erwerben möchte.«

»Tatsächlich?« erwiderte David Rodway. »Und welches besondere Anwesen hat das Interesse Ihres Auftraggebers erweckt?«

»Alle, die Sie haben«, sagte Stephen Craik. »Und den ganzen Rest dazu.«

»*Alle?*« David Rodway zuckte in seinem Sessel zusammen.

»Alle. Ganz *Skelington Bay,* mit Schloß und Riegel und Landgut.«

»Ich verstehe.« Obwohl in seinem Innern ein Mahlstrom aus Begehrlichkeit zu rasen begonnen hatte, spielte nach außen lediglich ein passives Lächeln auf den Lippen Mister David Rodways. »*Alle*, sagen Sie?«

»Alle«, wiederholte Stephen Craik. »Zuerst jeden Besitz, den Sie in Ihren Akten haben. Ich werde in bar bezahlen. Jetzt. Und dann den gesamten Rest. Jeden Laden, jedes Geschäft, jedes lizensierte Restaurant, jede öffentliche Einrichtung, alles.«

»Alles.« David Rodway befiel ein leichtes Zittern, das aber nicht stark genug war, um seine Geschäftstüchtigkeit zu beeinträchtigen. »Das ist eine ziemlich ungewöhnliche Forderung«, sagte er.

»Mein Auftraggeber ist ein ziemlich ungewöhnlicher Mann.«

»Dürfte ich vielleicht einen Blick auf das Bargeld werfen, von dem Sie gesprochen haben?«

»Natürlich dürfen Sie das.« Stephen Craik öffnete den Koffer und drehte ihn in Mister David Rodways Richtung. »Sie werden vielleicht auch das hier sehen wollen.« Er reichte dem Immobilienagenten einen Umschlag.

Der Makler öffnete ihn und überflog den Inhalt.

»Dieses Geld wurde vom Premierminister genehmigt«, sagte Stephen Craik. »Der Premierminister ist der Große Logenmeister 55°-23″ unseres Landes.«

Der Immobilienagent machte ein geheimes Zeichen.

Der junge Mann mit dem wilden Blick machte ein anderes geheimes Zeichen.

»Also gut, meine Fresse!« sagte der Immobilienmakler. »Was hat das alles zu bedeuten, eh?«

Stephen Craik berührte konspirativ die Nasenspitze. »Ich darf nicht darüber sprechen. Vielleicht sucht der Große Logenmeister 55°-23″ ein Ferienversteck. Möglicherweise hat es etwas mit der klassenlosen Gesellschaft zu tun, die er geschaffen hat. Ich bedaure, daß ich über dieses Thema Stillschweigen zu bewahren gezwungen bin.«

»Kein Problem, Squire. Ich weiß, woher Sie kommen.« Mister Rodways Finger spazierten über die Tastatur seines Computers. »*Alle*, sagten Sie?« fragte er einmal mehr.

»Alle.«

»Also gut, alle.« Die Finger des Immobilienagenten spazierten aufs neue. »Einschließlich meines eigenen Bungalows?«

»Wenn er in *Skelington Bay* steht, ja.«

»Puuuh!« sagte der Immobilienagent. »Das kommt Sie nicht gerade billig, das kann ich Ihnen jetzt schon sagen. Ich habe erst letzte Woche Kutschenlampen an den Torpfosten anbringen lassen, die automatisch angehen, wenn man in der Nacht heimkommt.«

Innerlich zuckte Stephen Craik zusammen, doch nach außen hin sagte er ruhig: »Es geht doch nichts über eine gewisse Klasse.«

»Ganz recht«, stimmte David Rodway zu. »Ich hasse es, mich von DAVE-LES zu trennen, aber wenn der Große Logenmeister 55°-23″ auf der Bon-Tempi-Orgel spielt, dann müssen die an seinem Rockzipfel eben tanzen, was?«

»Genau mein Gedanke.«

»Mensch!« sagte der Immobilienmakler und musterte prüfend seinen Computerschirm. »Ich hatte überhaupt keine Ahnung, daß mein Bungalow *sooo* wertvoll ist!«

Stephen Craik schüttelte den Kopf und seufzte insgeheim. »Dauert es noch lang?« fragte er. »Ich habe einen sehr straffen Terminkalender.«

»Nicht mehr lange, nein.« Weiteres Fingerspazieren. »Meine alte Mutti ist sowieso in einem Altenheim besser aufgehoben. Also, wollen mal sehen. Gott, wer hätte gedacht, daß ein kleines Terrassenhaus in dieser verlassenen Gegend so viel wert wäre?«

»Gibt es Brüder oder Schwestern?« fragte Stephen Craik.

Der Immobilienmakler sah von seinem Bildschirm auf und fing den wilden Blick des jungen Mannes auf, und der wilde Blick sagte ihm: »Nimm dich in acht, Bursche!«

»Richtig.« Er wandte sich wieder seinen Berechnungen zu. »Fertig«, sagte er nach gar nicht allzu langer Zeit. »Wollen Sie die Gesamtsumme sehen?«

»Lesen Sie einfach nur vor, und ich zahle augenblicklich.«

»So wickle ich meine Geschäft am liebsten ab.«

»Darauf könnte ich wetten.«

Und er hatte recht.

Gesetzlich vorgeschriebene Dokumente wurden mit einer Geschwindigkeit aufgesetzt, die den normalen Hauskäufer baß erstaunt hätte. Geld wechselte die Hände. Hände wurden erneut geschüttelt. Knöchel aneinander gerieben.

»Es ist eine Freude, mit Ihnen Geschäfte zu machen«, sagte David Rodway.

»Und den Rest«, sagte Stephen Craik.

»Den Rest, sagten Sie?«

»Ich sagte den Rest, ja. Ich will den ganzen Rest. Bis spätestens Montag. Und mein Auftraggeber wünscht darüber hinaus, daß die Stadt bis Mittwoch von allen Einwohnern geräumt worden ist.«

David Rodway zählte Geldbündel und verstaute sie in seinem Wandsafe. »Das geht nicht«, sagte er in seinem üblichen, lässigen Maklertonfall.

»Es muß gehen«, sagte Stephen Craik, der junge Mann mit dem wilden Blick, in einem Tonfall, der so weit davon entfernt war, lässig zu sein, daß man ihn allerhöchstens als überhaupt nicht lässig bezeichnen konnte.

»Aber es geht nicht.« Mister Sternlicht schloß den Wandsafe. »Logistisch vollkommen unmöglich. Wir haben es hier mit einer Stadt von fünfzehn- bis zwanzigtausend Einwohnern zu tun. Nicht eingerechnet all die Urlauber und Feriengäste. Sie würden zehntausend Umzugswagen benötigen. Sie würden gar nicht in die Straßen passen, selbst wenn man so viele Wagen auftreiben könnte. Was man nicht kann. Und jede Menge Leute würde sich schlicht weigern, umzuziehen. Außerdem können sie keine öffentlichen Gebäude wie das Schwimmbad oder die Polizeistation kaufen. Oder das McDonald's. Sie und ich, wir wissen beide, wem das McDonald's gehört*.«

»Mein Auftraggeber will alles«, sagte der junge Mann mit dem wilden Blick. »Und wenn er ›alles‹ sagt, dann meint er auch alles. Er duldet keinen Widerspruch.«

»Er duldet keinen Widerspruch, eh? Nun, er muß schon der große Nichtdulder persönlich sein, um all die Widersprüche nicht zu dulden.«

Der junge Mann mit dem wilden Blick hob eine vielsagende Augenbraue.

»Soll das etwa heißen ... Sie meinen doch nicht etwa ...?« Das Gesicht des Immobilienagenten nahm eine weißliche Farbe an. »Doch nicht ...?«

»Doch«, sagte Stephen Craik. »Ich wurde letzte Nacht erst in Kenntnis gesetzt.«

»Der Große Hohe ...«

»Wagen Sie es nicht, seinen Freimaurernamen laut auszusprechen!«

»Da bums doch einer meinen Beagle!« entfuhr es dem Immobilienagenten. »Und den Collie meiner Frau namens

* **Dem Antichristen (angeblich).**

Lassie gleich mit. Ich meine den Collie. Er heißt Lassie. Nicht meine Frau.«

»Denken Sie nach«, sagte der junge Mann mit dem wilden Blick. »Es muß eine Möglichkeit geben.«

»Ich versuch' ja zu denken!« sagte Mister David Rodway. »Aber gleiches Recht für alle und so; Sie kommen einfach von der Straße hereingeschneit und unterbreiten mir einen Vorschlag wie diesen. Einen Vorschlag, hinter dem *ER* steht. Sie sagen mir, daß sie ganz *Skelington Bay* bis nächste Woche geräumt haben wollen. Scheiße! Einschließlich meines Büros hier. Mein Lebensunterhalt!«

»Ich habe nicht den geringsten Zweifel, daß Sie sehr überrascht sein werden, wenn Sie Ihren Computer konsultieren und herausfinden, wie wertvoll Ihr Lebensunterhalt ist.«

»Dazu brauche ich keinen Computer«, sagte der Immobilienmakler, stellte eine überschlägige Rechnung auf und fügte eine Null an die Summe. Nur zur Sicherheit. »Aber ich sage immer noch, daß es unmöglich ist. In Ordnung, genügend Geld vorausgesetzt, werden die meisten Leute wohl verkaufen. Und wenn der PM hinter dieser Sache steht, dann werden wir zweifellos auch die öffentlichen Gebäude, die Stadthalle und was auch immer geräumt bekommen. Aber Sie werden nicht jeden zum Verkaufen bringen. Ganz unmöglich.«

»Aber es muß einen Weg geben. Es muß einfach.«

»Sie könnten Gewalt anwenden«, schlug der Makler vor. »Sie zwangsräumen. Das wird vielleicht gehen, aber es dauert seine Zeit.«

»Aber ich habe keine Zeit.«

»Dann müssen Sie sich eben etwas ausdenken, was sie von ganz alleine in Bewegung setzt. Augenblicklich.«

»Wie zum Beispiel eine drohende Naturkatastrophe meinen Sie?«

»Genau. So was in der Art. Obwohl Naturkatastrophen in diesem Land eher selten sind.«

»Dann eine Gefahr für die Gesundheit«, sagte der junge

Mann mit blitzendem wildem Blick. »Zum Beispiel Giftmüll, der ins Freie gelangt. Oder ein tödlicher Virus.«

»Jetzt kommen Sie der Sache schon näher. Und ja, warten Sie mal. Ich habe genau das Richtige für Sie.« Der Immobilienagent zog einen Aktenschrank auf und nahm eine Ausgabe der *Grundbesitzernachrichten* zur Hand.

»Haben Sie die schon mal gesehen?« fragte er den jungen Mann mit dem wilden Blick.

»Natürlich. Es ist eine von diesen kostenlosen Zeitungen, die man den Leuten unter den Türschlitzen hindurchschiebt. Sie haben meist schreiende Überschriften wie: ›Hurra, die Rezession ist vorüber! Jetzt ist genau der richtige Zeitpunkt, um Ihr Haus zu verkaufen!‹. Und enthalten ungefähr genausoviel Wahrheit wie die *Wöchentlichen Weltnachrichten* oder die *Blöd-Zeitung*.«

»Keine Frage, Sie haben recht. Aber hier steht ein kleiner Artikel in der Ausgabe dieser Woche. Wenn ich ihn finde. Ach ja, da ist er ja. Sehen Sie sich das an.

Mysteriöser Todesfall auf dem Bauernhof des alten Collins

Bei einer Leichenschau letzte Woche in *Skelington*, die der Untersuchung des mysteriösen Todes des ortsansässigen Bauern Andrew Collins diente, wurden Beweise gefunden, die den Schluß nahelegen, daß Collins Opfer des lange befürchteten Übertritts der Viehseuche *Bovine Spongiform Encephalopathy* (BSE) geworden ist.

»Nein, nein, nein«, sagte der mit dem wilden Blick. »BSE ist überhaupt nicht gut. Kein Schwein glaubt, daß BSE wirklich Menschen anstecken kann*.«

* Wie man sich irren kann!

»Ja, aber genau das ist geschehen. Jedenfalls etwas in der Art. Ich habe den Bericht des Leichenbeschauers gelesen.«

»Also schön. Ein einzelner Bauer stirbt an BSE. Das ist nicht unbedingt ein Grund, um Panik auszulösen, meinen Sie nicht?«

»Er starb nicht an BSE. Er starb, weil sein Traktor mehrfach über ihn hinweggerollt ist. Vorwärts und rückwärts.«

»Ich verstehe nicht recht, was Sie damit sagen wollen.«

»Ich will sagen, daß der Bauer niemals an BSE erkrankt ist. Sein *Traktor* wurde krank. Die Seuche ist auf andere übergegangen, aber nicht auf *Menschen*. Auf Fahrzeuge. Wenn Sie *Skelington Bay* menschenleer haben wollen, dann gibt es nichts Besseres, als die Nachricht zu verbreiten, daß diese verdammte Stadt das Zentrum einer neuen und schrecklichen Seuche ist.«

»Die da wäre?«

»AWS«, sagte der grinsende Immobilienagent. »Der *Autowahnsinn*.«

21. KAPITEL

»Wo ist mein Auto?« fragte Cornelius Murphy.

Die beiden braungebrannten Schönheiten mit den Retortenbrüsten und den weißen Bikinihöschen blickten zu ihm auf.

»Tut mir leid, daß wir ihn mitnehmen mußten«, sagte Thelma, denn es waren Thelma und Louise.

»Aber wir konnten nicht so lange warten, bis die Konstablerei am Unfallort eintraf«, erklärte Louise.

»Ah«, sagte Cornelius. »Das war also der Grund, was? Und wo ist mein Wagen jetzt? Ich hätte ihn wirklich zu gerne wieder.«

»Er steht auf dem großen Privatparkplatz vom *Skelington Bay Grande*.« Thelma deutete mit ausgestrecktem Arm auf das einst stolze Gemäuer.

»Dann ist er in der Zwischenzeit wahrscheinlich an die Kette gelegt worden. Na, ich danke auch schön.«

»Er ist nicht an die Kette gelegt. Der Besitzer ...«

»Kevin«, sagte Louise.

»Ja, Kevin«, sagte Thelma. »Er hielt uns an, als wir nach *Skelington* kamen, und fragte uns, ob wir nicht auf seinem Parkplatz parken wollten. Er meinte, daß es seinem Parkplatz eine *gewisse Klasse* verleihen würde.«

»Na schön. Die Schlüssel bitte.«

Thelma zog die Wagenschlüssel hervor. *Von wo?* Natürlich aus ihrer Umhängetasche.

»Danke sehr«, sagte Cornelius. »Seid ihr letzte Nacht schon hier angekommen?«

»Nein, wir haben in einem leerstehenden Bauernhof übernachtet.«

»Auf dem Collins-Hof*«, sagte Louise.

»Habt ihr Knete?« fragte Cornelius.

»Nein, aber wie es scheint, hat dein kleiner Kumpan dort welche.«

»Stimmt!« Tuppe erschien auf der Bildfläche. Er kämpfte schwer mit dem Gewicht von Münzen, die einen Strohhut bis zum Rand füllten, welchen eine ältere Dame ihm geliehen hatte, damit er damit sammeln konnte. »Und wo ist Cornelius' Auto?« fragte er.

Cornelius klimperte mit den Schlüsseln. »Wenigstens haben wir jetzt einen Platz, an dem wir heute nacht schlafen können«, sagte er.

»Sicher haben wir einen Platz«, erwiderte Tuppe. »Aber nicht im Auto.«

* Eine gute Gelegenheit, um in der später folgenden Verfilmung an dieser Stelle ein paar Blechbläser im Hintergrund spielen zu lassen.

»Nicht im Auto?«

»Nicht im Auto. Boris und ich wurden von einem Talentsucher entdeckt. Ein echt netter Bursche. Er arbeitet für das Theater. Wir haben einer Sommerspielzeit zugestimmt. Hier in *Skelington*. Im *Skelington Bay Grande*.«

»Scheint so, als führten alle Wege zum *Grande*, wie? Weil nämlich Thelma und Louise dort auch unseren Wagen abgestellt haben.«

»Das kommt gelegen«, erklärte Tuppe. »Weil der Agent nämlich nur Boris und mich im *Grande* einquartiert hat. Du wirst im Wagen schlafen müssen. Allein.«

»Hmmm«, sagte Cornelius und warf einen vieldeutigen Seitenblick auf Thelma und Louise, die der Zugabe von Boris, dem tanzenden Schaf namens Mavis, wild applaudierten. Dann fügte er hinzu: »Vielleicht muß ich im Wagen schlafen. Aber nicht allein, wenn ich das irgendwie verhindern kann.«

Tuppe folgte der Richtung des vieldeutigen Seitenblicks seines besten Freundes und sagte ebenfalls: »Hmmm.« Dann fügte er hinzu: »Ich schätze, ich werde meinen Agenten wegen dieser Sache anrufen und die Angelegenheit besprechen.«

»Vielleicht bei einem Mittagessen«, schlug Cornelius vor. »Für uns alle.«

»Bei einem Mittagessen im *Grande*?«

»Bei einem Mittagessen im *Grande*.«

Also bei einem Mittagessen im *Grande*.

»Wir gehören alle zusammen«, erklärte Tuppe der Kellnerin in der *Manilow Bar*, der »extravaganten« Cocktaillounge des *Grande*. »Wir warten auf meinen Theateragenten. Er hat reserviert.«

»Wollter wat bestellen, während ihr warten tut?«

»Sicher wollen wir«, sagte Tuppe. »Bringen Sie uns doch eine Auswahl von diesen bunten Cocktails mit kleinen

Schirmchen und Wunderkerzen obendrauf. Geht alles auf meinen Agenten. Mister Showstein.«

»Mister *Showstein*?« fragte Cornelius.

»Sammy Showstein«, sagte Tuppe. »Freund der Prominenz.«

»Klingt gut.«

»Was'n mit dem Schaf?« fragte die Kellnerin.

»Er kriegt auch 'nen Cocktail. Bringen Sie ihm einen Strohhalm mit.«

»Zwei Strohhalme«, sagte Boris.

»Wie geht'n das?« fragte die Kellnerin.

Tuppe kratzte sich an seinem kleinen Kopf. »Nun, ich vermute einfach, daß man zu dem einen Strohhalm noch einen weiteren hinzufügt, und das macht dann zwei Strohhalme. Aber vielleicht haben Sie ja Ihre eigene Methode, das zu bewerkstelligen.«

»Haste sie nich' mehr alle?« erkundigte sich die Kellnerin. »Ich wollt' wissen, wie du das Schaf zum Reden bringen tust.«

»Er ist Ventriloquist«, erklärte Cornelius. »Könnten wir außerdem noch zwei von diesen kleinen Schalen mit dem Zeug haben, das wie Wellensittichfutter aussieht?«

»Oder Meisen?«

»Ja, Meisenfutter ist gut. Wenn Sie das andere nicht haben.«

»Ihr zwei seid total plemplem«, schloß die Kellnerin und klapperte auf ihren Zwanzig-Zentimeter-Stilletos davon.

»Attraktives Weibsbild«, sagte Cornelius. »Und sehr zugänglich.«

»Verdammt lange Beine«, sagte Tuppe. »Sieht aus wie so eine Art Playboy-Kostüm, was sie da anhat, oder?«

»Eher wie Lola die Tänzerin.«

»Wir sollten sie Mister Showstein vorstellen, meinst du nicht?«

»Ja, wirklich. Das sollten wir. Diese Cocktaillounge ist unbeschreiblich, meinst du nicht?«

Und das war sie. Pinkfarbene Spiegel, die jede Gesichtsfarbe ungesund aussehen ließen. Unsichere Barhocker, die jeden Hintern lieber stehen ließen. Teppichfliesen (jawohl, Teppichfliesen!), die die Vorliebe des Besitzers nach einer im gesamten Hotel einheitlichen Bodenbedeckung erahnen ließen. Und …

»Da kommt ja Mister Showstein«, sagte Tuppe.

Cornelius drehte sich nach der Gestalt um. »Das ist nicht Mister Showstein«, sagte er. »Das ist der ›ehrenwerte Richter Wilberforce‹, oder wessen Rolle er auch immer am Gerichtshof von *Brentford* gespielt hat.«

»Kyle McKintock«, sagte Tuppe. »Aber das ist nie im Leben Kyle McKintock!«

»Hab' ich auch nie im Leben behauptet.«

In diesem Augenblick erblickte »Mister Showstein« Cornelius Murphy. »Ach du lieber …!« entfuhr es dem angeblichen Theateragenten, und er machte auf dem Absatz kehrt.

»Nein, nein, nein!« Die Beine des großen Jungen trugen ihn mit langen federnden Schritten durch die Cocktaillounge. Er bekam den falschen Friedensrichter an der wattierten Schulter des ziemlich schrillen Anzugs, der nun die stämmige Gestalt einhüllte, zu packen.

»Mister Murphy«, sagte Mister Showstein und brachte ein kränkliches Grinsen zustande. »Merkwürdig, Sie hier zu sehen. Ich dachte, Sie wären …«

»Eingesperrt?« fragte Cornelius. »Kommen Sie doch bitte mit zu uns an den Tisch.«

»Ich würde es eigentlich vorziehen, das bleiben zu lassen. Ihre Anwesenheit macht die Situation für mich ein wenig … kompliziert. Ich schätze, ich sollte wirklich lieber gehen. Heh! Halt! Was machen Sie da?«

Manche nennen es Würgegriff, andere Schwitzkasten. Es ist nicht ganz genau der gleiche Griff, und dieser hier war ein wenig von beidem. Der falsche Richter, jetzt Freund der Prominenz, fand sich unversehens zwischen Thelma und Louise deponiert (die anscheinend ebenfalls saßen, vielleicht auf einem Sofa oder etwas Ähnlichem, obwohl das bisher nicht explizit erwähnt worden ist [und wohl auch nicht mehr wird]).

»Entschuldigen Sie bitte, meine verehrten Damen«, sagte Mister Showstein und glättete die Revers seines schrillen Anzugs – einer Art blauem Lurex mit pinkfarbenen Karos.

»Sind Ihre Schuhe wasserdicht?« fragte Thelma.

»Ich denke schon. Warum?«

»Weil dieser Anzug wirklich zum in die Hose pinkeln ist.«

»Oh? Hmmm. Wirklich, sehr amüsant. Gestatten, daß ich mich vorstelle. Showstein ist mein Name. Samuel Showstein. Hier, meine Karte.« Mister Showstein zog eine Visitenkarte hervor und gab sie Louise. (Vielleicht nur, damit sie an dieser Stelle auch etwas sagen kann.)

»Danke«, sagte Louise prompt. Nicht viel, aber immerhin etwas.

Cornelius funkelte Showstein wütend an. »Sie haben mein Vermögen eingefroren«, sagte er.

Einen Augenblick lang herrschte Stille. Was ein Tribut an das glaubwürdige Image von Thelma und Louise war.

»Es war nicht meine Schuld. Ich wurde dafür bezahlt. Ich hab' Ihnen doch gesagt, ich brauchte das Geld für die Hüfte meiner Frau.«

»Wer hat Sie bezahlt? Wer hat jetzt die Kontrolle über mein Geld?«

»Das darf ich nicht sagen. Das darf ich wirklich nicht sagen.«

»Cornelius«, sagte Tuppe.

»Tuppe?« sagte Cornelius.

»Cornelius, ich wette, wenn du einen Augenblick lang nachdenkst, dann kannst du den Kreis der Verdächtigen in der Angelegenheit deines eingefrorenen Vermögens bis auf einen einzigen Burschen einengen. Einen Burschen, der eine große Vorliebe für Geld und sich nun das deine unter den Nagel gerissen hat. Einen Burschen, der dich eingesperrt und aus dem Weg wissen will, damit du ihm nicht bei dem wie auch immer gearteten diabolischen Plan in die Quere kommen kannst, den er ohne Zweifel zur Zeit verfolgt.«

»Wären das nicht *zwei* Verdächtige?« fragte Mister Showstein.

»Nein. Es ist nur ein einziger, und Cornelius weiß ganz genau, wen ich meine.«

»Hugo Rune«, sagte Cornelius Murphy. In einem Tonfall, dem eine gewisse Bitterkeit keineswegs fehlte.

»*Ich* habe es jedenfalls nicht verraten«, sagte Mister Showstein, plötzlich zitternd. »*Ich* habe seinen Namen nicht verraten. *Ich* war es nicht.«

»Wo steckt er?« fragte Cornelius und fuchtelte mit der Faust unter Showsteins Nase.

»Das kann ich nicht sagen. Das kann ich wirklich nicht sagen!«

»Äh, Cornelius?«

»Ja, Tuppe?«

»Cornelius, ich möchte hier wirklich nicht als Klugscheißer erscheinen, aber wir wissen, daß Rune auf dem Weg nach *Skelington* war, und das hier ist das nobelste Hotel in ganz *Skelington Bay*, und Rune ist ein Mann, der sehr auf sein leibliches Wohl bedacht ist, und ...«

»Ja. OK. Schon gut, Tuppe. Ich habe verstanden.« Cornelius fuchtelte erneut mit der Faust unter einer gewissen Nase. »Was hat Rune vor?« wollte er diesmal vom Besitzer der Nase wissen.

»Ich weiß es nicht. Ich weiß es wirklich nicht. Meine Aufgabe war es, die Rolle des Richters zu spielen, Sie einzusperren und all Ihr Geld auf das Konto von Mister Rune zu transferieren. Mister Rune hat den ganzen Plan ausgeheckt. Selbst die Polizisten, die Sie verhaftet haben, waren seine Leute. Er hat den gesamten Gerichtshof unter dem Vorwand gemietet, daß er dort einen Film drehen wollte.«

»Aber Sie haben mich zu dreiundzwanzig Jahren verurteilt!«

»Nicht wirklich. Nur für zwei Wochen. In der Zelle im Keller des Gerichtsgebäudes, während Mister Rune das Projekt zu Ende bringen wollte, für dessen Finanzierung er Ihr Geld benötigte. Er wollte nicht, daß Sie ihm in die Quere kommen. Aber jetzt werden Sie ihm wohl in die Quere kommen. Und er wird mir die Schuld dafür geben! O je! O jemine!« Mister Showstein begann zu heulen.

Thelma bot ihm ein Kleenex an.

»Soll das heißen, meine Sommerspielzeit mit Boris ist gestrichen?« fragte Tuppe.

Heul! und *Seufz!* machte Mister Showstein.

»War das ein Ja oder ein Nein?«

»Es war ein Nein«, sagte Cornelius. »Mister Showstein hier wird dafür Sorge tragen, daß alle nötigen Verträge aufgesetzt und unterzeichnet werden. Und dann, wenn er auch nur einen Funken Verstand in seinem Kopf hat, wird er *Skelington* mit dem ersten Zug verlassen und sich in weit entfernte Gegenden zurückziehen.«

»Ja«, heulte Mister Showstein. »Tatsächlich habe ich die Verträge bereits bei mir. Unterschreiben Sie hier. Ich werde in der Zwischenzeit meine Koffer packen.«

Ohne weitere Worte zog Showstein die Verträge aus der Innentasche seines schrägen Anzugs und drückte sie Tuppe in die Hand. Er tätschelte noch einmal Boris' Kopf und brach dann sehr überhastet auf.

Die Kellnerin, die mit einem ganzen Tablett voller bunter Cocktails an den Tisch zurückkehrte, sah ihm hinterher, als er in wilder Hast die *Manilow Bar* verließ. »Was'n mit Mister Webley los?« fragte sie.

»Webley?« fragte Tuppe.

»Klaro, Mann. Mister Clive Webley, der Schauspieler. Habt'a ihn nich erkannt? Er hattoch in diesem Film mitgespielt, wie hießa denn noch? *Plan Neun aus dem Weltall*, glaub' ich. Wurd' von Tor Johnson kaltgemacht. Un' in *Die wilden Bienen* hatta den Hausmeista gespielt. Hatt'n falschen Bart getragen. Un ...«

»Sicher meinen Sie Kyle McKintock, liebe Frau«, sagte Tuppe.

»Red kein' Stuß nich! Kyle McKintock is' der Typ, der immer den Kleinstadtrichter spielen tut. Kyle McKintock! Du spinnst doch, tust du doch.«

22.
KAPITEL

»Ich frage mich, ob mein Nachname nicht McKintock lautet?« fragte sich der Ex-Chef. »Klingt nicht schlecht, was? Claude McKintock. Was macht das Feuer, Söhnchen?«

»Was so ein Feuer eben macht. Es brennt.« Norman wärmte sich die Hände am lodernden Feuer in dem Papierkorb, den er unter seinen unglaublichen Heißluftballon gestellt hatte. Der Ballon war schon hübsch voll. Pinocchios Nase hob sich langsam wie ein erigierender ...*

»Woran willst du dich denn festhalten?« fragte der Alte den Jungen. »Am Papierkorb jedenfalls nicht. Da verbrennst du dir die verdammten Pfoten.«

»Ich hab' an alles gedacht. Sehen Sie das hier? Drahtkleiderbügel. Ich hab' sie alle miteinander verdrillt und zurechtgebogen, und jetzt bilden sie das hier.«

»Ein kleines Trapez.«

»Ein kleines Trapez, jawohl. Sie haben es erfaßt. Festgebunden am Papierkorb. Sobald der Ballon zu steigen beginnt, springe ich auf das Trapez, und los geht's!«

»Und woher hast du diese Kleiderbügel?«

»Aus der gleichen Ecke, aus der ich den Schwefel holen wollte.«

»Ich hab' mein Feuerzeug in dieser Ecke gefunden«, sagte

* Also wirklich!

der Alte. »Ein guter Platz zum Suchen, wenn man etwas Bestimmtes benötigt.«

»He, he, heh!« kreischte Norman. »Es geht los!«

Und das tat es wirklich.

Langsam, ganz langsam, ganz majestätisch beulte sich der Ballon aus und hob sich und …

»Ich zuerst, Söhnchen!« Der Alte schob Norman beiseite.

»Nein, ich!« Norman schob den Alten beiseite. »Wir hatten es so abgemacht. Ich fliege hinauf zu dem Loch, steige aus und schicke den Ballon wieder zu Ihnen zurück, indem ich die heiße Luft ablasse.«

»Ich zuerst, Söhnchen!« Der Alte gab Norman einen Stoß.

»Nein«, sagte Norman. »Das war meine Idee. Ich gehe zuerst.«

»Nein, tust du nicht.« Der Alte schnappte sich das Trapez, als es sich zwischen den beiden hob, und hievte sich daran hoch.

»Gehen Sie weg!« Norman rempelte den Alten an und versuchte, ihn von dem Trapez wegzudrängen.

»Laß mich los, Jüngelchen. Du reißt noch das ganze Gelumpe kaputt.«

»Lassen Sie los. Ich bin zuerst dran.« Ziehen und zerren.

»Ich bin aber jetzt drauf.« Treten, Ellenbogen.

»Gehen Sie runter.« Rucken, reißen.

»Ich denke nicht daran.« Knie in den Magen.

»Und ob!« Schwitzkasten. Feste. Finger ineinander verschränkt. Mögliche Unterwerfung des anderen führt zum Lockern des Griffs.

»Ich laß aber nicht los.«

»Dann rücken Sie um Himmels willen ein Stück zur Seite und machen Sie mir Platz«, kreischte Norman der Jüngere. »Ich hab' keinen Boden mehr unter den Füßen. Wir steigen auf.«

»Wir steigen auf.«

Und sie stiegen auf.

Das Luftschiff Pinocchio erhob sich graziös in die Luft. Beziehungsweise in den Aufzugsschacht.

Zusammengedrängt auf dem kleinen Trapez beobachteten die beiden unerschrockenen Piloten, wie der Boden unter ihnen kleiner und kleiner wurde und die enge beleuchtete Fläche zusammenschrumpfte, bis nur noch ein winziger Fleck zu sehen war.

Und zu sehen blieb.

Und nicht mehr weiter zusammenschrumpfte.

»Wir haben aufgehört zu steigen«, sagte Claude, der Ex-Chef.

»Bedeutet das, daß wir da sind?« Norman zappelte auf dem übervölkerten Trapez. »Ich kann kein Tageslicht erkennen.«

»Es bedeutet, daß das Feuer ausgeht, Söhnchen. Das ist es, was es bedeutet.«

»Was?« Norman wäre beinahe von der Sitzstange gefallen. »Das ist alles Ihre Schuld. Wenn Sie mich allein hätten gehen lassen, dann wäre ich schnurstracks nach oben geschossen. Zwei Leute sind einfach zu schwer für Pinocchio.«

Der Alte schniefte und grunzte. »Muß ja ein verdammt schöner Trost für dich sein, daß du recht gehabt hast, was, Söhnchen? Und was schlägst du als nächstes vor?«

»Nun, äh ...«

»Was, nun, äh?«

»Äh ... verbrennen Sie irgendwas. Ja, das ist es. Verbrennen Sie irgendwas, das brennt. Ziehen Sie Ihre Schuhe aus. Verbrennen Sie Ihre Schuhe.«

»Das werde ich ganz sicher nicht tun. Zieh du doch deine aus. Verbrenn doch deine eigenen Schuhe!«

»Ich hatte als erster die Idee. Sie verbrennen Ihre zuerst.«

»Nein, mach' ich nicht!«

»Machen Sie doch!«

»Mach' ich nicht!«

»Machen Sie doch!«

»Wir sinken langsam«, sagte da der alte Claude. »Ich schätze, wir verbrennen besser beide unsere Schuhe.«

»Puuuh!« sagte Norman der Jüngere. »Sie haben ja vielleicht Käsefüße!«

»Nicht ich, sondern du, Jüngelchen.«

»Ich hab' verdammt noch mal keine Käsefüße.«

»Hast du doch!«

»Ein Reverend namens Käsefuß hat meine Beerdigung durchgeführt«, sagte Norman kläglich.

»Wir halten schon wieder«, sagte der Alte kläglich.

»Ihre Jacke«, sagte Norman bestimmt.

»Dein Jersey«, widersprach der Alte bestimmt. »Dein ekliger grauer Schuljersey.«

»Mein Jersey«, stimmte Norman zu. »Aber dann Ihre Jacke.«

Und so ging es weiter.

Die Socken waren als nächstes an der Reihe. Das Ausziehen der Socken führte zu weiteren hitzigen Diskussionen. Die jedoch mit der Übereinkunft endeten, daß sie sich den ersten Platz bei einem Käsefußwettbewerb teilen würden. Sozusagen.

»Ich wünschte nur, wir würden schneller vorankommen«, sagte Norman. »Ich muß etwas unternehmen, bevor all diese unschuldigen Menschen ausgelöscht werden.«

»Das hier wird helfen«, sagte der alte Ex-Chef und zog ein zerknittertes, verdrecktes Stück Papier aus der Hosentasche.

»Ein benutztes Papiertaschentuch? Ich glaube kaum.«

»Es ist mir vor Jahren zugeflogen.« Claude fuchtelte mit dem Fetzen vor der Nase des Jüngeren herum. »Ich hab's aufgehoben. Ich wußte, daß es eines Tages nützlich sein könnte. Sehr nützlich. Deshalb hab' ich's aufgehoben. Ich erkannte seinen Wert, verstehst du?«

»Dann passen Sie auf, daß ich es Ihnen nicht wegnehme.«

»Paß du auf, du kleines Arschloch.«

»Wen nennen Sie hier kleines Arschloch, Sie alter Furz?«

»Hör zu«, sagte Claude. »Das ist ein Beweisstück.«

»Na, toll!« sagte Norman. »Ein Beweisstück!«

Der alte Bursche seufzte resignierend. »Es ist wegen diesem Bastard. Diesem Bastard dort oben und seinen Klonen unten auf der Erde. Der Bastard besitzt einen Sohn. Genaugenommen einen Bastard also. Sein Name ist Cornelius Murphy.«

»So?« sagte Norman.

»So. Er ist einer von den guten Jungs. Er ist derjenige, den du um Hilfe bitten mußt, wenn du zurück auf der Erde bist.«

»Sind Sie sicher?«

»Aber sicher bin ich sicher!«

»Und wo finde ich diesen Sohn eines Bastards?«

»Ich werde dich direkt zu ihm hinunterschießen. Aus einer der großen Himmelsdüsen.«

»Und was, wenn er mir nicht helfen will?«

»Er wird dir helfen.«

»Woher wollen Sie denn wissen, daß er mir helfen wird?«

»Ich weiß es eben, basta.«

»Hmmmph«, machte Norman. »Und wie soll er mich sehen? Die Trauergäste bei meiner Beerdigung haben mich auch nicht sehen können.«

»Ich werd' schon dafür sorgen.«

»Und wie?«

»Hör endlich auf, mir mit deinen dämlichen Fragen Löcher in den Bauch zu quatschen, Jüngelchen. Ich bin der wirkliche Chef, und ich weiß es eben. Ich weiß, wie diese verdammte Sache funktioniert.«

»Ja, aber ...«

»Aber was?«

»Sie können sich ja noch nicht mal an Ihren eigenen Namen erinnern.«

»Kann ich wohl. Ich heiße Claude.«

»Claude, und weiter?«

»Ich erinnere mich ganz genau, wie mein Nachname lautet, aber ich sag's dir nicht.«

»Warum nicht?«

»Weil du mich auslachen würdest.«

»Würde ich nicht.«
»Würdest du doch.«
»O nein, würde ich nicht!«
»Versprochen?«
»Versprochen«, sagte Norman.
»Schwör's!« verlangte der Alte.
»Du meine Güte!« Norman schwor's.
»Ich heiße Claude Hinmmmmmmmmmmmmmm«, sagte der alte Ex-Chef.
»Ich glaube, ich hab' den Nachnamen nicht richtig verstanden«, sagte Norman.
»Ich heiße Claude Hinterbacke!« sagte Claude Hinterbacke. »Claude *Hinterbacke*.«
»Claude Hinterbacke? Wirklich *Hinterbacke*? Wie Hintern?« Norman brach in unkontrollierte Heiterkeit aus und wäre beinahe vom Trapez gefallen.
»Du kleines Mistviech. Du hast geschworen, daß du nicht lachen würdest!«
»Es tut mir leid«, erwiderte Norman und wischte sich die Tränen aus den Augen. »Aber ich bin immerhin noch ein Kind. Blöde Witze bringen mich eben zum Lachen.«
»He, sieh mal da!« Der Ex-Chef deutete mit einem runzligen, krummen Finger in die Richtung. »Siehst du das, Jüngelchen?«
Im Licht des lodernden Papierkorbs konnte Norman es sehen. Die Innenseite der großen Eisentür. »Sind wir schon in der Nähe des Lochs?« wollte er wissen.
»Jau. Nur noch ein bißchen weiter.«
»Dann werfen Sie jetzt Ihr Hemd in das Feuer.«
»Was?«
»Ihr Hemd. Sie sind an der Reihe.«
»Nein, bin ich nicht. Du bist an der Reihe.«
»Nein, bin ich verdammt noch mal nicht!«
»Bist du verdammt noch mal doch!«
»Ach kommen Sie schon! Oh!«
»Oh?«

»Oh!« Norman sah das Licht. Ein wunderschöner kleiner strahlender Rhombus aus Licht. Groß genug, um mit Leichtigkeit hindurchzuklettern. Direkt in der Wand gegenüber der schweren eisernen Tür, die sie eben unter sich gelassen hatten (sozusagen).

»Wir sind da.« Claude hüpfte auf und ab und kicherte hysterisch. »Wir haben es geschafft, Söhnchen. Halt den Ballon an. Laß uns aussteigen.«

»Richtig«, erwiderte Norman. »Ich halte den Ballon an. Ich halte den Ballon an?«

»Pinocchios Nase. Wie du gesagt hast.«

»Pinocchios Nase, richtig.« Norman blickte nach oben zu Pinocchios Nase. Weit oben am Ballon. Über dem rotglühenden Papierkorb. Absolut außerhalb seiner Reichweite.

»Du kleiner Schwachkopf!« Claude bohrte einen Finger in Normans linkes Ohr. »Wir fliegen dran vorbei! Unternimm was, Bursche! Unternimm was!«

Norman funkelte Claude an.

Und Claude funkelte Norman an.

»Springen!« sagten sie wie aus einem Mund.

23. KAPITEL

»Es ist ziemlich laut hier drin«, sagte Mister Craik und ließ den Blick über das Gedränge schweifen.

»Laut ist gut«, sagte Mister Rodway. »Gut für Konspirateure. Für den Fall, daß wir abgehört werden.«

»Ich wüßte nicht, wer uns abhören sollte«, sagte Mister Craik. »Ich arbeite immerhin für die britische Regierung.«

»Sehr witzig, Squire. Wirklich sehr witzig. Und was halten Sie jetzt von diesem Ort, eh?«

Sie befanden sich im *Skelington Bay Grande*. Wo sonst. Im

Speiserestaurant, dem *Casablanca*. Es war ein »thematisches« Speiserestaurant. Lynne hatte ihr künstlerisches Talent zur Gänze entfaltet. Was man so oder so nehmen kann, je nachdem. Wirklich.

Die Wände waren phantasievoll mit leicht unscharfen Schwarzweißvergrößerungen von Humphrey Bogart und Ingrid Bergmann dekoriert. Und mit Aufnahmen von einem Paar, das aller Wahrscheinlichkeit nach in *Plan Neun aus dem Weltall* mitgespielt hatte. Es gab einen kleineren Konzertflügel, der mit weißer Farbe gestrichen worden war, und an diesem Flügel saß ein dicker schwarzer Mann in einem weißen Tuxedo mit einer dünnen Fliege. Seine Finger huschten im Takt zu der Filmmusik aus dem Ghettoblaster, der zwischen seinen gespreizten Beinen stand, über die Klaviatur.

Auf den Tischen lagen hübsche saubere Decken. Und ein *aficionado* der wildgemusterten Teppichfliesen hätte sicher gefunden, daß sie dem Lokal hervorragend standen.

»Und was halten Sie jetzt davon, eh?« wiederholte Rodway seine Frage.

»Es ist ziemlich laut.«

»Und schöne Weiber gibt es auch. Genau der richtige Platz, um in Begleitung nach Hause zu verschwinden. Wenn Sie verstehen, was ich meine. Sehen Sie nur dort, die beiden Miezen, die eben hereingekommen sind.«

»Wo?«

»Da.« Mister Rodway deutete auf zwei Schönheiten, die inzwischen ein paar Tische weit entfernt Platz genommen hatten und mit einem großen Jungen, einem kleinen Jungen und einem Schaf scherzten und flachsten.

»Sie haben ein Schaf bei sich«, beobachtete Mister Craik scharfsinnig.

Mister Rodway beugte sich vor und flüsterte etwas Obszönes in Mister Craiks Ohr. Mister Craiks an sich schon wilder Blick wurde noch eine Spur wilder. »Nie im Leben!« sagte er.

»Ich werd' hinüber gehen und sie fragen, wenn Sie möchten.«

»Nein, bitte nicht. Wir sind hier, um die letzten Einzelheiten Ihres Plans zu besprechen, wie wir *Skelington Bay* von seinen Einwohnern befreien können. Insbesondere die Einzelheiten, die die finanziellen Aspekte betreffen, wenn Sie verstehen, was ich meine.«

»Sicher, Squire. Sicher.« Der Immobilienagent zündete sich eine kleine Zigarre an und sprach durch den Qualm hindurch. Wie man eben so durch den Qualm einer kleinen Zigarre* hindurch spricht. »Was wir zu tun haben«, sprach er durch den Qualm seiner kleinen Zigarre hindurch, »was wir zu tun haben ist, die gesamte Stadt unter Quarantäne zu stellen. Zuerst ein paar Gerüchte ausstreuen, dann eine Art offizieller Bekanntmachung aus dem Rathaus. Eine ganze Flotte von Lastzügen, die alle evakuieren sollen. Dann die Straßen sperren. Wenn erst mal alle in den LKW sitzen, dann teilen wir sie auf. Die einen in diese Stadt, die anderen in jene. Dann erzählen wir ihnen, daß *Skelington Bay* für mindestens zehn Jahre in Quarantäne bleiben muß, um ganz sicher zu gehen, und zahlen sie alle aus.«

»Ich muß schon sagen. Ich bin sehr beeindruckt«, sagte Stephen Craik. »Sie werden die Entschädigungen organisieren, für die übliche Provision, wie ich vermute?«

»Gute Idee! Ist mir noch gar nicht in den Sinn gekommen!«

»Nein, darauf könnte ich wetten. Aber die Sache kann ziemlich gefährlich werden. Panik, Aufstände, Plünderungen, zivile Ausschreitungen und so weiter. Chaos. Denken Sie an die ganzen Unannehmlichkeiten. All das menschliche Elend.«

David Rodway setzte das Gesicht eines Mannes auf, der angestrengt versucht, sich all diese Dinge vorzustellen. Es gelang ihm nicht ganz. »Ich bin ein Immobilienagent«, sagte er, während er an seiner kleinen Zigarre paffte. (Wurde

* Es war wirklich eine kleine Zigarre. Kein Zigarillo. Einfach eine kleine Zigarre eben.

eigentlich schon erwähnt, daß es kein Zigarillo war?) »Das Konzept menschlichen Leides verschließt sich meinem Begriffsvermögen.«

»Guter Mann«, entgegnete Stephen Craik. »Ich wollte Sie nur testen. Ich muß schließlich auf Nummer Sicher gehen. Ich darf nicht das Risiko eingehen, mich mit einem Humanisten einzulassen.«

»Keine Gefahr in dieser Richtung, Squire. Sie werden wahrscheinlich eine Quittung über den Rest Geld in Ihrem Koffer benötigen, oder?«

»Die werde ich auch bekommen. Sobald ich es ausgebe.«

»Aber das haben Sie bereits, Squire, das haben Sie. Mein Geschäft, erinnern Sie sich? Ich schätze, daß der Betrag, den ich für den Wiederaufbau meines Geschäfts benötige, genau dem in Ihrem Koffer verbliebenen Betrag entspricht.«

»Ich denke, da könnten Sie durchaus recht haben«, sagte Stephen Craik. »Minus einer zwanzigprozentigen Provision, um meine eigenen Kosten in dieser Angelegenheit und allen eventuell noch auf mich zukommenden Angelegenheiten zu decken.«

»Habe ich da *zehn*prozentige Provision gehört?«

»Ich schätze, Sie haben fünfzehnprozentige Provision gehört.«

»Ich denke, ich habe Sie laut und deutlich verstanden, Squire. Was halten Sie davon, wenn wir einen Flasche Blubberwasser bestellen, um unseren Handel zu beschließen, und dann mit dem Ausstreuen der Gerüchte beginnen?«

»Klingt vernünftig.«

»Bedienung!«

Die Bedienung servierte eben eine Flasche Blubberwasser an dem Tisch, wo der große Junge, der kleine Junge, das Schaf und die beiden Schönheiten saßen.

»Zum Wohlsein!« sagte die Bedienung und stakste davon.*

* Auf ihren Zwanzig-Zentimeter-Stilettos.

Tuppe hob seine Champagnerflöte. »Auf Boris«, sagte er.

»Auf Boris«, stimmten alle zu.

»Prost, meine Freunde«, sagte Boris und saugte an seinen beiden Strohhalmen.

»Wie geht das?« fragte Louise.

»Er ist kein echtes Schaf«, erklärte Tuppe flüsternd. »Er ist ein Typ in einem Kostüm.«

»Ach du Scheiße!« entfuhr es Louise. »Ich hab' ihm eine halbe Stunde lang den Bauch gekrault. Kein Wunder, daß er so außer Fassung geriet.«

»Mir geht es großartig, Freunde«, kicherte Boris.

»Ich schätze, Boris hat schon einen sitzen«, sagte Tuppe zu Cornelius.

»Nun, er hat es sich verdient. Schließlich hat er uns das Mittagessen verschafft.«

»Ich schätze nicht, daß er *sooo* viel verdient hat, Cornelius. Genaugenommen fürchte ich sogar, daß ihm viele britische Pfunde an dem Betrag fehlen, den die Rechnung zweifelsohne ausweisen wird.«

»Überlaßt die Rechnung nur uns«, sagte Thelma. »Als Wiedergutmachung, weil wir euch den Wagen geklaut haben.«

»Ich dachte, ihr hättet kein Geld«, sagte Cornelius.

Thelma schüttelte das blonde Köpfchen. »Haben wir auch nicht. Wir sind vollkommen pleite.«

»Und wie wollt ihr dann bezahlen?«

»Wir sind professionelle Kriminelle«, erklärte Louise.

»Wir hatten es als Leistungskurs in der Oberstufe«, erklärte Thelma. »Und dann haben wir es im Herbstsemester an der Uni belegt. Als Hauptfach.«

»Gute Idee«, sagte Cornelius. »Ich hatte selbst auch schon darüber nachgedacht. Aber dann entschied ich mich doch zu einer Laufbahn als epischer Abenteurer.«

»Und in welcher Art von Vergehen seid ihr spezialisiert?« fragte Tuppe.

Thelma schlürfte an ihrem Champagner. »Im Augenblick

meist solche ohne Opfer. Versicherungsbetrügereien, Insidergeschäfte an den Börsen, Überfälle auf Supermärkte, all diese Dinge.«

»Wenn wir erst mit der Ausbildung fertig sind, machen wir wahrscheinlich eine Agentur oder so was auf«, sagte Louise. »Aber wie bist du eigentlich an das ganze Geld gekommen, das Hugo Rune dir geklaut hat?«

»Das ist eine lange Geschichte«, sagte Cornelius. »So lang, daß sie ein ganzes Buch füllen würde*. Oder zwei**. Vielleicht auch eine Trilogie***. Ich will euch nicht mit dieser langen Geschichte langweilen****. Jedenfalls sind die Quellen nun ausgetrocknet, aus denen all dieser Reichtum entsprang.«

»Aber du wirst dein Geld doch irgendwie von diesem Rune zurückkriegen, oder nicht?«

»Wahrscheinlich. Obwohl ich nicht glaube, daß ich es wirklich zurückhaben will. Wenn man sich erst mal alles leisten kann, was man will, dann findet man ziemlich rasch heraus, daß es nur sehr wenig gibt, das man tatsächlich *braucht*.«

»Darüber mach' ich mir Gedanken, wenn ich so reich bin«, sagte Louise. »Wir würden uns glücklich schätzen, dich um einen Teil deines Vermögens zu betrügen«, sagte Thelma. »Für den Fall, daß du glaubst, es hilft dir.«

* *Das Buch der Allerletzten Wahrheiten*. Bastei-Lübbe Band 24201.40

** *Jäger des verlorenen Parkplatzes*. Bastei-Lübbe Band 24204.

*** Die erste *vierbändige* Trilogie in der wundersamen Geschichte des Bastei-Lübbe-Verlages, bestehend aus den beiden vorgenannten Werken, der *Größten Show jenseits der Welt* (Band 24210) und dem vorliegenden Werk. (Im übrigen ausgezeichnet mit dem Robert Rankin Award für die beste vierbändige Trilogie aller Zeiten. Sozusagen.)

**** Was auch den Rahmen dieses vierten Bandes der Trilogie sprengen würde.

»Abgemacht«, sagte Cornelius. »Bestell noch eine Runde Champagner, Tuppe, während ich Boris hier zurück auf seinen Stuhl helfe.«

»Bedienung!« brüllte Tuppe.

Die Bedienung servierte soeben Champagner am Tisch von Mister Rodway. Mister Rodway sprach in einem Flüsterton, der in gewissen Kreisen (eigentlich in allen außer Kornkreisen) als »Bühnengeflüster« bekannt ist, mit Mister Craik.

»Ich schwöre, daß es stimmt«, bühnenflüsterte er. »Ich habe den Bericht mit eigenen Augen gesehen. Eine Art *tödlicher Virus*, und er verbreitet sich über die *Autos in dieser Gegend hier*!«

»Nicht alle Autos?« bühnenflüsterte Mister Craik zurück.

»Nein. Nur die Autos *in dieser Gegend* hier. Bis jetzt hat der *tödliche Virus* sich noch nicht weiter ausgebreitet. Aber irgend jemand muß etwas dagegen unternehmen!«

»Das ist mal wieder typisch!« Mister Craik kam allmählich in Fahrt. »Mit Sicherheit irgend so eine Art von geheimer Regierungssache. Jede Wette. Irgendein Experiment in biologischer Kriegführung, das außer Kontrolle geraten ist.«

»Ich jedenfalls verschwinde von hier«, bühnenflüsterte Mister Rodway. »Und ich bin der *Immobilienagent* dieser Stadt! Ich schulde es meiner Frau und meinen Kindern.«

»Jemand sollte eine Stellungnahme vom Bürgermeister verlangen«, *bee-eff*-te Mister Craik. »Passen Sie doch auf! Sie verschütten ja den ganzen Champagner!«

»Verzeihung, Sir.« Die Kellnerin stellte die Flasche mit einem lauten Bums auf dem Tisch ab und stöckelte brüsk in Richtung Küche davon.

»Sahneschnitte, nicht wahr?« fragte Mister Rodway. »Jetzt fangen die Gerüchte an zu kursieren.«

»Der Bürgermeister ist also käuflich, vermute ich?«

Mister Rodway hob die Augenbrauen und senkte die über dem zwinkernden Auge wieder.

»Ein Mitglied Ihrer Loge?«

»Was glauben Sie, wie er an den Posten als Bürgermeister gekommen ist?«

»Ich habe das Gefühl, wir werden uns einer höchst lukrativen Partnerschaft erfreuen«, sagte Mister Craik und hob sein Champagnerglas. »Auf den *Autowahnsinn*.«

»Wo steckt nur diese Kellnerin?« fragte Tuppe.

»Das Essen ist wirklich ausgezeichnet«, sagte Louise.

»Warum hab' ich nur einen Teller voll Gras?« fragte Boris. »Ich wollte Kabeljau und Pommes wie ihr andern alle auch. Hick!«

»Dieser schäbig aussehende Glatzkopf an dem Tisch dort drüben winkt uns schon wieder zu«, sagte Thelma.

Louise winkte Mister Rodway zurück. »Ich denke, ich weiß, wer unsere Rechnung bezahlt«, flüsterte sie zu Cornelius.

»Meine Damen und Herren!« Der dicke Neger in dem weißen Tuxedo hatte den Ghettoblaster abgeschaltet und sich von seinem Hocker erhoben. »Ich hoffe, Sie genießen alle Ihr Essen in der *Casablanca*-Speiselounge. Diejenigen unter Ihnen, die schon früher hier zu Gast waren – und ich sehe eine Menge bekannter Gesichter ...« Der dicke schwarze Mann winkte aufgeregt mit den kurzen dicken Stummelfingern, und eine Dame mit einem Strohhut winkte aufgeregt zurück. »Wie diejenigen unter Ihnen, die regelmäßig bei uns speisen, sicher wissen werden, ist das *Skelington Bay Grande* (fließend heißes und kaltes Wasser auf allen Zimmern und ein wunderschöner Bodenbelag aus Teppichfliesen im gesamten Haus) stets erfreut, zu dieser Tageszeit sein berühmtes Kabarett zu präsentieren.«

Verhaltener Applaus plätscherte durch den Speisesaal.

»Und heute – zum ersten Mal überhaupt – präsentieren wir Ihnen ...« Er unterbrach sich und legte einen Schalter auf seinem Ghettoblaster um. Ein Trommelwirbel wirbelte trommelnd.

»Ich wußte gar nicht, daß man uns eine Show bietet«, sagte Tuppe. »Ich hoffe, es ist eine Stripperin.«

Der dicke schwarze Mann schaltete seinen Ghettoblaster ab. »Mit freundlicher Genehmigung der Agentur Samuel Showstein präsentieren wir Ihnen *Professor Tuppe und sein tanzendes Schaf.*«

»Was?« entfuhr es Tuppe, als sich aller Augen auf das einzige Schaf im Restaurant richteten.

»Wartet mal, das kann nicht richtig sein!« Tuppe schnappte sich seinen Vertrag. »Was ist das?« Beinahe augenblicklich fand er, was er suchte. Schließlich stand alles schwarz auf weiß im Vertrag. »*Drei Vorstellungen am Tag. Jeden Tag. Beginnend mit heute. Bezahlung im voraus per Scheck zu Händen Mister Samuel Showstein. Scheck dankend erhalten. Unterschrift Samuel Showstein.* Nun, ich habe diesen Vertrag jedenfalls nicht unterschrieben, und deshalb ist er ungültig.«

»Los doch, Professor Tuppe«, rief der dicke schwarze Mann in seinem weißen Tuxedo. »Wir alle sind gespannt auf das wollene Wunder.«

Cornelius blickte zu Tuppe.

Und Tuppe blickte zu Cornelius.

»Du unternimmst jetzt besser irgendwas«, flüsterte der große Junge. »Ein schneller Tanz und ein Lied, bevor wir die Nachtische bestellen.«

»Tanzen? Singen?« flüsterte Tuppe zurück. »Sieh dir nur Boris an! Er kann nicht mal gerade stehen, geschweige denn tanzen.«

Die kleinen schwarzen Lippen der Maske von Boris, dem Collieschaf namens Mavis genannt Lassie, waren zu einem schiefen Grinsen verzogen. Das »wollene Wunder« war vollkommen von der Rolle.

»Ich werde die Sache regeln«, sagte Cornelius und erhob sich, während er sich mit einer Serviette betupfte. »Meine Damen und Herren, ich bedaure zutiefst, daß Professor Tuppes tanzendes Schaf sich heute morgen bei der Generalprobe die Köte verstaucht hat und nicht vor heute abend auftreten können wird.«

»Ooooochhh!« machten die Gäste. Und: »Schaaaade!«

»Ich bin sicher, Sie alle sind große Tierfreunde«, fuhr Cornelius fort, »und würden nicht wollen, daß eine hilflose dumme Kreatur gequält wird.« Köpfenicken ringsum, und ein oder zwei Leute klatschten beifällig.

»Wen nennst du hier dumm?« lallte Boris.

»Schnauze«, sagte Tuppe und legte die Hand auf das Schafsmaul.

»Vielen Dank«, sagte Cornelius und nahm wieder Platz.

»Heh, du!« sagte ein junger Mann und erhob sich. Es war ein ziemlich breitschultriger junger Mann, und er blickte ziemlich feindselig drein. Er steckte in einem ziemlich farbenprächtigen Unterhemd, kurzen Hosen und Turnschuhen. Und auf seinen Unterarmen waren ziemlich viele dieser rohen, unbeholfenen, selbstgemachten Tätowierungen zu sehen, die sich unter Heranwachsenden in Untersuchungsgefängnissen so ziemlicher Beliebtheit erfreuen.

»Reden Sie mit mir?« erkundigte sich Cornelius.

»Was glaubst'n du, mit wem?« erwiderte der junge Tätowierkünstler. »Ich und meine Freunde hier haben dich beobachtet.«

»Das is' mal sicher«, stimmten seine Freude zu. Sie sahen ganz ähnlich wie der junge Mann aus, mit ganz ähnlichen Tätowierungen. Sie waren drei. (Drei junge Männer. Die Tätowierungen waren nicht so leicht zu zählen.)

»Nun, angenehm, Sie kennenzulernen«, sagte Cornelius mit erlesener Höflichkeit. »Ich bin sicher, Sie werden den abendlichen Auftritt nicht versäumen.«

»Wir haben beobachtet, wie du das Schaf besoffen gemacht hast.«

»Jawohl!« stimmte die Dame mit dem Strohhut zu und erhob sich ebenfalls. »Wir *alle* haben das beobachtet!«

»Ich hasse Leute, die Tiere mißhandeln«, sagte der junge Mann.

»Ich auch«, sagte die Dame mit dem Strohhut. »Und ich hasse Leute, die ihre Autos auf dem Grünstreifen parken.«

»Ich auch«, stimmte irgend jemand zu. »Und ich hasse Autos, deren Alarmanlagen mitten in der Nacht losheulen.«

»Ich auch«, stimmte Thelma zu. »Ganz besonders, während ich versuche, das Radio rauszuholen.«

»Typen wie ihr sind nicht *so viel* wert«, schnarrte der junge Mann und machte die entsprechende Geste. »Ihr braucht dringend eine Lektion.«

»Jawoll!« stimmten seine Freunde ihm zu.

»Es ist überhaupt nicht nötig, so unfreundlich zu sein«, beschwerte sich Cornelius und packte mit festem Griff das Dreißiger-Jahre-Imitat von Champagnerkühler. »Wir wollen uns alle beruhigen. Ich geb' einen aus.«

»Hier hast du einen«, schrie einer der Freunde des jungen Mannes, schnappte sein Glas und schleuderte den Inhalt in Cornelius' Richtung.

Der große Junge duckte sich geschickt zur Seite weg und riß den Champagnerkühler mit. *Carling Black Label* ergoß sich über Thelma.

»*Upsss!*« sagte Louise. »Schlechter Zug, Junge. Das nimmt sie dir persönlich übel.«

»Das tue ich verdammt noch mal!« Thelma sprang von ihrem Stuhl, kletterte auf den Tisch und warf sich auf den Verschmutzer ihres Oberteils.

Der erste junge Mann warf sich auf Cornelius.

Tuppe warf sich in Richtung eines sicheren Platzes unter den Tisch und riß das wollene Wunder mit sich.

Die Dame mit dem Strohhut wandte sich um und schlug ihren Ehegatten. »Du verdammter Grünstreifenparker!« sagte sie.

Cornelius brachte den ersten jungen Mann mit dem Dreißiger-Jahre-Imitat von Champagnerkühler zu Boden. *Klonk!* machte es an seinem Schädel.

Seine Freunde setzten sich in Bewegung.

Thelma versetzte dem *Carling-Black-Label*-Werfer einen Schlag in den Unterleib.

Cornelius war plötzlich von einem Feuersturm aus Fäusten umzingelt.

»Ich persönlich liebe einen guten Kampf«, sagte Mister Rodway, der das Geschehen beobachtete. »Nicht, daß ich selbst gerne in einen verwickelt werden würde. O nein! Aber zusehen – das ist höchst anregend!«

»Ich finde es höchst anregend, gefesselt und mit dem Rohrstock geschlagen zu werden«, sagte Mister Craik. »Andererseits – wer findet das nicht?«

Klonk! machte erneut das Dreißiger-Jahre-Imitat von Champagnerkühler.

»Ein guter Schlag«, sagte Mister Rodway.

»Die da drüben sind's!« sagte die Bedienung in den Zwanzig-Zentimeter-Stilettos zu der Gruppe kräftiger Küchendiener. »Der glatzköpfige Blödmann und der Idiot mit dem wilden Blick. Wenn ich die Typen richtig verstanden haben tu', dann sind sie von der Regierung un' üben hier biologische Kriegführung un' tun hier in der Gegend so 'ne tödlichen Bazillen ausstreuen.«

»Also gut, schnappen wir uns die Bastarde«, brummten die Kräftigen aus der Küche.

Nun liegt Gewalt nicht in jedermanns Blut, und die meisten der zum Essen erschienenen Gäste verspürten nicht die geringste Lust, sich in die Sache einzumischen. Konsequenterweise setzten sie sich in Richtung des Ausgangs in Bewegung. Natürlich nicht, ohne ein gewisses Chaos zu erzeugen. Und Chaos ist der Nachbar der Gewalt. Ja, die beiden lieben sich geradezu heiß und innig.

»Nimm das!« sagte die Dame mit dem Strohhut und schlug mit ihrer Häkeltasche zu.

»Sie haben gegen meine original Brixton-Aktentasche getreten!« beschwerte sich der Schwarze in Weiß und gab dem falschen Mann einen Schlag an den Kopf.

»Hat hier jemand Brixton-Aktentasche gesagt?« erkundigte sich der Reverend von *Skelington*, der zusammen mit Max Clifford zum Essen gekommen war.

»Tod den Regierungsseuchenhändlern!« brüllten die kräftigen Küchenhelfer und stürzten sich Krethi und Plethi in das Getümmel, während sie unterschiedslos nach rechts und links Schläge austeilten und ihrem gerechten *Zorn* freien Lauf ließen.

»Bleib hier«, sagte Tuppe zu Boris. »Ich muß meinem Freund helfen.«

Louise war schon dabei, Cornelius zu helfen. Und sie machte ihre Arbeit gar nicht schlecht. Im Gegenteil. Sie war nicht ganz so hinterhältig wie Thelma. Also, genaugenommen war sie es doch.

»Oooooohh!« machte ein tätowierter Unterhemdenträger und klappte in Agonie zusammen.

»He!« sagte Mister Craik. »Diese stämmigen Küchentypen scheinen es auf *uns* abgesehen zu haben. Sie kommen hierher!«

Also, wer den Feueralarm ausgelöst hat, das wird wohl stets ein Rätsel bleiben. (Ich persönlich tippe auf Thelma, aber ich kann mich irren.) Jedenfalls fügen die laut schrillenden Glocken der ganzen Sache stets ein wenig Hektik hinzu und beschleunigen die Handlung.

Jetzt wurden die ersten Tische umgeworfen, und bald flogen Flaschen.

Ein Heavy-Metal-Fan namens Chris, der mit einer Gruppe befreundeter Bibliothekare zum Essen gekommen war, brüllte: »MEGADEATH!« und prügelte auf einen Vorbeikommenden ein.

Tuppe biß dem Unterhemdenträger, der Cornelius an der Kehle hatte, in den Knöchel. Der Reverend Käsefuß, der eine Vorliebe für die Häkeltasche der Dame mit dem Strohhut zu entwickeln begann, fing sich eine Ohrfeige von ihrem römisch-katholischen Ehegatten ein, wodurch Elemente des Anglo-Irischen Konflikts eingebracht wurden.

Cornelius *klonkte!* dem inzwischen auf einem Fuß umherhüpfenden Unterhemdenträger auf den Schädel. »Sammle die Mädels und das Schaf ein«, sagte er zu Tuppe. »Wir wollen sehen, daß wir von hier verschwinden.«

Kevin und Lynne kehrten eben von einer Tour zum Vorwerk-Teppichfliesenladen in der Stadt zurück. Der Feuerwehrzug überholte die beiden, als sie die Promenade entlangfuhren. Sie folgten ihm.

Den ganzen Weg. Bis nach Hause.

Der Feuerwehrzug mußte kurz anhalten, als ein metallicblauer 1958er Cadillac Eldorado mit nicht unbeträchtlicher Geschwindigkeit aus der Einfahrt zum privaten Parkplatz hinter dem *Skelington Bay Grande* schoß. Wobei er ziemlich heftig von einer Seite zur anderen schaukelte.

»An dem Wagen stimmt was nicht!« sagte Cornelius Murphy und umklammerte das Steuer.

»Fahr einfach zu!« sagte Tuppe. »Wir kümmern uns später darum.«

Auf der Rücksitzbank saß ein besoffenes Schaf und hatte die Hufe (hatten wir uns auf Hufe geeinigt?) auf die Schultern zweier verschmutzter, zerzauster junger Frauen gelegt. »Ihr Typen seid einfach großartig«, blökte das Schaf. »Wie ihr versprochen habt. Wir amüsieren uns ein wenig. Einfach großartig! Zum Ficken großartig!«

»Heh! Nimm gefälligst deinen Huf von meiner Titte!« sagte Thelma. »Oder ich schlag' dir in die Fresse!«

24. KAPITEL

»Lassen Sie mich los!« kreischte Norman. »Lassen Sie mich los! Ich kann mich nicht halten, wenn Sie sich an meine Beine klammern!«

Er hatte den Kopf durch das Loch gesteckt. Und einen Arm. Aber die Sache sah gar nicht gut aus.

»Du brauchst mich!« krächzte der alte Claude. »Du hältst besser durch!«

»Ich kann nicht! Sie sind zu schwer! Sie ziehen mich nach unten!«

»Spar dir deine Luft, Söhnchen. Zieh uns lieber durch das blöde Loch!«

Nun, er war so weit gekommen.

Er konnte doch jetzt nicht einfach wieder hinunterfallen.

Oder?

Nein. Konnte er nicht.

Norman ächzte und keuchte. Er kämpfte und focht. Bit um Bit, Zentimeter um Zentimeter. Und schließlich ...

»Wir haben es geschafft!«

Norman atmete röchelnd, und Claude saß da und hustete.

Aber sie hatten es geschafft. Sie hatten es wirklich geschafft.

Sie saßen auf einem hohen Sims. Die großen Maschinen, die das Geschäft mit den Himmelsdüsen erledigten, arbeiteten ein Stück weit unter ihnen. Dampfstöße stiegen auf. Ölige Gerüche. Kleine Männer in Overalls.

»Was jetzt?« wollte Norman hechelnd wissen.

»Rache«, sagte der Alte. »Rache ist süß.«

»In Ordnung«, erwiderte Norman. »Dann fangen wir mal an.«

Die beiden standen auf, streckten sich, betrachteten und betasteten ihre Blessuren und den Zustand des jeweils anderen.

Der Zustand des jeweils anderen war gar nicht gut.

Ausgezogen waren sie beide, bis auf Unterhemd und Unterhose.

»Das sind ja wirklich ziemlich beschissene Unterhosen«, sagte Norman.

»Ach ja? Nun, ich wette, in deinen befindet sich auch die eine oder andere Spur.«

»Meine waren sauber, an dem Tag, an dem ich ...« Norman unterbrach sich und schnitt ein sehr betrübtes Gesicht.

Claude tätschelte ihm die Schulter. »Du bist ein guter Junge«, sagte er.

»Ich bin ein toter Junge«, sagte Norman. Mit sehr, sehr trauriger Stimme. »Und es gefällt mir nicht einen Furz.«

»Auf dich wartet eine Aufgabe«, entgegnete Claude und tätschelte Normans Schulter einmal mehr. »Eine große Aufgabe. Aber dazu bist du besser vernünftig angezogen. Ich sag' dir was. Du lockst ein paar von den Ingenieuren hier hoch, und ich haue ihnen mit diesem Schraubenschlüssel auf den Kopf. Dann klauen wir ihnen die Schuhe und die Overalls. Was meinst du dazu?«

»Ich meine: Woher haben Sie plötzlich den verdammten Schraubenschlüssel?«

»Aus der gleichen Ecke, in der ich mein Feuerzeug gefunden habe. Vermutlich.«

»Nicht schlecht.«

»Das ging ja ziemlich schnell«, sagte Norman und zog den Reißverschluß seines Ingenieursoveralls zu. »Ich hab' gar nicht mitgekriegt, wie Sie mit dem Schraubenschlüssel zugeschlagen haben.«

»Nun, ich hab' ja auch nicht mitgekriegt, wie du ihre bewußtlosen Körper durch das Loch in den Aufzugsschacht geworfen hast, Söhnchen«, erwiderte Claude, während er ebenfalls einen Reißverschluß zuzog.

»Das haben Sie wirklich verpaßt, was?«

»Manche Dinge muß man verpassen, Söhnchen. Besonders dann, wenn man in wirklicher Eile ist, um andere Dinge in Bewegung zu setzen.«

»Und wir sind in Eile.«

»Das sind wir, ganz sicher. Also schön. Dann wollen wir dich mal zur nächstgelegenen Himmelsdüse bringen und auf die Erde zurückschießen. Es geht nach Hause, Norman. Nach Hause.«

»Nach Hause«, seufzte Norman. »Oh, wie ich den Klang dieses Wortes mag.«

25.
KAPITEL

Abseits von der Straße und auf dem Strand ein wenig außerhalb *Skelingtons* brachte Cornelius den Cadillac schleudernd zum Halten. »Die Bremsen sind vollkommen hinüber«, wandte er sich an Thelma. »Was habt ihr bloß mit meinem Wagen angestellt?«

»Das war gestern noch nicht. Aber seit wir den Bauernhof von Collins hinter uns gelassen haben, benimmt sich der Wagen ziemlich eigenartig. Aber vergiß mal den Zustand deiner Karre und sieh dir meinen Zustand an!«

Cornelius nahm den Zustand Thelmas in Augenschein. Wie ein Texaner in Texas oder ein Karmeliter im Zustand der Gnade.

Äußerst bemerkenswert.

Zerzaust waren sie, all die goldenen Strähnen Thelmas. Ihre perfekten Wangen glänzten vor Schweiß. Blaue, funkensprühende Augen. Das Oberteil leicht verrutscht. Feste junge Brüste darunter, die sich in einem sinnlichen Rhythmus hoben und senkten.

Vergiß Texas!

Vergiß den Karmeliter!

»Starr mich nicht so an!« sagte Thelma. »Also gut, wenn du willst, dann starr mich eben an.«

»Tut mir leid, daß ich dich in den Kampf gezogen hab'«, entschuldigte sich Cornelius.

»Muß dir nicht leid tun. Es hat wirklich Spaß gemacht.«

»Ich schätze, die Unterhemdenträger werden ein paar Tage lang ausgesprochene Gliederschmerzen haben.«

»Und ziemlich unbequem schlafen«, stimmte Louise zu. »Oder zumindest zwei von ihnen. Ich hab' ihnen nämlich während des Kampfes die Geldbörsen geklaut.«

»Sie werden alle unbequem schlafen«, sagte Thelma. »Ich hab' die beiden anderen beklaut.«

Cornelius schüttelte den Kopf, als er den Frauen lauschte, und sammelte anschließend sein Haar wieder ein. Ihm gefiel derartige Unehrlichkeit nicht besonders, aber wenn er jetzt den Moralapostel spielte, dann mochte das seine Aussichten auf eine sexuelle Begegnung zu einem späteren Zeitpunkt durchaus verringern.

Oder auch zu einem früheren.

»Warum gehen wir nicht alle ein wenig schwimmen und kühlen uns ab?« schlug er vor.

»Ich bin dafür.« Tuppe zog bereits das Hemd aus. »Wie steht's mit dir, Boris?«

»Boris ist vom Sitz gerutscht und schläft auf dem Boden«, sagte Louise.

»Dann lassen wir ihn besser seinen Rausch ausschlafen.«

»Ich glaube nicht, daß die Welt schon bereit ist für Professor Tuppe und sein tanzendes Schaf«, sinnierte Cornelius.

»Ich glaube nicht, daß ich schon bereit bin für ein Leben auf der Kabarettbühne« sinnierte Tuppe. »Wenn schon das Mittagspublikum von *Skelington* so ist, wie sind dann erst die Leute im *Glasgower Empire* an einem Samstag abend!«

»Was hast du eigentlich als nächstes vor?« fragte Thelma Cornelius.

»Inwiefern?«

»Wegen diesem Mister Rune und deinen Millionen britischer Pfund und was auch immer *ihm deine* Millionen britischer Pfund zu finanzieren helfen?«

»Ich werde mich schon noch darum kümmern«, sagte Cornelius. »Alles zu seiner Zeit.«

»Ich dachte, du wärst ein Abenteurer?«

»Ein *epischer* Abenteurer. Das bin ich.«

»Dann ist es doch deine Aufgabe, die Dinge in Bewegung zu setzen, und nicht einfach darauf zu warten, daß etwas passiert.«

Cornelius richtete sich im Fahrersitz zu seiner vollen Größe auf und warf das Haar in den Rücken. »Ich muß zuerst einmal wissen, was Rune plant«, sagte er. »Ich werde heute abend in sein Hotelzimmer einbrechen und versuchen, es herauszufinden.«

»Oh«, sagte Thelma.

»Genau«, sagte Cornelius. »Aber jetzt will ich in den Wellen planschen.«

»Und dann?«

»Und dann hoffe ich, daß es mir gelingt, dich zu verführen.«

Thelma grinste. »Und was spricht dagegen, beides zu kombinieren?« fragte sie. »Jetzt?«

»Nichts.«

Es herrschte ein Planschen in den Wellen nahe *Skelington Bay*. Ein Planschen und Hüpfen und Tanzen. Aber nichts Ordinäres. Im Gegenteil. Es war sogar ziemlich schön. Es ist etwas Besonderes am Liebemachen im Meer, etwas, das die Sache in ein ganz anderes Licht stellt. Duschen, Bäder, Jakuzzis – all das hat viel zu bieten. Insbesondere Jakuzzis. Und wer von uns kann schon allen Ernstes die Hand aufs Herz legen und schwören, daß er es noch nie in einer heißen Sommernacht im Planschbecken auf des Nachbars Rasen getrieben hat?

Nicht viele!

Die warmen Wellen sind schuld. Wahrscheinlich hat es mit Urinstinkten zu tun. Irgendeine ererbte, entfernte Erinnerung an die Ursprünge der Menschheit. Geboren im Meer. An Land gegangen. Und wieder zurück in die feuchte Wiege. Etwas in der Art.

Etwas beinahe Spirituelles.

Das dachte auch die Gruppe von Nonnen, die Cornelius und Thelma vom Strand aus beobachteten. Die Nonnen allerdings, die beobachteten, was Louise mit Tuppe im Sand trieb, dachten etwas ganz anderes. Sie rafften ihre Röcke und flohen kreischend vom Strand.

»Das war schön.« Cornelius und Thelma saßen jetzt auf dem Rücksitz des metallicblauen Cadillac Eldorado, die Füße auf Boris, dem wolligen Kissen, und teilten eine Zigarette.

Tuppe und Louise saßen vorn. Die völlig erschöpfte Louise war in den Schlaf gefallen. Tuppe las in der aktuellen Ausgabe des *Skelington Bay Merkur*, die er am Strand aufgelesen hatte, wo sie vom Wind vor sich her getrieben worden war.

Koffervikar begeht Missetat am Grab

Unter der las er:

Tumult bei Beerdigung eines Jungen
aus der Nachbarschaft

»Sie prügeln sich anscheinend gerne in dieser gottverlassenen Gegend, wie?« fragte Tuppe. »Mensch, sieh dir diesen armen Knaben an!«

»Was ist damit?« wollte Cornelius wissen. Tuppe hielt ihm die Zeitung hin. Direkt unter der Schlagzeile hatte man eine Großaufnahme von Norman dem Jüngeren abgebildet.

»Irgendein Junge von hier«, erklärte Tuppe. »Er starb, als sein Vater aus dem Himmel direkt auf seinen Kopf stürzte.«

»Was erzählst du da, Tuppe?«

»Steht alles hier drin, ehrlich. Vierzehn Jahre war der Bursche erst. Das ist verdammt tragisch.«

Cornelius betrachtete die Zeitung. Er studierte das Gesicht Normans lange und nachdenklich, und ein eigenartiger Ausdruck legte sich auf sein eigenes Antlitz.

»Was ist los?« fragte Tuppe. »Du hast so einen eigenartigen Ausdruck im Gesicht.«

»Ich weiß nicht.« Cornelius schüttelte den Kopf und duschte die Insassen des Cadillac. »Ich fühle irgendwas. Eine Ahnung oder so. Wir haben den Burschen nie kennengelernt, oder?«

»Nö.«

Cornelius faltete die Zeitung zusammen und stopfte sie in die Hosentasche. »Sehr eigenartig. Wirklich sehr eigenartig. Und was unternehmen wir als nächstes?«

»Wir könnten was trinken gehen«, sagte Thelma und fischte die Geldbörse eines Unterhemdenträgers aus ihrer Umhängetasche. »Ich hab' genügend Geld.«

»Ja. Darüber wollte ich sowieso noch mit dir reden.«

»Es gefällt dir nicht, wie?«

»Nun, es ist jedenfalls genaugenommen kein Vergehen ohne Opfer. Oder?«

»Ich sag' dir was.« Thelma zog alle Geldbörsen hervor und alles Geld heraus. »Wir nennen das einfach Wiedergutmachung für die gewaltsame Unterbrechung unseres Essens. Und wir schicken die Geldbörsen an die Adressen ihrer Besitzer zurück. Wird eine nette Überraschung sein, nachdem sie per Anhalter nach Hause gekommen sind.«

Cornelius grinste und kletterte auf den Fahrersitz. »Verrücktes Weib«, brummte er und betätigte den Zündschlüssel.

Der Cadillac schüttelte sich, und die Maschine gab ein tiefes, bösartiges Geräusch von sich. »Und wir bringen den Wagen in die erste Werkstatt, an der wir vorbeikommen. Es stimmt ganz definitiv etwas nicht damit.«

Mister Rodways Bruder Clive betrieb die *Skelington Bay* Auto Agentur.

Er schien sehr erfreut, als er Cornelius erblickte.

»Ich werde mal nachsehen«, sagte er. »Aber ich kann Ihnen nicht versprechen, daß es rasch gehen wird.«

»Dann haben Sie wohl eine Menge zu tun?«

»Bis heute mittag nicht. Aber sehen Sie sich das an!«

Der Mechaniker deutete auf die Reihe schicker Wagen auf seinem Vorhof. Ein Porsche, ein Mercedes, zwei BMW. Und eine lange schwarze Limousine mit einem persönlichen Nummernschild. HR-1.

»Sie kommen mir bekannt vor« sagte Thelma.

»Ja, das tun sie«, stimmte Louise zu. »Sie haben alle heute morgen vor dem *Grande* gestanden, als wir mit dem Cadillac gekommen sind.«

»Nun, jedenfalls haben sie jetzt alle irgendwelche Makken«, sagte der Mechaniker. »Defekte Bremsen, zu viel Spiel in der Lenkung, eigenartige Geräusche aus dem Motor.«

»Seltsam«, sagte Cornelius.

»Nichts, mit dem ich nicht klarkäme. Ich bleib' die ganze Nacht auf und arbeite, wenn es nötig ist.«

»Sehr lobenswert«, sagte Cornelius.

»Ein schicker Wagen verdient eine gute Behandlung, das ist mein Motto.«

»Und ›jede Arbeit ist ihre Mühe wert‹?« schlug Cornelius vor.

Der Mechaniker wischte sich die Hände an einem ölverschmierten Lappen ab.

»Ich hab's nicht besonders eilig«, sagte Cornelius. »Sie können meinen ruhig am Tag reparieren. Zu normalem Tarif. Und benachrichtigen Sie mich im voraus, wenn Sie teure Ersatzteile brauchen, damit ich sie bestellen und Ihnen schicken kann, und ...«

»Schon gut, ich habe verstanden«, brummte der Mechaniker.

»Aber ich verrat' Ihnen was«, die Stimme des jungen Murphy nahm einen konspirativen Ton an: »Die lange schwarze Limousine da mit dem HR-1-Nummernschild ...«

»Jaaa?« fragte der Mechaniker.

»Ein Multimillionär«, sagte Cornelius. »Geld spielt keinerlei Rolle.«

»Sie kennen ihn?«

»Wie meinen eigenen Vater«, erwiderte Cornelius.

Der Mechaniker winkte ihm hinterher. »Danke, mein Freund«, sagte er.

26.
KAPITEL

Der wundersamste Mann, der jemals lebte, erscheint einmal mehr auf der Bildfläche.

Einmal mehr lag er im parfümierten Wasser seiner Marmorbadewanne, einmal mehr ragte sein Bauch aus den Fluten, und einmal mehr dachte er über die letzte Gleichung nach, die seine Formel für ein universales Heilmittel und ewiges Leben vervollständigen sollte.

Und einmal mehr klopfte es an der Tür.

Und einmal mehr ertönte die Stimme seiner Zimmerwirtin.

»Machen Sie, daß Sie aus dem Bett kommen, sie fauler Sack, oder ich sag' meinem Mann Cyril, daß er kommt und die Tür einschlägt!« kreischte sie.

Einmal mehr.

Und einmal mehr schreckte er aus dem Schlaf hoch.

Und bemerkte (einmal mehr), daß er in seinem bequemen Sessel in der KEV-LYN-Suite des *Skelington Bay Grande* eingedöst war.

»Also, wo waren wir stehengeblieben?« fragte der wundersamste Mann, der jemals lebte. »Ach ja. Ich erinnere mich. Ich war dabei, Fragen zu stellen, und Sie gaben Antworten. Eine eigenartige Umkehr der Rollen. Aber egal.«

Rune richtete seinen Blick auf einen kriecherischen Burschen in einem grellen Anzug. Einen kriecherischen Burschen, der auf eine ganze Reihe von Namen hörte. Mit Ausnahme von Kyle McKintock vielleicht.

»Wir wollen die Ereignisse noch einmal rekapitulieren«, sagte Rune. »Ich werde von der Sirene eines Feuerwehrzuges grob aus meinem Nickerchen gerissen. Ich finde einen Aufstand in meinem Hotel vor. Ich blicke aus dem Fenster und sehe einen gewissen rothaarigen Bengel zusammen mit seinem kleinwüchsigen Begleiter fluchtartig aus dem Restaurant verschwinden. Angewidert von diesen Vorfällen, rufe ich Sie in Ihrem Zimmer an und stelle fest, daß Sie dabei sind, Ihre Koffer zu packen und ebenfalls Leine zu ziehen.«

»Ich dachte, im Hotel sei ein Feuer ausgebrochen«, log der mit dem grellen Anzug. »Ich habe lediglich versucht, meine Kostüme zu retten.«

»Nein, nein, nein«, sagte Rune und hob einen fetten, schimpfenden Finger. »Ich glaube, Sie erzählen mir die Unwahrheit. Murphy ist hier. In dieser Stadt! Hier in diesem Hotel! Ich spüre, daß er und Sie miteinander gesprochen haben. Und daß Sie Dinge erwähnt haben, die Sie nicht erwähnen sollten.«

»Nie im Leben! Ich habe nichts gesagt!«

»Dann erklären Sie mir doch, wieso der Bursche hier aufgetaucht ist.«

»Ich habe nicht die geringste Ahnung. Er muß aus seiner Zelle ausgebrochen sein.«

»Ich denke, ich werde Sie aus Ihrer Anstellung bei mir entlassen müssen«, sagte Hugo Rune.

»Ach ja?« Der Mann, der einigen Leuten als Samuel Showstein, Freund der Prominenz, bekannt war – und anderen Leuten unter anderen Namen –, schaffte es nicht, die Erleichterung zu verbergen, die sich nun in ihm breitmachte. »Sie wollen mich entlassen?«

»Ja«, erwiderte Rune. »Ich lasse Sie ziehen, wie man so schön sagt.«

»Oh«, sagte Showstein, Freund der Prominenz, schwitzend und seufzend. »Sie lassen mich gehen, meine Güte!«

»Ich bin Ihnen nicht böse«, sagte Rune.

»Nein. Ich Ihnen auch nicht«, sagte der Mann im schrillen Anzug.

»Und ich kenne eine Gesellschaft, die einen Burschen wie Sie gut gebrauchen kann. Ich werde Ihnen die notwendigen Referenzen ausstellen.«

»Oh, danke sehr, Mister Rune! Vielen, vielen, vielen Dank. Wie lautet der Name dieser Gesellschaft?«

»Es ist die URG.« Rune zog einen Derringer aus dem Ärmel seines seidenen Morgenmantels und setzte ihn an die Schläfe seines Ex-Angestellten. »Die *Universale Reinkarnationsgesellschaft*«, sagte er, als er den Abzug betätigte. »Ich werde ihnen Bescheid geben, daß Sie auf dem Weg zu Ihrem Einstellungsgespräch sind.«

27. KAPITEL

»Sitzt du bequem?« fragte Claude Hinterbacke, der Ex-Chef.

»Nein, ganz definitiv nicht.« Norman war in ein kleines, granatenförmiges Dingsda eingezwängt, das in einem Hinterlader-Dingsda eingezwängt war, das in einem der großen Himmelsdüsen-Seelenabschuß-Dingsda eingezwängt war.

Jedenfalls war es verdammt eng.

»Es wird nicht lange dauern.« Claude arbeitete an einem anderen Dingsda. Einer größeren Version des kleinen messingnen Karmaskop-Geräts. Es besaß sogar einen Computerschirm. Zahlen flackerten über selbigen, und Claude tippte auf der Tastatur herum. Er schien sich köstlich zu amüsieren.

»Man verlernt die alte Magie niemals«, sagte er.

»Was machen Sie da?« wollte Norman von dem alten Magier wissen.

»Ich gebe Koordinaten ein, Jüngelchen. Richte dich auf Cornelius Murphy aus.«

»Woher wissen Sie, wo dieser Cornelius Murphy ist?«

»Ich finde es gerade mit Hilfe dieser Maschine hier heraus, also stell gefälligst nicht so verdammt viele blöde Fragen.«

»Beeilen Sie sich. Irgend jemand könnte uns entdecken.«

»Ich weiß genau, was ich zu tun habe, Jüngelchen. Glaube

ich.« Der alte Knabe tippte weiter. »Ja, bestimmt weiß ich das. Erinnerst du dich, was du zu sagen hast?«

»Natürlich erinnere ich mich, was ich zu sagen habe. Ich sage diesem Murphy, daß Sie mir alles über seinen Bastard von Vater erzählt haben. Und daß ich von den elektrischen Schlägen weiß und der Rundum-Terminierung der gesamten Menschheit am nächsten Freitag.«

»Und dann?«

»Und dann soll er herausfinden, was er dagegen tun kann.«

»Hmmm«, sagte der alte Claude. »Klingt nicht ganz nach einem narrensicheren Plan, so, wie du die Sache schilderst. Oder?«

»Ach, jetzt beeilen Sie sich doch!« erwiderte Norman.

»Ich bin fertig.« Der Alte grinste. »Ich vermute, jetzt heißt es ›Auf Wiedersehen‹.«

Norman spähte aus dem engen Dingsda auf den Ex-Chef. »Was ist mit Ihnen?« fragte er. »Was werden Sie als nächstes machen?«

»Den Bastard schlagen«, sagte der alte Claude. »Ich hier oben, und du dort unten. Wir nehmen ihn in die Zange und schlagen ihn, wir beide. Alle Ihms, die es von ihm gibt. Jawohl.«

»Glauben Sie wirklich, das schaffen wir?« Norman hatte jede Menge Zweifel. Und er fühlte sich ein wenig traurig, nun, da es an der Zeit war, sich von dem alten Claude zu verabschieden. »Meinen Sie wirklich, das schaffen wir?«

»Natürlich schaffen wir das, Söhnchen. Natürlich schaffen wir das. Denk positiv. Tu das Richtige.«

»Ich werde Sie wiedersehen, nicht wahr?« schniefte Norman leise.

»Du wirst mich wiedersehen.«

»Passen Sie auf sich auf«, sagte Norman mit schiefem Grinsen. »Es ... äh, es war schön, Sie kennenzulernen.«

»Fang nicht mit Gefühlsduseleien an, Jüngelchen.«

»Ich fang' nicht mit Gefühlsduseleien an! Werden Sie nicht unverschämt!«

»So ist es recht, mein Junge.« Claude drückte auf einen dicken roten Knopf. Die große Himmelsdüse rülpste eine purpurne Flamme hervor, und ein kleines weißes Lebensfünkchen rauschte durch die Schwärze des Alls, mit Kurs zum Planeten Erde.

Claude wischte sich eine Träne aus dem Augenwinkel. »Viel Glück, Jüngelchen«, sagte er. »Viel Glück.«

Viele Meilen oder Dimensionen oder was auch immer weiter unten bereitete sich *Skelington* auf den Abend vor. Die Lichter entlang der Strandpromenade flammten in Regenbogenfarben auf. Neon tanzte in den Fenstern von Fisch-und-Chips-Buden. Ein rotweiß gestreiftes Friseurschild drehte sich unermüdlich.

Bürgersteige leuchteten golden. Und der Sonnenuntergang legte einen geschmolzenen Weg über die See bis zum Strand.

Romantischer Kram.

In einer Bar in der Nähe des Westpiers brachte Cornelius ein Tablett voller Getränke an den Tisch. »Schaffen wir das wirklich alles?« fragte er.

Thelma und Louise nickten. »Solange wir einen Teil deiner Knete kriegen, wenn du sie erst zurück hast.«

»Und solange ich aus Runes Reichweite bleibe« sagte Tuppe. »Dieser Bursche macht mir so viel Angst, daß ich mir in die Hosen scheiße. Sozusagen.«

»Wenn wir uns richtig anstellen, dann läuft alles wie am Schnürchen.«

»Sehr gut«, sagte Tuppe. »In dieser Hinsicht hast du mich jedenfalls fast überzeugt.«

»Sieh mal, es ist kinderleicht. Ich habe heute nachmittag im *Grande* angerufen und gefragt, ob Mister Rune dort zu abend essen wird. Sie sagten ja, das wird er, im *Casablanca*, welches zur Zeit instandgesetzt wird. Um acht Uhr, sagten sie. Rune ist ein Mann, der gerne futtert. Er wird für eine ganze Weile im Restaurant sein.«

»Und um ganz sicher zu gehen, werden Louise und ich ihm dabei Gesellschaft leisten«, sagte Thelma. »Begierig, diesem ach so interessanten Mann zu lauschen, der nach deinen Worten überall gewesen ist und jeden kennt.«

»Richtig«, sagte Cornelius. »Und während er euch mit seinen faszinierenden Geschichten unterhält, breche ich in sein Zimmer ein und wühle alles durch, was er bei sich hat. Ich hoffe, daß es mir gelingt, herauszufinden, was er vorhat und was er mit meinem Geld angestellt hat. Ich beeile mich, so sehr ich kann. Wenn ihr ihn nicht beim Erzählen halten könnt, dann ruft oben in seinem Zimmer an, zweimal, und laßt es jedesmal dreimal klingeln.«

»Ich werde für dich Wache stehen«, sagte Tuppe. »Und hiermit werden wir uns verständigen.« Er zeigte stolz die beiden Zweikanal-Funksprechgeräte, die er mit einem Teil von Thelmas Beute erstanden hatte.

Cornelius nahm eines der Funkgeräte und musterte es zweifelnd. »Das hier ist nicht Watergate«, sagte er.

»Nein, aber sie machen eine Menge Spaß. Wir können uns geheime Rufnamen ausdenken. Wie zum Beispiel *Führer Blau* oder *Foxtrott Patrouille*.«

»Es ist bald acht«, sagte Cornelius. »Laßt uns austrinken und uns an die Arbeit machen. In Ordnung?«

»In Ordnung.«

»Nur noch eins«, sagte Tuppe. »Ich hasse es zwar, die Angelegenheit zu erwähnen, aber ich habe das Gefühl, ich sollte sie erwähnen.«

»Schieß los!«

»Hätte nicht irgend jemand Boris wecken und ihm Bescheid sagen sollen? Wir haben ihn im Wagen zurückgelassen.«

Der Wagen befand sich hoch oben auf einer Hebebühne.

Und Boris schlief noch immer auf dem Boden vor dem Rücksitz.

Was, so wie es aussah, wahrscheinlich für alle und jeden das Beste war.

Wenn man bedenkt, was noch auf ihn zukommen sollte.

Bald.

Cornelius, Tuppe, Thelma und Louise verließen die Bar. Boris für die Nacht weiterschlafen zu lassen und mit den schmutzigen Plänen fortzufahren, darauf hatten sie sich einmütig verständigt (fast). Tuppes »verrücktes Schaf als Ablenkungstaktik in einer aufkommenden Notsituation« war mit drei Stimmen gegen eine abgelehnt worden.

Zwei Herren beobachteten den Aufbruch der *Phantastischen Vier.* Obwohl »Herren« vielleicht nicht ganz der richtige Begriff ist. Ein wenig angekratzt sahen sie aus, die beiden. Blessuren und Schürfwunden an Kinn und Wangen. Zerrissene Anzüge und fehlende Manschettenknöpfe. Und so weiter.

»Interessant«, sagte Mister Rodway, denn er war der eine der beiden. »Die Bande von heute mittag, im *Grande*. Planen eine Schurkerei. Sollen wir den Hohen Lord, Undulder jeden Widerspruchs, darüber informieren und ihn wegen ihrer Absichten warnen?«

Mister Craik blitzte mit Augen, die weit weniger wild blickten als gewöhnlich, nun, da er fast einen ganzen Tag außerhalb der Reichweite von Runes Einfluß verbracht hatte. »Wir sollten nach Gefühl vorgehen, schätze ich. Es ist durchaus möglich, daß dabei ein kleiner Profit für uns herausspringt.«

Mister Rodway tippte sich an die geschwollene Nase. »Ich bin dabei, Squire. Ich bin dabei.«

»Se sitz'n hier, Mister.« Lola die Tänzerinnenkellnerin hatte ihre Abendschicht angetreten. Sie hatte einen blauen Fleck oder zwei, zusammen mit einem gebrochenen Absatz, der ihr Stöckeln ernsthaft beeinträchtigte. Aber ein Job ist ein Job ist ein Job et cetera, und Kevin, der Geschäftsführer, hatte ihr eine Gehaltserhöhung versprochen. »Hier is' Ihr Platz.«

»Meinen Dank.« Hugo Rune senkte seine gewaltige Leibesfülle auf das protestierend knarrende Gestühl. Er war ganz offensichtlich bester Laune (und sich ganz offensichtlich nicht der Tatsache bewußt, daß er just in diesem Augenblick ein Kapitel mit jemand anderem teilte).

»Woll'n Se die Weinliste ham?«

»Haben Sie Ihr kleines Blöckchen bei sich?«

»Klaro, Meister.«

»Dann notieren Sie darauf: ›Mister Hugo Rune möchte genau das gleiche wie letzten Abend, aber doppelt so viel. Weil er nämlich einen Freund zum Essen erwartet.‹«

»Jau. In Ordnung.« Die Kellnerin stolperte auf einem hohen und einem weniger hohen Stiletto davon.

Rune musterte seine Umgebung mit einem sorgfältig schweifenden Blick und konsultierte anschließend seine Taschenuhr. »Drei, zwei, eins«, sagte er.

Ein Poltern aus Richtung der Eingangstür, ein Ausrutscher nach einer Seite hin, ein Abpraller vom Dessertwagen, und ein alter Kumpel stand neben Rune am Tisch.

»Rune«, sagte Brigadier Algenon »Dickerchen« Wilberforce, DSM, OTO, KY und so weiter und so fort. Denn es war niemand anderes als er persönlich.

»Dickerchen!« sagte Rune. Hände umklammerten sich. Knöchel wurden gepreßt.

»Verdammt gut, dich zu sehen, alter Päderast.«

»Selber, du von Jungfrauen Deflorierter. Und einige davon sogar menschlich!«

Die beiden wechselten einen weiteren Händedruck. Klopften sich auf die Rücken. Fingen gemeinsam an zu grinsen, ohne daß ein Grund dafür offensichtlich wurde. Bestellten eine Menge Wein.

»Wie ist dein Quartier?« fragte Rune.

»Kann nicht besser klagen.« Der Brigadier, denn es war der echte Brigadier (und nicht der frischverstorbene Doppelgänger)*, zwirbelte seinen fülligen Schnurrbart, klopfte mit den Händen auf seinen hervorquellenden Bauch innerhalb eines beachtlichen Tweeds und knallte die militärischen Hacken zusammen. »Habe mich beim örtlichen Vikar und seiner Haushälterin einquartiert. Der Kerl ist ein vollkommener Idiot. Steckt seinen Schwanz in alles, was oben einen Griff und ein paar Gurte ringsum besitzt.«

»Dann hältst du ihn wohl besser von deiner Frau fern.«

Der Brigadier brach in einen Heiterkeitstaumel aus. »Oder von deinem Spielgefährten, du alter Arschficker.«

»War es schwierig?« fragte Rune.

»Steck es in die Teetasse und nenn es Blutwurst.«

»Was zur Hölle geht denn da vor sich?« fragte Thelma, als sie an einem Tisch in der Nähe Platz genommen hatte.

»Sieht ganz danach aus, als hätte er Besuch von einem Freund«, antwortete Louise. »Ich schätze, wir werden noch eine Weile warten müssen.«

Im Obergeschoß zog Cornelius sein Schweizer Armeemesser hervor und wählte die Klinge mit dem Schlüsselskelett-Aufsatz. Am anderen Ende des Korridors hielt Tuppe durch einen Schlitz in der Tür des Besenschranks wachsam die Treppe des *Grande* im Auge und den Finger auf dem ›Sprechen‹-Knopf seines Zweikanal-Funkgerätes.

Cornelius wählte eine Kombination von Zapfen und steckte sie in das hohle Schlüsselskelett. Dann suchte er nach dem Schlüsselloch in der pinkfarben gestrichenen Tür der KEV-LYN-Suite.

* Weil er frisch verstorben war. Deswegen konnte er es gar nicht sein.

Und traf auf das erste schwerwiegende Hindernis.

Die Tür besaß kein Schlüsselloch!

»Da stimmt doch was nicht.« Cornelius streckte die Hand aus, um den Türgriff zu betätigen.

Aber jetzt hatte die Tür auch keinen Griff mehr!

Cornelius schob die Hand in seinen Haarturm und kratzte sich am Kopf. Sehr eigenartig. Er würde versuchen müssen, die Tür aufzubrechen. Er blickte den Korridor entlang. Hinauf und hinunter.

Die Luft schien rein.

Cornelius trat zurück und hob den Fuß.

Und sonst nichts.

Weil in der Wand vor ihm mit einem Mal keine Tür mehr war!

Alles verschwunden!

»Clever!« sagte Cornelius. »Wirklich, sehr clever.« Er fischte das Zweikanal-Funkgerät aus der Tasche, drückte den ›Sprechen‹-Knopf und sagte: »Tuppe.«

»Aaaaaagh!« Vor Schreck brach Tuppe zwischen den Mops und Besen beinahe zusammen. »Was? Wer? Wo?«

»Ich bin's. Cornelius.«

»Benutz deinen Kodenamen.« Tuppe versuchte, sich aus dem Gewirr von Kehrblechen und Bürsten zu befreien.

»Sei nicht albern. Ich bin's.«

»Das könnte ein Trick sein.«

»Jaaa.« Cornelius musterte die solide Mauer, in der sich vor wenigen Augenblicken noch eine Tür befunden hatte. »Ich schätze, du hast recht.«

»So?«

»In Ordnung. Welchen Kodenamen soll ich denn Bitteschön benutzen?«

»Weiß ich doch nicht. Denk dir einen aus.«

»Was hältst du von *Einbrecher* und *Schmiere*?«

»Nein«, sagte Tuppe. »Das ist überhaupt nicht gut. Etwas Interessanteres bitte.«

»Sieh mal, mir fällt nichts ein. Denk du dir gefälligst was aus.«

»Also schön. Was hältst du von *Delta Force* und *Riesenkommando*?«

»In Ordnung. Also *Delta Force* an *Riesenkommando*, bitte kommen.«

»Hier *Riesenkommando*. Ich höre Sie laut und deutlich, *Delta Force*. Was haben Sie zu berichten?«

»Die verdammte Tür ist verschwunden, und ich finde keinen Weg in das Zimmer. Brauche Hilfe. Bitte kommen.«

»Schlimme Sache das, *Delta Force*. Ich bleibe hier, wo ich bin. Im Besenschrank. Bitte kommen und Ende.«

»Mach, daß du herkommst und mir hilfst, und zwar augenblicklich.«

»Keine Chance. Ich sagte kommen und Ende. Die Nachricht ist zu Ende. Und das meine ich auch so.«

»Also wirklich!« Cornelius stopfte das Zweikanal-Funkgerät zurück in die Hosentasche. Er strengte seine Augen an und untersuchte die Fläche der Wand, die noch vor kurzem eine Tür gewesen war. Es war eine sehr überzeugende Wandfläche. Sehr fest und ohne jede Spur von Tür. Cornelius wandte sich um und setzte sich in Bewegung. Nonchalant schlenderte er ein paar Schritte den Korridor hinab und wirbelte dann plötzlich herum. Noch immer keine Tür. Er benutzte sogar die Klinge seines Schweizer Armeemessers als Spiegel.

Umsonst. Welchen Zauberspruch Rune auch über die Tür verhängt hatte – es schien äußerst unwahrscheinlich, daß er von jemandem mit schwächerer Magie als der Runes zu überwinden war.

»Also muß ich einen anderen Weg hinein finden«, sagte Cornelius Murphy. »Über das Dach, eine Regenrinne hinunter und durch ein offenstehendes Fenster vielleicht?« Der große Junge stahl sich davon, um einen Notausgang zu suchen.

»Feuer!« sagte Brigadier Wilberforce und imitierte den Knall einer Elefantenbüchse. »Drei Tiger an nur einem einzigen Tag. Erinnerst du dich, Rune? Drei von den Mistdingern. Allesamt Menschenfresser.«

»Und ein paar Eingeborene hast du gleich mit erlegt, wenn ich mich recht entsinne«, entsann sich Rune und schenkte Wein nach. »Und den Mahout obendrein, der deinen Elefanten lenkte.«

»Verdammter Idiot. Was mußte er auch in die Schußlinie kommen? Das waren jedenfalls noch Zeiten damals, was? Das Britische Empire erstreckte sich über den gesamten Globus. Die verdammten Schwarzen wußten noch, wer ihre Herren waren, weißt du?«

Ein vorüberkommender Kellner von dunklerer Hautfärbung schnappte die letzte Bemerkung auf und machte sich in Gedanken eine Notiz, dem Brigadier in die Suppe zu spucken.

»So«, sagte Brigadier Dickerchen. »Schön und gut, sich an all das zu erinnern und so. Aber wie lautet dein Plan, Rune? Warum hast du mich in diesen schäbigen Ort kommen lassen? Die Prostitution ist ziemlich auffällig hier, weißt du?«

»Wirklich?« fragte Rune.

»Auffällig durch ihre vollkommene Abwesenheit.«

Weiteres brüllendes Gelächter.

»Ich würde dich gerne an meinen Geschäften teilhaben lassen, Dickerchen. Betreibst du immer noch diesen Schrottplatz?«

»Schrottplatz? Was erlaubst du dir, werter Herr! Viel zu viele zwielichtige Assoziationen in diesem Wort. Es heißt nicht mehr Schrottplatz, sondern besitzt inzwischen einen politisch korrekteren Titel. **W**ilberforce **I**ncorporated **C**hemisch **S**aubere **E**ntsorgungen und **R**ecycling.

»Was ein Akronym ist, wie ich annehme?«

»Richtig. Ein billiger Lacher auf Dinnerparties.«

»Aber du kannst noch immer Dinge metallischer Natur ›besorgen‹?«

»Alles, was dir nur in den Sinn kommt, alter Mann. An was genau denkst du? Militärische Ausrüstung, Scud-Raketen, Tarnkappenbomber?«

Rune schüttelte den Kopf.

»Vielleicht Nuklearwaffen? Nicht ganz so einfach, da ranzukommen, aber ich habe meine Kontakte.«

Rune schüttelte einmal mehr den Kopf. »Masten«, sagte er.

»Was? Du meinst die großen visuellen Ärgernisse, mit denen in Städten lebende Vorstandstypen von Elektrizitätsgesellschaften die Leute vom Land zu plagen pflegen?«

»Korrekt.«

»Hmja. Ich wüßte keinen Hinderungsgrund. Ich hab' noch ein paar Bulldozer von der Operation ›Wüstensturm‹ übrig. Hab' sie von Saddam ›gewonnen‹, und sie setzen auf meinem ökologisch unbedenklichen Schrottplatz Staub an. Kommen gerade recht für den Job. Wie viele Masten brauchst du?«

»Zwanzig sollten ausreichen, zusammen mit zwei Meilen vom allerstärksten Kabel. Und noch ein paar Funkmasten.«

»Geht in Ordnung. Bis wann brauchst du sie?«

»Bis nächsten Mittwoch abend. Unbeschädigt, und eine Mannschaft, die sie hier wieder aufbaut.«

»Ein wenig zu öffentlich. Die Einwohner könnten neugierig werden.«

»Es wird keine Neugierigen geben. Wir werden die ganze Stadt für uns allein haben.«

»Was hast du vor, Rune?«

»Kann ich dir nicht sagen, Dickerchen.«

»Wie du meinst. Keine Namen, kein Strafexerzieren.«

»Genau.«

»Und mein Entgelt?«

»Wie klingt eine Million britischer Pfund in reinem Gold in deinen Ohren?«

»Klingt gut«, flüsterte Thelma zu Louise.

Der Klang einer elektrischen Bohrmaschine, die rücksichtslos gegen das Chassis des Cadillac Eldorado eingesetzt wurde, erweckte den schlafenden Inhalt eines Schafskostüms.

»Oh, mein Kopf«, stöhnte der Inhalt. »Wo bin ich?«

»*Delta Force*, kommen! Wo bist du?«

Cornelius zog das Zweikanal-Funkgerät aus der Tasche. »Ich bin oben auf dem Dach. Sei leise!«

»Was machst du auf dem Dach?«

»Ich will an einem Regenrohr hinabklettern und versuchen, durch ein offenes Fenster einzusteigen.«

»Das klingt ziemlich gefährlich. Ich hätte es jedenfalls nicht so gemacht.«

»Oh, wirklich? Und wie *hättest* du es gemacht?«

»Nun«, sagte Tuppe. »Ich hätte eines der Haustelephone auf dem Gang benutzt, unten bei der Rezeption angerufen und eine Flasche Champagner auf Mister Runes Zimmer liefern lassen.«

»Aber die Tür ist verschwunden, Tuppe!«

»Liege ich richtig mit meiner Vermutung, daß die Tür erst verschwand, als du versucht hast einzubrechen?«

»Ja. Das hab' ich dir doch schon gesagt!«

»Schutzzauber.«

»Ja, Tuppe. So weit war ich selbst auch schon. Bitte, schalt das Funkgerät endlich ab.«

»Die Magie wird sich nicht gegen das Hotelpersonal richten«, sagte Tuppe. »Nur gegen potentielle Eindringlinge. Also hätte der Champagnerkellner die Tür gesehen, den Schlüssel benutzt, und du hättest hinter ihm hineinschlüpfen und …«

»*Vielen, vielen Dank*. Bitte sei so nett und halt ab jetzt Funkstille. Ende und aus.«

»Ich bin froh, daß ich dir helfen konnte, *Delta Force*. Ende und aus.«

Cornelius stopfte das Zweikanal-Funkgerät in die Tasche zurück und schlich weiter an der Dachkante entlang, einen Fuß immer in der Regenrinne. Er war ziemlich weit über der Erde. Ein einziger Ausrutscher würde reichen, um einen schrecklichen Sturz zu verursachen.

Trotzdem, eine schöne Nacht.

Die Sterne blickten herab.

Der Mond hing hoch am Himmel.

Die Wellen plätscherten freundlich.

Eine Fledermaus flatterte dicht an seinem Kopf vorbei.

»Verschwinde!« Cornelius fuchtelte mit den Händen, rutschte aus, stolperte und fiel; er griff in die Luft, bekam etwas zu packen, klammerte sich daran und hing.

Nur mit den Fingern.

An der Regenrinne.

»Benutz das Haustelephon auf dem Gang«, knurrte der große Junge. »Bestell eine Flasche Champagner auf das Zimmer. Hervorragender Gedanke, Tuppe. O Mann!«

Es war eine alte Regenrinne. Gußeisern. Kevin plante, sie durch eine leichte, moderne Plastikrinne zu ersetzen. Es stand auf seiner Liste der Dinge, die zu erledigen wären. Allerdings ziemlich weit unten.

»Oooooooh!« kreischte Cornelius, als die Rinne sich von der Wand löste und nach außen wegschwang. »Oooooooh!«

Rostig war sie, die Regenrinne. Alt und rostig. Unsicher.

Klick, klick, klick, machte es.

Bieg! und *Brech!*

»Oooooooh!« machte Cornelius, als er, an die Rinne geklammert, nach unten schwang.

Und gegen das pseudogregorianische UPVC-Fenster der KEV-LYN-Suite krachte.

Aber nicht hindurchkrachte.

Sondern nur dagegen.

Wie das eben so ist. Niemand kracht durch eine Doppelverglasung hindurch. Man kracht einfach nur dagegen. Einfache Verglasung? Kein Problem. Da kracht man hindurch. Wie in Westernfilmen die Cowboys durch das Saloonfenster.

Aber eine Doppelverglasung?

Keine Chance.

»Oooooooh!« Das Oberlicht des Fensters stand offen. Cornelius sprang danach. Und klammerte sich fest. Die Dachrinne trudelte nach unten in Richtung Parkplatz. Genaugenommen fiel sie direkt zwischen die beiden jungen Männer, die über den Parkplatz gingen, und grub sich tief in den Asphalt.

Mister Rodway und Mister Craik gewannen die Fassung zurück, die ihnen im ersten Augenblick abhanden gekommen war, und spähten zum Dach hinauf. Sie erhaschten eben noch einen Blick auf Cornelius, der, an das Fensterkreuz geklammert, sich mit seinem Gewicht nach innen und in Richtung des zentralen Fensterpfostens schwang und direkt in Runes Appartement katapultierte.

»Bastard«, sagte Mister Rodway.

»Unternehmungslustiger Bastard«, bekräftige Mister Craik. »Lassen Sie uns hineingehen und die weitere Entwicklung abwarten.«

28. KAPITEL

Cornelius kam benommen auf die Beine.

Er war drin.

Und das war immerhin etwas.

»So«, sagte er. »Ich bin drin. Und das ist immerhin etwas.« Er bog und streckte sich und tastete nach gebrochenen Knochen. »An die Arbeit. Wollen mal sehen, ob wir etwas entdecken.«

Es gab eine Menge zu entdecken. Die Suite war ein buchstäbliches Chaos aus Karten und Diagrammen und Fachbüchern.

Cornelius nahm eins der letzteren auf und untersuchte den Einband. *Die Wissenschaft von der Elektrolyse*. Ein anderes. *Geld verdienen mit Galvanisieren und Spaß dabei*. Ein anderes. *Elektrokinetik*. Ein anderes. *Elektrostatik*.

»Eine ganze Menge *Elektriktricks*«, zitierte* der junge Murphy. »Und was sind das für Karten?«

Die Karten zeigten ausnahmslos *Skelington Bay* und die nähere Umgebung.

Ein paar waren teilweise eingefärbt. Auf einer waren die beiden Skelingtoner Piers gefärbt, einer in blau, einer in rot. Linien in diesen Farben verliefen quer durch die Stadt und endeten am Druidenhügel.

Cornelius fand Computerausdrucke. Es schien sich um eine Aufstellung der nationalen Energieversorgung zu handeln. Die Worte UNGENÜGEND ENERGIE! waren unten drunter gekritzelt.

Er fand Papiere voller Berechnungen. Sie schienen sich mit Vielfachen von Kubikmeilen und Faktoren von dreiundneunzig Millionen Pfund zu beschäftigen.

»Was auch immer er vorhat, es ist eine große Sache«, lautete die uninspirierte Schlußfolgerung des großen Jungen. »Und wo ist jetzt mein Geld?«

Er blickte sich im Zimmer um. Und sagte plötzlich: »Oh! Dort scheint es zu sein.«

In einer Ecke des Zimmers stand eine rechteckige Glaskonstruktion mit einem gläsernen Deckel. Sie erinnerte Cornelius an eine Duschzelle. Die Glaskonstruktion ruhte auf einem schwarzen Sockel, und in der Mitte dieses Sockels, umgeben von den gläsernen Wänden, erblickte Cornelius eine kleine Plinthe. Und auf dieser Plinthe einen sehr großen Stapel sehr großer Banknoten.

* Catweazle.

»Eigenartiger Ort, um sein Geld zu verwahren«, sagte Cornelius. »Sieht beinahe aus wie eine Ausstellung. Vielleicht gefällt es ihm, davorzusitzen und es anzustarren?«

Der große Junge näherte sich dem Glaskasten. Er maß etwa vier Fuß an der Seite und war vielleicht acht Fuß hoch. Eine Seite stand einen Spaltbreit offen. Anscheinend die Tür. Cornelius öffnete sie ganz und trat ein, um seine Beute an sich zu nehmen.

Aber falsch gedacht.

Er fand sich mit einer weiteren Glaswand konfrontiert. Die sich allerdings nicht über die gesamte Höhe und Breite des umgebenden Glaskastens erstreckte. So daß der Schatzsucher in der Lage war, sich in die verbleibende Lücke zu quetschen und die Arme auszustrecken.

Und eine weitere Glaswand im rechten Winkel zur kleineren vorzufinden, die sein Fortkommen behinderte.

Cornelius starrte auf den Geldstapel. Einen Fuß oder so hinter der zweiten Wand preßte er die Hand auf das Glas, und es schwang zur Seite.

So weit, so gut.

Jetzt fand Cornelius sich vor einem Spiegel und den Geldstapel hinter sich auf der rechten Seite. Er wandte sich um. Eine weitere Glaswand. Er tastete an ihr entlang. Ein weiterer Spalt.

Eine weitere Glaswand.

Ein weiterer Spiegel.

»Es muß einen Trick dabei geben«, sagte der große Junge und versuchte, auf dem gleichen Weg wieder nach draußen zu kommen. Er war ein wenig verwirrt durch das viele Glas und die Spiegel. »Ich bin von der Seite reingekommen, die dem Fenster am nächsten liegt.«

Ein Spiegel blockierte die betreffende Seite.

Wenn es die betreffende Seite *war*.

Plötzlich schienen überall Spiegel zu sein.

Nein. Das hier war eine Glaswand. Und hinter ihr lag das Geld.

Cornelius tastete sich voran. Entdeckte einen Spalt und quetschte sich hindurch. Streckte die Hände nach dem Geld aus und fand seinen Weg von einer weiteren Glaswand blokkiert.

»Ich bin perplex«, sagte Cornelius Murphy.

»Was machen sie jetzt?« fragte Louise.

»Armdrücken, so wie es aussieht.« Thelma schüttelte das goldene Köpfchen. »Über heißen Suppentellern. Wie armselig.«

»Ich hab' dich geschafft«, gluckste Rune, während Dickerchen Wilberforce an einer suppigen Manschette lutschte. »Du schuldest mir hunderttausend in Gold.«

»Doppelt oder nichts und eine andere Wette?«

»Was schlägst du vor?«

»Wer am lautesten furzt«, sagte der Brigadier und setzte ein angestrengtes Gesicht auf.

»Dürfen wir uns zu den Damen setzen?«

Thelma blickte auf und in das Gesicht von Mister Rodway.

Louise blickte auf und in das Gesicht von Mister Craik.

»Nein«, beschlossen die beiden einstimmig.

»Ach, jetzt geben Sie sich mal einen Ruck und seien Sie nicht so abweisend.« Mister Rodway zog sich einen Stuhl heran und setzte sich. »Ihr Mädels seid sicher im Urlaub und auf der Suche nach ein wenig Spaß?«

Mister Craik nahm ebenfalls Platz. »Oder sind Sie geschäftlich hier?«

»Haut ab, ihr traurigen Gestalten.«

»Kein Grund, unhöflich zu werden«, sagte Mister Rodway. »Wir wollten nur ein wenig nett sein.«

»Wollen Sie, daß ich den Besitzer rufe und er Sie hinauswirft?« fragte Thelma. »Oder ziehen Sie es vor, wenn meine Freundin Louise hier aus Leibeskräften zu kreischen anfängt: ›Lassen Sie mich los, Sie Perverser!‹?«

»Wir könnten allerdings auch beides«, sagte Louise.

»Oder Sie könnten rufen: ›Einbrecher in Mister Runes Suite!‹« schlug Mister Craik vor. »Oder ich könnte für Sie rufen, wenn Sie mögen.«

Der Einbrecher in Mister Runes Suite befand sich inzwischen in einem Zustand beträchtlicher Verwirrung. Und offensichtlicher Gefangenschaft. Er trommelte mit den Fäusten gegen die gläsernen Wände seines Gefängnisses. Wahrscheinlich doppelt verglast, das waren sie. Jawohl.

Jedenfalls unzerbrechlich.

Er zog sein Zweikanal-Funkgerät hervor, drückte den ›Sprechen‹-Knopf und brüllte »Tuppe!« in das Mikrophon.

»Aaaaaagh! Oh! Hilfe! Was?« ertönte die Antwort Tuppes aus dem Lautsprecher. »Was ist los?«

»Ich stecke fest. Ich brauche deine Hilfe.«

»Wer spricht denn da?«

»O Mann, stell dich nicht so blöd an! Du weißt ganz genau, wer ich bin.«

»Benutzen Sie Ihren Kodenamen.«

»*Delta Force*!«

»Ich verstehe Sie laut und klar, *Delta Force*. Was haben Sie zu berichten?«

»Ich stecke in Runes Appartement fest. Im Kabinett des Doktor Caligari oder so was Ähnlichem. Du mußt mich befreien.«

»Wünschen Sie vielleicht, daß ich die Operation *Ruf den Zimmerservice* starte, *Delta Force*?«

»Ja, und beeil dich!«

»*Riesenkommando* meldet sich dann mal ab. Erwarte mich zusammen mit dem Champagner. Mach dich so lange klein. Ende der Durchsage.«

Cornelius stopfte das Zweikanal-Funkgerät in die Tasche zurück. »Jetzt denk mal ganz ruhig nach«, sagte er zu sich. »Wenn du hineingekommen bist, dann kannst du auch wieder heraus.«

»Was genau ist es, worin Sie verwickelt sind?« erkundigte sich Mister Rodway. »Vielleicht können wir Ihnen behilflich sein?«

Thelma musterte den glatzköpfigen Immobilienmakler mit einem vernichtenden Blick. »Wer sind Sie?« fragte sie.

»Geschäftsleute.«

»O Scheiße!« sagte Mister Craik.

»Wo liegt das Problem?«

»Es ist Mister Rune. Er hat mich gesehen und winkt mich zu sich.«

»Nun, dann gehen Sie halt hin und schlagen sich die Zeit tot. Erzählen Sie ihm von unserem Plan mit dem Autowahnsinn. Beeindrucken Sie ihn. Ich werde die Damen während Ihrer Abwesenheit unterhalten.«

»O Scheiße«, sagte Mister Craik einmal mehr.

»Jetzt gehen Sie schon. Lassen Sie ihn nicht warten. Um Himmels willen, machen Sie das nicht!«

»Nein, nein, Sie haben recht.« Mister Craik sprang auf und ging zu Runes Tisch.

»Sie haben mich gerufen?« fragte er zitternd, als er angekommen war.

»Wer ist dieser Kerl?« fragte der Brigadier. »Er hat einen unruhigen Blick. Gehört er zu unseren Jungs, Rune? Steck dem Lümmel einen rein und schick ihn in die Wüste.«

Hugo Rune brachte den temperamentvollen Brigadier mit einer einzigen, obschon mysteriösen Geste seiner linken Hand zum Schweigen. »Setzen Sie sich doch«, sagte er zu Mister Craik.

Mister Craik zog sich einen Stuhl heran.

»Auf den Boden«, sagte Rune. »Und setzen Sie sich nicht, knien Sie sich.«

Stephen Craik kniete nieder.

Thelma sah ihm zu. Und Louise auch.

»Scheiße«, sagte Mister Rodway, der ebenfalls zusah.

»Haben Sie mit Freunden zu Abend gegessen?« fragte Rune. »Zwei voll entwickelte junge Hüpfer. Und wer ist der kahle Blödmann?«

Mister Craiks wieder wild gewordener Blick huschte hinauf zu Runes rasiertem Schädel. »Das ist Mister Rodway«, brachte er hervor. »Der Immobilienagent.«

»Der wiedergeborene Kardinal. Ach ja.«

»Verzeihung, der *wer*?«

»Ich habe nicht mit Ihnen gesprochen. Wie kommen Sie mit der Aufgabe voran, die ich Ihnen gestellt habe?«

»Sehr gut, Mister Rune. Wir haben ...«

»Nicht jetzt«, sagte Rune und legte einen dicken Finger auf die dicken Lippen. »Später. In meiner Suite. Aber warum bringen Sie nicht Ihre Freunde herüber und leisten uns Gesellschaft?«

»O nein, ich denke ...«

»Auf der Stelle«, befahl Rune. »Und lassen Sie sich nicht zweimal bitten.«

»Und ein paar Packungen Kartoffelchips«, sagte Tuppe in das Telephon auf dem Gang. »So schnell wie möglich. Es ist eine Überraschung. Der Kellner soll einfach mit seinem Universalschlüssel eintreten und das Tablett am Bett abstellen. Auf wessen Rechnung? Auf die von Mister Rune natürlich. Es ist eine Überraschung von ihm, für jemand anderen. Wer ich bin? Der Chauffeur. Ich rufe vom Autotelefon aus an. Ich muß jetzt auflegen, die Ampel ist auf Grün umgesprungen. Auf Wiederhören.« Tuppe legte den Hörer auf die Gabel. »*Riesenkommando* an *Delta Force*«, sagte er in das Mikrophon seines Zweikanal-Funkgerätes. »Wir haben grünes Licht für die *Operation Ruf den Zimmerservice*. Mach dich klein in deinem Kabinett und warte auf deine Extraktion.«

Hugo Rune sah Thelma, die ihm gegenüber Platz genommen hatte, mit hartem Blick *ins* Gesicht. »Sie haben einen Backenzahn oben links, der reif ist für eine Extraktion. Obwohl man ihn vielleicht noch retten könnte.«

Thelma betastete ihre Wange. »Woher wollen *Sie* denn das wissen?«

Rune lächelte. »Champagner?« fragte er und tauchte die Hand in das Dreißiger-Jahre-Imitat von Champagnerkühler.

»O ja, bitte. Sehr freundlich.« Thelma wechselte einen Blick mit Louise. Und Louise wechselte einen Blick mit Thelma. Beide fühlten sich entschieden unbehaglich.

»Sie wissen, wer ich bin«, sagte Rune. »Natürlich wissen Sie das.«

Louise öffnete den Mund, um nein zu sagen. »Ja«, sagte sie.

»Ja. Natürlich wissen Sie das.« Rune füllte eine Champagnerflöte und händigte sie Louise aus. Sie nahm das Glas mit zitternden Fingern entgegen. Runes große Hand umschloß die ihre.

»Ah«, sagte Rune. »Ah. Ja, ich sehe.«

»Was sehen Sie?«

»Ich sehe alles«, sagte Hugo Rune. »Und das meiste vom Rest auch. Wissen Sie, daß Sie mit genügend Reis enden würden, um England und Wales mitsamt seiner Bevölkerung darunter zu begraben, wenn Sie ein Schachbrett nehmen, auf das erste Feld ein Reiskorn legen, auf das zweite zwei, auf das dritte vier und so weiter? Sie erhalten nämlich 2^{64}-1 Reiskörner.«

»Muß ja ein verdammt großes Schachbrett sein«, sagte Dickerchen. »Da brauchst du einen weißen König, der so groß ist wie dein Arsch, Rune.«

Rune grinste seinen alten Kumpan warm an. »Husch husch, zurück in dein Quartier, Freund«, sagte er. »Sei ein braver Junge.«

»Mein lieber Rune, ich hab' noch gar nicht angefangen zu essen!«

Rune beugte sich zu dem Brigadier hinüber und flüsterte ihm ins Ohr.

Das Gesicht von Dickerchen Wilberforce verlor all seine gesunde Farbe. Es wurde blaß. Weiß. Albinotisch. Leukodermatisch. Eburnifikativ. Et cetera.

Thesaurische Begriffe eben.

»Ah. Nun, äh, also ich, ah. Tut mir leid, wenn ich gehen muß und so weiter. Aber dringende Geschäfte warten auf mich. Möchte mich für jetzt entschuldigen. Auf Wiedersehen. Tschüs.«

Und mit einer Eile, die für einen Herrn seines fortgeschrittenen Alters alles andere als schicklich war, machte Brigadier Algenon »Dickerchen« Wilberforce, DSM, OTO, KY und so weiter und so fort seinen Abgang.

»Und so«, sagte Rune, indem er die Hände spreizte und die Fingerspitzen an die Stirn legte, »und so kommt es, daß wir nur noch zu fünft sind. Eine Unglückszahl, die Fünf. Wen verlieren wir als nächstes?«

Seine spukigen Augen glitten über die Sitzenden. Von denen jeder sehr begierig schien, verloren zu werden.

»Sie«, sagte Rune zu Mister Rodway. »Sie kahler Idiot. Auf Ihr Fahrrad. Schieben Sie ab. Verschwinden Sie. Verduften Sie. Raus!«

»Was?« So hatte Mister Rodway sich den Verlauf des Abends überhaupt nicht vorgestellt. Seit er die Strandbar verlassen hatte, waren seine Gedanken unaufhörlich um die beste Möglichkeit gekreist, wie er Thelma und Louise erpressen konnte. Eine Bezahlung in Naturalien der sexuellen Art hatte den größten Teil seines abendlichen Plans eingenommen.

Rune starrte den Immobilienagenten mit hartem Blick an. *Durch* ihn *hindurch*.

»Jawohl«, sagte der Immobilienagent und erhob sich aus seinem Stuhl. »Nun, wir werden in Verbindung bleiben. Mister Craik wird Ihnen die Einzelheiten berichten. Jawohl. Dann also auf Wiedersehen.«

Und nachdem er das gesagt hatte, machte er sich vom Acker. Im Trab.

»Ist das nicht fabelhaft?« fragte Rune und schenkte Champagner nach.

Thelma und Louise brachten zwei sehr dünne Lächeln zustande.

Die Augen Mister Craiks blickten wilder als je zuvor.

Und immer weiter näherte sich, obwohl wir eine Zeitlang nichts von ihm gehört haben, der tote Junge mit dem Pilzkopfschnitt. Quer durch den Kosmos.

»So«, sagte Rune. »Ich würde ja sagen: ›Ist es nicht eine Freude‹, aber geistreiche Scherze gehören nicht zu meinen ausgesprochenen Schwächen. Was genau habt ihr beiden jungen Frauen vor?«

»Ich, äh, hmpf.« Louise preßte die Kiefer aufeinander. Der Drang, die Fragen dieses Mannes mit der reinen Wahrheit und nichts als der Wahrheit zu beantworten, war beinahe physisch spürbar.

»Nun kommen Sie schon«, sagte Rune. »Sicher, ich besitze ein überwältigendes Charisma, aber Ihre Augen haben sich kaum einen Augenblick von mir abgewendet, seitdem ich das Restaurant betreten habe. Und ich spüre, daß Sie jedem Wort meiner Konversation mit dem lieben Dickerchen gelauscht haben.«

Die tödlichen Augen wandten sich zu Mister Craik. »Was denken Sie darüber?«

»Ich? Oh!« Mister Craiks wilder Blick überkreuzte sich, und er fiel in Ohnmacht. Mit dem Gesicht voran in den Teller mit Windsorsuppe, der vor ihm auf dem Tisch stand.

»Hmmm«, sagte Rune.

»Tschuldigung«, sagte Lola und humpelte herbei. »Aber würd'n Se das hier eben ma' unterschreib'n?«

»Was ist das?« fragte Rune und nahm die kleine Rechnung aus den manikürten Fingern entgegen.

»'s is' Ihre Rechnung für den Champagner, der eben auf Ihr Zimmer geliefert worden is'.«

»Und wer hat den Champagner bestellt?«

»Nun, das war'n Se doch selbst, oder nich'? Der Zimmerkellner hat gesagt, daß Ihr kleiner Sohn vor der Tür gewartet hätt', un' so hatter ihn reingelassen.«

»Was?« Rune erhob sich zu seiner ganzen beeindruckenden Größe und funkelte Thelma und Louise an. »So!« sagte er. »Jetzt wird alles klar. Eine Schurkerei ist im Gang.«

»Woll'n Se vielleicht, daß ich für Sie die Bullen ruf' oder so was?«

»Äh, nein«, erwiderte Rune hastig. Vor seinem geistigen Auge entstand das Bild des außer Betrieb gesetzten Mister Samuel Showstein, der nun verschnürt in der Garderobe versteckt lag. Es erfüllte einen Bereich von Runes Gehirn, in dem kein Genius existierte. »Ich werd' mich selbst darum kümmern. *Mister Craik!*«

Klonk! machte Mister Craiks Kinn auf der Tischplatte, als Rune dem Bewußtlosen den Stuhl unterm Hintern wegtrat. Und noch einmal *Klonk!*, als Mister Craiks Kopf von dort rückwärts nach hinten fiel und auf den Boden aufschlug. (Das normalerweise zu erwartende *Krack!* wurde durch die weichen, bunten Teppichfliesen abgedämpft.)

»Oh, mein Gott! Aaaaaagh!« Mister Craik erwachte schlagartig. Geriet außer Fassung und in eine fassungslose Panik. Louise half ihm zurück auf seinen Stuhl.

»Folgen Sie mir!« brüllte Rune und marschierte aus dem Restaurant.

»Er hat *Sie* gemeint!« stimmten Thelma und Louise überein, während Mister Craik noch auf dem Stuhl saß und verwundert überlegte, in welche Richtung er sich von seiner Panik tragen lassen sollte.

»Jawohl, Meister. Ich komme.« Auf die Beine und Stolpern und weg.

»Zeit, daß wir Leine ziehen«, meinte Thelma und erhob sich ebenfalls.

»Lassen wir sie einfach ohne Warnung zurück, damit sie geschnappt werden?«

»Nein. Wir werden von der Rezeption aus in Runes Zimmer anrufen und sie warnen.«

»Und dann?«

»Dann verschwinden wir. Und zwar so schnell wir können.«

»In Ordnung. Ich bin dabei.«

»In Ordnung, Cornelius. Ich bin jetzt bei dir.«

Cornelius ballte die Hände zu Fäusten und öffnete sie wieder. Fuhr mit den geballten Fäusten in sein Haar und raufte es. »Was habe ich dir gesagt, Tuppe? Was habe ich dir gesagt?«

»Du hast gesagt: ›Es ist eine Falle, Tuppe. Versuch nicht, mir zu folgen‹.«

»Und?«

Tuppe blickte zu Cornelius auf. Die beiden standen nebeneinander. Mitten im Glaskasten. Sie standen so dicht vor dem großen Geldstapel, daß man meinen konnte, sie hätten nur die Hände ausstrecken müssen, um all den Reichtum einzustecken.

»Aber es sah so einfach aus«, verteidigte sich Tuppe. »Ich konnte mir nicht vorstellen, auf welche Weise du feststeckst.«

»Und jetzt?«

»O ja, jetzt kann ich es mir vorstellen. Clever, diese Falle, was?«

Klingeling! machte das Telefon. *Klingeling, klingeling!*, und dann schwieg es.

»Es hat dreimal geklingelt«, sagte Tuppe.

»O Mann!« sagte Cornelius. »Und jetzt klingelt es wieder dreimal!«

Klingeling, klingeling, klingeling! klingelte dreimal das Telefon.

»Rune ist auf dem Weg nach hier!« Tuppe begann voller Panik mit den Händen zu fuchteln. »Wir müssen hier raus! Tu was, Cornelius! Tu was!«

Der Aufzug, in dem Hugo Rune und Stephen Craik hinauffuhren, bewegte sich mit gemächlicher Langsamkeit. Pinkfarbene Spiegelkacheln an den Wänden und der Decke. Extravagant. Klasse.

Mister Craik trat nervös von einem Bein aufs andere.

»Beruhigen Sie sich«, sagte Hugo Rune. »Derjenige, welcher es wagt, von Hugo Rune zu stehlen, tut dies unter extremer Gefahr.«

»Hätten Sie nicht vielleicht Hilfe rufen sollen oder so?« nuschelte Mister Craik. »Vielleicht sind sie bewaffnet?«

»*Sie?*« fragte Mister Rune. »Nicht *er*?«

»Sie, er – woher soll ich das wissen?«

»Oh? Ich denke, Sie wissen es ganz genau. Es sind mein mißratener Sohn und dieser kleine Zwerg. Zeit, den beiden eine Lektion zu erteilen, die sie niemals vergessen.«

»Was auch immer Sie meinen.« Mister Craik wollte es wirklich nicht wissen.

»Herumtreiber und Tunichtgute«, sagte Rune. »Zeit, daß sie einer geregelten Beschäftigung nachgehen. Ein wenig harte Arbeit ist genau das richtige für sie. Und ich kenne genau die richtige Gesellschaft, wo sie anfangen können.«

»Mach schon, Cornelius. Mach schon!«

»Ich kann nicht, Tuppe. Wenn ich könnte, dann hätte ich dich nicht um Hilfe gerufen.«

»Sieht gar nicht gut aus für uns beide, was?«

»Nein, überhaupt nicht gut. Überhaupt nicht.«

Klonk, Klick und *Ding!* machte der Lift, ganz ähnlich einem anderen Aufzug an einem weit entfernten Ort. Und auch sonst herrschte Ähnlichkeit zwischen den beiden. Identität, genaugenommen.

Hugo Rune trat mit einer gleitenden Bewegung aus dem Lift, zusammen mit einer Menge grünem Tweed. Er bewegte sich wie in Zeitlupe: die Hängebacken in wogendem Kräuseln, schwerfällig, mächtig, zielstrebig.

Tödlich.

Den Zimmerschlüssel in der Linken.

Eine große Handfeuerwaffe in der Rechten.

Ein Klicken, und der Schlüssel war im Schloß.

Ein Drehen des Schlüssels, und die Tür war entriegelt.

Ein Niederdrücken des Türgriffs, und die entriegelte Tür schwang auf.

Ein Hineinplatzen in den Raum. Alles wieder wie in Zeitlupe. Der schwere Mann ließ sich auf ein Knie nieder, die Waffe jetzt in beiden Händen. Zwei verblüffte Gesichter. Eins oben, eins unten.

Großaufnahme von bösen schwarzen Augen mit weißen Pupillen.

Schwenk auf einen sich um den Abzug krümmenden Finger.

Peng. Peng. Peng. Peng. Peng. Peng.

Rauch.

Zersplittertes Glas.

Und zwei neue Kandidaten für eine Vollzeitbeschäftigung bei der URG.

Rune blies in den Lauf der Pistole.

»Hab' ich euch«, sagte er.

29.
KAPITEL

»Seht es einmal von der angenehmen Seite«, sagte Jack Bradshaw. »Ihr mögt vielleicht tot sein, aber wenigstens habt ihr jetzt eine richtige Vollzeitbeschäftigung.«

»Ich berechne euch nur meine Arbeitszeit«, sagte der Mechaniker zu der atemlosen Thelma. »Ich hab' keine Ersatzteile eingebaut, weil ich keinerlei physischen Fehler finden konnte.«

»Physischen?« Thelma zog den Scheck mit der Unterschrift, die sie heimlich gefälscht hatte, aus dem Scheckheft, das sie heimlich aus Mister Craiks Brusttasche geklaut hatte, während sie dem Mann zurück auf den Stuhl geholfen hatte. Und gab ihn dem Mechaniker.

»Ja«, sagte der. »Alles funktioniert so, wie es soll. Aber trotzdem stimmt etwas nicht mit dem Wagen. Nehmen Sie ihn zurück und viel Glück.«

»Danke.« Thelma zog Mister Craiks Scheckkarte aus der Geldbörse, die sie ebenfalls geklaut hatte. Sie wies ein Fünfhundert-Pfund-Limit auf. Sie reichte die Scheckkarte dem Mechaniker. »Tragen Sie ein, was Sie kriegen«, sagte sie.

»Danke«, sagte der Mechaniker. »Fünfhundert Pfund. Stimmt genau.« Der Mechaniker verschwand in seinem Büro, um die schmutzige Tat zu vollenden.

»Und was jetzt?« fragte Louise.

»Wir fahren zurück zum *Grande*, bleiben mit laufendem Motor davor stehen und hoffen, daß die Jungs es irgendwie geschafft haben zu entkommen.«

»Aber dann kommen sie hierher, um den Wagen abzuholen.«

Der Mechaniker kehrte aus dem Büro zurück, Wagenschlüssel und Scheckkarte in der Hand. »Hier, bitte sehr«, sagte er.

»Wenn unsere Freunde hier auftauchen sollten, um uns aufzusammeln«, sagte Thelma, »würden Sie ihnen dann bitte ausrichten, daß wir auf dem Parkplatz vor dem *Grande* auf sie warten?«

»Sicher, kein Problem. Bis dann also. Und seid vorsichtig.«

»Bis dann.« Thelma und Louise kletterten in den Cadillac und fuhren los. Der Mechaniker zog seine Jacke über, schloß das Büro ab und ging nach Hause.

Im Vorhof seiner Werkstatt gingen die Scheinwerfer kostspieliger Wagen an, und ihre Motoren begannen böse zu brummen.

»Was ist das?« Das böse Brummen kam von dem massigen Chef. Er stand vor dem Karmaskop mit dem Computerbildschirm. Seine unangenehmen Augen blitzten über die Reihen von Zahlen auf dem Monitor, die Claude über die Tastatur eingegeben hatte. Ein Ausdruck rasender Wut zog seine Mundwinkel nach unten. »Der kleine rothaarige Bastard. Er ist entkommen. Er hat sich auf die Erde zurückgeschossen. Zu Murphy!« Der massige Chef wiegte sich auf den massigen Hacken vor und zurück und brüllte wüste Beschimpfungen in den schwarzen Raum, der sich ringsum und überall erstreckte.

Hinter einem Schwungrad ganz in der Nähe kicherte der alte Claude leise vor sich hin. »Das wird nur die erste deiner Sorgen sein«, flüsterte er. »Ich werd' dich ganz schön ins Schwitzen bringen, wenn du dich nicht in acht nimmst. Du wirst schon sehen.«

»Stehen Sie nicht so dumm herum«, brüllte Mister Rune Mister Craik an. »Packen Sie alles zusammen. Packen Sie meine Koffer. Wir reisen ab.«

Der Feueralarm schrillte wieder einmal. Der Rauch aus Runes Pistole hatte ihn ausgelöst.

»Beeilen Sie sich, Mann!« brüllte Rune. »Stehen Sie nicht einfach herum wie ein schwankendes Arschloch!«
»Jawohl, Sir. Sogleich, Sir. Äh, Sir?«
»Was?«
»Warum haben Sie den leeren Glaskasten in Stücke geschossen, Sir?«

Cornelius und Tuppe saßen auf dem Dach.
Cornelius war von einem ernsten Zittern gepackt.
»Er hätte uns getötet«, sagte der große Junge mit klappernden Zähnen. *Klippklapp*. Wie bei den Mamas im Bus*. »Er ist einfach in den Raum geplatzt und hat augenblicklich auf das Kabinett zu schießen begonnen. Er hätte uns getötet. *Mich* getötet. Mein eigener Vater! Es war ihm ganz egal.«
»Er ist vollkommen verrückt.« Tuppes Zähne boten eine passende Kastagnettenbegleitung zum *Klippklapp* des Cornelius. »Hast du seine Augen gesehen? Schwarz mit weißen Pupillen. Was hat das zu bedeuten?«
Cornelius schüttelte den zitternden Kopf. »Irgend etwas stimmt ganz und gar nicht. Ich konnte es förmlich riechen, als ich das Zimmer durchsuchte. Es roch nach ihm, und gleichzeitig auch wieder nicht.«
»Eigenartig, daß mir das nicht aufgefallen ist.«
»Ich kenne den Geruch meines Vaters. Es war sein Geruch und gleichzeitig wiederum nicht.«
»Es gibt nur einen Hugo Rune«, sagte Tuppe. »Und der gehört eingesperrt. Geh zu den Bullen, Cornelius. Sie sollen ihn aus dem Verkehr ziehen.«
»Was? Ich soll erzählen, daß wir in sein Zimmer eingebrochen sind, all dieses Geld gestohlen haben und jetzt ein wenig pikiert sind, daß man auf uns geschossen hat, wäh-

* Aus dem Klassiker ›Die verrückte Reise in einem unglaublichen Omnibus‹. Verschiedene namhafte Darsteller, unter anderem Rod, Freddie und Jane (glaube ich).

rend wir flüchteten? Und außerdem – wie ist uns eigentlich unsere Flucht gelungen?«

Tuppe brachte ein schwaches Grinsen zustande. »Es war ganz einfach. Keinerlei Trick bei der Sache.«

»Dann schieß mal los. Erzähl's mir.«

»Nun, du wirst dich sicher erinnern, wie dir Sekunden, nachdem das Telefon geklingelt hat, dein bemerkenswerter Geruchssinn half und du dir den Weg nach draußen geschnüffelt hast?«

»Ach ja«, sagte Cornelius. »Und als ich dir das vorschlug, warst du schon aus dem Kabinett und hattest alles Geld mitgenommen.«

»Jau. Und dann bin ich zurückgekommen und hab' dich auch noch nach draußen gebracht.«

»Sag mir einfach, wie du es gemacht hast.«

»Der Spiegelsaal«, sagte Tuppe. »Eine clevere Sache, das. Sich drehende Paneele, Einwegspiegel, ein beweglicher Boden. Clever gemacht, wie gesagt, aber Spiegelsäle sind irgendwie immer gleich.«

»So?«

»Der Boden«, sagte Tuppe. »Jedes Kind weiß, daß es nur einen einzigen Weg gibt, um aus einem Spiegelsaal zu entkommen. Man muß auf den Boden sehen und auf seine Füße achten. Ich bin dem Boden um einiges näher als du. Ich sag' doch, es war kinderleicht. Wirklich dämlich war es. Tut mir leid, daß es kein größerer Gedankenblitz war. Danke, daß du mir aus dem Fenster und auf das Dach geholfen hast, während Rune das Kabinett zerschoß. Es war verdammt knapp. Herzlichen Glückwunsch.«

»Dir auch.« Cornelius stopfte die letzten paar Bündel Banknoten in seine mittlerweile weit ausgebeulten Taschen. »Ich schätze, wir machen besser, daß wir verschwinden. Der Feueralarm schrillt schon wieder. Benutzen wir die Feuerleiter, und dann Tschüs, Mister Rune.«

»Klingt gut«, sagte Tuppe. »Was ist das?« fügte er hinzu.

»Was ist was?«

»Was ist das?« Tuppe deutete in die Richtung. Hoch oben im klaren Nachthimmel bewegte sich ein winziger Lichtpunkt. Schnell.

»'ne Sternschnuppe«, erwiderte Cornelius. »Wünsch dir was, du hast sie als erster gesehen.«

»Funktioniert das denn?«

»Kann man nie wissen. Aber es ist einen Versuch wert.«

Tuppe verzog das Gesicht, schloß die Augen und wünschte sich was.

»Huh«, sagte er und untersuchte sich selbst. »Es funktioniert nicht.«

Der große Junge zweifelte nicht eine Sekunde daran, daß er wußte, was sein kleiner Freund sich gewünscht hatte. »Vielleicht funktioniert es nicht von einem Augenblick zum andern«, sagte er freundlich. »Es braucht wohl seine Zeit.«

»Hier, sieh mal«, sagte Tuppe.

»Was soll das heißen? Funktioniert es doch?«

»Nein. Ich meine, sieh mal! Sieh mal zu der Sternschnuppe.«

»Häh?«

»Sie kommt näher, Cornelius. Sie wird heller und heller. Sie kommt direkt auf uns zu!«

»Oooooohh!« machte Norman. »Mein Hintern brennt! Ich verbrenne beim Wiedereintritt! Bremsen! Fallschirme! Hilfe!«

»Es ist ein Komet!« krächzte Tuppe. »Der *Shoemaker-Levy 9*! Ich wußte gleich, daß er nie im Leben den Jupiter getroffen hat. Wir werden alle sterben! Das Ende der Welt ist gekommen!«

»Wir müssen vom Dach«, schrie Cornelius, packte Tuppe und bereitete sich auf die Flucht vor.

»*Er wird uns treffen!* ER WIRD UNS TREFFEN!!!«

»Sieh dir das an!« sagte Louise und deutete durch das offene Verdeck nach oben. »Ist das ein Meteor, der auf das *Grande* fällt, oder was?«

»Ich hoffe jedenfalls, daß es nicht so ein Arsch vom Verteidigungsministerium ist, der mit meiner fliegenden Untertasse auf Testflug gegangen ist«, sagte Boris und tauchte vom Boden vor den Rücksitzen auf. »Hallo, Mädels! Da bin ich wieder. Hat eine von euch zufällig Aspirin in der Tasche? Vermutlich nicht.«

Eine hinreichendes Stück *onomatopoeia* zu finden, um eine beträchtliche Explosion zu beschreiben, ist nie ganz leicht. *Bummm!* oder *Kabommm!* und all diese Ausdrücke sind irgendwie ein wenig zu kurz.

James Joyce hat in *Finnegans Wake* einen Begriff geprägt, der den »symbolischen Donnerschlag« wiedergibt, welcher den Sündenfall von Adam und Eva repräsentiert.

Einen guten Begriff.

Ein passendes Wort.

Auch von der Länge her.

Es lautet ...

BABABADHALGHARHTTAKAMMINARRONN-KONN-BRONNTONNERRONNTUONNTHUNNTRO-VARRHOU-NAWNSKAWNTOOHOOHOORDENENTUR-NUNK!!!

Das Geräusch, das Norman machte, als er im superheißen, weißglühenden Turboseelenmodus in das Dach des *Grande* einschlug, klang ein wenig danach. Aber nicht viel.

Ein lauter Schrei begleitete den Einschlag: »Ach du Scheiße!!!«

Und rings um Cornelius und Tuppe stürzte die Welt ein.

Eine Flammensäule raste in die Nacht hinauf, an der Spitze ein wogender Pilz aus weißem Rauch. Die Burschen von der

Feuerwache, die Nachtschicht hatten, waren ziemlich beeindruckt. Sie hatten den automatischen Alarm, der kurze Zeit zuvor vom *Grande* ausgelöst worden war, einfach ignoriert. Man fällt eben nicht zweimal am Tag auf den gleichen Scherz herein und so weiter. Aber das hier war schon eher ein wenig von der alten Den-Pfeiler-hinabrutschen-und-mit-quietschenden-Reifen-aus-der- Einfahrt-rauschen-und-vorsätzlich-in-der-falschen-Richtung-die-Einbahnstraße-entlangrasen-großer-Macho-mit-großem-Schwanz-Action wert, für die all die Jungs von der Nachtschicht der Feuerwehr beigetreten waren.

Coca-Cola-Büchsen klapperten, und Playboymagazine wurden in die Ecke geworfen.

»Wir haben einen Notruf!« riefen die edlen Ritter von der Brandwache.

Wuuummmm! Krach! und *Explodier!* und *Aufgeh in Flammen!* machte Hugo Runes Suite, als Dachziegel und Balken und Latten und Wärmeisolation (in Form überzähliger grellbunt gemusterter Teppichfliesen) und Cornelius und Tuppe und der Grund der ganzen Verwirrung alle zusammen in einer gewaltigen Diskombobulation* herunterkamen.

»Raus!« brüllte Rune, packte Mister Craik am Kragen und schleppte ihn hinter sich her in den Korridor.

»Oooooohh!« machte Cornelius, als er durch die Decke der Garderobe krachte.

»Oooooohh!« machte Tuppe, der sich hinzugesellte.

»Mein Hintern brennt! Ich brenne *überall*!« heulte Norman, der mitten im Chaos landete.

»Das gesamte obere Stockwerk geht in die Luft!« kreischte Thelma. »Verdammte dämliche Karre! Hoffentlich bleibt der Gang bald drin. Und hör auf, so hin und her zu ziehen!«

* Vielleicht Durcheinander?

»Bahn frei! Aus dem Weg!« rief ein Feuerwehrmann, weit aus dem Fenster seines Feuerwehrautos gelehnt und mit wilden Handbewegungen die Wagen vor sich verscheuchend.

Die Wagen vor ihm fuhren in Zickzacklinien über die Straße und ließen niemanden überholen.

Die Wagen vor ihm hatten keine Fahrer.

»Bring uns hier raus, Cornelius!« Tuppe trommelte gegen die Innenseite der Garderobentür. »Wir verbrennen sonst bei lebendigem Leibe!«

»Also bist du in Ordnung? Keine Verletzungen?«

»Ja, mir fehlt nichts, danke.«

»Das freut mich zu hören. Mir geht es ebenfalls gut, für den Fall, daß du planst danach zu fragen.«

»Hatte ich eigentlich nicht. Aber ich bin froh, daß es dir gutgeht. Bring uns raus! Bring uns hier raus!«

»Am besten auf dem gleichen Weg, auf dem wir hereingekommen sind«, sagte Cornelius. »Warte, ich heb' dich hoch und ...«

»Aaaaaagh!« machte Tuppe. »Aaaaaagh!« machte er.

»Was ist los? Stimmt was nicht?«

»Da ist ein toter Mann bei uns in der Garderobe«, kreischte Tuppe. »Es ist Mister Showstein, Cornelius!«

»O mein Gott!« Cornelius warf sich mit der Schulter gegen die Garderobentür und brach in das Flammende Inferno* hinaus, das einmal die KEV-LYN-Suite gewesen war. »Laß uns hier verschwinden, komm schon!«

»Ich bin dabei. O nein! Aaaaaagh!«

»Was ist denn jetzt schon wieder? Komm endlich, wir müssen verschwinden!«

»Da ist ein brennendes Kind, Cornelius! Wir müssen ihm helfen!«

* USA 1977, mit Charleston Cha-Cha. Möglicherweise war es auch Charlton Heston und 1976.

Cornelius wedelte mit der Hand den Rauch und die Flammen vor seinem Gesicht beiseite. Alarmierend knacksende Geräusche kamen vom Boden unter seinen Füßen. Die Vorhänge waren ein Flammenmeer; die Hitze erreichte allmählich einen kritischen Wert.

»Hier ist niemand außer uns beiden, Tuppe! Du leidest an Halluzinationen.«

»Leide ich nicht! Er ist hier, direkt bei mir!«

»Oh, oh, oh!« machte Norman, während er herumhüpfte und seinen versengten Overall beklopfte. »Oh, oh, oh!«

»Komm mit uns, schnell!« rief Tuppe.

»Häh? Hallo! Bist du Cornelius Murphy? Oh, oh, oh!«

»Nein, ich bin Tuppe. Komm endlich mit uns, bevor du bei lebendigem Leib verbrennst!«

Krach! und *Wumm!* machten herabstürzende Balken. *Knirsch!* und *Knacks!* machte der Fußboden. *Stink!* und *Qualm!* machten die feuerhemmenden Teppichfliesen.

»Komm jetzt endlich, Tuppe!« sagte Cornelius und packte sich den kleinen Mann, während er die andere Hand nach dem Türgriff ausstreckte.

Und der Türgriff vor seinen Augen verschwand.

Und dann die Tür.

»Aus dem Weg!« bellte der Feuerwehrmann. »Ach du Scheiße, was soll das denn nun schon wieder? Sie machen kehrt! Sie wollen uns rammen!«

»Raus aus diesem Wagen!« befahl Hugo Rune Thelma von Thelma und Louise, während er mit seinem Revolver auf die Erstgenannte der beiden Genannten zielte.

»Wir können nicht raus!« heulte Tuppe. »Wir werden alle sterben!«

»Wo ist das Problem?« fragte Norman der Jüngere der Tote.

»Die Tür ist verschwunden«, schrie Tuppe. »Hugo Rune hat sie weggezaubert!«

»Ja, das *weiß* ich!« schrie Cornelius.

»Ich hab' nicht zu dir geschrien!« schrie Tuppe zu Cornelius. »Ich hab' zu diesem Burschen hier geschrien.«

»Da ist kein Bursche!«

»Natürlich ist er das. Nein, ist er nicht!«

War Norman auch nicht.

»Fahren Sie los!« befahl Hugo Rune.

»Jawohl, Sir«, wimmerte der Mann mit dem wilden, wilden, wilden, wilden Blick.

»Hilfe!« schrie Cornelius.

Kawumm! machten weitere herabstürzende brennende Balken.

»Mir auch!« schrie Tuppe. »Mir auch Hilfe!«

»Nehmen Sie die Küstenstraße«, befahl Húgo Rune. »Und fahren Sie nicht so schnell. Es gibt keinen Grund zur Eile.«

»Das bin ich nicht! Der Wagen fährt von allein so schnell, und er will nicht die Küstenstraße nehmen!«

»Ich will nicht sterben«, heulte Tuppe, der sich inzwischen an ein Murphysches Hosenbein klammerte. »Tu was, Cornelius! Rette uns!«

Cornelius tastete über die Wand. Auf der Suche nach dem verlorenen Türgriff. Und der Tür.

Die Flammen leckten um sie herum.

Und dann brach der Fußboden ein.

Tuut, tuut-tuut! machten die wahnsinnigen Autos und krachten in den Feuerlöschzug.

»Steuern Sie diesen verdammten Wagen, Sie Dummkopf!« polterte Rune, als der Cadillac ein spektakuläres Wendemanöver auf der Promenade vollzog und die Gaffer zerstreute, die zum *Grande* strömten.

»Da habt ihr es«, sagte Norman und grinste aus dem Korridor durch die jetzt offene Tür nach drinnen. »Mich hat sie nicht getäuscht, und ich hab' sie geöffnet. Heh, wo seid ihr denn auf einmal?«

»Hier unten.« Tuppe klammerte sich noch immer an das Murphyhosenbein. Cornelius klammerte sich noch immer an den Türgriff.

Und schwang wild hin und her.

Mitten zwischen den Flammen und all dem Chaos.

Und so weiter.

»Zieh uns hoch!« kreischte Tuppe.

»Ich versuch's doch schon die ganze Zeit!« ächzte Cornelius.

»Ich hab' nicht dich gemeint! Ich meinte *ihn*!«

»Jetzt fang bloß nicht schon wieder damit an! Ich ...«

Norman zog, und Cornelius spannte sich.

Tuppe klammerte sich fest.

Flammen rauschten von unten empor und durch andere Türen im Korridor. Große Bruchstücke aus der Decke krachten herunter. UPVC-Fenster verbogen sich und explodierten.

Und der Feuerlöschzug schob die wahnsinnigen Autotrümmer einfach beiseite und schoß in die Einfahrt zum Privatparkplatz hinter dem *Grande*, wobei er Neugierige zum

Jubeln und Hotelgäste, manche von ihnen mit nichts auf dem Leib als dünnen Nachthemden, dazu brachte, in diese und jene Richtung auseinanderzuspritzen, weil wahnsinnig gewordene Autos den Löschzug verfolgten und rücksichtslos über Bürgersteige rasten.

Cornelius, Tuppe und Norman hetzten den Korridor hinunter in Richtung der Feuerleiter, während sie Rauch aushusteten und nach Luft schnappten wie nichts Gutes.

Thelma und Louise beobachteten Tuppes und Cornelius' Flucht aus dem brennenden *Grande* und den Beginn ihres eiligen Abstiegs über die außenhängende, schmiedeeiserne Feuerleiter. Sie wollten gerade verhalten zu jubeln anfangen, als sie die Flucht vor einem bösartigen BMW ergreifen mußten.

Einige Stockwerke weiter unten und in relativer Sicherheit vor der Konflagration blieben Cornelius und Tuppe kurz stehen und schnappten nach Luft.

»Sieh dir diesen Auflauf an!« sagte Tuppe und deutete auf das Chaos unten.

»Und sieh dir das an!« sagte Cornelius und deutete auf den Cadillac, der im Tiefflug über die Promenade schoß.

»Das ist Rune!« würgte Tuppe hervor. »Und Boris sitzt immer noch auf dem Rücksitz!«

»Und sieh dir das an!«

Der Cadillac bog unvermittelt von der Promenade ab, krachte auf den Bürgersteig und steuerte schwankend auf die Einfahrt zum Ostpier zu.

»Benutzen Sie die Bremsen, Sie Riesenrindvieh!« Rune schlug Mister Craik auf das Ohr.

»Das mache ich doch, das mache ich doch! O Gott!« Der Cadillac quetschte sich durch das Drehkreuz, fuhr es über den Haufen und reduzierte den kleinen Eintrittskartenschalter zu Spanholz, bevor er auf den Pier hinaus und auf ihm entlangfuhr.

»Was denkt sich der Fahrer nur dabei?« Tuppe klammerte sich einmal mehr an Cornelius' Hosenbein.

»Ich denke nicht, daß es der Fahrer ist. Ich denke, es ist der Wagen. O nein!«

Der Cadillac hatte während der letzten Sekunden so irre beschleunigt wie ein Dragster beim *Santa Pod Viertelmeilenrennen*. Was im übrigen genau der Länge des Ostpiers entsprach.

Der Rekord von *Santa Pod* liegt bei 6,7 Sekunden.

Obwohl es scheißegal ist, wer ihn hält.

Der Rekord vom *Skelington Bay* Ostpier lag etwas darunter.

Aber auch das ist scheißegal.

Weil nämlich niemand auf der Welt hätte herausspringen und überleben können, um es zu erzählen.

Der Cadillac jedenfalls verlor mit mehr als einhundertzwanzig Meilen in der Stunde den Pier unter den Reifen. Weil er durch das dekorative gußeiserne viktorianische Geländer an seinem Ende brach.

Dann platschte er ins Wasser.

Wagen explodieren nicht, wenn sie ins Wasser platschen. Natürlich nicht.

Sie versinken.

Und das sogar sehr schnell, wenn sie oben offen sind und einen vollen Überschlag hinlegen.

Wirklich sehr schnell.

Brennende Splitter und Trümmer regneten inzwischen auf die Feuerleiter herab. Über ihnen der Brand, unter ihnen das Grollen der Autos.

»Laß uns die Mädels suchen«, sagte Murphy. »Und laß uns verschwinden.«

»So, da haben wir es«, sagte Jack Bradshaw, der schon etwas früher angefangen hatte und jetzt Schluß machte. »Und, Kamerad? Was hältst du davon?«

»Ich schätze, ich wähle Rosenkohl«, sagte der verstorbene Mister Samuel Showstein, Freund der Prominenz, bedrückt. »Aber bevor ich mich verpflichte, beschreib mir doch diesen Chef von dir noch einmal. Er kommt mir wirklich ziemlich bekannt vor.«

30. KAPITEL

Cornelius Murphy erwachte, streckte sich, gähnte herzhaft und sagte: »Aaaaaagh!«

Tuppe ruckte aus dem Land der Träume hoch und sagte »Aaaaaagh!« wie sein Freund Cornelius. Dann fügte er hinzu: »*Aaaaaagh* was eigentlich?«

»*Aaaaaagh* letzte Nacht«, erklärte Cornelius.

»O ja. Die ganze letzte Nacht. Aaaaaagh!« Tuppe rieb sich über die Arme und stampfte mit den kleinen Füßen auf dem Boden. »Mir ist kalt*.«

»Mir auch.« Cornelius erhob sich auf die Knie und wischte den Morgentau aus seinem Haar.

Er und Tuppe hatten eine ungemütliche Nacht auf dem Druidenhügel verbracht. Und das nicht allein. Ringsum lagen weitere Schläfer und weitere Aufgewachte. Der Druidenhügel war zu einem regelrechten Flüchtlingslager geworden. Tausende von Menschen lagen hier oben.

Und irgendwo darunter, so hoffte Cornelius wenigstens, lagen Thelma und Louise.

* Ebenfalls möglich wäre, wenn auch grammatisch nicht ganz richtig: Ich habe kalt. So redet der Saarländer. Wenn er nicht saarländisch redet. Was eh kein Nichtsaarländer versteht (das Saarländische, sozusagen).

Es war keine fröhliche Urlaubsnacht in *Skelington* gewesen. Die wahnsinnigen Autos hatten ihren Wahn auf den Parkplätzen an ihre automobilen Brüder und Schwestern weitergegeben. In einem Affenzahn. Der Feuerlöschzug hatte zu den ersten gehört, die der Seuche erlegen waren. Das Feuer im *Grande* war nicht bekämpft worden. Und ein großer Teil der Stadt, der im Windschatten des einstmals großen *Grande* lag, lag nun in schwelender Asche.

Es sah gar nicht gut aus.

Es hatte eine Panik und eine Massenflucht gegeben.

Eine ganze Menge Panik, aber nicht ohne einen gewissen geistesgegenwärtigen Widerstand.

Cornelius und Tuppe hatten im dicksten Gewühl gesteckt und geholfen, Barrikaden über die Straßen zu errichten, die aus der geschlagenen Stadt führten.

Die wahnsinnigen Autos hatten versucht, die Barrikaden zu rammen, und viele hatten sich bei ihrem Tun selbst zerstört. Eine Menge brennender Wracks säumte die Straßenränder. Schrott. Die Barrikaden waren von ganz alleine immer höher geworden. Schöne hohe Barrikaden waren es jetzt.

»Das ist ziemlich entsetzlich.« Tuppe blickte hinunter auf die Stadt am Fuß des Hügels. Autos flanierten über die Promenade. »Das hat der Meteor gemacht, weißt du?« sagte Tuppe.

»Was hat der Meteor gemacht?«

»Das da unten. Die Autos. Es gab einen Stephen-King-Film über diesen Meteor und große Laster, die plötzlich lebendig wurden.«

»Hat Kyle McKintock mitgespielt?« fragte Cornelius.

»Das ist nicht lustig. Er lag tot in der Garderobe. Und Boris ist wahrscheinlich auch tot.«

»Tut mir leid. Aber es war nicht der Meteor. Ein Gerücht geht um, daß Lola, die Kellnerin aus dem *Grande*, gehört hat, wie zwei Wissenschaftler sich unterhalten haben und daß es sich um ein geheimes Regierungsprojekt in biologischer

Kriegsführung handeln soll, das außer Kontrolle geraten ist. Der örtliche Immobilienagent soll den Virus angeblich erfunden haben.«

»Das wäre dann wohl der Mann, den du vor dem Verbrennen gerettet hast.«

»Mister Rodway, jawohl. Er hat mir eine große Summe versprochen, wenn ich ihn vor dem Verbrennen rette, aber seither habe ich ihn nicht mehr gesehen.«

»Vielleicht schickt er das Geld mit der Post.«

»Ja. Ich bin sicher, das wird er.«

»Hi, Freunde!« sagte Norman und schlenderte herbei. »Ich hab' euch überall gesucht.«

»Hallo!« Tuppe grinste den Knaben in dem versengten Overall an. »Wir haben dich in dem ganzen Durcheinander wohl verloren. Danke, daß du uns aus dem Hotelzimmer geholfen hast.«

»Wovon redest du da?« fragte Cornelius.

»Das ist der Bursche, der uns gerettet hat, indem er die Tür öffnete, Cornelius. Was ist denn los mit dir?«

»Ich sehe keinen Burschen«, sagte der lange Murphy. »Was ist denn los mit *dir*?«

»Hä?« machte Tuppe.

»Er kann mich nicht sehen.« Norman kratzte sich an seinem geröteten Hintern. »Da stimmt was nicht. Ich sollte doch mit *ihm* reden können.«

»Über was?« fragte Tuppe.

»Was ›über was‹?« fragte Cornelius.

»Ich habe nicht dich gefragt über was, sondern den Burschen. Über was?«

»Das ist überhaupt nicht witzig, Tuppe. Hör auf damit.«

»Jetzt komm mal wieder herunter, Cornelius! Das ist der Bursche, der uns aus dem brennenden Zimmer gezogen hat. Er hat die Tür geöffnet! *Daran* wirst du dich doch wohl erinnern, oder nicht?«

»Ich erinnere mich, daß da etwas Seltsames war«, erinnerte sich Cornelius.

»Das war ich«, sagte Norman.

»Siehst du?« sagte Tuppe.

»Was soll ich sehen?«

»O nein!« Tuppe wurde kreidebleich im Gesicht. »Bleib von mir weg!« sagte er.

»Warum?« fragte Cornelius.

»Nicht du. *Er*!«

»Hör endlich auf, ja?«

»Es ist in deiner Tasche. Hol es heraus.«

»Was ist?« fragte Norman.

»Nicht du. *Er*.«

»Du sollst auf der Stelle damit aufhören!« sagte Cornelius.

»Der Zeitungsbericht in deiner Tasche. Der, der dich so traurig gemacht hat. Über das Begräbnis des Jungen.«

»Ach der.« Cornelius zog Bündel von Geldscheinen aus seinen Taschen und grub die zerknitterte Zeitung aus. Er reichte sie Tuppe.

»*Du* bist es«, flüsterte der kleine Mann.

»Ich?« fragte Cornelius.

»Er«, antwortete Tuppe.

Norman überflog die Titelseite. »Ach du Scheiße! Ich war die Schlagzeile! Dieser Handtaschenficker von Vikar! Er ...«

»Dann bist du ...«

»Tot«, sagte Norman. »Tot wie ein toter Junge. Tut mir leid.«

»Dann bist du ...«

»Ein Geist, vermute ich. Das ist ganz schön Scheiße, das kann ich dir sagen.«

»Mich laust der Christus!« Tuppe setzte sich hart auf den Allerwertesten.

»Würde es dir etwas ausmachen, dich nicht dorthin zu setzen?« fragte Norman. »Das ist genau die Stelle, an der ich ...«

»Aaaaaagh!« machte Tuppe.

»Das hatten wir schon«, sagte Cornelius. »Genug ist genug!«

»Er ist es! Er ist es!« Tuppe hüpfte auf und ab. Norman runzelte die Stirn. Tuppe trat einen Schritt beiseite und hüpfte erneut.

»Danke«, sagte Norman.

»Keine Ursache.«

»Keine Ursache was?« fragte Cornelius.

»Halt die Klappe, Cornelius, und hör zu! Er ist hier! Der kleine ...«

» ... tote Junge«, vollendete Norman kläglich.

»Der tote Junge. Der, der hier oben starb, als sein Vater auf ihn herabfiel. Der hier in der Zeitung. Ich sehe ihn, ich rede mit ihm, ich schwöre es!«

»Das ist nicht dein Ernst!«

»Doch!« Tuppe machte ein Kreuz über dem Herzen und hoffte dabei, nicht auch zu einem toten Jungen zu werden. »Ich schwöre es als dein bester Freund. Ich lüge nicht. Er ist ein Geist, und sein Name lautet ...«

»Norman«, sagte Norman. »Und ich bin hier, um Cornelius zu helfen.«

»Er sagt, daß er Norman heißt und gekommen ist, um *dir* zu helfen.«

Cornelius musterte seinen besten Freund. Und bemerkte die Blässe von Tuppes Gesicht und die Ernstheit seines Ausdrucks. »Das meinst du nicht im Ernst, oder?« sagte er.

»Ich mach' keine Witze!«

Jetzt war die Reihe an Cornelius, sich hart auf den Hintern zu setzen.

»Nicht dort bitte!« sagte Norman.

»Er sagt, du sollst dich nicht dorthin setzen«, sagte Tuppe.

»Häh?«

»Das ist genau die Stelle, wo er ... du weißt schon, wo er ...«

»Aaaaaagh!« machte Cornelius und sprang auf.

»Danke«, sagte Norman.

»Er sagt danke«, sagte Tuppe.

»Keine Ursache. Wo ist er, Tuppe?«

»Direkt hier.« Tuppe zeigte auf Norman, aber Cornelius sah nichts.

»Ich sehe nichts«, sagte er.

»Nun, er ist hier, glaub mir!«

»Und was will er? Wobei will er mir helfen?«

Norman sagte es Tuppe, und Tuppe sagte es Cornelius. »Hugo Rune aufzuhalten.«

»Ich denke, Hugo Rune *ist* aufgehalten worden. Und trotz seiner Bosheit war er mein Vater. Was mich nicht allzu glücklich macht, wie es der Zufall so will.«

Norman redete ein paar Sätze.

Tuppe sagte: »Rune ist nicht tot.«

»Nicht tot? Kein Mensch kann einen derartigen Sturz in die See überleben!«

»Norman sagt, daß es mehr als einen Rune gibt. Daß Rune sich geklont hat. Wie viele Runes gibt es, Norman?«

»Wie *viele*?« fragte Cornelius. »Was soll das heißen?«

»Er sagt, es gibt fünf. Einschließlich dem, der die Kontrolle über die *Universale Reinkarnationsgesellschaft* übernommen hat.«

»Die *was*?«

»Ich denke, das solltest du besser erklären«, sagte Tuppe zu Norman. »Langsam und präzise. Und ich werde es dann Cornelius weitersagen.«

»Also schön.« Norman war einverstanden. »Aber sag deinem Freund lieber, daß er sich vorher hinsetzen soll. Es ist ein ganz schöner Hammer von Geschichte, und sie wird ihm überhaupt nicht gefallen.«

»Er sagt, du sollst dich lieber vorher hinsetzen«, sagte Tuppe.

»Aber nicht *dort*«, sagte Norman.

»Aber nicht *dort*«, sagte Tuppe.

Und so kam es, daß Norman zu Tuppe sprach, und Tuppe sprach zu Cornelius und erzählte ihm alles, was Norman ihm erzählt hatte. Und Cornelius ließ den Unterkiefer herabsinken und hob die Augenbrauen angesichts dessen, was ihm da erzählt wurde. Ja, wirklich, das war unglaublich und so.

Norman erzählte die ganze Geschichte. Vom *Skelington Bay East Pier Wettbewerb für muskelkraftgetriebene Flugmaschinen* und seinem unglücklichen Abgang. Seiner Beerdigung und seiner Reise zur Universalen Reinkarnationsgesellschaft. Von den statischen Seelen, die in einem Ring um die Sonne verharrten, und wie Gott die Eier nach draußen verlegt, die Hölle geschlossen und den Himmel viel zu klein gemacht hatte. Von Normans Stöbern in den Aktenschränken und seiner schrecklichen Entdeckung, daß die meisten, wenn nicht alle Menschen am nächsten Freitag um Mitternacht an einem elektrischen Schlag sterben würden. Von seiner Gefangennahme durch den massigen Chef. Und seinem Treffen mit dem richtigen Chef, und daß der richtige Chef ihm erzählt hatte, wie Rune sich an seinem ursprünglichen Geburtstag immer und immer wieder selbst *pre-inkarniert* hatte. Und daß es fünf Runes gab, von denen einer jetzt die URG kontrollierte.

Und er sprach von dem Luftschiff *Pinocchio* mit der langen Nase und den großen Himmelsdüsen und wie der alte Claude ihn zur Erde zurückgeschossen hatte. Und wie anscheinend irgendwas schiefgelaufen war und er beim Wiedereintritt beinahe verbrannt wäre. Und wie es ihm leid tat, daß er das *Skelington Bay Grande* in Schutt und Asche gelegt hatte.

Und alles.

»Und er sagt, das ist alles«, schloß Tuppe mit leiser Stimme.

Cornelius schüttelte den Kopf und verschwand unter seinen Locken.

»Großartige Frisur«, sagte Norman anerkennend.

»Ich bin völlig durch den Wind«, sagte Cornelius und suchte nach seinem Gesicht. »Das ist alles viel zu viel *zu viel*. Andererseits macht es irgendwie Sinn. Erinnerst du dich, wie ich dir erzählt habe, daß ich meinen Vater in der Suite riechen konnte, aber irgendwie auch wieder nicht?«

»Eigenartig«, sagte Norman. »Ich kann ihm nicht folgen.«
»Genau das habe ich auch gesagt«, sagte Tuppe.

»Nein, das habe *ich* gesagt«, sagte Cornelius und verdrehte die Augen. »Aber das muß es sein. Der Rune im Hotel war nicht der echte Rune. Nicht mein Vater, sondern einer seiner Klone. Mein Vater ist ein ziemliches Arschloch, das kann ich dir sagen, aber er ist nicht wirklich abgrundtief böse. Die gesamte Weltbevölkerung zu töten sieht ihm nicht ähnlich. Ich bin sicher, das muß es sein.«

»Könnte stimmen.« Norman zuckte die Schultern.

»Er sagt, es könnte stimmen«, sagte Tuppe. »Und er hat mit den Schultern gezuckt, als er es gesagt hat.«

»Unglaublich. Heh, hallo!«

»Heh, hallo?«

»Heh, hallo! Dort sind Thelma und Louise.«

»Ach so. Heh, hallo!«

Die beiden jungen Frauen kamen lachend und winkend herbei. Steuerten ihren Schritt zwischen den Schläfern und den Aufgewachten hindurch.

»Sind wir hier in Woodstock?« fragte Thelma. »Wann spielt Hendrix?«

»Seid ihr in Ordnung?« fragte Louise Tuppe.

»Uns geht es gut. Und euch?«

»Uns geht es gut.«

»Na, ist das nicht gut?«

»Das ist gut. Wer ist euer Freund hier?« Thelma streckte die Hand aus, um dem Knaben Norman über den Schopf zu streicheln. Aber die Hand ging einfach durch den Kopf hindurch, als sei er Luft.

»Aaaaaagh!« machte Thelma.

»Das hatten wir schon«, sagte Cornelius.

»Aber ich ... er ...«

»Er ist ein toter Junge«, erklärte Tuppe. »Und sein Name lautet Norman.«

»Er ist ein *was*?«

»Es ist von jenseits des Grabes zurückgekehrt, um Cornelius zu helfen, damit Hugo Rune nicht am nächsten Freitag die gesamte Welt auslöscht.«

Thelma schüttelte den goldenen Lockenkopf und starrte auf ihre Finger. »Bei euch Typen wird es wohl nie langweilig, was?«

Sie saßen alle auf dem Boden (und achteten sorgfältig darauf, *wo* sie saßen) und sprachen über dies und jenes und so weiter.

Nachdem er vorgestellt worden war, erzählte Norman Thelma und Louise alles, was er wenige Augenblicke zuvor Tuppe erzählte hatte. Cornelius war ein wenig enttäuscht (und vielleicht auch eifersüchtig), daß sowohl Thelma als auch Louise den kleinen rothaarigen Pilzkopf in dem versengten Overall sehen und hören konnten.

Dann erzählte Thelma alles über die Unterhaltung zwischen Rune und »Dickerchen« Wilberforce, die sie zusammen mit Louise belauscht hatte. Über Strommasten und Kabel und Radioantennen.

Cornelius schloß sich an mit einer Schilderung des vorfeuerlichen Inhalts der KEV-LYN-Suite, den Karten, den Ausdrucken und den Büchern über Elektrostatik und Galvanisierung.

Und Tuppe erzählte die Geschichte, wie sein Vater damals Judy Garland in einem Londoner Hotel kennengelernt und geholfen hatte, sie ins Bett zu bringen.

Norman meinte, daß es eine sehr interessante Geschichte sei, obwohl sie wahrscheinlich nicht sehr relevant wäre. »Frag Cornelius nach diesen Berechnungen, die er gesehen hat«, forderte er Tuppe auf.

Tuppe tat wie geheißen.

»Ach ja, die Zahlen.« Cornelius dachte einen Augenblick lang nach. »Sie hatten mit Kubikmeilen und Vielfachen von 93 Millionen zu tun.«

»Jetzt wird mir klar, hinter was er her ist« sagte Norman.

»Wir hatten es in Naturwissenschaften, bei diesem Trottel Mister Bailey. Es hat was mit dem Meer zu tun. Jede Kubikmeile Meerwasser enthält Gold im Wert von 93 Millionen.«

»Nie im Leben!« sagte Tuppe.

»Und ob*!«

Tuppe gab diese Einsicht an Cornelius weiter.

»Nie im Leben!« sagte Cornelius.

»Und ob!« sagte Tuppe. »Und Fußnoten attestieren diese Tatsache.«

»Gold aus dem Meer?« Cornelius dachte darüber nach. »Aber das geht sicher nicht. Wenn es ginge, dann hätte es inzwischen irgend jemand gemacht.«

»Es gibt nichts, das nicht geht«, sagte Norman. »Nur Dinge, die *bis jetzt* noch niemand geschafft hat.«

»Hast du das von einem Weihnachtskeks?« fragte Thelma.

»Ja«, gestand Norman. »Aber denkt mal nach. Es paßt alles zusammen. Die Bücher über Elektrostatik und Galvanisation, die Cornelius gefunden hat.«

Tuppe erzählte es Cornelius.

»Erzähl«, sagte Cornelius.

»Galvanisation«, erzählte Norman. »Das hatten wir in Naturwissenschaften. Man steckt zwei Elektroden in einen Elektrolyten, eine Salzlösung oder so was, und leitet einen Strom hindurch.«

»Ja«, sagte Tuppe. »Aber wenn man das Gold aus dem Meer ziehen will, dann benötigt man ein ziemlich monströses Paar von Elektroden.«

»Genau«, sagte Norman. »Und Cornelius hat sie farbig auf der Karte von *Skelington Bay* eingezeichnet gesehen, wie er uns gerade erzählt hat. Es sind die beiden Piers.«

»Die beiden Piers?«

»Die beiden Piers?« fragte Cornelius.

»Die Piers«, sagte Norman, zufrieden, wie ein toter Junge nur zufrieden sein konnte. »Wenn man die beiden Piers

* Und ob!

unter Strom setzt, einen sehr starken Strom hindurch leitet, dann könnte es tatsächlich funktionieren.«

»Könnte es nicht«, widersprach Tuppe. »Das Meer ist viel zu groß. Deine Energiequelle würde einen Kurzschluß erleiden.«

»Aus dem, was ich höre, kann ich der Sache folgen«, sagte Cornelius. »Und in Runes Zimmer fand ich einen Computerausdruck der nationalen Stromversorgung. Unten drunter war in Großbuchstaben NICHT GENÜGEND ENERGIE gekritzelt. Oder so ähnlich.«

»Aber das muß es sein!« sagte Norman. »Der tödliche elektrische Schlag, das ist es, was Rune plant.«

»Nun, ich sehe nicht, woher er die ganze Energie nehmen will«, meinte Tuppe. »Es gibt nicht genügend Strom auf der Erde. Er muß ihn von irgendwo anders nehmen.«

»Irgendwo anders.« Norman fuhr sich mit den Fingern durch den Pilzkopf und kaute auf der Unterlippe. Und dann kam ihm die Mutter aller Gedankenblitze.

Millionen von Seelen umkreisten die Sonne. Jede einzelne davon war für sich genommen ein immens kräftiger elektrisch geladener Partikel. Ein Partikel, den Runes Chef-Doppelgänger mit seinen großen Himmelsdüsen manipulieren konnte. Ein Partikel, der für immer und ewig ausgelöscht werden konnte. Verbraucht, sozusagen. Ausgelöscht. In einer elektrischen Entladung.

»Ach du Scheiße!« sagte Norman.

»Das habe ich gehört!« sagte Cornelius.

31. KAPITEL

»Beim Zahn des Zeus!« fluchte Hugo Rune. »Was mache ich hier tot? Was mache ich *hier*?«

Der massige Chef starrte seinem ungläubigen Doppelgänger in die Augen. »Du bist ja völlig durchnäßt«, bemerkte er.

»Das kommt vom Ertrinken«, sagte Rune. »Dabei wird man eben naß. Ich könnte schwören, daß ich im Augenblick meines Todes ein Schaf davonschwimmen sah.«

»Vielleicht war es ein Schiff, das vorbeisegelte?«

»Nein, es war kein Schiff. Es war ein Schaf. Aber ich sollte nicht hier sein. Ich sollte wiedergeboren werden, und zwar als *ich selbst* und an *meinem ursprünglichen Geburtstag*! Warum hast du mich hergeholt zu dir?«

»Ich wollte dich warnen«, sagte der massige Chef. »Wir hatten so etwas wie eine ›Panne‹ hier oben. Wie du sicher weißt, steht und fällt der Erfolg unserer gesamten Operation damit, daß niemand irgend etwas zu Ende bringt. Solange wir nur Faulenzer und Tunichtgute beschäftigen, die den ganzen Tag bloß herumsitzen und ihren Hintern plattdrükken und die Aerodynamik von Papierfliegern austesten, so lange werden du und ich und die anderen drei von uns unentdeckt bleiben und immer mächtiger werden, bis wir am Ende alles unter unserer Kontrolle haben.«

»Das ist der Sinn der ganzen Übung, ja«, sagte Rune. »Absolute Kontrolle über absolut alles.«

»Nun, es ist etwas schiefgegangen«, sagte der massige Chef. »Irgend so ein Trottel, den Jack Bradshaw eingestellt hat, fand eine ganze Menge mehr heraus, als er herausfinden sollte. Und er hat sich mit seinem Wissen aus dem Staub gemacht.«

»Wie?« fragte Hugo Rune. »Und wohin?«

»Hat sich aus einer der großen Himmelsdüsen selbst zurück auf die Erde geschossen. Und nach dem zu urteilen, was ich auf dem Computerschirm gesehen habe, direkt zu unserem Sohn Cornelius.«

»Hat *sich selbst* zurückgeschossen?«

Die beiden Runes blickten sich vielsagend an.

»Hinterbacke«, sagten sie unisono.

»Ich werde mich um Mister Hinterbacke kümmern«, sagte der massige Chef. »Aber jetzt müssen wir dich zu deinem ursprünglichen Geburtstag zurückschießen. Erledige deine Geschäfte beim nächsten Mal bitte mit ein wenig mehr Sorgfalt.«

»Mach dir deswegen keine Gedanken. Du wirst wahrscheinlich irgendwann bemerken, daß sich die Akte unseres Sohnes einfach in Luft auflöst. Ich werde nämlich bei der nächsten Begegnung mit seiner Mutter *safer sex* praktizieren.«

»Exzellent! Und dann machen wir weiter wie zuvor. Und jetzt quetsch dich bitte in dieses kleine granatenförmige Dingsda, damit ich dich in die Vergangenheit zurückschießen kann.«

»Rune quetscht sich in gar nichts. Schieß mich von einer der anderen großen Himmelsdüsen ab.«

»Keine der anderen funktioniert im Augenblick«, sagte der massige Chef. »Quetsch dich in diese hier, oder es geht gar nichts, fürchte ich.«

»Ungeheuerlich!«

»Aber trotzdem nicht zu ändern. Komm schon. Ich helfe auch, dich hineinzupressen.«

»Grotesk!«

Es war grotesk.

Aber es mußte sein. Und mit viel Mühe und Anstrengung und verbogenen Gliedern war es am Ende ungeheuerlicher- und groteskerweise auch so.

»Grrmmmph mmmph bmmmph!« machte Rune in dem granatenförmigen Dingsda.

»Ich habe die Flugbahn vorprogrammiert«, sagte der massige Chef. »Ich muß nur noch den Knopf drücken, und das werde ich jetzt tun.«

Und das tat er.

Es folgte das unabänderliche *Wumm!*, ein Flammenstoß, und Rune war auf dem Weg.

Zurück auf der Erde und viele Jahre in der Vergangenheit erwachte er. Er gähnte und schmatzte mit den Lippen. Neugeboren und gierig auf die Brust.

Aber – wo war die Decke seines Kinderzimmers abgeblieben? Er schien sich draußen im Freien zu befinden und zu bewegen. Sicher eine Spazierfahrt im Kinderwagen, mit dem lieben Kindermädchen. Das mußte es sein.

Aber das war es nicht. Rune wurde sich eines Ziehens und Zerrens an seinem Körper bewußt, und ein äußerst stechender Geruch hing über allem.

Rune setzte zu einem Schrei an: »Was soll das?«, aber zu seinem Entsetzen stellte er fest, daß er stumm war. Sein Mund schien nichts weiter als ein rudimentärer Schlitz zu sein. Er versuchte, nach den abscheulichen Subjekten zu schlagen, die an ihm zogen und zerrten, und Panik und wachsender Horror breiteten sich in ihm aus, als er bemerkte, daß er weder Arme noch Beine besaß.

Etwas Großes, jenseits jeder Proportion, kam aus dem Himmel herab auf ihn zu und hob ihn hoch. Er erkannte ein Gesicht. Ein menschliches Gesicht. Aber groß, so groß wie ein Haus. Es grinste. Und er konnte die Hand erkennen, die ihn hielt. *Ihn hielt? Hugo Rune? Den wundersamsten Mann, der jemals lebte?*

»Hier ist eine wirklich fette!« sagte das menschliche Gesicht. Das Gesicht eines Jungen. Das *grinsende* Gesicht eines Jungen. *Sein eigenes* Gesicht. »Wir nehmen einen Neunerhaken und stecken die hier als Köder drauf.«

»Nein!« Rune zappelte und wand sich.

»Das ist ein ziemlich lebendiger Brocken«, sagte der junge Hugo Rune. Sechs Jahre alt. Der zappelnde Rune erinnerte sich an den Angelausflug. Er erinnerte sich an die blecherne Madendose.

»Das ist ein schrecklicher Irrtum!« kreischte der zappelnde Rune. Aber lautlos.

Dann drang der Haken ein.

»Viel Glück, Hugo!« sagte der massige Chef und schlenderte in Richtung des Aufzugs davon.

»Hehehe«, machte der alte Claude und streckte den Kopf hinter dem Verschlußstück der großen Himmelsdüse hervor. »Du hast den Bastard vielleicht vorprogrammiert, du Bastard, aber ich hab' ein paar Werte verändert, als du mir den Rücken zugewandt hast. Ein Bastard weniger, schätze ich. Wie heißt es so schön? Da waren's nur noch vier.«

Und der alte Claude tanzte einen fröhlichen kleinen Tanz.

Der wundersamste Mann, der jemals lebte, sank tief in das parfümierte Wasser seiner Marmorbadewanne und dachte einmal mehr über die letzte Gleichung in seiner Formel für ein universales Heilmittel und Ewiges Leben nach.

Und er hätte sie wirklich gelöst ...

Aber ...

»Mach endlich, daß du aus dem Badezimmer verschwindest, du fauler Tunichtgut, oder ich sage meinem Mann, daß er die Tür einschlagen soll!«

Der wundersamste Mann erwachte mit einem Ruck.

Und fand einen Fahrkartenkontrolleur vor sich, der auf ihn herablächelte.

»Tut mir sehr leid, Mister Rune, wenn ich Sie wecken muß, aber ich müßte Ihre Fahrkarte knipsen.«

»Wo steckt denn mein Diener Rizla?« fragte Rune.

»Er frühstückt im Erster-Klasse-Speisewagen, Sir.«

»Also muß ich wohl selbst meine Hand in meine Tasche stecken.« Rune tat wie angekündigt und fischte seinen erstklassigen Erster-Klasse-Fahrschein heraus.

»Erste Klasse«, sagte der Schaffner und knipste die Karte.

»Wann erreichen wir *Skelington?*« erkundigte sich Rune und steckte die Erste-Klasse-Fahrkarte in seine Pudelhautbrieftasche (ein Geschenk Zsa Zsa Gabors*) und diese in die Innentasche seines grünen Tweedanzugs.

»Dieser Zug endet in *Bramfield*, Sir. *Skelington* ist unter Quarantäne gestellt worden.«

»Ich könnte eine Droschke engagieren, um mich nach dort befördern zu lassen.«

»Man wird Sie nicht durch die Straßensperren lassen, Sir. Die gesamte Bevölkerung wurde evakuiert.«

»Ich bin im Regierungsauftrag unterwegs«, sagte Rune. »Ich habe eine Aufgabe zu erledigen, die mein ... äh, *Zwillingsbruder* angefangen hat. Man wird mich schon passieren lassen.«

»Ganz wie Sie meinen, Sir. Ich werde Ihnen eine Droschke rufen, sobald wir *Bramfield* erreicht haben.«

»Sagen Sie meinem Diener Bescheid, er soll mich wecken, wenn wir angekommen sind. Leben Sie wohl.«

»Jawohl. Leben Sie wohl, Sir.«

»Also, wir haben Rune nicht zum letzten Mal gesehen«, schloß Norman. »Wie ich schon gesagt habe, von ihm sind fünf verschiedene Versionen im Umlauf. Ein anderer wird höchstwahrscheinlich den ersetzen, der vom Pier gesaust ist.«

»Dann muß er aufgehalten werden«, sagte Cornelius. »Wenn man ihm erlaubt, mit seinem Plan weiterzumachen, dann wird nicht nur jeder Mensch sterben, der am Leben ist, sondern er wird auch die Seelen aller Toten auslöschen.«

»Und das ist ganz definitiv eine neue Erfahrung für jedermann«, sagte Tuppe. »Ich bin froh, daß du Norman jetzt hören kannst, Cornelius. So ist es viel einfacher, nicht wahr?«

* Angeblich.

»Ahem«, machte der große Junge.

»Aber ich verstehe nicht, warum alle sterben werden«, sagte Louise.

»Elektrischer Schlag«, erklärte Norman. »Rune wird den gesamten Ozean unter Strom setzen. Das sind zwei Drittel der Erdoberfläche. Er wird den ganzen Planeten kurzschließen.«

»Ja. Aber dabei wird er selbst auch sterben!«

»Vielleicht ist ihm dieser Gedanke noch gar nicht gekommen?« fragte Tuppe.

»Vielleicht sollte es ihm jemand sagen«, meinte Cornelius. »Wenn ich nur den richtigen Rune finden könnte. Meinen wirklichen Vater.«

Norman schüttelte den Kopf. »Ich glaube nicht, daß er einen Dreck darauf geben würde. Erinnere dich an den falschen Chef der URG. Auch das ist Rune, und wie ich Bradshaw verstanden habe, ist *Pre-Inkarnation* ein Geheimnis, von dem nicht einmal Gott selbst etwas weiß.«

»Und was schlägst du jetzt vor?«

»Es ist nur so ein Gedanke«, sagte Norman. »Aber ich schätze, daß Hugo Rune den Plan gefaßt hat, Gott zu stürzen.«

»*WAS?*« Der Murphysche Kopf ruckte hoch, und das Murphysche Gesicht verschwand einmal mehr hinter einer undurchdringlichen Mähne.

»Nun, es ist nur so ein Gedanke.«

»Ein verdammt schrecklicher Gedanke!«

»Da stimme ich dir zu. Aber der echte Chef hat mir erzählt, daß Rune der leibhaftige Teufel ist. Und schließlich – die Hölle wurde geschlossen. Was ist mit all den Dämonen und so geschehen? Sind sie jetzt arbeitslos? Ich hab' nicht die leiseste Ahnung.«

»Macht mich das jetzt zum Sohn Satans?« erkundigte sich Cornelius. »Sollte ich vielleicht nach einer dreifachen Sechs auf meiner Birne suchen oder was?«

»Wie gesagt, es war nur so ein Gedanke.«

Cornelius erhob sich. »Wir müssen etwas unternehmen. Uns bleibt noch reichlich Zeit.«

»Du mußt alle Runes töten«, sagte Norman. »Deinen Vater mit eingeschlossen.«

»Nun mal langsam«, entgegnete Cornelius. »Würdest du *deinen* Vater töten?«

Norman zuckte die Schultern. »Er hat *mich* getötet.«

»Tut mir leid«, sagte Cornelius.

»Ich weiß einen Weg«, meldete sich Tuppe zu Wort.

»Oh, gut!« sagte Cornelius. »Dann möchte ich gerne *jetzt* etwas darüber erfahren, bevor ich einen anderen Weg ausprobiere und du mir hinterher wieder sagst, daß es nicht der Weg ist, den du eingeschlagen hättest.«

»Jag die Piers in die Luft«, sagte Tuppe. »Keine Piers, keine Elektroden. Keine Elektroden, keine elektrischen Schläge. Kein Vatermord erforderlich. So einfach ist das.«

Schweigen.

»Du Genie«, sagte Norman.

»Danke«, bedankte sich Tuppe.

»Das ist sehr gut«, stimmte Cornelius zu. »Aber woher nehmen wir den Sprengstoff?«

»Ich kenne einen Ort«, sagte Norman. »Ich hab' da vor einer Weile ein paar Drahtkleiderbügel gefunden. Und der alte Claude hat sein Einwegfeuerzeug aus dieser Ecke. Aber was ist das für ein schrecklicher Lärm?«

Und es war wirklich ein schrecklicher Lärm.

Brüllende Motoren und lautes Gehupe.

»Das sind die Autos«, kreischte Tuppe. »Sie haben die Barrikaden durchbrochen!«

»Es sind nicht die Autos«, widersprach Cornelius, der mühelos über die Köpfe von vielen tausend Evakuierten hinwegblickte, die auf die Beine gesprungen waren. »Es sind Militärfahrzeuge, die über die Straße von London her herbeikommen. Ein ganzer Konvoi.«

»Das trifft sich gut«, sagte Tuppe. »Ich wollte gerade über die Schwierigkeiten sprechen, die wir mit den wahnsinnigen Autos haben könnten, wenn wir versuchen, die Piers zu sprengen. Andererseits wollte ich die Sache nicht unnötig kompliziert machen.«

»Oder deinen Applaus unnötig schmälern«, schlug Norman vor.

»Ja, auch«, gestand Tuppe. »Aber die Army wird die Autos schon aus dem Verkehr ziehen. Ein Hurra für die Jungs von der Army.«

»*Achtung, Achtung!*« ertönte es aus Megaphonen auf schweren Halbkettenfahrzeugen und Schützenpanzern. »*Dieses Gebiet steht ab sofort unter Kriegsrecht.*

Bitte sammeln Sie unverzüglich Ihre persönlichen Habseligkeiten ein und bereiten Sie sich zu Ihrer eigenen Sicherheit auf eine sofortige Evakuierung vor. Dies ist eine Notsituation, und wir sind ermächtigt, die erforderlichen Schritte durchzuführen. Jedermann, der versucht, auf diesem Hügel zu bleiben oder die Stadt erneut zu betreten, wird als Plünderer betrachtet und erschossen. Nichts Persönliches, wenn Sie verstehen.«

»Scheiße, Scheiße, Scheiße!« sagte Norman.

»Scheiße, Scheiße, Scheiße!« sagte Cornelius. »Aber wir werden einen Weg finden, um uns zurück in die Stadt zu schleichen. Wir haben genügend Zeit. Es braucht mehr als ein paar Soldaten und Straßensperren, um Cornelius Murphy aufzuhalten.«

»Da ist er!« kreischte eine Stimme in der Nähe.

Cornelius wandte sich um.

»Ja, das ist er. Ganz bestimmt«, sagte eine andere Stimme.

Zwei Männer näherten sich in Begleitung einer ganzen Kompanie von Polizisten.

Der erste Mann war Cornelius vollkommen unbekannt, doch den zweiten glaubte er schon einmal gesehen zu haben.

»Verzeihung, kennen wir uns?« erkundigte sich Cornelius.

»Das will ich verdammt noch mal hoffen!« kreischte der erste Mann. Mittelgroß, irgendwo im mittleren Alter. Ein entsetzlicher »Golfer«-Pullover und Fetzen eines maßgeschneiderten Anzugs. Über und über schwarz von Rauch und Ruß. »Mein Name ist Kevin, und Sie haben mein schönes Hotel niedergebrannt!«

»Das habe ich keineswegs«, entgegnete Cornelius, der sich inzwischen von Polizisten umringt sah. »Sie haben den falschen Mann erwischt.«

»Nein, hab' ich nicht. Meine Frau und ich haben Sie gesehen. Auf dem Dach, wo Sie die Bombe oder was weiß ich gelegt haben und dann über die Feuerleiter geflohen sind. Dieser kleine Typ dort war auch dabei.«

»Sie müssen uns mit jemand anderem verwechseln«, erklärte Tuppe. »Das passiert schnell heutzutage.«

Der zweite Mann zitterte und rauchte vor Wut. Cornelius bemerkte, daß seinem Jackett ein Ärmel fehlte. Und am Handgelenk trug er, was nur auf den ersten Blick wie eine Rolex aussah. Die Uhr wies zwar das klassische Oyster-Design auf, aber die Ziffern waren in Chrom statt in Gold, und das Armband hatte die falsche Farbe. »Sie sind es«, kreischte der Mann. »Sie sind es!«

»Kennen wir uns?« fragte Cornelius.

»Er ist mein Bruder«, erklärte Kevin.

»Nett, Sie kennenzulernen«, sagte Cornelius.

»Sie haben meinen Wagen gestohlen«, kreischte Kevins Bruder. »Ein Spitzenmodell, dieser Wagen. Was haben Sie damit gemacht?«

Das Geräusch, das der Wagen des Trägers der gefälschten Rolex verursachte, als er auf der Promenade unten in *Skelington* mit voller Geschwindigkeit in einen VW krachte und explodierte, war über dem Brüllen der Militärmaschinen, dem Bellen der Megaphone und dem Kreischen der Leute, die sich nun *aus Gründen ihrer eigenen Sicherheit* mit vorgehaltenen Schußwaffen evakuiert fanden, absolut nicht zu hören.

»Ich kann alles erklären«, sagte Cornelius.

»Das hier auch?« fragte einer der Polizeibeamten und hielt Cornelius eine Zeitung unter die Nase.

Cornelius musterte die Titelseite aus zusammengekniffenen Augen.
Es war die Titelseite des *Brentforder Merkur*.
Die Schlagzeile lautete:

Gefängnisausbruch!

Tapferer Konstabler bei Ausbruch eines wegen Unterschlagung von 23 Millionen Pfund verurteilten Kriminellen aus dem Untersuchungsgefängnis verletzt

Exklusivbericht von unserem Starreporter Knüller Molloy

»Na, wie nett von dir, Knüller«, sagte Cornelius. »Vielen herzlichen Dank auch.«
Der Polizeibeamte grinste. Und entblößte einen fehlenden Zahn. Beziehungsweise eine Zahnlücke. Und ein blaues Auge. »Erinnern Sie sich an mich?« fragte er. »Aus dem Brentforder Landgericht?«
»Beam mich hoch, Scotty!« sagte Cornelius.

Thelma und Louise, die es für angebracht gehalten hatten, sich aufgrund der Annäherung so vieler Polizeibeamter diskret zurückzuziehen, beobachteten aus sicherer Entfernung, wie Cornelius und Tuppe Gott weiß wohin abgeführt wurden.
»Das nenn' ich vielleicht eine Scheiße!« sagte Norman.
»Sie werden schon wieder freikommen«, sagte Thelma zu dem toten Jungen. »Wir haben noch immer jede Menge Zeit.«

Hoch oben im Führerhaus des vordersten Militärfahrzeugs, eines Halbkettenpanzers französischer Bauart, hergestellt in England und eine Zeitlang in irakischem Besitz, saßen drei

Männer. Einer steckte in einer Khakiuniform, das Barett mit dem Abzeichen der *Wüstenratten* auf dem rotgesichtigen Kopf. Der zweite steckte ganz in maßgeschneidertem grünem Tweed und beanspruchte weitaus mehr als seinen gerechten Anteil an der zur Verfügung stehenden Sitzfläche. Der dritte trug die Überreste eines Zweireihers und außerdem alle Anzeichen kürzlichen Teerens und Federns.

»Hervorragend arrangiert, Dickerchen«, sagte der im grünen Tweed zu dem mit dem roten Kopf. »Und herzlichen Dank, daß du mich in *Bramfield* aufgenommen hast.«

»Ich hab' den ganzen Wahnsinn gestern abend aus dem Fenster meines Quartiers bei dem trotteligen Vikar beobachtet«, erklärte Brigadier Algenon »Dickerchen« Wilberforce, DSM, OTO, KY und so weiter und so fort. »Ich nahm an, daß du dahinter steckst, also rief ich meine Jungs von Wilberforce Incorporated Chemisch Saubere Entsorgungen und Recycling an und ließ sie mit qualmenden Socken herkommen, um die Sache ins Rollen zu bringen. Aber was hattest du am Bramfielder Bahnhof zu suchen, eh?«

»Das spielt doch keine Rolle«, erwiderte Rune*. »Und wir haben *Ihnen* für das alles zu danken, Mister Rodway. Oder sind Sie anderer Ansicht,?«

»Äh, nun, ... ich ...« Der Immobilienagent schüttelte den verwirrten, teerbefleckten Kopf. »Ich vermute, das haben Sie. Jawohl, Sir.«

»Und in Ihrer Bescheidenheit machten Sie sich zu Fuß auf

* Für den ausgesprochen unwahrscheinlichen Fall, daß Verwirrung über die Identität dieses speziellen Rune herrscht – dieser spezielle Rune ist der Rune, der im Zug hergekommen ist, um den Rune zu ersetzen, der im Cadillac starb und als Made *pre-inkarniert* wurde, um anschließend von seinem sechsjährigen Selbst getötet zu werden. Also nicht der gleiche Rune, mit dem Brigadier Algenon »Dickerchen« Wilberforce, DSM, OTO, KY und so weiter und so fort in der vorhergehenden Nacht zu Abend gegessen hat. Obwohl Dickerchen nichts davon weiß. Und warum sollte er auch, hm?

den Weg aus der Stadt, mit nichts anderem im Gepäck als dieser großen, ausgebeulten Aktentasche, als ich Sie erblickte und Dickerchen anhalten ließ, um Sie aufzunehmen.«

»Äh, nun, ... ich ...«, sagte der Immobilienagent zum zweiten Mal.

»Ein Glück, daß wir Sie fanden, was?«

»Äh, nun, ... ich«, sagte der Immobilienagent einmal mehr.

»Ich bin jedenfalls sehr erfreut«, sagte Rune. »Äußerst erfreut. Die Stadt ist lange vor der Frist geräumt. Ich schätze, wir können den geplanten Termin vorverlegen. Was meinst du dazu, Dickerchen?«

»Ich habe alle Strommasten, die du brauchst«, stimmte der alte Soldat zu. »In der *verbotenen Zone*. Wenn du willst, lasse ich sie heute nacht für dich absägen. Morgen können wir sie dann an der richtigen Stelle wieder aufbauen.«

»Hervorragend«, sagte Rune. »Ganz äußerst hervorragend.« Er klatschte mit seinen dicken Händen. »Dann werde ich den Termin vorverlegen. Morgen um Mitternacht. Wirklich ganz hervorragend.«

Und oben – oder wo auch immer – in der *Universalen Reinkarnationsgesellschaft* hätte jeder, der einen Aktenschrank geöffnet und die Akten darin einer Überprüfung unterzogen hätte, voller Überraschung festgestellt, daß das Ablaufdatum für all diejenigen, die in den Akten geführt wurden, nicht mehr länger auf nächsten Freitag um Mitternacht lautete. Es lautete jetzt auf morgen um Mitternacht.

Überhaupt nicht hervorragend.

Ziemlich un-hervorragend, genaugenommen.

32. KAPITEL

Der alte Claude pfuschte zufrieden an dem Karmaskop-Dingsda herum, das an die letzte verbliebene funktionstüchtige große Himmelsdüse genietet war. Das unvermittelte Erscheinen des ertrunkenen Mister Hugo Rune war eine recht angenehme Überraschung gewesen, und der Alte schrieb dieses unerwartete Ereignis dem schnellen Erfolg der Bemühungen Normans des Jüngeren zu.

»Mach schön so weiter, Jüngelchen«, krächzte der alte Claude. »Ich schicke sie alle als Maden wieder zurück, und du wirst sehen, wie schnell wir unseren Job erledigt haben. Und dann werd' ich mich noch um den Bastard hier oben kümmern. Du wirst schon sehen.«

Der Bastard-hier-oben zog die schweren Riegel der schweren Tür zu dem verlassenen Aufzugsschacht zurück. Er wedelte mit der Hand vor seiner Nase, um den Gestank zu vertreiben, der von unten aus dem Schacht heraufdrang. »Claude«, rief er. »Mein lieber Claude, bist du da unten?«

Seine Stimme brach sich in vielfachem Echo, aber keine Antwort echote zurück. »Ich bin gekommen, um dich freizulassen«, rief der massige Chef. »Sprich nur ein Wort, und ich lasse dir ein Seil hinab.«

Echo-echo, aber noch immer keine Antwort.

»Er ist ausgebrochen, was?« fragte Jack Bradshaw.

»Das ist eine sehr große Wahrscheinlichkeit, aber wir müssen sichergehen.«

»Soll ich Ihnen einen Freiwilligen bringen, der runterklettert und nachsieht, Sir?«

Der massige Chef starrte Jack an.

Und Jack starrte den massigen Chef an.

»O nein!« sagte Jack. »Lassen Sie mich aus dem Spiel. Bitte.«

»Alles für einen guten Zweck«, sagte der massige Chef, packte Jack am Kragen und stieß ihn durch die offene Tür. »Laß mich wissen, was du da unten vorfindest.«

»Aaaaaagh!« machte Jack Bradshaw auf dem Weg nach unten. »Aaaaaagh!«

»Aaaaaagh!« machte Tuppe. »Aaaaaagh! Hören Sie auf, mich mit Ihrem Stock zu schlagen!«

»Tschuldigung« erwiderte der Konstabler. »Mir ist die Hand ausgerutscht. Ich habe nach Ihrem Freund gezielt.«

»Ach so. Na, dann geht das wohl in Ordnung.«

»Nein, geht es nicht«, widersprach Cornelius und trat dem Konstabler gegen das Schienbein. »Aaaaaagh!« machte der Konstabler und schlug Cornelius auf den Kopf.

»Ebenfalls aaaaaagh!« sagte Cornelius.

»Das reicht jetzt«, mischte sich ein vorgesetzter* Offizier ein. »Verriegeln Sie die Zellentür hinter diesen beiden Halunken und lassen Sie uns auf eine Tasse Tee nach oben in die Kantine gehen.«

»Könnten Sie mir auch eine schicken?« fragte Tuppe. »Mit zwei Stück Zucker.«

»Und etwas Aspirin?« erkundigte sich Cornelius.

Krach! machte die Zellentür.

Klonk! der Riegel. *Klick!* der Schlüssel im Schloß.

Tuppe ließ sich an der Zellenwand auf den Hosenboden rutschen.

Cornelius rutschte neben ihn.

»Ich habe Hunger«, maulte Tuppe. »Wir hatten kein Frühstück.«

»Sobald ich uns befreit habe, werden wir frühstücken.«

»Der ewige Optimist, was? Womit willst du denn bezahlen?«

* Eigentlich *stand* er, und zwar *hinter* dem Konstabler. Also ein *hinterstehender* Offizier. Aber wo gibt es das, frage ich Sie?

»Ah«, sagte Cornelius.

»Ja, ah!« sagte Tuppe. »Der Bestechungsversuch bei diesem Polizeibeamten mit all deinem Geld hat scheinbar nicht gewirkt, was?«

»Wie gewonnen, so zerronnen«, sagte Cornelius. »Wo sind wir hier eigentlich genau?«

»In *Bramfield*«, erklärte Tuppe. »Wunderbares kleines Städtchen auf dem Land, fünf Meilen nördlich von *Skelington Bay*. Ich hab' das Straßenschild gesehen, als wir im Polizeiwagen hergebracht wurden. Du konntest es nicht sehen, ich erinnere mich. Du hattest zu dieser Zeit den Kopf unten, und die Beamten haben mit ihren Stöcken darauf herumgetrommelt.«

»Ah«, sagte Cornelius. »Nun, vielleicht ist es ja ein wundervolles Städtchen, aber ich denke trotzdem, daß wir baldmöglichst von hier verschwinden sollten. Wenn du mir also *bitte* liebenswürdigerweise den Weg verraten *könntest*, wie *du* es machen *würdest*, dann *wären* wir sicher bald auf und davon. In Ordnung?«

»Ich dachte schon, du würdest mich nie darum bitten«, sagte Tuppe.

»Ich muß Sie wirklich darum bitten weiterzugehen«, bellte die Stimme aus dem Megaphon auf dem großen Militärfahrzeug zweifelhafter Herkunft. *»Im Gänsemarsch hintereinander, immer schön am Straßenrand entlang. Sie werden bald Bramfield erreichen, wo man Sie mit Essen und Trinken und einer Unterkunft versorgen wird.«*

»Das ist unmenschlich!« Thelma trommelte mit den Fäusten auf die gepanzerte Flanke des Fahrzeugs. »Sie treiben Frauen und Kinder vor sich her wie Vieh. Das ist eine Verletzung der Menschenrechte. Der Gerichtshof in Straßburg wird davon erfahren.«

Der stählerne Lauf einer Maschinenpistole erschien in einer Luke und zielte zwischen Thelmas Augen. »Gehen Sie einfach brav weiter!« bellte eine Stimme im Innern.

»Gib's auf«, sagte Louise. »Du kannst nicht mit einem Typ herumstreiten, der eine Maschinenpistole statt einem Schwanz besitzt.«

Thelma spuckte den Wagen an, als dieser sich wieder in Bewegung setzte und über das Megaphon weitere Befehle gebellt wurden. Das alles brachte sie sehr in Wut.

Hugo Rune war weit von jeder Wut entfernt. Er saß im führenden Wagen eines halben Konvois, der nicht mit der Evakuierung von Leuten um ihrer eigenen Sicherheit willen beschäftigt war. Seine Hälfte des Konvois umfaßte Bulldozer, vier an der Zahl, ein wenig veraltet zwar, aber noch immer brauchbar, und Sherman-Panzer, drei Stück. Und seinen eigenen Wagen, was zusammen ... äh, ... acht ergab.

»Wegen dieser verrückt gewordenen Autos, Rune«, meldete sich Dickerchen Wilberforce lautstark zu Wort. »Eine sehr erfolgreiche Methode, um die Stadt zu räumen, das kann ich dir sagen. Aber wie schalten wir die verdammten Dinger wieder ab?«

»Mister Rodway?« fragte Hugo Rune. »Ihre Gedanken zu dieser Angelegenheit, bitte.«

Mister Rodway zuckte die Schultern und grinste dümmlich. »Vielleicht sollten wir einfach warten, bis ihnen der Sprit ausgegangen ist?« schlug er vor.

»Klingt ganz vernünftig«, sagte Rune. »Aber wenn das, wie Sie uns gesagt haben, ein ansteckender Automobilvirus ist, dann sollten wir besser hoffen, daß unsere eigenen Fahrzeuge nicht mit der Krankheit in Berührung kommen.«

Mister Rodway blickte aus dem schußsicheren Lamellenfenster. »Ich könnte wetten, daß unsere Panzer ganz schön unter ihnen aufräumen würden«, sagte er mit einer nicht unbeträchtlichen Spur von Boshaftigkeit in der Stimme.

Dickerchen blickte zu Rune.

»Ich bin wild entschlossen, Dickerchen«, sagte der.

»Hallo-hooo!« echote die Stimme des massigen Chefs. »Wie sieht es aus dort unten, Mister Bradshaw?«

»Du Bastard!« murmelte Jack Bradshaw, und das Echo echote klar und deutlich den Schacht hinauf.

»Wie bitte?« fragte der massige Chef.

»Der *Bastard* ist nicht mehr hier«, rief Jack. »Hier liegt etwas, das nach einem Heißluftballon aussieht. Er muß damit entkommen sein. Werfen Sie ein Seil runter und ziehen Sie mich wieder hinauf.«

»Scheint so, als hätte ich im Augenblick kein Seil zur Hand, Jack.« Der massige Chef warf die häßliche Tür krachend ins Schloß und verriegelte sie von außen.

»Du Bastard!« kreischte Jack Bradshaw tief unten im Schacht. »Laß mich augenblicklich hier raus, du verdammter Bastard!«

»Laßt mich hier raus!« kreischte Cornelius Murphy. »Laßt mich raus, sage ich!« Er drehte sich zu Tuppe um. »Ist es gut so?«

»Gut so«, erklärte sich Tuppe einverstanden. »Je lauter man bei den Bullen in einer Zelle schreit, desto mehr ignorieren sie einen. Schrei einfach schön weiter, und ich arbeite unterdessen an unserer Flucht.«

»*Ich bin unschuldig!*« schrie Cornelius. »Laßt mich hier raus! *Laßt mich raus!*«

»*Laß mich raus!*« tobte Jack Bradshaw. Aber der massige Chef konnte ihn nicht hören. Der massige Chef war nämlich längst wieder zurück in seinem Büro. Einem fürstlichen Palast von einem Büro. Es war üppig mit dicken Teppichen ausgelegt. Es besaß eine Marmorbadewanne. Und einen Wandtresor.

Dessen Kombinationsschloß der massige Chef jetzt einstellte. »Störungen, überall Störungen«, sagte er mit schwerer Stimme. »Ich denke, es ist an der Zeit, daß ich dem Einhalt gebiete. Jawohl!« Er öffnete die Tür des Tresors. Dann ging er zu seinem großzügigen Schreibtisch hinüber, öffnete eine Schublade und zog ein Paar dicker Handschuhe hervor.

Die er anzog.

Um anschließend zu seinem offenstehenden Wandtresor zurückzukehren.

Und in dem Wandtresor herumzuwühlen.

Und eine schwarze Box hervorzuziehen. Schwarz und quadratisch.

Und kalt.

Es war eine sehr kalte, sehr quadratische und *sehr schwarze* schwarze Box. Die Sorte von dünnem weißem Nebel stieg von ihr auf, die von kleinen Eisschränken aufsteigt. Und außerdem ein schrecklicher Gestank.

»Hallo Jungs«, sagte der massige Chef, als er den Deckel der kleinen stinkenden Box zurückschlug. »Ist schon eine ganze Weile her, was? Und der große G hat die ganze Zeit über gedacht, er hätte euch alle entsorgt, als er die Hölle dichtgemacht hat, was? Aber ich habe mich um euch gekümmert, und jetzt ist die Zeit gekommen, euch aus eurem engen Gefängnis zu entlassen und einmal mehr auf die Menschheit zu hetzen.«

Murmel, murmel und *böses Grollen* machte der Inhalt der schwarzen, kalten Box.

»Mein aufrichtiges Bedauern«, flüsterte der massige Chef. »Wir hatten unser Vergnügen, als wir noch die Hölle beherrschten, und wir werden es bald wieder haben. Wenn ihr und ich und die anderen Ichs, die ich bin, erst *alles* beherrschen. O welch wunderbare Zeit wir haben werden! Aber jetzt gibt es erstmal Arbeit für euch. Mein Bruder führt seinen Plan der völligen Beherrschung der Erde weiter aus, aber da gibt es ein oder zwei Fliegen, die uns in die Suppe spucken wollen. Ihr müßt sie suchen und auslöschen. So schrecklich, wie ihr nur wollt. Schließlich habt ihr ja *sooo* lange darauf gewartet, oder nicht?

Böses Grollen und *Gemurmel*.

»Ja, das habt ihr. Nun, die Zeit des Wartens ist vorüber. Ich werde euch sagen, wen ihr zu suchen und zu töten habt. Der Rest liegt bei euch. Nur, daß ihr es wirklich schnell und zuverlässig erledigt! Versteht ihr, was ich meine?«

»Au Scheiße! Ich weiß *genau*, was du meinst!« flüsterte der alte Claude Hinterbacke, der sich zur Tür geschlichen und gelauscht hatte.

»Ich hätte bei Cornelius bleiben sollen«, sagte Norman zu Louise. »Verstehst du, was ich meine? Aber ich habe mich davongeschlichen, sobald ich diese Konstabler sah. Was haben Polizisten nur an sich, daß man sich selbst dann schuldig fühlt, wenn man gar nichts angestellt hat?«

»Ihre Helme«, antwortete Louise.

»Oh«, sagte Norman.

»Ich denke, wir sollten im Augenblick ruhig ein wenig mit dem Davonschleichen weitermachen«, sagte Thelma. »Vor uns liegt *Bramfield*, und es scheint so, als hätten sie eine Art Lager errichtet, in das sie alle schicken. Das gefällt mir gar nicht. Als nächstes werden sie uns Nummern in die Handgelenke tätowieren. Das gefällt mir wirklich überhaupt nicht.«

»Wir müssen irgendwie zurück nach *Skelington*«, sagte Norman. »Und wir brauchen Cornelius und seinen kleinen Freund bei uns.«

»Hast du Ideen?« fragte Thelma.

»Natürlich. Massenweise.«

»Tuppe, ich bin heiser«, krächzte Cornelius. »Ich hab' jede Menge um Hilfe geschrien, bin jede Menge ignoriert worden, und jetzt bin ich heiser. Tuppe? Wo bist du, Tuppe?«

»Was denken Sie, wo Sie hingehen?« fragte der Fahrer des letzten Jeeps in dem Militärkonvoi, der die Flüchtlinge vor sich her trieb, und brachte seinen Wagen schleudernd zum Halten.

»Ich muß mal hinter die Hecke und pinkeln«, erwiderte Thelma. »Wollen Sie mir dabei zusehen oder was?«

»Nein, da steh' ich nicht drauf«, sagte der Fahrer. »Was ist mit dir, Clive?« fragte er seinen Beifahrer.

»O ja! Ich schon! Ich werde mitgehen und zusehen.«

»Clive wird mitgehen und zusehen«, sagte der Fahrer. »Ich warte hier im Jeep.«

»Fein«, sagte Thelma und zwängte sich durch eine Lücke in der Hecke am Straßenrand, dicht gefolgt von Clive.

»Müssen Sie auch Pipi?« fragte der Fahrer Louise.

»Nein, ich war auf dem Klo, bevor wir losgelaufen sind. Das ist eine wirklich scharfe Uniform, die Sie da anhaben. Welcher Dienstgrad ist das?«

»Oh, eigentlich ist es gar kein Dienstgrad. Ich habe die Uniform aus einem Militarialaden in *Brighton*. Es ist eine echte Weltkrieg-Zwei-Uniform. Nicht nachgemacht!«

»Sie steht Ihnen wirklich sehr gut«, sagte Louise. »Männer in Uniform machen mich ganz schön an!«

»Wirklich?«

»O ja!« Louise kletterte in den Jeep neben den Fahrer und begann, an dessen Hose zu fummeln.

»Meine Güte!« sagte der Fahrer.

»Ja«, sagte Clive auf der anderen Seite der Hecke. »Außer Urinierismus mag ich noch eine ganze Menge anderer Sachen. Ich bin ein Amorist, wissen Sie? Ich liebe Anililalie, Kataglottismus, jede Form von Deupareunie, Zypripareunie ..«

»Emeronanie?« fragte Thelma.

»Ja. Wenn ich alleine bin. Aber Endytolagnie, Frotteurismus, massenweise Matutolagnie, Neanirosie, Samarssotion ...«

»Tachorgasmie?« fragte Thelma.

»Ja. Aber ich bevorzuge Synorgasmie.«

»Wer nicht?«

»Sicher, Sie haben recht. Sie sind eine kleine Spheropygierin, nicht wahr?«

Thelma stieß Clive den Kopf ins Gesicht und schlug ihn bewußtlos. »Du bist ein ganz schöner Trottel«, sagte sie.

»Haben Sie etwas dagegen, wenn ich darum bitte, an Ihrem Spann riechen zu dürfen?« fragte der Fahrer des Jeeps. »Ihre Schuhe sehen so verdammt eng aus, und ich bin ein glühender Podoalgolagnier.«

»Das macht mich an«, sagte Louise. Der Kopf des Fahrers ging nach unten.

Das Knie Louises kam hoch.

»Ich schätze, jetzt steht uns ein Jeep zur Verfügung«, sagte Louise, als Thelma alleine durch die Lücke in der Hecke zurückkam. »Wo steckt Norman?«

»Ich bin wieder da«, sagte Norman. »Wie ich sehe, lief alles ganz genauso, wie ich es geplant hatte. Cornelius steckt in einer Polizeizelle weiter vorn. Ich schlage vor, wir fegen hinein und befreien ihn.«

»Einfach so?«

»Nein. Wir lassen ihm noch ein paar Minuten. Tuppe wird sich der Sache wahrscheinlich bereits angenommen haben. Aber ich habe so ein eigenartiges Gefühl, als würde bald etwas wirklich Schlimmes passieren.«

»Wie ermutigend«, sagte Thelma.

»Ich finde es eher bedrückend«, erwiderte Norman. »Könnt ihr es nicht auch spüren?«

»Nein«, gestand Thelma.

»Vielleicht.« Louise erschauerte. »Wird es plötzlich kalt, oder was?«

»Oder was!« sagte Thelma. »Sieh dir das an!«

Dunkle Wolken begannen über den sonnendurchfluteten Himmel zu rollen. Ein Sturm schien sich aus dem Nichts zusammenzubrauen.

Die Flüchtlinge weiter voraus senkten die Köpfe und beschleunigten ihren Trott. Wohin? Keine Ahnung.

»Es gefällt mir nicht«, sagte Norman. »Das ist etwas Böses.«

»Ein Sommersturm«, sagte Thelma, schob den bewußtlosen Fahrer aus dem Wagen und kletterte in den Jeep.

»Nein, es ist mehr als das«, sagte Norman vom Rücksitz her. »Laßt uns losfahren.«

»Wie du meinst.« Thelma ließ den Motor an. »Querfeldein?« fragte sie.

»Dafür sind Jeeps gebaut.«

Also querfeldein.

»Laß uns gehen«, sagte Tuppe und hielt die Tür auf.

»Wie hast du das gemacht?« fragte Cornelius.

»Ich fürchte, es ist schon wieder eine langweilige Lösung. Ich hab' mich durch die Gitterstäbe unseres Zellenfensters gezwängt und bin in die Polizeistation zurückgeschlichen, wo ich die Schlüssel geklaut habe.«

»Deine ›langweiligen Lösungen‹ haben es wirklich in sich«, sagte Cornelius. »Es scheint, als erfüllten sie genau ihren Zweck.«

»Laß uns schnell abhauen«, entgegnete Tuppe. »Sieht ganz danach aus, als würde ein Orkan aufziehen.«

Kracks, kracks! machten Gewitterblitze.

Aber es waren keine Gewitterblitze.

»Ho ho! Ho ho!« machten unheilige, dämonische Geschöpfe und strömten wie aus Kübeln zur Erde hinab.

»Ich schätze, wir sollten uns wirklich verdammt beeilen«, riet Tuppe.

»Was geht da draußen vor?« fragten sich die Polizeibeamten in der Kantine und sprangen auf die zu großen Füße, die alle Polizeibeamten haben.

»Hier lang!« rief Norman. »Fahr einfach den Zaun um! Ich kenn' 'ne Abkürzung.«

»Rock'n'Roll!« jauchzte Thelma und fuhr einfach den Zaun um.

Cornelius rannte mit Tuppe unter dem Arm am Empfangsschalter der Polizeistation vorbei und hinaus auf die Hauptstraße des Dorfs.

»Halt, Sie da!« rief der Sergeant vom Dienst. »Das dürfen Sie nicht! Alarm! *Alarm!*« Er drückte auf eine Art Alarm-Panik-Chaos-Knopf.

Sirenen begannen zu schrillen.

»Ho ho! Ho ho!« machten noch mehr dämonische, böse Dinger, als sie durch die Hauptstraße sprangen und hüpften.

»Aaaaaagh!« machte Cornelius und blieb erschreckt stehen. »Mir gefällt nicht, wie die aussehen.«

»Halt, im Namen des Gesetzes!« riefen zahlreiche Konstabler, die aus dem Eingang der Polizeistation hervorgeschossen kamen.

»Lauf!« polterte Tuppe. »Lauf einfach los und bleib nicht stehen!«

»Ich laufe.« Und der große Junge lief.

»Packt ihn! Packt ihn!« Dämonische Geschöpfe, schwarz wie Teer und scheußlich wie ein Faulraum, kamen holterdiepolter die Hauptstraße hinab.

»Zurück in die Kantine, Jungs«, befahl der vorgesetzte Polizeioffizier.

»Renn!« befahl Tuppe. »Das ist das Beste, was du tun kannst, glaub mir!«

»Ich renne ja!«

Schwarz und entsetzlich, so kamen sie heran. Reichlich und zahlreich. Und alle sehr böse. Dunkle Wolken rollten über den Himmel. Donner grollte und Blitze zuckten.

»Das nenne ich einen Wetterumschwung«, sagte Tuppe. »Und ich hatte gehofft, ein Sonnenbad nehmen zu können.«

»Oh, verdammt!« Etwas Grauenhaftes krachte vor ihnen auf die Straße hinunter. Cornelius wich aus und rannte weiter.

Die Dinger kamen hinterher, einige auf zwei Beinen, andere auf vier. Wieder andere auf sechs oder acht.

Cornelius blieb unvermittelt stehen.

»Was ist?« fragte Tuppe.

»Wir sind umzingelt«, sagte Cornelius. »Vor uns sind welche, und hinter uns sind Mengen von was auch immer sie sind.«

»Das gefällt mir nicht«, sagte Tuppe. »Das gefällt mir überhaupt nicht.«

»Hast du eine Idee?«

»Nicht direkt, nein.«

»Dann sieht es nicht allzu vielversprechend für uns aus.«

»Mach die Augen zu und bete«, riet Tuppe. »Das ist eine Idee, die mir gerade kommt.«

»Geht es nicht ein wenig weniger radikal?« fragte Cornelius.

»Was auch immer. Aber beeil dich!«

Die Dinger ringsum kamen näher. Sie hatten ihre eigene Finsternis bei sich. Sie kamen in kleinen, dunklen Flecken, wie *Hell's Angels*, die am Strand ein Picknick veranstalten. Sehr besorgniserregend. Sehr gefährlich. Sehr, sehr böse.

Und diese Dinger rochen schlecht.

Sie *waren* schlecht. *Wirklich* schlecht.

»Ich weiß nicht mehr, wohin ich noch laufen sollte« sagte Cornelius.

»Dann such nach einem Versteck!« riet ihm Tuppe.

»Es gibt kein Versteck!«

Und es gab kein Versteck.

»Hilfe!« schrie Tuppe, als die schwarzen Geschöpfe von allen Seiten näher rückten. »Wir sind zu jung, um auf diese Weise zu sterben! Hilfe! *Hilfe!* Hilfe!«

33. KAPITEL

Eine Explosion erschütterte die Hauptstraße und sandte Asphaltfetzen in Richtung des Himmels und Bürgersteigplatten durch Ladenfenster.

Granaten pfiffen herab und entluden ihre tödliche Fracht unter den schreienden, heulenden Geschöpfen, die unkontrolliert rasten.

Leider nicht in *Bramfield*.

»Ein Renault Fünf in Richtung fünf Uhr«, meldete Dickerchen Wilberforce.

»Verstanden, Dickerchen.« Rune jagte eine wärmesuchende Rakete aus dem Geschützturm seines Panzers. Den Renault von Reverend Käsefuß erwischte es voll.

»Es regnet Handtaschen!« beobachtete Dickerchen.

Sie machten stetige Fortschritte. Eine Zwei-Mann-Einsatztruppe. Hugo Rune, VC, DSO, DSM, letzter Mann in Vietnam und erster Mann der *Wildgänse*, kam es vor wie in den alten Tagen. Nicht so dem Brigadier.

Dickerchens militärische Karriere hatte eine andere Richtung genommen. Während des Zweiten Weltkriegs hatte er das Kommando der Armeeschule für Kunst und Design übernommen und die geheime Abteilung für mobile Aufzeichnung geleitet.

Diese Abteilung hatte aus Soldaten bestanden, die, obwohl begierig auf die Uniform, »etwas dagegen gehabt hatten, sich die Fingernägel beim Hantieren mit Schußwaffen schmutzig zu machen« und lieber eine Karriere in der »Schlachtenkunst« einschlagen wollten.

Sie hatten in gepanzerten Fahrzeugen gearbeitet, deren Bewaffnung entfernt worden war, um zwei Künstlern zusammen mit ihren Stafetten und ausreichenden Vorräten an Farben, Leinöl und Terpentin Platz zu bieten, damit sie zwei Wochen ohne Nachschub im Feld bleiben konnten.

Die Karriere des Brigadiers hatte später größeren Ruhm erfahren, als er die bewaffnete Abteilung der Armeeschule für Schaufensterdekoration und Schaufensterpuppen in Berlin geleitet hatte. Unter schwerem Heckenschützenbeschuß hatten er und seine Kompanie, bewaffnet mit wenig mehr als fünfzig Yards Taft und einem Pappkarton voller Stecknadeln, zwischen all den Trümmern der Stadt dreiundzwanzig Schaufenster dekoriert und auf diese Weise die Moral der Alliierten ganz beträchtlich gestärkt, als diese einmarschiert waren.

Aber wie die ABC einmal sagte: »Das war damals, und heute ist heute.«

»XR GTI in Richtung zwölf Uhr«, bellte Dickerchen.

Bummm! machte die Kanone von Runes Geschützturm.

Wummmp! machte der Airbag des XR GTI. Zusammen mit dem Rest des Wagens.

Aber nichts von alledem half Cornelius irgendwie weiter.

»Hilfe!« kreischte er.

Und »Hilfe!« kreischte auch Tuppe, als dunkle, böse Geschöpfe näher kamen, um ihnen ein Ende zu machen.

»Wartet mal« sagte Norman. »Vielleicht hätten wir an der letzten Kreuzung rechts abbiegen müssen. Ich hatte keine Schwierigkeiten, Cornelius in seiner Polizeizelle zu finden, aber jetzt bin ich ein wenig verwirrt. Es ist plötzlich so dunkel geworden, nicht wahr?«

Sehr dunkel.

Und so viele Flüchtlinge, die im Gewaltmarsch in dieses häßliche, stacheldrahtumzäunte Lager getrieben worden waren, das man auf der städtischen Wiese errichtet hatte. Das war nicht gut.

Gar nicht gut.

Schließlich war das hier immer noch *England*, oder nicht?

Nein! widersprachen einige entschieden und leidenschaftslos. Eigentlich alle.

»Schwere Unruhen hier bei mir«, brüllte ein Bursche in der Uniform eines amerikanischen Marineinfanteristen in sein Feldtelefon aus überschüssigen Armeebeständen.

»*Bzzzt-wzzzz-zzz*«, empfing ein Bursche in einem russischen Armeewintermantel in der Nähe der Mitte der Marschkolonne (wahrscheinlich Statik wegen des plötzlich aufgekommenen Sturms. Oder Fehler in irgendwelchen Schaltkreisen).

»Was hat er gesagt?« fragte der Bursche neben dem Burschen mit dem russischen Armeewintermantel. Er steckte in einer Dragoneruniform, *circa* 1848.

»Schießt über ihre Köpfe!« sagte der russische Armeewintermantelträger, der sich schon lange danach sehnte, ein paar Schuß abzufeuern.

»Gute Idee.«

Und sie schossen.

Und so etwas macht man einfach nicht.

Das reicht jetzt!

Sie hatten die Nase gestrichen voll, diese Flüchtlinge. Von wahnsinnig gewordenen Autos aus ihren Häusern vertrieben, die ganze Nacht auf einem Hügel kampiert, hungrig, müde und mit gezückter Waffe zu einem Gewaltmarsch gezwungen.

Gestrichen voll!

Und so wandten sie sich um.

Wie ein Mann.

Wie man sich eben umwendet, wenn man sich wie ein Mann umwendet. Schließlich war das hier immer noch *England*!

»Zurück! Zurück!« Dickerchens Leute in ihren gepanzerten Wagen und Jeeps fanden sich mit einem Mal selbst angegriffen. Soldatenstiefel preßten sich hart auf Gaspedale herab, und Lenkräder wurden herumgerissen. Reifen drehten durch, Ketten rasselten, und Tohuwabohu.

Sehr aufregende Sache, das.

Bramfield war kein besonders großes Dorf. Und es gab Tausende und Abertausende von Flüchtlingen. Sie veranstalteten eine Jagd auf die zurückweichenden Fahrzeuge. Sie strömten durch Seitengassen auf die Hauptstraße, durch Wege und Einfahrten, über Radwege, Fußwege, Nebenwege, Dienstwege, Asphaltwege, Kopfsteinpflasterwege, Sandwege, Kieswege, Betonwege, Laufstege und dekorativ gepflasterte Privatwege, die zu Bungalows mit automatischen Kutschenlampen an den Torpfosten führten, die sich einschalteten (die Kutschenlampen, nicht die Torpfosten), wenn man des Nachts mit dem Auto nach Hause kam. Die Leute schwärmten über all diese Straßen aus.

Zu Tausenden.

Und alle in die Hauptstraße.

Sehr zur Überraschung, wie gesagt werden muß, der satanischen Kreaturen, die noch immer im Begriff standen, über Cornelius und Tuppe herzufallen.

Befremdet und zahlenmäßig hoffnungslos unterlegen (und bisher in der Literatur ohne Beispiel), erhoben sie sich auf fledermausartigen Flügeln in die Lüfte, mit hakenschnabeligen Mäulern Obszönitäten ausstoßend, schuppige Fäuste schüttelnd und Angelhaken, Rasierklingen und *Hallo!*-Magazine* auf den rasenden Mob unter sich defäkierend.

Der rasende Mob, mutig durch Mengen von Adrenalin im Blut und schiere Zahl, antwortete mit Pfiffen und Buhrufen und Kieswegkieselsteinen.

»Wir machen besser, daß wir von hier verschwinden«, brüllte Tuppe auf den Schultern des großen Jungen. In das Ohr des großen Jungen.

Und als ein tätowierter Unterhemdenträger einen Papierkorb von der Straße durch das Fenster eines Spirituosenladens schleuderte und die Dinge einen sehr üblen Verlauf zu nehmen begannen, da stimmte Cornelius seinem kleinen

* Wahrscheinlich die *James-Herbert*-Ausgabe.

Freund zu, daß besser von hier zu verschwinden wahrscheinlich das Beste war, was sie im Augenblick tun konnten.

»Das ist schlecht. Sehr, sehr schlecht.« Der alte Claude hüpfte in einer stillen, verborgenen Ecke hinter der einzigen funktionierenden großen Himmelsdüse herum. »Diese üblen Bastarde sind zu viel für den armen kleinen Norman. Die Arbeit wird liegenbleiben. Sehr schlecht ist das. So verdammt schlecht.«

Er beendete sein Umherhüpfen und kaute auf einem knochigen Knöchel. »Unternimm etwas, du alter Furz!« sagte er zu sich selbst. »Hilf diesem kleinen Kerl. Du bist der echte Chef hier oben oder wo auch immer. Du weißt, wie alles funktioniert. Unternimm etwas!«

Der alte Claude trat gegen die große Himmelsdüse und hüpfte wieder herum. Diesmal nur auf einem Bein. »Schick ihm Hilfe. Ja, das ist es! Schick ihm ein wenig Hilfe hinunter. Du kannst es. Du kannst die Berechnungen durchführen. Es wird dauern, sicher. Es wird eine Zeitlang dauern. Trotzdem, steh hier nicht so dumm herum wie ein Dildo bei einem Tanzwettbewerb. Fang an, mach schon!«

Und der alte Claude fing an und machte.

»Mach schon, Dickerchen!« rief Hugo Rune. »Ein Morris Minor bei drei Uhr.«

»Ein verdammtes Verbrechen, einen Morris Minor mit der Kanone abzuschießen, meinst du nicht, Rune?«

»Wenn du meinst.« Rune schleuderte eine Handgranate.

Irgendwo weit oben (oder wo auch immer) zuckte Gott zusammen. Obwohl er nicht genau wußte, warum.

»Ich schätze, wir haben es so ziemlich geschafft.« Dickerchen zog seinen Sherman neben den von Rune. »Den Mistdingern haben wir's gezeigt, was?«

»Du rufst besser über Funk Verstärkung herbei, um die

Stadt abzuriegeln, Dickerchen. Nichts darf herein und nichts darf hinaus, verstanden?«

»*Ticketi-bu*.« Dickerchen erledigte den Funkspruch. »Zeit für einen Cognac oder zwei, schätze ich. Wo willst du das HQ einrichten? Viel steht ja nicht mehr von der Stadt. Eine Schande mit diesem schönen Hotel. Es hatte so eine gewisse Klasse. Besonders das *Casablanca*-Restaurant.«

»Das Vikariat steht noch«, beobachtete Rune. »Und man hat einen Feldherrenblick über die gesamte Bucht.«

»Jede Menge Koffer und Gepäck im Erdgeschoß. Aber ein schöner Weinkeller.«

»Perfekt. Also laß uns dort einziehen. Ich muß einen oder zwei Anrufe erledigen, und dann werde ich dich in die Einzelheiten einweihen.«

»Gut gemacht, alter Mann. Gut gemacht!«

»Ich hab' mich total verlaufen«, ächzte Cornelius, während er durch Gebüsch und Hecken stolperte.

»Weiter vorn ist eine Straße«, sagte Tuppe, der sich an die Haare des großen Jungen geklammert hatte. »Weiter vorn ist eine Straße. Und Scheiße! Ein Jeep kommt in unsere Richtung. Duck dich! Duck dich!«

Cornelius duckte sich in das unaussprechliche Zeug, das auf dem Land eben so herumliegt.

Der Jeep jagte vorbei.

»Wir sind in Sicherheit«, sagte Tuppe.

»Ich bin voller Kuhscheiße«, beschwerte sich Cornelius.

»Aber wir sind in Sicherheit. Halt dich zurück.«

Der Jeep kam quietschend zum Stehen und machte kehrt.

»Wir sind doch nicht in Sicherheit«, sagte Tuppe. »Du brauchst dich nicht weiter zurückzuhalten.«

Dafür hielt der Jeep erneut.

»Ich kann euch sehen!« kreischte Norman. »Beeilt euch und steigt ein.«

Cornelius und Tuppe beeilten sich und stiegen ein.

Thelma gab wieder Gas, und zusammen fuhren sie davon.

»Seid ihr beiden in Ordnung?« erkundigte sich Louise.

»Mir fehlt nichts«, erwiderte Tuppe.

»Ich bin voller Kuhscheiße«, beschwerte sich Cornelius.

»Die Polizisten haben Cornelius verhauen«, sagte Tuppe. »Aber das machen sie immer.«

»Und ich hab' schon wieder mein ganzes Geld verloren«, sagte Cornelius. »Aber das passiert mir immer.«

»Und dann ist da noch die Invasion der Monster aus dem Weltraum«, sagte Tuppe. »Was uns bei unserer Sache nicht viel weiter hilft.«

»Ich denke, wir sollten uns für ein paar Tage an einen sicheren Ort zurückziehen.« Cornelius hielt seine Haare fest. »Die Dinge in Ruhe durchdenken und einen guten Plan aufstellen.«

»Und deine Klamotten in eine Reinigung bringen«, lautete Normans Vorschlag. »Du bist über und über voll mit Kuhscheiße. Mann, du stinkst vielleicht.«

»Das tut er, und wie«, stimmte Tuppe ihm mit zugehaltener Nase zu. »Aber ich dachte, wir hätten bereits einen Plan. Wollten wir nicht die Piers in die Luft jagen?«

»Wenn das der Plan ist«, rief Thelma von vorne, »dann sollten wir besser so rasch wie möglich damit anfangen. Ich hab' soeben einen Funkspruch vom Brigadier aufgefangen. Er hat seine Bulldozer herbeigerufen, und die Masten kommen heute nacht an die Reihe.«

»Heute nacht?« Cornelius fiel zwischen seine Haare zurück. »Dann hat Rune den Zeitpunkt vorverlegt.«

»Vorverlegt auf morgen um Mitternacht, wie es scheint. Und bewaffnete Truppen haben alle Straßen nach *Skelington* abgeriegelt. Du kannst dir selbst anhören, was da vor sich geht, wenn du willst.«

»Ich will.« Cornelius beugte sich vor. »Könntest du den Jeep kurz anhalten, Thelma, und Tuppe und mich auf die Vordersitze lassen?«

»Heh, ich bin sehr wohl in der Lage, den Wagen zu steuern, danke.«

»Das weiß ich. Ich hab' dich nur um einen Gefallen gebeten, das ist alles.«

»Ach so.« Thelma brachte den Wagen zum Halten. Sie und Louise stiegen aus, während Cornelius und Tuppe über die Rückenlehnen nach vorn kletterten.

»Sind die Hinterreifen in Ordnung?« fragte Cornelius. »Mir scheint, sie haben zu wenig Luft.«

»Wir sehen mal nach.«

»Danke ...« Cornelius legte den Gang ein und gab Gas, » ... für alles.«

»Halt an!« Norman hüpfte auf dem Rücksitz auf und ab. »Du hast unsere beiden Vögel zurückgelassen! Sie sehen ziemlich wütend aus. Halt augenblicklich an!«

Cornelius sah Tuppe an.

Und Tuppe sah Cornelius an. »Ich wußte, daß du das tun würdest«, sagte er.

»Aber du hast nichts gesagt.«

»Nein. Weil ich wußte, *warum* du das tun würdest. Du willst nicht, daß ihnen etwas geschieht, stimmt's? Und ich will das gleiche.«

»Wie rührselig«, sagte Norman von hinten und verdrehte die Augen. »Aber wenn wir Hugo Rune nicht aufhalten können, dann werden Thelma und Louise wie alle anderen auch draufgehen. Ich will zwar keine Vier-Pence darauf setzen, aber mir scheint, daß du gerade unsere Erfolgsaussichten um den Faktor zwei verringert hast. Die beiden Mädels sind ziemlich clever.«

»Was man von deinem Haarschnitt nicht gerade behaupten kann«, sagte Cornelius.

»Meinem Haarschnitt? Was, kannst du mich etwa inzwischen sehen?«

»Kann ich. So gerade. Aber ich hoffe, daß Rune dich nicht sehen kann.«

Rune und Dickerchen bearbeiteten den Portwein des Vikariats. Ein hübsches Vikariat war es, mit einem schönen Vorgarten und einer flachen georgianischen Vorderfront aus Bruchsteinen und einem schönen Vordach. Kein Anzeichen von diesem schrecklichen UPVC. Teppiche auf eichenen Dielenböden im Innern, ohne jede Spur von schrillbunten Teppichfliesen.

Hölzerne Stühle, dampfgebogen, standen auf den Teppichen und boten Rune und dem Brigadier Platz. Rosenstöcke im Garten winkten einem Himmel zu, der hier in dieser Ecke blau war. Honigbienen summten, Spinnen baumelten im Wind, Geißblatt kletterte kaum wahrnehmbar empor.

»Verdammt guter Port«, sagte Dickerchen und schenkte sich nach. »Und eine verdammt feine Geschichte, die du mir da erzählt hast. Gold aus dem Meer, was? Wer hätte das gedacht? Hervorragender Dreh! Trotzdem. Ich kann nicht gerade sagen, daß ich kapiert habe, wie das alles funktioniert. Die Sache mit dem Galvanisieren hab' ich ja noch verstanden, mit den beiden Piers als Riesenelektroden. Und das mit den Strommasten, die vom Druidenhügel bis zu den Piers herunterführen, auch. Die Radiomasten am anderen Ende der Kabel verblüffen mich. Und wo du all die elektrische Energie herkriegen willst, das kapier' ich nicht.«

Rune lächelte und goß sich ebenfalls Port nach, aber aus einer anderen Flasche. »Vor vielen, vielen Jahren«, begann er, »da entwickelte ich eine Theorie über das Leben nach dem Tod. Über die Natur der Seele und wie die Dinge auf einer mehr universellen Ebene funktionieren. Ich war mir ziemlich sicher, daß meine Annahmen zutrafen, aber es war nötig, einen experimentellen Beweis zu führen. Und so beging ich im Namen der Wissenschaft und um der *Allerletzten Wahrheit* willen Selbstmord.«

»Du begingst *was*?« Der Brigadier verschluckte sich und bekam einen Hustenanfall. »Ich will verdammt sein, Rune. Manchmal redest du kompletten Schwachsinn daher.«

»Nichtsdestotrotz, genau das habe ich getan. Meine

Handlungsweise stellte sich als absolut gerechtfertigt heraus. Ich erfuhr von der wahren Natur der Seele und der Fehlbarkeit Gottes, was eine ganze Menge mit außenhängenden Eiern zu tun hat – aber damit will ich dich jetzt nicht langweilen. Und ich war imstande, eine gewisse Gesellschaft zu infiltrieren und die vollkommene Kontrolle über diese Gesellschaft zu gewinnen.«

»Ich hab' nicht die leiseste Idee, von was du redest, Mann.«

»Nur Geduld. Wichtig für dich ist nur zu wissen, daß der gegenwärtige Chef dieser Gesellschaft die notwendige Energie für mich bereitstellt, um Strom auf die Piers zu leiten und das Gold aus dem Meer zu ziehen. Aber da das schon morgen nacht geschieht, anstatt wie geplant erst am Freitag, ist es von allergrößter Bedeutung, daß ich ihm eine Nachricht zukommen lasse, damit er über die Änderung informiert ist. Und ich möchte, daß du ihm diese Nachricht überbringst.«

»Ich? Wie kannst du es wagen, mein Herr! Ich bin nicht dein blöder Laufbursche. Ruf den Kerl an und sprich gefälligst selbst mit ihm.«

»Bedauerlicherweise geht das nicht so einfach«, erwiderte Rune. »Und ich kann die Nachricht auch nicht selbst abliefern, weil ich die Ankunft meines Bruders erwarte, der von Amerika hergeflogen kommt und mir einen bestimmten Gegenstand bringen wird.«

»Ich wußte gar nicht, daß du einen Bruder hast, Rune. Bestimmt ein großer, fetter Bastard wie du selbst, he?«

»Identisch«, sagte Rune und lächelte süß. »Wie meine anderen Brüder auch. Einer von ihnen ist unerklärlicherweise verschwunden, aber das habe ich in der Nachricht ebenfalls erwähnt, die du abliefern mußt.«

»Ich werde keine Nachrichten für dich abliefern, Rune, das habe ich bereits gesagt.«

»Diese wirst du abliefern.« Rune reichte Dickerchen einen Umschlag. Auf den Umschlag standen die schicksalsschweren Worte geschrieben:

Streng persönlich.
Nur für die Augen des Chefs der Universalen
Reinkarnationsgesellschaft.
Sendung Durch Boten.

»Trink noch ein Glas Port«, sagte Rune. »Es wird dich warmhalten auf dem Weg.«

34.
KAPITEL

»Whoooaaa!« machte Cornelius und trat in die Bremsen.

»Oooooh!« machte Tuppe und verschwand im Fußraum des Jeeps.

»Aaaaaagh!« machte Norman und segelte über die Windschutzscheibe, um weiter vorn auf die Felswand zu krachen.

»Was ist los?« fragte Tuppe, nachdem er sich auf die Beine und anschließend zurück auf den Beifahrersitz gekämpft hatte.

»Da oben«, Cornelius deutete nach da oben. »Über *Skelington Bay.* Siehst du das?«

»Das sind die schwarzen Biester, die uns angegriffen haben. Was sind das für Dinger, Cornelius?«

»Ich hab' keine Ahnung, Tuppe, aber ich kann mir ziemlich gut vorstellen, wer sie auf uns gehetzt hat.«

»Seht euch nur meinen Overall an«, beschwerte sich Norman, als er zum Jeep zurückhumpelte. »Verkohlt war er bereits, und jetzt sind auch noch beide Knie durchgescheuert. Und seht euch meine Knie an. Zerschrammt. Das tut verdammt weh, so eine Scheiße.«

»Tut mir leid«, sagte Cornelius.

»Sieh dir *das* an!« Tuppe zeigte nach oben. »Hast du eine Ahnung, was das für Biester sind?«

Norman spähte zu den kreisenden Gestalten hinauf. »Sie kommen mir irgendwie bekannt vor. Wie schaffen sie es nur, so mit ihren Flügeln zu fliegen? Genau nach dieser Sorte Technik hab' ich gesucht, als mein Vater ... au Scheiße, jetzt weiß ich, woher ich sie kenne. Ich hab' Zeichnungen von ihnen gesehen. Im *Nekronomikon*.«

»Freunde von dir, Cornelius«, sagte Tuppe. »Weil du der Sohn Satans bist und so weiter.«

»Vielen Dank auch. Aber das macht die Sache noch komplizierter – bewaffnete Truppen, die die Stadt umzingelt haben, wahnsinnige Autos mittendrin, und Kreaturen aus der Hölle, die oben über allem kreisen.«

»Abwasserkanäle«, sagte Norman.

»Pardon?« fragte Cornelius.

»Die Abwasserkanäle. Das populärste Ereignis in *Skelington* neben dem *Skelington Bay East Pier Wettbewerb für muskelkraftgetriebene Stürze ins Wasser*. Die Tour durch die Abwasserkanäle. Ich hab' einmal mitgemacht. Es war großartig. Wir könnten durch einen Gulli einsteigen und die Stadt durch die Kanalisation betreten.«

»Nein danke«, entgegnete Cornelius. »Ich rieche so schon schlecht genug. Es muß einen anderen Weg geben.«

»Wir haben doch einen Jeep«, meldete sich Tuppe zu Wort. »Warum verkleiden wir uns nicht einfach als Soldaten und fahren schnurstracks hinein. Wir könnten sagen, wir hätten eine dringende Nachricht für Hugo Rune.«

»Nicht schlecht. Aber ich würde es anders machen.«

»Oh, Verzeihung«, sagte Tuppe. »Und auf welche Weise *würdest* du es machen?«

»Auf diese Weise«, sagte Cornelius und deutete auf die Klippen am Wasser. »Wir müssen doch gar nicht in die Stadt. Wir benötigen lediglich ein kleines Boot, könnten im Schutz der Dunkelheit auf die See hinausrudern, die Ladungen an den Enden der beiden Piers anbringen, die blaue Papierlunte anstecken und uns an einen sicheren Ort in der Nähe des Horizonts zurückziehen.«

»Der Plan gefällt mir«, sagte Norman. »Gefällt er dir auch, Tuppe?«

»Ja, tut er.«

»Versuchst du dich in Sarkasmus?« erkundigte sich Cornelius.

»Bestimmt nicht. Schließlich war es meine Idee, die Piers in die Luft zu jagen.«

»Gut.«

»Gut.« Tuppe rieb sich die kleinen Hände. »So. Sobald Norman all die verschiedenen, für die Herstellung kräftiger Sprengstoffe benötigten chemischen Komponenten gesammelt und den Zeitzündermechanismus konstruiert hat et cetera und alles vorsichtig in dem Boot verstaut ist, das du in der Zwischenzeit besorgt haben wirst, zusammen mit all den technischen Finessen und dem erforderlichen navigatorischen Know-how, um ein Boot in der Nacht zu steuern und zu rudern, sind wir schon auf dem Weg. Sahneschnitte, was?«

Cornelius kratzte sich nachdenklich am Kopf.

»Sahneschnitte«, sagte Norman.

»Ein Stück Sahneschnitte?« fragte der massige Chef und schob einen vergoldeten Teller über die marmorne Oberfläche seines großen, angeberischen Schreibtischs.

»Sahneschnitte? *Sahneschnitte?*« Brigadier Algenon »Dikkerchen« Wilberforce, DSM, OTO, KY und so weiter und so fort (verstorben), stampfte mit seiner militärischen Fußbekleidung auf den Boden und ballte die Fäuste in Richtung der Rokoko-Decke über sich. »Du hast mich umgebracht, du verdammter Bastard! Mich mit dem verdammten Portwein vergiftet. Verflucht unbritische Art und Weise, einen Kameraden zu erledigen. Ein schuftiger Lump, ein lumpiger Schuft, das bist du! Und wie kommt es, daß du überhaupt du bist?«

»Sie haben eine Botschaft abzuliefern, glaube ich«, sagte der massige Chef.

»Botschaft? Botschaft?«

»Ich habe Ihren Namen in der Liste der heutigen Ankömmlinge gesehen. Ich nehme an, daß mein Bruder Sie, äh, geschickt hat.«

»Bruder? Auf einmal hat der Bastard überall Brüder! Allesamt Mordbuben! Das habe ich schon dem Knaben gesagt, der mich hierher begleitet hat. Scheint, daß er auch von einem Ihrer verdammten Brüder ermordet wurde. Kam mir ziemlich bekannt vor, der Liftboy, ich muß schon sagen. Ich bin sicher, ich kenne ihn aus irgendeinem Film. Aber ich komm' einfach nicht auf den Namen.«

»Die Botschaft.« Der massige Chef streckte eine massige Hand aus.

Algenon »Dickerchen« Wilberforce, DSM, OTO, KY und so weiter und so fort (verstorben) zerrte einen Umschlag aus seiner Brusttasche und warf ihn auf den Schreibtisch. »Ich habe mir die Freiheit genommen, den Inhalt zu lesen. Der verdammte Bastard hat mich angelogen. Er hat gesagt, er würde den Plan von Freitag nacht auf morgen nacht vorverlegen. In der Botschaft steht, er plant, die Sache *heute um Mitternacht* zu starten. Sobald die Masten stehen.«

»Ausgezeichnet«, sagte der massige Chef. »Das läßt sich arrangieren.«

»Und einer Ihrer Brüder ist anscheinend verschwunden. Ertrunken in der Bucht von *Skelington*, aber ›nicht wiedergeboren‹, was auch immer das heißen mag. Der Typ, den ich am Bramfielder Bahnhof aufgenommen hab', ist jedenfalls nicht der gleiche wie der, mit dem ich am Abend vorher geredet hab'. Ich weiß nicht, was ich mit all dem anfangen soll. Es ergibt einfach keinen Sinn.«

»Nicht wiedergeboren?« fragte der massige Chef und erhob sich mit seiner ganzen Masse zu seiner ganzen Größe. »NICHT WIEDERGEBOREN?«

»Nicht *pre-inkarniert*. Aber es ist nicht nötig, sich deswegen gleich so aufzuregen, alter Knabe. Es gibt mehr als genug von euch Typen, denke ich. Und Bastarde seid ihr allesamt.«

»Das war dieser Claude. Der alte Idiot hat sicher an der großen Himmelsdüse herumgespielt.«

»Ich kapier's immer noch nicht«, sagte Dickerchen. »Und ich bin immer noch verdammt wütend. Was für eine Art Leben nach dem Tod soll das hier eigentlich sein? Wo sind die tanzenden Weiber?«

»Halten Sie den Mund!«

»Leck mich am Arsch.«

»Ich muß nachdenken. Ich muß jeden Zoll der Gesellschaft durchsuchen lassen. Ich muß den alten Trottel aufhalten, bevor er noch mehr Schaden anrichtet. Ihn bestrafen. Richtig bestrafen, jawohl. Bleiben Sie hier. Verlassen Sie nicht das Zimmer. Essen Sie von den Sahneschnitten. Bedienen Sie sich am Barschrank.«

»Und tanzende Weiber?« erkundigte sich der verstorbene Brigadier.

»Tanzende Weiber. Sie bleiben einfach nur hier, bis ich alles geklärt habe.«

»Tanzende Weiber mit großen Titten.«

Krach! machte die Tür, als sie hinter dem massigen Chef ins Schloß fiel.

»Ich will keine mit kleinen Titten«, maulte der Brigadier, während er nach dem Barfach suchte und dessen Tür aufzog.

»Waaaaah!« machte ein irre aussehender Bursche und sprang heraus.

»Aaaaaagh!« machte der Brigadier und setzte sich vor Schreck auf den Hosenboden. »Ich werd' verrückt! Ben Gun!«

»Keine Sau erkennt mich beim ersten Mal«, beschwerte sich der alte Claude. »Wahrscheinlich einfach der falsche Typ von Leser. Ich bin Claude, bin ich. Claude, der echte Chef.«

»Beinahe wäre ich an einem Herzschlag gestorben! Es hätte leicht alles vorbei sein können.«

»Nicht zweimal. Das hat *er* schon besorgt, erinnerst du

dich? Ich hab' jedes Wort gehört. Hast du Lust, es ihm heimzuzahlen? Ihn so richtig aufs Kreuz zu legen?«

»Aber sicher!« Der dicke tote Brigadier kämpfte sich keuchend auf die Beine.

»Dann halt dich schön an mich, Jüngelchen. Ich sag' dir, was wir machen.«

»Haltet euch an mich«, sagte Norman. »Ich sag' euch, was wir machen.«

Sie hatten den Jeep inzwischen am Strand geparkt. In einer kleinen geschützten Bucht unterhalb der Klippen. Der Sorte Bucht, wo die *Fünf Freunde* ein Abenteuer mit Schmugglern und Sandwiches erlebt haben würden.

»Du besorgst uns das Boot, Cornelius, und ich erledige den Rest.«

»Meinst du nicht, daß deine halbtransparente Nichtstofflichkeit dir vielleicht einige Schwierigkeiten bereiten könnte? Zum Beispiel, daß du keine Dinge anfassen oder bewegen kannst?«

»Ich habe die Tür des brennenden Hotelzimmers geöffnet und euch gerettet, oder?«

»Ja, das hast du.«

»Dann kann ich auch die Bestandteile für den Sprengstoff organisieren, oder? Besorg du nur das Boot, je größer, desto besser, und triff mich hier um Punkt neun Uhr heute abend. In Ordnung?«

Cornelius schenkte ihm einen weiteren seiner nachdenklichen Kopfnicker.

»Ich schätze, du solltest jetzt ›Sahneschnitte‹ sagen«, korrigierte ihn Tuppe.

»Sahneschnitte.«

»Auf zum Rock'n'Roll, Freunde«, sagte Norman und wanderte am Strand entlang davon.

»Meinst du, wir könnten jetzt endlich mal was wegen Essen unternehmen?« wandte sich Tuppe an Cornelius. »Ich fühle mich schon ganz schwach, fühle ich mich.«

»Ich mich auch. Wie spät ist es?«
»Vielleicht zwei Uhr nachmittags.«
»Also schön. Laß uns am Strand entlangfahren, weg von *Skelington Bay,* und sehen, was wir finden.«
»Eine prima Idee.«
Und Cornelius fuhr los. Der Strand war flach und sandig und menschenleer.
Die Sonne schien freundlich herab, Wellen plätscherten ans Ufer, Möwen tauchten und kreisten, und Tuppe sagte: »Sieh dir das an.«
»Was?«
»Da draußen, auf dem Meer. Vielleicht dreißig Meter vom Ufer entfernt. Schwimmt parallel zu unserer Richtung. Das ist eine Haifischflosse, oder nicht?«
»Hier? Bestimmt nicht. Vielleicht ist es ein Schweinswal. Man nennt sie auch Pilotwale, weil sie die Angewohnheit besitzen, vor Schiffen herzuschwimmen. Oder waren das Delphine?«
»Aber Delphine haben keine Rückenflossen, oder? Fahr schneller. Ich will sehen, ob er mithält.«
Cornelius fuhr schneller.
Die Flosse hielt mit.
»Die Flosse hält mit«, stellte Tuppe folgerichtig fest. »Vielleicht bevorzugt der Pilotwal Jeeps statt Schiffe. Meinst du, wir könnten ihn fangen und essen?«
»Oder vielleicht hinausschwimmen und uns von ihm fressen lassen.«
»Nein danke. Bleib mit den Reifen auf dem Trocknen, Mann. Und fahr ein bißchen schneller.«
Cornelius fuhr ein bißchen schneller.
»Er hält immer noch mit. Und er kommt näher.«
»Das ist nie im Leben ein Hai«, sagte Cornelius. »Es ist viel zu eckig. Sieht eher aus, als wäre es aus Metall.«
»Und Glas. Es glitzert in der Sonne, siehst du das auch? Eigenartig, eh?«
»Es kann unmöglich ein U-Boot oder so was sein. Ich meine, ich ... *o nein!*«

»*O nein!*« stimmte Tuppe Cornelius zu.

Es erhob sich aus den Wellen, und es sah wirklich nach Metall und Glas aus. Der Kühlergrill, die Windschutzscheibe, die Spiegel. Die Motorhaube war über und über mit Seegras bedeckt, aber das metallicblaue Finish war noch immer sichtbar, und die gewaltige verchromte Stoßstange wirkte zwar ein wenig mitgenommen, aber ansonsten intakt.«

»Es ist der Cadillac!« Cornelius trat das Gaspedal bis zum Anschlag durch.

»Er ist hinter uns her, Cornelius! Fahr schneller!«

»Ich fahr' ja schon schneller! Aber wie ist das nur möglich? Autos können nicht unter Wasser fahren! Sie können es einfach nicht!«

»*Dein* Cadillac scheint das jedenfalls nicht zu wissen. Und *falls* er es weiß, dann gibt er scheint's einen Dreck darauf. *Fahr schneller!*«

Der Cadillac ließ sich von einer Welle herantragen und kam immer näher. So ein Cadillac Eldorado hat eine verdammt starke Maschine. Viel kräftiger als die eines Jeeps.

»Wir werden ihm auf gerader Strecke niemals entkommen.« Cornelius lenkte den Jeep den Strand hinauf. »Aber vielleicht können wir ihn ausmanövrieren.« Ein weiterer Schlenker. Dann noch einer.

Sand spritzte auf.

Der Cadillac verließ das Wasser, und Gischt schäumte von Türen und Grill. Die Maschine grollte laut. Die Reifen wühlten den Sand auf.

»Man sollte meinen, daß er inzwischen keinen Tropfen Sprit mehr im Tank hat. Autsch!« Tuppe fiel vom Sitz, als der Cadillac den Jeep von hinten rammte. Und den Wasserkanister aus überschüssigen Armeebeständen zum Platzen brachte sowie die mit Druckknöpfen zu befestigende Tarnplane (an die wirklich sehr schwer zu kommen ist, es sei denn, man hat gute Beziehungen zu jemandem in den Kriegsmaterial-Überschuß-Ausschüssen) abriß und überrollte.

»Schneller!« kreischte Tuppe aus dem Fußraum.

»Er ist zu stark«, rief Cornelius. »Und zu groß. Wenn er uns noch ein paar Mal erwischt, dann ist es aus mit uns. Oooooohh!«

Der Cadillac streifte sie seitlich, wobei er ein Trittbrett des Jeeps abriß und einen Gutteil der Seitenverkleidung. Auf Tuppes Seite.

»O mein Gott!« Tuppe kletterte in seinen Sitz zurück. »Meine halbe Tür ist dahin. Tu was, Cornelius! Tu was!«

Cornelius riß den Wagen in eine schnelle, sandige Kehrtwende. »Tu du was, Tuppe! Egal was!«

»*Buuuuuh!*« machte Tuppe. »Verschwinde! Laß uns in Frieden!«

Groll! machte der Cadillac. Kam heran und rammte sie einmal mehr. So ein schöner langer, flacher Strand mit so schönen Klippen. So schwierig, von diesem verdammten Strand zu entkommen.

»Es wird dich zum Lachen bringen«, sagte Cornelius, »aber nach der Benzinuhr ist unser Tank leer.«

»O Mann! Autsch!« Da ging es hin, das Reserverad. Tuppe krachte nach vorn in das militärische Äquivalent eines Handschuhfachs. »Oh!« machte er, dann: »Ah!«

»Ah?« erkundigte sich Cornelius.

»Ja, ah! Sieh dir das an! Sieh dir das an!« Tuppe zeigte seinen Fund.

Quietsch! machten die Bremsen, und Cornelius riß den Jeep nach links. Der Cadillac schoß vorbei und schwenkte herum, um die Verfolgung fortzusetzen.

»Eine Handgranate«, sagte Tuppe.

»Sehr geschmackvoll«, sagte Cornelius. »Du läßt besser mich werfen, Tuppe.«

»Hör auf. Ich hab' sie gefunden!«

»Tuppe, bitte! Das Ganze wird in einem dieser blöden Handgranaten-Gags enden. Du wirfst den Stift und hältst die Granate, läßt sie fallen – laß mich werfen.«

»Keine Chance«, entgegnete Tuppe. »Du fährst, ich

werfe. Laß den Cadillac auf meiner Seite herankommen. Ich werfe einfach die Granate hinein, und du steuerst danach weg.«

»Aber du mußt zuerst den Stift ziehen.«

»Was für einen Stift?«

»Was für einen Stift!«

»Nur ein Scherz. Oooooouuuh!«

Quetsch! machte der Cadillac am Heck des Jeeps.

»Ich hab' keine Lust, auch noch zu zählen«, sagte Tuppe. »Ich will einfach nur den Stift ziehen und werfen. Wieviel Zeit bleibt dazwischen?«

»Ungefähr zehn Sekunden, denke ich.«

»Dann konzentrierst du dich besser auf ein paar gute Ausweichmanöver. Also gut, packen wir's an.«

Cornelius schwenkte nach rechts, der Cadillac zog an der Seite auf die gleiche Höhe und begann, an den Überresten von Tuppes Tür zu hobeln.

»Ich tu' das wirklich nicht gerne«, sagte Tuppe. »Du warst einmal so ein zauberhafter Wagen. Es tut mir leid.« Er zog den Stift und schleuderte die Granate in den Cadillac. »Mach's gut.«

»Vorsicht!« Ein Kopf tauchte auf dem Vordersitz des Cadillac auf, nur wenige Zoll von Tuppe entfernt. Der Kopf eines Schafs. Der Kopf von Boris, dem gefälschten Schaf namens Lassie. »Beinahe hättest du mich damit getroffen!« rief er fröhlich. »Dieser Wagen ist wirklich zum Totlachen! Wie geht's euch, Jungs?«

»Boris, du bist es!«

»Was?« fragte Cornelius.

»Das ist Boris im Cadillac!«

»Dann wirf die Granate nicht!«

»Ich hab' die Granate bereits geworfen!«

»Das hast du mir gar nicht gesagt!«

»Du hast mich nicht danach gefragt. Außerdem hat Boris mich überrascht.«

»Wie viele Sekunden ist es her, daß du ...?«

»Boris!« kreischte Tuppe. »Spring aus dem Wagen! Das war eine Handgranate, die ich hineingeworfen habe! Spring!«

»Häh?«

»Eine Bombe! Spring! *Spring!*«

»Ich kann nicht länger warten.« Cornelius riß das Steuer herum und trat auf die Bremse. Der Cadillac schoß vorbei, sprang über eine kleine Düne und ging in einem mächtigen Feuerball auf. Sehr kräftig, die Explosion, mit einer gewaltigen Menge Lärm.

Cornelius warf sich über Tuppe, als Splitter glühenden Metalls auf den Jeep herunterregneten.

Boris war nicht in Sicherheit gesprungen.

Boris war leider nicht mehr.

35.

KAPITEL

»Ist er ...?« fragte Tuppe.

»Nein, ist er nicht.«

»Dann ist er ...«

»Ja. Ich fürchte, er ist.«

»Dann bin ich ...?«

»Es war nicht deine Schuld, Tuppe. Du hast ihn erst gesehen, als es zu spät war.«

»Das hilft mir auch nicht. Ich hab' ihn umgebracht, Cornelius. Ich hab' ihn in die Luft gejagt.«

»Ein rasches Ende«, sagte der große Junge. »Wenn es dich tröstet, er hat mit Sicherheit nicht viel gespürt.«

»Es tröstet mich kein Stück. Wir müssen ihm zumindest ein anständiges Begräbnis geben.«

»Meinst du wirklich?« fragte Cornelius. Er verspürte kein besonderes Bedürfnis, Körperteile zusammenzusuchen.

»Ich hab' ihn umgebracht, also muß ich ihn auch beerdigen.«

»In Ordnung.«

Sie kletterten aus den Überresten des Jeeps und marschierten mit hängenden Köpfen zum Kamm der kleinen Düne hinauf. Von dort starrten sie auf das entsetzliche Chaos, das auf der anderen Seite lag. Der Cadillac bestand nur noch aus einer schwarzen, zerfetzten Masse. Kleine Feuer rauchten hier und da.

»Siehst du etwas von ihm?« fragte Tuppe.

Cornelius nickte. »Dort drüben.

»Ah«, sagte Tuppe.

»Und dort«, sagte Cornelius. »Und dort auch.«

»O Mannomann! Es tut mir so leid!«

»Es war nicht deine Schuld.«

»Wir wissen noch nicht einmal, wer seine Familie war. Wir können niemanden benachrichtigen.«

Cornelius klopfte seinem Freund auf die Schulter. »Ich weiß nicht, was ich sagen soll«, sagte er.

»Komm, sammeln wir ihn ein.«

»Willst du es lieber alleine machen?« fragte Cornelius hoffnungsvoll.

»Nein. Ich hätte lieber, wenn du mir dabei hilfst.«

Sie trotteten betrübt die Düne hinab. »Soll ich die kleineren Stücke holen?« fragte Tuppe.

»Wie du willst. Meinst du nicht, ich sollte einfach nur das Loch graben?«

»*Nein*«, sagte Tuppe.

»Also schön.«

Boris lag nicht allzuweit verstreut. Füße (nicht Hufe. Pardon!), ein wolliger Schwanz und der Kopf.

Der Körper war zum größten Teil noch vollständig. Keine hervorquellenden Eingeweide oder so.

Cornelius bückte sich und streichelte mit der Hand über die versengte Wolle. Tätschelte den kleinen Leib.

»Ist es jetzt sicher?« fragte der kleine Leib. »Kann ich rauskommen? Diese Superrüstung ist wirklich ihr Geld wert. Aber ich hab' schon wieder Kopfschmerzen.«

Cornelius sprang auf. »Tuppe!« Er hüpfte auf und ab. »Tuppe, er lebt! Er lebt!«

»Häh? Was?« Der kleine Bursche hatte den Schafskopf in den Händen und peilte in die leere Hülle.

»Er lebt, er ist in Sicherheit!«

»Ich lebe, ich bin in Sicherheit«, sagte Boris und mühte sich aus seinem Schutzpanzer.

»Oh, großartig!« sagte Tuppe und stolperte herbei. Er umarmte Boris. »Du lebst! Du lebst!«

»Laß mich los«, sagte der Magonier. »Und versuch bitte nicht, mich zu küssen.«

»Aber du lebst!«

»Ja, das weiß ich selbst. Was ist das für ein lustiges Geräusch?«

»Wahrscheinlich mein Magen«, erwiderte Tuppe. »Ist schon eine Weile her, daß ich etwas gegessen habe.«

»Nein, nicht dieses lustige Geräusch. Ich meinte *jenes* lustige Geräusch ...«

Jenes lustige Geräusch war entgegen Boris' Worten überhaupt nicht lustig. Ganz und gar nicht. Es war mehr eine Art grollendes Knurren. Ein bösartiges, mechanisches, grollendes Knurren.

»Das ist der Jeep!« Cornelius starrte voller Entsetzen auf das verbeulte Vehikel, das grollend und knurrend auf sie zukam. Das jüngste Opfer des Autowahnsinns.

»Hat jemand gesagt, wir sollen rennen?« erkundigte sich Boris.

»Ich, glaube ich«, sagte Tuppe. »Hilf mir, Cornelius.«

Der große Junge sammelte den kleinen Burschen auf, und in Gesellschaft von Boris rannte er los.

Hugo Rune rannte niemals. Manchmal schritt er etwas schneller. Oft schlenderte er. Aber meistens saß er nur, und den größten Teil der Zeit verschlief er sowieso.

Hätte er in diesem Augenblick geschlafen, dann hätte sein Traum höchstwahrscheinlich eine marmorne Badewanne, parfümiertes Wasser, eine gewisse, noch unvollständige Gleichung und ein wütendes Klopfen an seiner Tür umfaßt.

Aber Rune schlief nicht.

Rune organisierte.

Das war etwas, worin er glänzte.

Obwohl er vorzugsweise dabei saß.

So wie jetzt. Auf dem Thron des Bürgermeisters. Geklaut aus dem Rathaus von *Skelington*. Kriegsbeute sozusagen. Rune trug den Amtsumhang des Bürgermeisters. Und die Kette. Und seinen Hut. Alles geklaut. Alles Kriegsbeute. Sozusagen.

Der Thron war auf dem Geschützturm eines Sherman-Panzers festgezurrt. Rune hatte ein lautes Megaphon »organisiert«, und durch dieses Megaphon »organisierte« er jetzt.

Um den Panzer hatten sich einige hundert Leute versammelt. Die meisten steckten in Freizeitkleidung, Nachzügler des »Großen Gewaltmarsches«. Und Leute, die versucht hatten, sich zu verstecken. Alle von Dickerchens privater Miliz aufgestöbert und zusammengetrieben. Einer privaten *Militia*, die nun unter Runes Kommando stand. Unter Runes alleinigem Kommando.

»Das gesamte Gebiet steht ab sofort unter Kriegsrecht«, erklärte Rune soeben. »Sie haben folgende Wahl: Sie arbeiten einige Stunden für mich, oder Sie werden als Plünderer erschossen. Wer sich für die erste Möglichkeit entschieden hat, der hebt jetzt die Hand.« Die meisten – aber nicht alle! – Hände hoben sich augenblicklich.

»Ich vermute, daß die Andersdenkenden sich für das Erschießen entschieden haben«, sagte Rune in das Megaphon.

»Sie können uns nicht so behandeln!« rief eine Dame mit einem Strohhut. »Wir befinden uns immerhin in England!«

»Ich verstehe. Würden Sie bitte so freundlich sein und einen Schritt vortreten, Madam?«

Die Dame mit dem Strohhut war so freundlich.

Rune hob eine große Hand in den Himmel und ließ sie wieder sinken. Den ausgestreckten Zeigefinger auf den Hut aus Stroh gerichtet.

Eine dunkle Gestalt fiel aus dem Himmel. Fledermausartige Flügel und grausame Klauen. Ein Gestank nach Schwefel. Eine zuckende, gespaltene Zunge in einem Hakenschnabel. Krallen packten zu. Die Dame kreischte. Die Menge wich zurück. Kreischte ebenfalls. Und schrie. Flügel flatterten. Die Dame wurde in die Luft gehoben, um Gnade heulend, und weit, weit davongetragen. In Richtung Meer.

»Das ist die dritte Möglichkeit«, sagte Rune. »Ich muß Sie nun ein wenig zur Eile drängen.«

»Beeilung!« Cornelius rannte in Richtung der Klippen. Boris auch. Hinter ihnen, brüllend wie ein hungriger Löwe, schoß der Jeep heran, das Auspuffrohr hinter sich herziehend, die Hinterreifen zerfetzt, die Felgen auf dem Sand mahlend.

»Uff!« machte Boris, als er flach auf das Gesicht fiel.

»Komm weiter, mein Freund.« Cornelius wandte sich um, tauchte herab, packte Boris und warf sich mit ihm zur Seite. Der Jeep schoß heulend vorbei, und die Eingeweide zerfetzende, scharfkantige Karosse verfehlte sie nur um wenige Zoll.

»Die Klippen hinauf«, brüllte Cornelius. »Komm schon, Boris. Beeilung!«

»Beeilung, sagt der Mann!« Boris rappelte sich auf, und der Jeep wendete einmal mehr. Stand da, brüllend und schnaubend und qualmend wie ein Stier. Sich auf den Angriff vorbereitend.

Cornelius erreichte die Klippen. Hohe Klippen. Hohe, überhängende Klippen. Hohe, überhängende Kalkklippen. Der große Junge suchte nach einem Halt für die Finger. Versuchte, an den großen, überhängenden Kalkklippen emporzuklettern. Kalk bröckelte herab. Der große Junge bröckelte mit.

»Autsch!« heulte Tuppe, als Cornelius auf ihm landete.

Brumm! Brumm! Brumm! machte der Jeep und ließ seine Maschine aufheulen.

»Hilf uns auf diese Klippe hinauf!« flehte Boris.

»Ich glaube nicht, daß wir diese Klippe hinaufklettern können«, schnaufte Cornelius. »Du hast nicht zufällig einen Strahler oder sonst eine Pistole bei dir, vermute ich«, hechelte er.

»Einen Strahler«, erwiderte Boris. »Das ist eine gute Idee!«

»Dann hast du einen?«

»Nein, hab' ich nicht. Aber es ist doch eine gute Idee, oder nicht?«

Brumm! Brumm! Brumm!, und dann: *Attacke!*

Zerfetzte Reifen knallten wie Peitschen durch die Luft. Blaue Schwaden aus Abgas. Knirschendes Metall, sich schüttelnd und vibrierend, knarrend und kreischend. Der Jeep schoß vor.

»Oooooohh!« Cornelius hob Boris und Tuppe hoch und bereitete sich auf einen vollkommen unmöglichen Sprung vor.

Der Jeep raste heran. Yards nur noch. Dann Fuß. Dann Zoll. Dann nichts mehr.

Entsetzlicher, schrecklicher Aufprall. Verstümmelnd, zerfetzend. Zerstörerisch. Fürchterlich.

Sehr, sehr gemein.

Die Konkussion* war stark genug, um ein ganzes Stück Klippe zum Einsturz zu bringen. Rumpelnde Felsbrocken und Kalkstücke polterten in einer donnernden Kaskade herab, begruben den Jeep** unter sich und erstickten sein *Brumm! Brumm! Brumm!*.

Für immer.

* Vielleicht eine neue Biersorte?

** Doch keine Biersorte.

Große Stille senkte sich auf den menschenleeren Strand herab.

»Puuuh!« sagte Tuppe. »Das war knapp!«

»Nur ein paar Zoll«, bestätigte Cornelius.

»Ich dachte schon, wir wären erledigt«, sagte Boris.

»Was mich neugierig macht«, sagte Tuppe, »ist die Frage: *Wie im Namen aller Huren Babylons schaffen wir es, in der Luft zu schweben?*«

»Schwebestiefel«, sagte Boris. »Standardausrüstung der Luftjägereinheiten, für den Fall, daß man aussteigen muß. Haltet euch an mir fest und bleibt schön innerhalb des telekinetischen Felds.«

»Telekinetisches Feld?« fragte Cornelius, als die drei auf den Sand niederschwebten.

»Hab' ich dir gegenüber nicht schon mal die Transperambulation pseudokosmischer Antimaterie erwähnt?«

»Doch, so nebenbei. Ich hätte wahrscheinlich aufmerksamer zuhören sollen.«

»So, da wären wir.« Und die drei plumpsten auf den festen Boden zurück.

»Danke sehr«, sagte Cornelius.

»Ja«, sagte Tuppe. »Vielen herzlichen Dank.«

»War mir eine Freude, Freunde. Zum Glück hat Cornelius von Strahlern gesprochen. Ich hatte meine Stiefel völlig vergessen.«

Tuppe warf ängstliche Blicke auf den großen Haufen herabgestürzter Klippe. »Meinst du, wir sind jetzt in Sicherheit?«

»Wir wollen uns beeilen und von hier verschwinden«, entgegnete Cornelius. »Wir haben eine Menge zu erledigen.«

»Kann ich mit euch kommen?« erkundigte sich Boris. »Ich hab' nicht viel zu tun, nachdem der unterseeische Ausflug zu Ende ist und alles.«

»Natürlich kannst du«, sagte Tuppe.

»Natürlich kann er nicht«, sagte Cornelius. »Er hat nichts mit der ganzen Sache zu tun, und wir dürfen ihn nicht in solche Gefahr bringen.«

»Gefahr, eh?« Boris pfiff durch die Zähne. »Nun, vielleicht treffe ich euch Jungs später. Ich hab' nachgedacht. Ich habe vielleicht meine fliegende Untertasse verloren, aber wenn ich trotzdem zu meinem Treffen gehe und die technologischen Geheimnisse meiner Rasse weitergebe als Gegenleistung für einen unterschriebenen Vertrag, die Leute von *Magonia* in Frieden zu lassen, dann könnte ich über den Meeresgrund zu Fuß nach Hause zurückkehren, und alles wäre wieder in Ordnung.«

Tuppe öffnete den Mund zu einer Erwiderung.

Aber Cornelius kam dazwischen. »Ich dachte, du hättest dein Treffen bereits verpaßt«, sagte er.

»Ja, aber wie es der Zufall so will – ich habe in Erfahrung gebracht, daß der Typ, mit dem ich mich treffen soll, noch immer hier in der Gegend ist.«

»Noch immer hier in der Gegend?«

»Ja, noch immer hier in der Gegend. Eine Garnele hat es mir erzählt, und die hat es von einer Wellhornschnecke, die es von zwei Seemöwen hat, die sich über etwas unterhielten, das ihnen eine Taube erzählt hat.«

»Also ist gar kein Zweifel möglich«, sagte Tuppe.

»Wie ich gesagt habe«, fuhr Boris fort, »der Typ ist noch immer hier in der Gegend, also kann ich mich auch mit ihm treffen.«

»Und wie heißt diese Person?« fragte Cornelius.

»Eigentlich dürfte ich das ja gar nicht verraten. Immerhin ist es geheim. Streng geheim sogar. Aber ihr Jungs seid meine Freunde, und deshalb ...« Boris warf verstohlene Blicke nach rechts und links. »Euer König«, flüsterte er.

»Unser *König*?« fragte Tuppe.

»Ja. Euer König«, erwiderte Boris voller Stolz. »König Hugo Rune von England.«

Also ein König, will er als guter König leben,
muß seinen Untertanen auch Freiheit geben.
(Wer hat das geschrieben?)

Am Hofe König Hugos gab es nicht den kleinsten Hinweis auf irgendeine Spur von Freiheit. Hunderte arbeiteten schwer an den Hängen, die nach *Skelington Bay* hinabführten. Schweißbrennerflammen brannten sich durch Träger, Bulldozer stemmten Masten von ihren Sockeln, Hochspannungskabel schnappten und knallten peitschend durch die Luft.

Einer nach dem anderen fielen die Strommasten, beinahe mit der gleichen erhabenen Würde wie Bäume. Aber nicht ganz. Verdrehte stählerne Arme penetrierten den Grund, *Knirsch!* und *Kracks!*

Ketten und Laster, Bulldozer und Menschenkraft.

Zoll um Zoll, Yard um Yard.

»Schneller«, brüllte Rune in das Megaphon. »Wir haben eine Deadline einzuhalten! Eine *Dead*line!«

Irgend jemand stolperte und fiel hin. Aber keiner der anderen wagte es, mit seiner Arbeit innezuhalten und dem Gestrauchelten eine Hand zu reichen. Sie wandten die Augen ab, doch die Ohren konnten sie nicht verschließen, als wirbelnde Reifen und stählerne Ketten sich ihren Weg suchten und Schreie erstickten. Und Leben zermalmten. Ohne jede Spur von Erbarmen.

»Schneller!« brüllte Rune. »Einer weniger zum Ziehen, also muß der Rest von euch sich mehr anstrengen!«

Im Himmel hoch oben kreisten noch immer die dunklen Schatten. Die Uhr tickte unbarmherzig weiter und schlug Vier.

Und mit einem Schlag hatte der größte Teil von Sussex keinen elektrischen Strom mehr.

»Elektrischer *was*?«

»Wie ich gesagt habe.«

»Aber ... aber er kann doch nicht ...!«

»Aber er wird.«

»Aber ... aber dann wird er ...!«

»Ich weiß, was er dann wird.«

»Aber ... aber dann werden wir ...?«

»Ja, das werden wir. Wir müssen.«

»Noch jemand Kaffee?« erkundigte sich Tuppe. »Noch jemand Toast mit Bohnen?«

»Ja«, sagte Cornelius. »Danke.«

»Aber ... aber ich ...?« sagte Boris.

»Jawohl«, erwiderte Cornelius. »Du.«

»Und er ... er war ...?«

»Ich weiß, wer er war.«

»Aber ... aber dann müssen wir unbedingt ...?«

»Ganz recht, das müssen wir.«

»Worüber redet ihr eigentlich?« fragte Tuppe. »Und wo sind wir hier – nur für den Fall, daß jemand fragen sollte?«

»Wie du ganz genau weißt«, erklärte Cornelius, »befinden wir uns an Bord einer Zwanzig-Fuß-Motoryacht mit Namen *Die liebliche Lynne*, die Boris freundlicherweise in der nächsten Bucht vom Anlegesteg losgebunden und für uns hergeschafft hat.«

»Mir gefallen die schrillbunten Teppichfliesen überall nicht besonders«, brummte Tuppe. »Aber erzähl weiter.«

»Ich hab' Boris hier eben von ›König‹ Hugos Plan erzählt.«

»Und ich habe mein Entsetzen darüber geäußert«, fügte Boris hinzu. »Weil nämlich König Hugos Plan ganz eindeutig zur Auslöschung meiner gesamten Rasse führen wird.«

»Was mich interessiert«, sagte Tuppe, »und da stehe ich höchstwahrscheinlich nicht alleine – wie hat dieser Rune eigentlich mit deiner Rasse Kontakt aufgenommen, Boris?«

»Anscheinend hat er es von einer Haustaube erfahren, die es von zwei Seemöwen hörte, die es von einer Wellhornschnecke erfuhren, die es von einer Garnele wußte.«

»Ah ja. Offensichtlich«, sagte Tuppe. »Ich wußte gleich, daß es eine einfache Erklärung gibt.«

»Er kam in einem Bathyskaph herunter, und er brachte anscheinend eine Menge Glasperlen mit. Erzählte, er käme in Frieden und im Auftrag der gesamten Menschheit.«

»Als Gegenleistung für eure fortgeschrittene Technologie.«

»Sobald er erkannte, daß wir fortgeschrittene Technologie besaßen.«

»Und was solltest du bei diesem Treffen für ihn tun?«

»Ich sollte ihn einen Testflug mit meiner fliegenden Untertasse durchführen lassen.«

»Ah«, sagte Cornelius.

»Was heißt in diesem Zusammenhang ›Ah‹?« fragte Tuppe.

»Ah heißt, da hast du Runes Fluchtfahrzeug für den Augenblick, wo der elektrische Schlag kommt und alle anderen auslöscht. Auf und davon.«

»Ja, aber er hat die fliegende Untertasse noch nicht.«

»Ich frage mich, wer sie hat«, fragte sich Boris traurig.

»Hugo«, sagte Hugo.

»Und Hugo«, erwiderte Hugo.

Hände wurden geschüttelt. Knöchel gedrückt. Schultern geklopft.

Ein Hugo in seiner bürgermeisterlichen Amtstracht, der andere in einem schicken Stadtanzug, wie es dem Vorstandsdirektor der Transglobe-Verlagsgruppe geziemte. Der er nämlich war.

»Angenehme Reise?« erkundigte sich Hugo #1.

»Angenehm, bis wir *Gatwick* erreicht hatten«, erwiderte Hugo #2. »Dort gab es einen Stromausfall. Alle Radarsysteme und Flugleitsysteme waren ausgefallen. Überall krachten Flugzeuge zusammen oder stürzten ab. Ziemlich amüsant, das alles. Ich blieb an Bord, bis unserer Maschine der Treibstoff vom vielen Kreisen ausging, dann griff ich mir den Fallschirm des Kapitäns und sprang ab.«

»Ich hätte das gleiche getan.«

Die beiden Runes grinsten sich bei diesen Worten an.

»Und? Kommt das Projekt voran? Wie ich sehe, hast du

ein paar Bauern zur Arbeit requiriert. Und ein paar alte Freunde kreisen am Himmel. Alles läuft genau nach Plan, wie mir scheint.«

»Du hast doch wohl nicht ernsthaft geglaubt, es könnte anders sein? Du hast die essentielle Kleinigkeit mitgebracht, wie ich annehme?«

»Die fliegende Untertasse? Aber sicher. Es war gar nicht leicht, sie zu finden. Aber nachdem mir der Herrscher der Magonier erst einmal bestätigt hatte, daß der Botschafter losgeschickt worden war, ging es nur noch darum, herauszufinden, was mit ihm geschehen war. Ich führte ein paar diskrete Telefongespräche mit ein paar gemeinsamen Freunden im Verteidigungsministerium ...«

»Und du erfuhrst, daß die fliegende Untertasse abgestürzt war und die Ministeriumseierköpfe sie inzwischen hatten.«

»Präzise.«

»Ich hätte es genauso gemacht.«

»Ich wußte, daß du es genauso gemacht hättest.«

Die beiden Runes grinsten sich erneut an. Ein böses Grinsen.

»Dann können wir also wie geplant weitermachen«, sagte Rune #1 (der mit dem bürgermeisterlichen Hut). »Die Masten werden in *Skelington* in einer Reihe von den beiden Piers bis zum Druidenhügel wieder aufgerichtet. Dann führen wir Starkstromkabel über die Masten bis zum Hügel hinauf, wo sie in zwei Radiomasten enden.«

»Du hast sie?«

»Sie sind auf dem Weg. Ohne Energieversorgung und mit einem zerstörten Kommunikationsnetz gehört die ganze Gegend uns.«

»Und um Mitternacht?«

»Genau Punkt Mitternacht wird unser Bruder in der *Universalen Reinkarnationsgesellschaft* seinen großen Schalter umlegen und auf einer Breitbandfrequenz jede einzelne Seele abstimmen, die in dem glitzernden Ring um die Sonne hängt. Wir werden ihre gesamte Energie in die Radiomasten schicken, von dort durch die Stromkabel und in die beiden Piers. Ergebnis: der größte Schreck, den dieser Planet seit seiner Erschaffung erlebt hat. Wir werden natürlich von außerhalb der Erdatmosphäre zusehen.«

»Du erwartest, daß neunundneunzig Komma neun Prozent der Bevölkerung sterben?«

»Das vollständige Ende jeglicher Zivilisation, wie wir sie kennen. Ja.«

»Und wir werden sie wieder aufbauen.«

»Oh, als die reichsten Männer der Erde wird es unsere Pflicht sein. Wiederaufzubauen. Und natürlich zu herrschen.«

»Natürlich.«

Die beiden Runes blickten sich einmal mehr an und kicherten boshaft.

»Also Mitternacht«, sagte Hugo #1. »Und morgen gehört uns die Welt*.«

Die beiden schlenderten davon, die Arme gegenseitig um die Schultern gelegt und über goldene Berge plaudernd, die aus dem Meer wuchsen. Über Sklaverei und Konkubinen, über Macht und das Vergnügen ihres Mißbrauchs. Und über Mitternacht. Immer wieder über Mitternacht.

»Mitternacht?« fragte sich Norman, der ungesehen dabeigestanden und die ganze Unterhaltung belauscht hatte. »Heute um Mitternacht? *Heute um Mitternacht?* Heute um Mitternacht! O Mann! *O Mannomannomann!*«

O Mannomann.

* Na, na, na! (Anm. d. Übers.)

36. KAPITEL

»Wie spät ist es?« erkundigte sich Cornelius.

»Beinahe neun Uhr«, sagte Boris. »Ich kann es kaum erwarten, diesen toten Freund von euch kennenzulernen.«

»Ich kann überhaupt nichts sehen«, sagte Tuppe. »Die gesamte Küste liegt in tiefster Finsternis.«

»Ich kann ziemlich gut in der Dunkelheit sehen«, sagte Boris. »Aber das ist völlig normal. Schließlich gehöre ich einer überlegenen Rasse an und so.«

Tuppe streckte ihm in der Dunkelheit die Zunge heraus.

»*Das* habe ich gesehen«, sagte Boris. »Und ich sehe noch etwas.«

»Vielleicht Norman?«

»Eine Art dreirädriges Fahrrad, und es fährt von alleine.«

»Das ist Norman.« Cornelius hatte das Boot so dicht an der Küste verankert, wie er es wagte. Nun kletterte er über die Reling, sprang ins Wasser und watete an den Strand.

»Ahoi da drüben!« rief Norman.

»Ahoi.« Cornelius tastete in der beinahe vollkommenen Dunkelheit nach ihm. »Was ist das, worauf du da sitzt?«

»Ein Eiskremfahrrad.«

»Also hast du eine Formel entdeckt, um Sprengstoff aus Eiskrem herzustellen?«

»Nein. Sei bitte nicht albern. Ich hab' das Eis weggeworfen.« Norman deutete auf den großen, tragbaren Kühlapparat unter dem Lenker. Darin schimmerte stählern blau eine Auswahl gefährlich wirkender militärischer Hardware. »Ich hab' ein paar Mörser, einige Gewehre und eine Ladung Granaten geklaut. Hast du ein Boot?«

»Aber sicher.«

»Dann sollten wir besser an Bord gehen. Rune hat den Zeitplan vorverlegt. Er will die Piers heute um Mitternacht unter Strom setzen.«

»Was? Heute um Mitternacht? *Heute um Mitternacht?* Heute um Mitternacht? O Mann!«

»Und er schätzt, daß neunundneunzig Komma neun Prozent der Weltbevölkerung dabei draufgehen.«

»Was?«

»Und er und seine Brüder wollen die Überlebenden beherrschen. Nachdem sie mit der fliegenden Untertasse, die sie geklaut haben, aus dem Weltraum zurückgekehrt sind.«

»Was?«

»Wer hat da ›Was?‹ gesagt?« fragte Norman.

»Ich«, sagte Boris und trabte herbei, um hallo zu sagen.

»Aaaaaagh!« machte Norman und fiel vom Rad. »Ein Alien aus dem Weltraum! Nimm eine Pistole, Cornelius! Schieß es tot!«

»Boris ist ein Freund«, sagte Cornelius. »Er ist hier, um uns zu helfen.«

»Und ich komme auch nicht aus dem Weltall«, sagte Boris. »Ich komme von unter dem Meer. Das ist meine fliegende Untertasse, die Rune geklaut hat, und ich will sie zurückhaben. Wo bist du eigentlich? Ich kann dich gar nicht sehen.«

»Hier bin ich«, sagte Norman.

»Nun, angenehm, dich kennenzulernen. Mein Name ist Boris.«

»Norman«, erwiderte Norman. »Kennst du Marina von *Stingray**?«

»Wir müssen uns in Bewegung setzen«, sagte Cornelius und lud die Mörser und Granaten ab. »Wenn du recht hast, Norman, dann bleiben uns weniger als drei Stunden.«

»Ich hab' recht«, sagte Norman. »Glaub mir, bitte.«

»Ich glaube dir.«

»Ist Marina die, die der Joanna Lumley so ähnlich sieht, aber Gott sei Dank nie ein Wort spricht?« fragte Boris.

* US-Fernsehserie, in der ein gewisser Boris (aber nicht unser Boris [Und schon gar nicht Boris B.]) mit einer schwarzen *Corvette Stingray* völlig unmotiviert durch die Gegend braust.

»Das ist sie. Aber du urteilst ein wenig hart über Joanna, findest du nicht? Sie wurde zu der Frau gewählt, die die meisten Männer in diesem Land gerne küssen würden.«

»Ein wenig zu alt für mich«, sagte Boris. »Aber ich meine, es ist ein Glück, daß Marina nie spricht. Sie sieht nicht besonders helle aus, oder?«

»Nein, vermutlich hast du recht. Aber du kennst sie nicht persönlich, oder?«

»Nein, tut mir leid. Einmal hab' ich den *Submariner* aus den Marvel-Comics getroffen.«

»Das glaube ich nicht!«

»Hab' ich aber trotzdem.«

»Beeilung«, rief Tuppe vom Boot her. »Die Ebbe setzt ein. Wenn wir jetzt nicht bald verschwinden, dann sitzen wir auf Grund.«

»Beeilung«, sagte der alte Claude zu dem kürzlich verstorbenen Dickerchen Wilberforce. »Uns bleiben weniger als drei Stunden, um den Bastard aufzuhalten.«

»Ich beeile mich ja«, schnaufte Dickerchen. »Wohin gehen wir eigentlich?«

»Zur großen Himmelsdüse. Ich hab' ein wenig Hilfe für den kleinen Bengel Norman einprogrammiert.«

»Den kleinen Bengel wen?«

»Ist doch egal. Wenn ich die Sendung losgeschickt habe, werden wir die große Himmelsdüse sabotieren. Dann kann der Bastard sie nicht auf die Seelen einstimmen und ihnen ihre Energie stehlen. Und wenn wir die große Himmelsdüse erst zu Schrott verarbeitet haben, dann kann er sich seinen schönen Plan sonstwo hinstecken, der Bastard.«

»Schrott?« keuchte Dickerchen. »Na, das ist endlich mal was, worin ich mich auskenne.«

»Komm mit!« Der alte Claude führte ihn über eine Treppe auf das ausgedehnte Dach hinaus, wo die gewaltigen Maschinen stampften und die kleinen Männchen in ihren weißen Overalls Öltropfen auf Gelenke gaben. Die kleinen Männchen waren inzwischen zwei weniger geworden, aber durch einen Kontinuitätsfehler hatte Jack Bradshaw die beiden nicht am Boden des verlassenen Aufzugsschachts wiedergefunden.

So was passiert.

»Ich glaub', mein Schwein wird zum Bückling!« flüsterte Dickerchen Wilberforce, als er erblickte, was sich da um ihn herum ausbreitete. »Was wollen Sie für all das Zeug haben, Claude? Nennen Sie mir Ihren Preis, und wenn er fair ist, dann sind wir im Geschäft.«

»Komm einfach mit und halt die Klappe, Jüngling«, sagte der uralte Claude und humpelte in Richtung der einzigen funktionierenden Himmelsdüse voraus.

»Was für eine Art von Hilfe wollen Sie Ihrem kleinen Norman denn schicken?« keuchte der tote Brigadier.

Der alte Claude hatte das messingne Karmaskop mit dem Computerschirm erreicht. »Ich dachte an König Richard Löwenherz und seine Bande von Kreuzrittern.«

»Sie werden nicht viel gegen Runes geballte Feuerkraft ausrichten.«

»Doch, das werden sie.«

»Nein, das werden sie nicht!«

»Doch, das werden sie verdammt noch mal doch!«

»Nein, das werden sie verdammt noch mal nicht!« sagte die Stimme des massigen Chefs.

»Zur Hölle, verdammt noch mal!« sagte der alte Claude Hinterbacke.

»Zur Hölle, verdammt noch mal!« sagte der junge Norman. »Entschuldige bitte meine Ausdrücke, aber das ist doch wirklich zum Aus-der-Haut-fahren, oder nicht?«

»Doch, das ist es«, gestand Cornelius. Sie waren leise eine halbe Meile weit draußen auf See zwischen den beiden Piers vor Anker gegangen und saßen jetzt an Deck der *Lieblichen Lynne*, von wo aus sie nach *Skelington* hinüber starrten.

Die Stadt strahlte hell im Flutlicht. Schwere Generatormaschinen aus ehemaligen Armeebeständen tuckerten vor sich hin und versorgten gewaltige Bogenlampen mit genügend Energie, um die Piers und die Promenade in einem weißen, sterilen Licht erstrahlen zu lassen.

Die Stadt war im wahrsten Sinne des Wortes zur Hölle gegangen.

Ausgebrannte, ineinander verkeilte Autos waren zu einem Schrotthaufen zusammengeschoben worden, der sich den gesamten Strand entlangzog. Die Masten waren an Ort und Stelle und überragten die Piers. Häuser und Geschäfte waren in die Luft gejagt worden, um genügend Platz für die Masten zu schaffen. Das *Grande* war vollkommen zerstört, und östlich seiner verkohlten, leeren Hülle dehnte sich eine schwarze, verbrannte Finsternis aus.

Es herrschte beträchtlicher Lärm. Kabel wurden mit Winden an ihren Platz gezogen, Megaphone bellten Befehle, ein Schrei und lautes Flehen um Gnade, der Klang eines Schusses.

Zur Hölle, verdammt!

»Nächstes Jahr fahre ich nach *Bognor*«, flüsterte Tuppe.

»Bastarde«, sagte Norman, der sich das Fluchen offensichtlich angewöhnte. »Ich bin hier auf die Welt gekommen. Seht nur, was sie aus meiner Geburtsstadt gemacht haben!«

»Seht mal dort«, sagte Cornelius und streckte die Hand aus. Zwei Militärtypen zogen etwas über den Ostpier. Sie blieben stehen und blickten über das Geländer. Die Lauscher an Bord der *Lieblichen Lynne* verstanden jedes Wort: »Hier ist es weit genug.«

Die Militärtypen hoben etwas hoch. Wuchteten es über das Geländer. Ließen es ins Wasser fallen.

Es war der Körper einer jungen Frau.

Die beiden Typen lachten, wandten sich um und schlenderten zurück.

Cornelius packte ein Gewehr und legte den Sicherungshebel um.

»Nein«, sagte Tuppe. »Das kannst du nicht machen!«

»Du hast gesehen, was sie getan haben. Ich kann.«

»Du darfst aber nicht. Wir müssen diese beiden Piers in die Luft jagen, hast du das vergessen? Wir können uns nicht auf ein Feuergefecht einlassen. Vergiß nicht, sie haben sogar Panzer!«

»In Ordnung.« Cornelius sicherte die Waffe wieder. »Wir machen Folgendes ...«

»Ich habe einen Plan«, unterbrach ihn Norman.

»So wie ich die Sache sehe ...«, sagte Boris.

»Meiner Meinung nach sollten wir ...«, sagte Tuppe.

»Also schön«, sagte Cornelius. »Dann wollen wir uns alles der Reihe nach anhören.«

»Ich zuerst«, sagte Norman.

»Nein, ich!« sagte Tuppe.

»Boris«, sagte Cornelius.

»In Ordnung«, sagte Boris. »Mein Plan sieht vor, daß ihr alle hier im Boot bleibt. Ich schwimme zu den Piers und bringe die Handgranaten an. Gebt mir zwanzig Minuten, und dann nehmt alles mit den Mörsern unter Feuer.«

»Und was machst *du*?« fragte Cornelius. »Wir werden auf dich warten, bis du zu uns zurückgekommen bist.«

»Ich werde nicht zurückkommen. Ich werde meine fliegende Untertasse suchen und *Magonia* anfunken, damit sie Verstärkung schicken.«

»Also gut, das ist dein Plan. Und wie sieht deiner aus, Norman?«

»Meiner ist ganz einfach und direkt. Ich nehme zwei Handgranaten, schwimme an Land und drücke jedem der beiden Runes eine in die Hand. Ohne Stifte natürlich.«

»Nein!« fuhr Cornelius entsetzt dazwischen. »Einer der beiden könnte mein richtiger Vater sein! Wenn er dabei ist, dann kann ich ihn vielleicht zur Vernunft bringen.«

Norman schüttelte den Rotschopf. »Wir haben keine Zeit mehr zum Diskutieren. Die beiden Typen planen, die gesamte Welt auszulöschen! Wenn du so sicher bist, daß dein Vater so etwas nicht tun würde, dann kann keiner von beiden dein Vater sein, richtig?«

Cornelius kaute auf der Unterlippe. Schwierig, die Frage zu beantworten. Und wirklich keine Zeit mehr zum Diskutieren. »Also schön«, sagte er. »Ich schätze, du hast recht.«

»Ich habe recht«, sagte Norman.

»Aber es ist ein sehr gefährlicher Plan.«

»Ich bin schon tot, Cornelius. Für mich gibt es keine Gefahr mehr. Ihr müßt immer noch die beiden Piers sprengen, vergiß das nicht. Aber ich denke, ich trage meinen Teil zur Rettung der Menschheit bei.«

»Also gut. Wie steht's mit deinem Plan, Tuppe?«

»Nun«, begann Tuppe. »Ich weiß, es war meine Idee, die beiden Piers in die Luft zu jagen, aber ich hab' inzwischen einige Bedenken. Vielleicht packen wir die Sache am falschen Ende an. Ich denke, wir sollten besser die Radiomasten sprengen. Dann kann der Strom erst gar nicht zu den Piers gelangen.«

»Guter Gedanke«, sagte Cornelius.

»Und außerdem«, fügte Tuppe hinzu, »wenn Boris einfach so seine fliegende Untertasse holen und damit wegfliegen könnte, dann müßten die Runes die gesamte Operation abbrechen, weil sie kein Fluchtfahrzeug hätten. Ich glaube nicht, daß sie sich darauf verlassen, unter den null Komma eins Prozent Überlebenden zu sein. Nicht hier jedenfalls.«

»Ein weiterer guter Gedanke«, sagte Cornelius.

»Danke«, erwiderte Tuppe. »Und wie lautet jetzt *dein* Plan?«

»Ich werde Selbstmord begehen«, sagte Cornelius.

»*Was?*« fragte Tuppe zugleich mit den anderen.

»Nun, wenn ich nach oben zu dieser *Universalen Reinkarnationsgesellschaft* kommen kann, dann könnte ich vielleicht diesen falschen Chef daran hindern, sein Signal abzustrahlen.«

»Das ist eine bescheuerte Idee«, sagte Norman. »Es würde dir nicht gefallen, tot zu sein. Es ist wirklich ziemlich scheiße, das kann ich dir sagen. Und außerdem mußt *du* gar nicht nach da oben gehen. Ich hab' dir alles vom alten Claude erzählt. Er wird sich schon um den massigen Chef kümmern. Darauf kannst du dich verlassen.«

»So, so, so«, sagte der massige Chef. »Wenn das nicht der alte Claude ist.«

»Für dich immer noch Mister Hinterbacke, du Bastard.«

»Hinterbacke?« fragte Dickerchen. »Claude Hinterbacke? Wie Hintern und Backe? Ich lach' mich kaputt, was, Rune?«

»Das reicht jetzt«, unterbrach ihn der massige Chef. »Und du!« Er packte den alten Claude am Ohr. »Du vorwitziger alter Irrer! Du bist reif, Bursche, für eine ernste Züchtigung.«

»Laß sofort mein Ohr los, du Bastard!« Claude zappelte wie eine Made an einem Angelhaken (was einer gewissen grausamen Ironie nicht entbehrte. Obwohl es keine Ironie war, über die der alte Claude intensiver nachzudenken wünschte). »Du sollst mich loslassen, sage ich!«

»Ich werde dich Stück für Stück auseinandernehmen, die Nerven aus deinem Körper ziehen und nacheinander essen. Die Hölle mag vielleicht geschlossen worden sein, aber ich hab' noch immer den Schlüssel. Wir werden allen Platz für uns alleine haben.«

»Du machst mir keine Angst«, sagte der alte Claude. (Was nicht so ganz der Wahrheit entsprach.)

»Denk, was du willst.« Der massige Chef verdrehte boshaft Claudes Ohr. Sehr boshaft. »Für jetzt heißt es erst einmal zurück in den Aufzugsschacht mit dir. Das kleine Loch, durch das du geklettert bist, haben wir in der Zwischenzeit verschlossen. Ich werd' mich in ein paar Stunden wieder um dich kümmern, wenn ich meine dringenden Angelegenheiten zu Ende gebracht habe.«

»Du Bastard!«

Kneif! machte der massige Chef mit Claudes Ohr.

»Oooooooh!« machte Claude.

»Richtig, schrei nur. Und was denkst du, wo du hingehst, Dickerchen?«

»Nirgendwo, Rune. Ich würde nie daran denken! Ich hab' nur überlegt, wo die Tänzerinnen sein könnten, das ist alles.«

»Du wirst deine Tänzerinnen schon kriegen. Aber du …« ein weiterer kräftiger Kniff in Claudes Horcher, verbunden mit einem Unfreiwillig-am-Ohr-weggeschleppt-werden.

»Nein! Hör auf, mich am Ohr wegzuschleppen!«

»Ich denke gar nicht daran.«

Zwischen den gewaltigen Maschinen hindurch und wieder einmal hinüber zu dieser schrecklichen Tür. Das Ohr fest in der einen Hand, die Bolzen mit der anderen entriegelt. Dann hindurch.

»Bis bald«, rief ihm der massige Chef hinterher.

»Aaaaaagh!« machte der Ex.

»Glaub' mir, wenn ich es dir sage. Er wird sich schon um alles kümmern.« Norman fühlte sich in dieser Hinsicht vollkommen sicher. »Ein sehr nobler Gedanke, Cornelius. Genaugenommen so nobel, wie nur irgend möglich. Aber trotzdem keine gute Idee. Vertrau mir in dieser Sache, ich weiß, wovon ich rede.«

»Ich wünschte, ich könnte ihn sehen«, sagte Boris. »Es ist so beunruhigend. Eine Stimme, die geradewegs aus dem Nichts zu kommen scheint.«

»Du wirst mich bald sehen, Boris. Bei Cornelius war es am Anfang genauso. Aber sag mal, wenn du deine fliegende Untertasse zurück hast – würdest du mich vielleicht auf einen Ausflug mitnehmen?«

»Und ob!«

»Ich denke, wir sollten langsam anfangen«, mischte sich Cornelius ein. »Wie spät ist es jetzt, Boris?«

Boris konsultierte seine Uhr. »Beinahe neun.«

»Beinahe neun? Es war beinahe neun, als wir Norman getroffen haben.«

»Nein, es war beinahe *zehn*«, sagte der tote Junge. »Ich hatte mich verspätet. Tut mir leid.«

»Und wie spät ist es dann jetzt?«

»Noch immer beinahe zehn«, sagte Norman und schüttelte die Uhr am Ohr.

»Meine Uhr ist stehengeblieben«, sagte Boris. »Zum Glück hat sie noch Garantie.«

»Meine nicht«, sagte Norman. »Aber sie ist trotzdem stehengeblieben.«

»Und wie spät haben wir es jetzt?«

»Hör mal, Cornelius«, sagte Tuppe. Und in der Ferne, als hätte sie nur darauf gewartet, begann die Rathausuhr zu schlagen.

»Neun ... zehn ... elf! *Elf!*« kreischte die Besatzung der *Lieblichen Lynne*.

»Gott!« sagte Norman und hob zwei Granaten vom Deck auf. »Uns bleibt nicht mehr viel Zeit.«

»Am Heck ist ein Gummiboot festgemacht«, sagte Cornelius. »Pack die Granaten dort hinein, damit sie nicht naß werden.«

»Könnte ich mich selbst auch hineinpacken?« fragte Tuppe. »Der Haken an meinem Plan ist nämlich, daß ich nicht schwimmen kann.«

»Du und Norman, ihr nehmt das Gummiboot«, sagte Boris. »Ich werde schwimmen und euch in Schlepp nehmen.«

»Oh, prima!« sagte Norman. »Der Haken an meinem Plan ist nämlich, daß ich in meinem gegenwärtigen Zustand wahrscheinlich auch nicht schwimmen kann.«

»So viele Pläne, so viele Haken«, sagte Cornelius. »Also schön, fangen wir an. Du versuchst dich an den Radiomasten, Tuppe. Ich beginne, die Piers in zwanzig Minuten in die Luft zu jagen. Ungefähr. Ich werde die Sekunden im Kopf abzählen.«

»Hmmm«, sagte Tuppe. »Einmal mehr siehst du mich voller Zuversicht.«

»Du wirst vorsichtig sein, hast du gehört?«

»Ich paß schon auf, in Ordnung. Im Augenblick würde ich gerne diesen uralten Kalauer wieder aufleben lassen. Du weißt schon, mit den Leuten, die mich nie sehen. Wenn du nichts dagegen hast.«

»Betrachte ihn als wieder aufgelebt.«

Boris stolperte über Tuppe und fiel prompt in das Gummiboot. »Tschuldigung«, sagte er. »Ich hab' dich nicht gesehen.«

»Nicht schlecht, Cornelius«, sagte Tuppe.

Sie würden ihre Gesichter geschwärzt haben, hätten sie etwas zum Schwärzen besessen. Cornelius schlug vor, den Kuhmist zu verwenden, der noch immer an seiner Kleidung klebte, aber niemand schien darauf begierig zu sein.

Cornelius winkte ihnen in ihrem Dinghi hinterher, setzte sich auf den Boden und begann, die Sekunden zu zählen. Das alles schien ihm mehr als zweifelhaft, schien ihm das.

Die Erfolgsaussichten standen überhaupt nicht gut.

Das Dinghi verschwand in den Schatten unter dem Westpier.

Cornelius zählte und zählte.

Nach einer scheinbar endlosen Zeit, die in Wirklichkeit aber nur dreihundertvierzehn ungefähr gleich lange Sekunden gedauert hatte, erschien das Dinghi wieder und setzte über die Bucht in Richtung des Ostpiers.

Irgendwo in der Nähe des Bootes war ein platschendes Geräusch zu hören, und Cornelius vergaß, bei welcher Sekunde er stehengeblieben war. »Was war das?« fragte er sich. »Vielleicht ein Pilotwal?«

Er begann von neuem zu zählen. *Platsch!* machte ein weiteres lautes Platschen.

»Verdammt!« sagte Cornelius Murphy. »Fünfhundertzweiundachtzig, fünfhundertdreiundachtzig, ...«

Platsch! machte ein lautes Platschen. Ein wenig näher als die beiden ersten Platscher. Das Dinghi war nicht wieder aufgetaucht, und Cornelius nahm richtigerweise an, daß Boris es nun zum Ufer in den Schatten unter dem Ostpier schleppte, um in der verbrannten, geschwärzten Gegend von *Skelington* an Land zu gehen. Plötzlich kamen dem großen Jungen gleich reihenweise Bedenken.

Er hätte Tuppe nicht gehen lassen dürfen. Warum nur hatte er das getan? Tuppe hätte hier in der relativen Sicherheit im Boot bleiben sollen. Er hätte den Mörser bedienen können. Also gut, schön, er hätte den Mörser nicht bedienen können, aber er wäre zumindest in Sicherheit gewesen. Und Cornelius hätte nicht alleine hier herumsitzen und bis zum Ende der Welt Sekunden abzählen müssen. Und jedesmal vergessen, wo er stehengeblieben war, wenn ein blöder Fisch *Platsch!* machte. »Siebenhundertvierunddreißig, siebenhundertfünfunddreißig, ach verdammt! Wie viele Sekunden haben zwanzig Minuten? Zwanzig mal sechzig. Zwei mal sechs macht zwölf, und dann die Nullen dranhängen.«

Mathematik hatte nie zu den Stärken des großen Jungen gezählt. Genausowenig wie Sport oder Werkunterricht. Cornelius besaß seine eigenen Talente. Seltene Talente, die ihn von der breiten Masse abhoben. Zum Beispiel seinen phänomenalen Geruchssinn. Er konnte riechen, was jemand in den Hosentaschen hatte, wieviel Kleingeld und welche Münzen. Nicht, daß er in letzter Zeit einen besonderen Nutzen aus diesem besonderen Talent gezogen hätte. Obwohl es ihn schon mehrfach vor Schwierigkeiten bewahrt hatte.

Cornelius schnüffelte, während er weiterzählte. Badeorte am Meer waren immer voller wunderbarer Gerüche. All die Zuckerwatte, die Currywürste, die Luftmatratzen und Strandbälle und Sonnenöle. Die Muscheln, das Seegras, und …

Ah!

Cornelius nahm einen tiefen Atemzug. Der Gestank von Schwefel stach in seine Nase. »Was zur Hölle …?«

Irgend etwas machte *Platsch!*, und das Boot erzitterte. Und Cornelius bemerkte, daß er nicht länger allein an Bord war.

»In Ordnung«, sagte Boris, als er das Gummiboot tief im Schatten des Ostpiers an den Strand schob. »Jetzt ist jeder auf sich alleine gestellt. Viel Glück, Tuppe. Es war schön, dich kennengelernt zu haben.«

»Danke gleichfalls, Boris. Wenn wir es beide schaffen, dann könnten wir vielleicht als *Professor Tuppe und sein tanzendes Schaf* eine große Nummer werden.«

»Ja, bestimmt. Und auch dir viel Glück, Norman. Obwohl ich dich immer noch nicht sehen kann.«

Zwei Handgranaten schwebten aus dem Gummiboot.

»Feiner Trick«, sagte Boris.

»Viel Glück euch allen«, sagte Norman. »Und vergiß nicht, Boris, ich will einen Flug in deiner fliegenden Untertasse.«

»Keine Sorge.«

Und mit diesen Worten trennten sich die Wege der drei.

Des Magoniers, des toten Jungen und des kleinen Mannes.

Jeder wußte, was er zu tun hatte.

Keiner, was ihn erwartete.

»Ich weiß, daß *ich* zwanzig Minuten abgezählt habe«, flüsterte Tuppe zu sich selbst, als er den Strand hinaufkletterte. »Und es ist noch ein ganz hübsches Stück bis zum Druidenhügel. Ein wenig Aufruhr käme mir nicht ungelegen, Cornelius. Was zur Hölle hält dich bloß auf?«

»Verschwinde!« Cornelius schlug dem geflügelten Bastard, der im Begriff stand, an Bord der *Lieblichen Lynne* zu klettern, den Gewehrkolben ins Gesicht. Das Ding stöhnte enttäuscht und fiel zurück ins Wasser.

Aber am Bug kletterte bereits ein weiteres über die Reling.

Cornelius rannte über Deck und schwang das Gewehr am Lauf. Er fegte die Kreatur zurück ins Meer.

Eine dritte kreischte ihn vom Kabinendach her an.

Cornelius mühte sich mit dem Gewehr ab und versuchte, es in Anschlag zu bringen und den Sicherungshebel umzulegen. Das Biest hüpfte herab und stapfte über Deck auf Cornelius zu. Cornelius zielte hastig und betätigte den Abzug. *Klick*. Keine Kugeln in der Waffe.

Das Ding wedelte mit einem knochigen Finger, blinzelte aus blutig roten Augen, klapperte mit dem Schnabel und stapfte weiter voran. Cornelius ließ sich auf die Knie fallen und hämmerte den Gewehrkolben auf einen klauenbewehrten Fuß.

»Waaaaah!« kreischte das Biest und hüpfte herum. Cornelius schlug erneut zu. Auf den Schnabel. Seitlich. Raubte der Kreatur das Gleichgewicht. Sie fiel über Bord.

»Verdammt, verdammt, verdammt!« Cornelius hantierte am Mörser. »Ich vermute, eine Bedienungsanleitung gehört nicht zum Lieferumfang?«

Nein, gehörte sie nicht.

»Ich schätze, man muß einfach nur zielen und dann die Granate in das Rohr hinunterfallen lassen.«

Ja, so würde es wahrscheinlich gehen.

»Grrr!« machte eine weitere Kreatur, als sie an Bord zu klettern versuchte. Cornelius trampelte mit den Absätzen auf ihren Vorderpfoten herum, und weg war sie wieder.

»Ich stecke in ziemlichen Schwierigkeiten hier.« Er fummelte am Rohr des Mörsers. Das Boot schwankte inzwischen heftig. Cornelius bemühte sich, eine Granate in das Rohr zu stecken. Er hatte nur ein halbes Dutzend. Und die rollten jetzt gefährlich über das Deck. Hin und her.

»Grrr!« machte ein weiteres Ding hinter seinem Rücken. Cornelius wirbelte herum und fiel stolpernd nach hinten. Die Granate flutschte in das Rohr, aktivierte was auch immer für einen Mechanismus, der zum Abschuß dieser Art von Dingern führt, und schoß mit gewaltigem Brüllen aus der tödlichen Mündung des Rohrs.

Die Kreatur taumelte ziellos an Deck umher. Sie besaß keinen Kopf mehr.

»Urrrgh!« machte Cornelius und versetzte dem Ding im Liegen einen Tritt, daß es über Bord ging.

Explodier! machte die Mörsergranate, als sie in die Autowracks am Strand einschlug.

»Paß doch auf!« schrie Tuppe und nahm die kurzen Beine in die Hand.

»Alarm! Alarm!« ertönte es durch laute Megaphone. »Ein Kanonenboot ist in der Bucht. Wir werden angegriffen! Alles auf die Kampfstationen!«

»Das habe ich gehört«, sagte Cornelius, kämpfte sich auf die Beine und tastete seine Schulter nach gebrochenen Knochen ab. »Und es gefällt mir ganz und gar nicht. Ich glaube, ich schieße schnell noch eine weitere Granate ab.«

Grrr! machte schnell noch ein weiteres der kleinen Monster.

»Kanonenboote in der Bucht?« sagte Rune #2 in seinem dampfgebogenen Stuhl im Garten des Vikariats. »Das stand aber nicht auf dem Plan, oder?«

»Vielleicht ein paar von Dickerchens Leuten, die herumalbern«, sagte Rune #1 in seinem bürgermeisterlichen Gewand und schenkte aus einer gewissen Flasche Port in ein Glas. »Trink ein Glas davon, Bruder. Genau das, was du jetzt brauchst.«

Kracks, dong, bums! machte es, als der alte Claude aufprallte.

Sie meinen, der Fall hätte ein wenig lang gedauert?

Schön. Aber vielleicht ist das hier ja auch schon ein wenig früher geschehen.

Schwer zu sagen. Ehrlich.

»Autsch! Mein Hintern!« machte der alte Claude Hinterbacke.

»Da leck mich doch einer am Arsch!« sagte Jack Bradshaw. »Ben Gun!«

»Hör auf, Jüngelchen. Keine Sau lacht mehr darüber. Und wer zum Henker bist du?«

»Bradshaw. Jack Bradshaw.«

»Und was machst du hier unten auf dem Boden meines Aufzugsschachts, Söhnchen?«

»Ah«, sagte Jack.

»Klerikaler Irrtum, was? Hast etwas herausgefunden, das du nicht herausfinden solltest, wie?«

»Ich hab' mich mit den falschen Leuten eingelassen«, war Jacks Antwort.

»Der Bastard hat dich hier heruntergeworfen, was?«

»Wenn Sie damit den Chef meinen, ja, das hat er.«

»Und was willst du deswegen unternehmen, eh?«

»Nun, äh, ehrlich gesagt, ich war gerade damit beschäftigt zu entfliehen.«

»O ja, sicher. Und wie?«

»Ich werde Schießpulver herstellen«, erwiderte Jack. »Aus diesen alten Stiften hier gewinne ich den Kohlenstoff, das Kaliumnitrat kristallisiert an den Wänden aus, und den Schwefel hole ich mir von ... äh, ...«

»Ich werd' dir den Schwefel besorgen, Söhnchen. Er liegt dort drüben in der dunklen Ecke, wo man übrigens auch Einwegfeuerzeuge und Drahtkleiderbügel finden kann.«

»Häh?« fragte Jack.

»*Grrr!*« machte das Biest erneut.

»Feuer eröffnen!« riefen Männer entlang des Ufers.

»Verschwinde!« rief Cornelius und stieß dem Biest den Lauf seines Granatwerfers in den Magen.

Wusch! machte eine Leuchtkugel und erhellte die gesamte Umgebung.

»*Verdammt!*« fluchte der erhellte Cornelius.

»*Grrr!*« machte das erhellte Biest.

Tonk! machte der Lauf des Mörsers, als Cornelius erneut zustieß.

»Autsch!« machte das Biest und fiel über Bord.

»Gott sei Dank!« sagte der große Junge und schüttelte herausfordernd seinen Granatwerfer.

Bumm! machte es an der Mündung eines Sherman-Panzers.

Pfeif! pfiff das Geschoß.

Klonk! machte die Granate aus dem Lauf von Cornelius' Granatwerfer, als sie auf Deck polterte. Und dann *Wusch!*, als sie zündete und senkrecht in den Himmel schoß.

Herunter kam die Granate aus dem Sherman.

Und herunter kam die Granate aus dem Mörser.

»Schiff in Seenot!« kreischte Cornelius. »Alle Mann über Bord!« sagte er und sprang über Bord.

37. KAPITEL

Boris war durch die Dunkelheit am Rand der Stadt geschlichen, über die schon Bruce Springsteen gesungen hat. Er sah die Leuchtkugel, als sie die Bucht in helles Licht tauchte. Er sah, wie der Panzer feuerte, und er sah, wie irgend etwas auf der *Lieblichen Lynne* vor sich ging.

Und er sah die große Explosion.

Und er fühlte sich sehr elend, als er weiterschlich.

Tuppe sah die Explosion ebenfalls, und er betete sehr angestrengt, während er weiter in Richtung des Hügels marschierte.

Norman bekam von alledem nichts mit. Er hatte sich in einer Seitengasse verlaufen. Aber da er nicht wußte, wo sich die Runes aufhielten, wußte er natürlich auch nicht, daß er sich verlaufen hatte und in die falsche Richtung ging. Also ging er einfach weiter.

In die falsche Richtung.

»Schluck!« und »Spuck!« machte Cornelius und vermied nur mit knapper Not, zum dritten Mal unterzugehen. »Ich lebe noch. Immerhin etwas.«

Platsch! machte es in seiner Nähe.

Aber da die Leuchtkugel langsam ausgebrannt und das brennende Wrack der *Lieblichen Lynne* unter die Wellen getaucht war, herrschte ziemliche Dunkelheit. Und so konnte Cornelius nicht genau erkennen, woher das *Platsch!* gekommen war. Er begann, in Richtung des Ufers zu schwimmen.

Eine schlechte Idee.

Ding dong, ding dong! erklang die Rathausuhr und zeigte die halbe Stunde an.

»Noch einen Port?« fragte Hugo #1 (der Hugo mit dem bürgermeisterlichen Anzug) Hugo #2 (den Hugo mit dem feinen Verleger-Stadtanzug). »Laß mich dir nachschenken.«

»Nun mach schon, verdammt noch mal, Jüngelchen!« rief der alte Claude. »Stopf es irgendwo rein und jag diese verfluchte Wand in die Luft. Los doch, Kleiner!«

»Wir sind bereit für den abschließenden Countdown, Dikkerchen«, sagte der massige Chef. »Ich hab' den Unsinn von Claude aus dem Karmaskop gelöscht. In dreißig Minuten ist die alte Erde am Ende, und ein neues Zeitalter wird anbrechen.«

»Können wir wegen diesem ganzen Schrott hier ins Geschäft kommen?« erkundigte sich Dickerchen.

Sturmwolken zogen sich über *Skelington Bay* zusammen. Boris konnte es sogar hören. Nun ja, schließlich gehörte er auch einer überlegenen Rasse an.

»Menschenskind!« sagte Boris und kroch aus der Dunkelheit ins Licht, genau wie Brian May es einst besungen hat. »Da ist ja meine Untertasse!«

Und tatsächlich, da war sie. Auf der Straße vor dem Vikariat stand sie, auf ihren drei Beinen.

Sie schien in ziemlich gutem Zustand zu sein. Die Regierungseierköpfe hatten sie anscheinend repariert.

»Das finde ich nett«, sagte Boris und schlich herbei.

Niemand in der Nähe. Hinauf und hinein.

Boris kletterte hinauf, hob die transparente Kuppel an und ließ sich hineinfallen. (Nicht in die Kuppel. In die Untertasse.) Er zog einen überdimensionierten Kopfhörer über die überdimensionierten Ohren und betätigte einige Schalter auf der Konsole. »*Botschafter* an *Basis*«, flüsterte er. »*Botschafter* an *Basis*. Bitte melden.«

Ein langes Schweigen.

Dann.

»*Basis* an *Botschafter*. Bist du das, Mavis?«

»Bist du das, Bryant?«

»Ja, ich bin's. Wie geht's dir, alter Junge?«

»Hätte ich bloß nicht auf dich gehört! Mavis! Schafskostüm! Erich von Däniken, verdammt! Du bist ein Idiot, Bryant!«

»Es war nur ein Scherz. Nimm's nicht persönlich.«

»Ich hab's aber persönlich genommen. Hör zu, wir haben hier einen echten Notfall!«

»Redest *du* jetzt Scheiße, oder was?«

»Oder was. Ich meine es ernst. König Hugo ist ein Hochstapler. Er ist überhaupt kein König! Und genau um Mitternacht will er Trillionen Volt in das Meer jagen!«

»Was ist denn ein Volt?« erkundigte sich Bryant.

»Eine elektrische Größe.«

»Wie ein Ohm?«

»Ja.«
»Oder ein Watt?«
»Ja.«
»Oder ein Ampere?«
»Ja, ja, ja!«
»Ich hab' noch nie was über Volt gehört. Was macht es?«
»Es tötet einen. Rune wird ganz *Magonia* auslöschen. Du mußt etwas unternehmen!«
»Du hast sie ja nicht mehr alle! Aber ich mache dir keinen Vorwurf. Gleiches Recht für alle.«
»Ich bin im Vollbesitz meiner geistigen Kräfte. Es war alles ein einziger Schwindel, um uns die Untertasse zu klauen, damit er damit abhauen kann. Dieser Rune ist verrückt. Ruf den Herrscher und sag ihm, daß er etwas unternehmen muß.«
»Er wird schon schlafen. Jetzt komm mal wieder zu dir, Mavis.«
»Boris, du Blödmann!«
»Na schön, meinetwegen Boris, Boris.«
»Ruf den Herrscher! Er soll irgendwas unternehmen. *Skelington Bay* dem Erdboden gleichmachen. Wir haben die Technologie dazu. Wir sind eine fortgeschrittene Zivilisation.«
»Eine Flutwelle«, sagte Bryant. »Meinst du vielleicht eine Flutwelle?«
»Ja, genau. Bring ihn dazu, eine Flutwelle loszuschicken. Er soll die Stadt damit treffen.«
»Boris?«
»Bryant?«
»Du hast sie ja nicht mehr alle, Boris.« Ende. Die Leitung war tot.
»Nein! Nein, komm zurück! Warte! Du mußt mir zuhören!«
Nichts. Überhaupt nichts. »Ich verschwinde von hier«, sagte Boris.
»Aber nicht ohne die hier, was?« Die Zündschlüssel. Der

Untertasse. Baumelten. Zwischen den dicken. Fingern. Des massigen Chefs. In der anderen Hand hielt er. Den. Tödlichen. Derringer. Die Mündung zeigte genau zwischen Boris' Augen.

»O Scheiße!« sagte der kleine Mann aus *Magonia*.

»O Scheiße«« spuckte Cornelius und strampelte in Richtung des Ufers. Er war nicht gerade das, was man einen guten Schwimmer nennt.

Und genau vor ihm, in seinem Weg, tauchte etwas auf.

»Grrr!« machte dieses Etwas und schoß vor.

»O nein!« machte der große Junge und wich zurück.

Aber *Grrr!* kam näher. *Grrr!* meinte es ernst. *Grrr!* bekam Cornelius an den Haaren zu packen und zog ihn unter Wasser.

Ding dong, Ding dong! machte die Uhr der Stadthalle. Bereits Viertel vor zwölf. Wie die Zeit vergeht, was?

Tuut! Tuut! Tuut! Tuut! Tuut! Tuut!

Kämpfend tauchte Cornelius wieder auf. Helle Lichter schwirrten über der Bucht und drehten sich hierhin und dorthin. Das Tuut! kam aus den Signalhörnern von Schiffen.

»Was zur …?« Und wieder hinunter in die Tiefe. » … *Gluck!*«

»Was zur …?« Dickerchens Leute am Ufer hoben ihre Waffen und blinzelten in die wirbelnden, blendenden, sich drehenden Scheinwerfer.

»Was zur …?« Rune stand am Rand der Untertasse und

blickte hinaus auf die Bucht. »O nein!« sagte er. »O nein, nein, nein, nein!«

Aber sie waren ganz deutlich zu sehen, die Boote. Hunderte von Booten. Ruderboote, Fischerkähne, Schlepper, Trawler, Ausflugsboote, Leichter.

Und Gummiboote.

Und eine Gondel.

Eine merkwürdige Flotte war das. Eine Flottille. Ein Wald voller Masten.

Ein Handelsschiff.

Eine *Armada*.

Und Tausende von Menschen, die winkten, riefen und johlten. Schrien und brüllten. Stöcke hoben und schüttelten. Einige schienen sogar Waffen zu besitzen.

Es war niemand Geringeres als die Einwohner von *Skelington Bay.*

Hurra!

Zurückgekehrt, um ihre Stadt wieder in Besitz zu nehmen.

Hipp hipp, Hurra!

Es mußte eine schreckliche Menge an Vorbereitungen gekostet haben.

Wahrscheinlich hatten sie auch deswegen so lange gebraucht, um endlich hier aufzutauchen.

Die Suchscheinwerfer der Armada fuhren im Zickzack über das Wasser. Die Wellen wurden allmählich unruhig. Es donnerte. Ein schwerer Sturm braute sich da zusammen.

Jubel! Trubel! Heiterkeit! machten die Einwohner von *Skelington Bay.* Schossen Leuchtkugeln und Freudenfeuer in die Luft.

Überleg, überleg, überleg! und *Schwank, schwank, schwank!* machten Dickerchens Truppen unten am Strand.

Such, such! machten die Suchscheinwerfer.

Und »Da!« ertönte die Stimme einer jungen Frau im vordersten Boot, einer weißen Barkasse. »Haltet das Licht dorthin. Ich hab' ihn gesehen!«

»Uuuuuugh!« machte Cornelius, als er wieder auftauchte.

Eine Klaue legte sich um seine Kehle.

Und zog ihn wieder zurück unter Wasser.

»Ich hole ihn!« sagte die junge Frau und sprang von der Barkasse. Einen Augenblick lang schien sie in der Luft zu hängen, festgefroren, bevor sie in die Schwärze der wirbelnden Wellen eintauchte.

»Mehr Licht, mehr Licht!« riefen andere und steuerten ihre Boote heran. »Wo ist sie?«

Scheinwerferfinger suchten die Wasseroberfläche ab, und die Sekunden tickten unerbittlich auf zwölf Uhr zu.

»Waaaah!« Eine große, dunkle Masse erhob sich aus den Wellen. Tentakel peitschten.

»Erschießt es!« schrien viele.

»Nein, nicht!« Der Ruf einer weiteren jungen Frau auf der Barkasse.

Und der Kopf der Taucherin tauchte neben der großen dunklen Masse auf, und sie zog und zerrte daran. Denn die große dunkle Masse war die Mähne des Cornelius Murphy.

»Helft ihm heraus.« Hände wurden gereicht, Gesichter blickten angestrengt.

Hinaus und auf das Deck.

Die Taucherin wischte Haare aus Cornelius Murphys Gesicht. Drückte ihm die Nase zu. Preßte ihre Lippen auf die seinen.

Würg! und *Spuck!* und nicht genügend Sekunden für all das.

»Würg!« machte Cornelius Murphy, drehte den Kopf zur Seite und erbrach Seewasser.

»Ist er in Ordnung?« fragte Louise.

Die Taucherin blickte auf und lächelte. »Er wird's überleben«, sagte Thelma.

Und dann erklangen am Strand Schüsse. Die großen, männlichen Männer von Dickerchens Privatarmee waren nicht wirklich auf Heldentaten aus. Brutale Taten, das ja.

Aber Heldentaten? Nein danke. Kein letztes Gefecht am *Little Bighorn**, kein *Rorke's Drift*. O nein!

Sie schossen, während sie rannten.

Davonrannten.

»Dummköpfe«, brauste Rune in seiner Untertasse auf. »Kasper!« Er zog eine goldene Taschenuhr aus seiner Westentasche (ein Geschenk von Haile Selassie**) und betrachtete das Zifferblatt im Licht der Blitze, die nun über den Himmel zuckten. Ein Wind erhob sich von See her und zerrte an den Stromkabeln, trieb Abfälle und Müll durch die Straßen. »Nur noch Minuten«, brüllte Rune, »und dann gehört alles mir!« Er ließ sich neben Boris niedersinken. »Flieg los«, sagte er.

»Treten Sie zurück«, sagte Jack. »Ich werde jetzt die Zündschnur anstecken. Wenn ich nur …«

»Hier, nimm mein Feuerzeug, Jüngelchen. Und beeil dich verdammt noch mal!«

»Sieh nur, wie die Sekunden vergehen«, sagte der massige Chef zu Dickerchen Wilberforce. »Jetzt kann uns nichts mehr aufhalten.«

»Heh«, flüsterte Norman, als er sich auf dem Friedhof wiederfand. »Wer ist denn das dort drüben?«

Es war Rune – ja, ja, schon gut, *ein* Rune –, der in seinem dampfgebogenen Stuhl saß, im Garten des Vikariats. Er sah

* »Meine Fresse, seht euch nur all die Indianer an!« (Custers letzte Worte. Angeblich.)

** Die Uhr, nicht die Westentasche. (Die Westentasche befand sich in einer Weste, die ein Geschenk von Rasputin war.)

ganz danach aus, als würde er nicht ein Jota auf den anschwellenden Sturm geben, der den Stockrosen die Köpfe abriß und sie hierhin und dorthin blies.

Norman zog den Stift aus einer seiner Granaten, aber er hielt den Auslöser noch mit dem Daumen gedrückt. »Heh, du!« rief er.

Der Rune schwieg. Ein Glas Port in der einen Hand, die andere im Schoß, und der Wind pfiff ihm um die Ohren.

»Was für eine Scheiße!« sagte Norman. »Ich hätte mir so gewünscht, daß er mich wenigstens *hören* kann, bevor ich ihn in die Luft jage. Trotzdem, so ist es auch gut.«

Norman sprang über die niedrige Mauer zwischen Friedhof und Vikariatsgarten, stapfte zu dem Rune hinüber und brachte sein Gesicht ganz dicht vor das des dicken Mannes. »Du kannst mich nicht sehen, was? Kannst du wenigstens das hier sehen?«

Er hob die Handgranate und fuchtelte damit vor Runes Augen. Doch Runes Augen starrten durch die Handgranate hindurch. Als wären sie auf einen Punkt irgendwo auf der Rückseite fixiert. Eine wirklich unangenehme Angewohnheit, das.

»Hallo?« fragte Norman. »Ist da jemand drin?« Er beugte sich vor und klopfte dem Rune mit dem Knöchel auf den massigen, rasierten Schädel. Nicht fest, sondern eben so, als wollte er anklopfen und fragen: »Ist da jemand drin?«

Das Gesicht des Rune blieb ausdruckslos. Seine Augen waren noch immer auf eine Stelle gerichtet, die anscheinend nur er selbst kannte. Er rutschte langsam von dem herrlichen, dampfgebogenen Stuhl und fiel in ein Blumenbeet.

Dieser Rune hier war so tot, wie man nur tot sein konnte.

Norman starrte auf den toten Rune hinunter.

Und dann erfaßte ihn kalte Furcht.

Das war ein toter Rune, und der einzige gute Rune war ein toter Rune, sozusagen. Allerdings nicht in diesem Fall. Denn ein toter Rune, ein Geisterrune sozusagen, konnte einen toten Jungen ohne weiteres am Ohr packen und ihn ziemlich heftig daran ziehen.

Norman nahm den Daumen vom Auslöser der Handgranate und stopfte sie in die obere linke Brusttasche des toten Rune.

»Du wirst mit einem Knall gehen und nicht still und heimlich«, sagte Norman und nahm die Beine in die Hand.

»Wir starten auf der Stelle«, sagte der lebende Rune befehlend. »Und das ist ein Befehl. Los, fang an!«

»Nein«, widersetzte sich Boris. »Ich fang' nicht an.«

»Ich kann dich erschießen.«

»Das hilft Ihnen auch nicht weiter. Sie wissen nicht, wie man die Untertasse fliegt.«

Ticktack machte die Rathausuhr. *Ticktack*.

»Nur noch fünf Minuten« sagte der massige Chef.

»Ziehen Sie den Kopf ein«, sagte Jack Bradshaw. »Es wird einen hübschen Knall geben.«

Bumm! machte der Rune im Garten des Vikariats, verstreute Knochen und Eingeweide und Blut.

»Keuch!« und »Hust!« und »Thelma! Louise!« Der große Junge schlug die Augen auf.

»Ich weiß, warum du uns zurückgelassen hast«, sagte Thelma. »Aber wir dachten, daß du trotzdem ein wenig Hilfe gebrauchen könntest. Also haben wir alle mitgebracht.«

Cornelius kämpfte sich auf die Beine, schwach und elend.

Die Stadtbewohner an Bord der Armada von Schiffen jubelten. »Das war eine gute Idee«, sagte Cornelius. »Wieviel Uhr ist es?«

»Vier Minuten vor zwölf«, antwortete Louise.

»Dann sprengt die Piers. Boris hat Granaten an ihnen festgemacht. Benutzt die Scheinwerfer und schießt auf die Granaten.«

Die Armada war nicht mehr weit von den beiden Piers entfernt. Eigentlich war sie zu dicht dran. Viel zu dicht.

»Da!« riefen die Suchscheinwerferschwenker und schwenkten die Suchscheinwerfer auf das Ziel.

»Und da!« riefen andere.

»Schießt!« rief Cornelius.

»Willst du es nicht auch versuchen?« fragte Thelma und hob eine mittelgroße Panzerfaust vom Boden auf. »Wir haben auf dem Weg hierher ein paar Gefangene gemacht und ein wenig Ausrüstung erbeutet.«

»Willst du mich heiraten?« fragte Cornelius, nahm die Panzerfaust und ließ sich auf ein Knie nieder.

»Nur, wenn du den Reverend Käsefuß überredest, die Trauung zu vollziehen.«

»Feuer!«

Der große Junge riß den Abzug durch. Der Rückstoß* warf ihn nach hinten. Das Geschoß schoß nach vorn, flog über die Bucht und krachte in den Westpier.

Bumm! machte eine weitere Explosion. Diesmal im Gebäude der *Universalen Reinkarnationsgesellschaft*.

Durch das beträchtliche Loch, das nun die Wand des stillgelegten Aufzugsschachts schmückte, zwängten sich Jack Bradshaw und der alte Claude nach draußen.

»Wo sind wir hier?« fragte der Alte.

* Welcher Rückstoß? Keine Ahnung. Jedenfalls nicht der der Panzerfaust. Panzerfäuste haben keinen Rückstoß. Jedenfalls theoretisch. Aber so ist das Leben.

»Mein neues Büro!« heulte Jack. »Sie haben mein schönes neues Büro in die Luft gesprengt! Mein schönes neues Büro!«

»Ich hab' es nicht in die Luft gesprengt. Das warst du selbst, Jüngelchen.«

»Aber es ist Ihre Schuld!«

»Ist es nicht.«

»Ist es verdammt noch mal doch!«

»Wirst du verdammt noch mal doch!«

»Werd' ich verdammt noch mal nicht!«

Diese »Verdammts« wurden in der fliegenden Untertasse gewechselt.

»Ich habe verdammt noch mal keine Zeit für diesen Mist!« sagte Rune. Seine gewaltige Hand kam herab und schloß sich mit einem entschlossenen Griff um denjenigen Teil von Boris' Anatomie, den Er – hätte ER dort oben oder wo auch immer nur einen Augenblick länger nachgedacht, als ER am Design der Männchen arbeitete – besser nach *innen* verlegt hätte.

»Aaaaaagh!« kreischte Boris. »Sie verdammter Perverser! Nehmen Sie sofort die Hand von meinen Anemonen*! Aaaaaagh!«

»Flieg los!« bellte Rune in Boris' Ohr.

»Schon gut, schon gut, ich werde fliegen. Ich werde fliegen. Lassen sie los! Aaaaaagh!«

Bumm! machte der Ostpier.

Bumm! machte der Westpier.

Flammen schossen in die Nacht, Fetzen flogen, Funken stoben davon, die Geisterbahn, die Riesenrutschbahn, zahllose *Sony the Hedgehog* Videospielautomaten (Gott sei

* Magonischer Dialekt. Bedeutet wahrscheinlich gar nichts.

Dank!), Zuckerwattestände, ein schmucker Souvenirladen. Bodenplanken. Die Herrentoilette.

Zusammenbrechend, zur Seite kippend. In die See.

Wie zahlreiche Männer und Frauen auf den Schiffen der Armada. Von den Decks in die sturmgepeitschte See sprangen sie. Trümmer flogen heulend durch die Luft.

Die Qualmwolken verzogen sich.

Ein zuckender Blitz.

Ein krachender Donner.

Um das Gleichgewicht kämpfende Gestalten auf der weißen, wild schwankenden Motorbarkasse.

»Haben wir es geschafft?« fragte Louise. »Haben wir die Piers gesprengt?«

Cornelius stierte in den Sturm hinaus. »Nein. Sie stehen noch.«

Viktorianische Ingenieurskunst, diese Piers. Solider Stahl. Es brauchte schon eine ganze Menge mehr als die paar Granaten, um sie zu zerstören. Auf Dauer gebaut, das waren sie. Stabil. Solide. Robust.

»An den Strand!« rief Cornelius. »Wir müssen versuchen, die Masten umzureißen. Die Kabel durchtrennen. Irgendwas.«

Zweieinhalb Minuten vor zwölf.

»Ich wußte, das es nicht funktionieren würde.« Tuppe war ziemlich außer Atem, als er den Kamm des Druidenhügels erreicht hatte. Ein schöner Ausblick auf die Bucht von hier oben. Selbst in dem tosenden Sturm und alles. »Hier oben muß es getan werden. Genau hier.«

Und die erforderlichen Mittel waren auch vorhanden.

Ein zurückgelassener Bulldozer.

Wie groß war wohl die Chance, daß die Schlüssel noch im Zündschloß steckten?

Und nur noch zwei Minuten Zeit!

»Gott sei Dank. Die Schlüssel stecken«, sagte Tuppe und

kletterte hinein. »Die einzige Schwierigkeit ist«, sagte er, während er den Schlüssel umdrehte und die Maschine zum Leben erwachte, »daß ich nicht zur gleichen Zeit die Pedale bedienen und sehen kann, wohin ich fahre. Aber wo ein Wille ist und so weiter. Welchen Sendemast soll ich als erstes demolieren? Den mit den Kabeln, die zum Westpier führen, denke ich.«

»Diesen Mast hier!« Die Stadtbewohner von Bord der Armada, die meisten noch in einem Schockzustand, weil sie der Zerstörung ihres geliebten *Skelington Bay* zugesehen hatten (ein Mann mit einer falschen Rolex am Handgelenk weinte wegen der verbrannten Überreste eines Autos auf dem Strand), hatten sich auf der Promenade am Eingang zum Ostpier versammelt. (Wie gelegen!)

Cornelius hatte einen robusten Bolzenschneider aufgetrieben. »Ich werde an diesem Mast hinaufklettern«, rief er. »Das Stromkabel durchtrennen. Und wenn wir alle zusammenarbeiten, dann können wir vielleicht sogar den Mast umwerfen.«

»Klingt genauso unwahrscheinlich wie alles andere auch«, sagte eine Dame mit einem Strohhut (es war eine andere Dame). »Aber warum nicht? Wir haben ...« sie warf einen Blick auf ihre Armbanduhr, » ... wir haben noch mindestens eine Minute Zeit.«

Cornelius küßte Thelma. Wie man das in so einer Situation eben macht, wenn es um Leben und Tod geht und jede Sekunde zählt. Lang und ausgiebig. Es ist anscheinend eine alte Tradition oder eine Gepflogenheit oder auch nur um des *Aaaaah*-Effekts wegen. Was auch immer.

»Los jetzt, beeil dich«, sagte Thelma, und der große Junge kletterte den Mast hinauf.

»Los, hinauf! Los, mach schon!« rief Rune.

»Ich mach', so schnell ich kann.« Boris zuckte zusammen. »Sie müssen die Systeme überprüfen. Die Ionisatoren müssen stabilisiert werden, sonst riskieren wir positronische Überladung. Haben Sie noch nie was von der Transperambulation pseudokosmischer Antimaterie gehört?«

Kneif! machte die Hand von Hugo Rune.

»*Alles bereit zum Start!*« machte Boris. Mit sehr, sehr hoher Stimme.

»Hab' ich dich!« sagte Norman und kroch auf die Kanzel der fliegenden Untertasse. Er konnte keine Spur von Boris entdecken. (Natürlich nicht. Boris war viel zu klein.) Aber den kahlen Schädel von Hugo Rune, *den* sah er.

»Da ist der Bastard«, flüsterte der alte Claude und spähte zu dem großen kahlen Kopf hinüber, der über das große Karmaskop gebeugt war. »Überlaß den Rest ruhig mir.«

»Wo haben Sie diesen drei Fuß langen elektrischen Viehstock eigentlich gefunden?« erkundigte sich Jack Bradshaw.

»In der gleichen Ecke wie den Schwefel, Söhnchen. In der gleichen Ecke wie den Schwefel.«

Cornelius hatte inzwischen die Spitze des Strommastes erreicht und schob sich in Richtung der merkwürdig aussehenden keramischen Isolationsdinger, an denen die Kabel hingen. Der Sturm war ihm keine Hilfe. Eher im Gegenteil. Cornelius schirmte die Augen ab und starrte hinaus auf das Meer. Und sah etwas. Einen Augenblick lang. Einen hellen Lichtschein am Horizont. Ein weiterer Blitz, und da war es schon wieder: eine dünne weiße Linie, die quer über den Horizont verlief, genau dort, wo Himmel und Meer sich trafen. Was konnte das nur sein? Ein verfrühtes Morgengrauen? Das erschien dem großen Jungen doch unwahrscheinlich. Er schob sich weiter vor und kletterte über den Ausleger auf das dicke Kabel zu.

Brumm! und *Brüll!* machte der schwere Bulldozer und drehte sich einmal mehr im Kreis. »Es ist ein Trick bei dieser Sache«, sagte Tuppe. »Aber keiner, den ich kenne.«

»Ich krieg' dich, du Bastard!« Die Stimme Normans. Nicht die Claudes.

Der tote Junge sprang auf den Rand der fliegenden Untertasse und zog den Stift seiner Handgranate ab.

»Wir starten«, sagte Boris und zog den Joystick nach hinten.

»Aaaaaagh!« kreischte Norman und suchte nach einem Vorsprung, an dem er sich festhalten konnte. Mit der freien Hand.

Der mechanische Krempel im Turm des Rathauses begann mit den Zahnrädern zu rasseln und Gewichte an Ketten hochzuhieven und all die Vorarbeiten* zu erledigen, die Uhrwerke vor dem Schlagen zu erledigen pflegen.

Der Murphysche Bolzenschneider schnitt in das schwere Kabel. Aber es waren eine ganze Menge Kabel, und der Bolzenschneider war nicht *sooo* besonders groß.

Cornelius strengte sich an, der Bolzenschneider schnitt, und unten am Boden wurden die Stadtbewohner unruhig.

Eine Dame mit einem Strohhut deutete auf das Meer hinaus. »Was ist das?« erkundigte sie sich, auf die weiße Linie deutend, die Cornelius bereits früher aufgefallen war**.

* *Vorarbeiten?* Ich bitte Sie!

** Weil er ja auf dem Mast ein ganzes Stück höher war und deshalb weiter sehen konnte. Darum war ihm auch die weiße Linie früher aufgefallen. Sozusagen.

Die weiße Linie war jetzt ein gutes Stück näher*.

»Das ist …«

Thelma starrte hin.

Louise starrte hin.

Alle starrten hin.

Die Dame mit dem Strohhut sagte: »Das ist eine Flutwelle, jawohl. Eine typische Flutwelle, oder nicht? Da letzte, was wir im Augenblick gebrauchen können, so eine Flutwelle.«

Eine Flutwelle! Der Ruf machte die Runde.

Und erreichte Cornelius.

»O nein!« rief er, während der Bolzenschneider weiter am Kabel nagte. »Thelma! Louise! Rennt zum Druidenhügel! Alles soll zum Hügel rennen!«

Alles rannte.

»Cornelius, komm runter!« rief Thelma.

»Ich komme nach! Lauft! Lauft endlich los!«

Thelma und Louise schlossen sich dem allgemeinen Laufen an.

»Los, wir rennen an die Spitze«, sagte Louise.

Auf der Spitze brachte Tuppe den Bulldozer endlich unter seine Kontrolle und steuerte das Gefährt in Richtung des Radiomasten.

Aber die Sekunden tickten unerbittlich davon. *Ticktack. Ticktack*.

Knister, knacks, kracks, machte eine schwere elektrische Entladung.

Knister, knacks, kracks.

* Deswegen konnte die Dame mit dem Strohhut die Linie jetzt auch sehen.

38. KAPITEL

Der massige Chef wandte sich um, als er das Knistern vernahm.

»Du!« sagte er überrascht. Wie man so etwas eben überrascht sagt.

»Ich«, erwiderte der alte Claude. »Und es wird Zeit, daß du deine Medizin nimmst.«

»Pack ihn, Jack!« sagte der massige Chef.

»Ich?« erwiderte Jack. »Vergessen Sie's. Sie haben mich in den Schacht geworfen.«

»Braver Junge«, sagte der alte Claude und winkte mit dem knisternden Viehstock.

»Dickerchen, knöpf dir den alten Trottel vor, ja?«

»Das mach' ich verdammt noch mal nicht«, erwiderte Dikkerchen und verschränkte die Arme vor der Brust. »Du hast mich verdammt noch mal ermordet.«

»Wo sind deine Freunde, wenn du sie brauchst, he?« fragte der alte Claude.

»Direkt hier, und böse sind sie außerdem«, sagte die Stimme eines anderen Rune. Frisch angekommen auf dieser Ebene der Existenz. Ein Grünschnabel sozusagen, in einem schicken Anzug. Transglobe-Verlagsgruppen-Modell. Kürzlich vergiftet, dieser Rune, und anschließend im Garten des Vikariats in die Luft gesprengt.

»Bravo«, sagte der massige Chef, als der neue Rune den alten Claude von hinten packte und ihm die Arme auf den Rücken bog.

»Nein!« kreischte der alte Claude, während die letzten Sekunden vergingen und der Viehstock seinen Händen entglitt, um vor Jacks Füßen zu landen. »Töte ihn, Söhnchen! Töte sie beide, bevor sie jeden umbringen, die Toten und die Lebenden gleichermaßen.«

»*Was?*« fragte Jack.

»Das ist ihr Plan«, stimmte Dickerchen dem alten Claude zu. »Verdammte Bastarde sind sie. Alle beide.«

»Und all das in einem einzigen Augenblick.« Der massige Chef streckte die dicke fette Hand in Richtung des blutroten Knopfs aus, der bei diesen Gelegenheiten sehr gerne verwendet wird, weil ihn jeder kennt.

»Nein!« Jack hob den elektrischen Viehstock auf, aktivierte den Schalter und warf sich auf den massigen Chef.

Der Stock erwischte den Chef im Rücken. Hinten unten. Und hinein. Von hinten unten nach oben hinein. Sozusagen.

»Aaaaauuuuuuhhh!« quiekte der massige Chef, machte einen Satz in die Luft und zurück. Die Faust auf dem dicken, blutroten Knopf.

»Gib's ihm, Söhnchen, gib's ihm!«

Jack stieß den Viehstock böswillig vor. Tiefer hinein. Höher hinauf.

Der Mund des massigen Chefs öffnete sich schreiend. Rauch quoll aus seinen Ohren. Sein Körper zitterte und schüttelte sich. Jack sprang zurück, als Funken zu fliegen begannen.

Plötzlich streckte der alte Claude die Arme nach unten und zwischen seinen Beinen hindurch nach hinten aus und machte mit dem Rune, der ihn hielt, genau das, was der Rune in der Untertasse mit Boris und seinen Anemonen gemacht hatte.

Der Rune, der den alten Claude hielt, stimmte in das In-die-Luft-Hüpfen und Quieken seines Doppelgängers ein.

Der alte Claude befreite sich und stürzte zum Karmaskop. »Wir müssen es abschalten, Söhnchen. Schalt es ab.«

»Das wirst du nicht«, kreischte der Rune mit dem eingeführten Viehstock. »Ich habe es so eingerichtet, daß man es nicht abschalten kann.«

Und dann gab es einen angemessen höllischen Knall, als dieser Rune in eine Million glitzernder, gezackter Fetzen explodierte und sich in absolut gar nichts auflöste.

Klonk! machte der Viehstab und fiel polternd zu Boden.

»Wir müssen es abschalten.« Der alte Claude hämmerte auf dem Karmaskop herum. Der andere Rune empfand den Augenblick als geeignet, um sich diskret zurückzuziehen.

»Laß ihn nicht abhauen«, sagte der alte Claude zu Jack. »Nimm den Viehstock und schieb ihm das Ding in die Schokoladenrennbahn. Du weißt, was ich meine.«

»Weiß ich«, sagte Jack und rückte vor.

»Nein, bitte«, sagte dieser Rune und wich zurück. Rückwärts.

»Ich will ja niemandem die Stimmung verhageln«, meldete sich Dickerchen. »Aber irgend etwas geht da oben am Himmel oder was auch immer vor.«

Und wirklich, irgend etwas ging da vor.

Ein blaues Licht trat aus der Mündung der großen Himmelsdüse. Fächerte auseinander.

Umschloß den ganzen Himmel.

Und so weiter.

Rings um die Sonne, in einer glitzernden Ellipse, die dem Orbit der Erde folgte, begannen sie zu funkeln: Millionen und Abermillionen von Seelen.

Winzige Fleckchen Leben. Im Licht der Sonne badend.

Einfach kosmisch.

Blaue Wellen breiteten sich zwischen ihnen aus. Berührten sie. Schubsten sie. Drängten sie. Taten ihnen weh.

»Autsch!« begannen sie zu rufen. Und »Oh!« und »Ah!« und »Hilfe!«

»Geben Sie dem verdammten Ding einen Schlag auf den Deckel!« brüllte Dickerchen. »Aus dem Weg, Mann! Mit Schrott kenn' ich mich aus!«

»Nein!« kreischte Rune und wandte sich zur Flucht.

»Ja!« jauchzte Jack und ging mit dem Viehstock auf ihn los.

»Hinauf!« brüllte der Rune auf der Erde unten. »Bring dieses Ding endlich in die Luft!«

»Ich versuch's ja! Aber irgend etwas überlagert sich mit dem elektrischen Feld!«

»Autsch! Oh, und Hilfe!« heulte Norman, der sich an den Rand der fliegenden Untertasse klammerte. »Irgend etwas Schreckliches geschieht mit mir.«

Knabber! machte der Bolzenschneider von Cornelius Murphy.

Brumm, brumm! machte der Bulldozer von Tuppe, nur noch wenige Meter vom Radiomast entfernt.

Groll! und *Braus!* machte die Flutwelle und schoß weiter voran. Eine große, gewaltige Welle. Jede Menge Höhe.

Kreisch! und *Flieh!* machten die Stadtbewohner, als sie kreischend zum Druidenhügel hinauf flohen.

»Aaaaaagh!« machten die Myriaden von Seelen, als das blaue Licht unter ihnen war, pulsierend die Sonne umkreiste und dann zur Erde hinabraste.

»Nein!« kreischte der Rune.

»Ja!« jauchzte Jack.

Zapp! machte der Viehstock.

Knabber! machte der Bolzenschneider.

Brumm! machte der Bulldozer, weniger als zwei Yards vom Mast entfernt.

Rumpel!, Rausch! und *Groll!* Die Flutwelle brach über den Piers zusammen und schoß weiter auf die Promenade zu.

»Hinauf!« brüllte Rune Boris an.

»Nimm das«, rief Norman, sprang neben die transparente Kanzel und riß sie auf.

»*Was?*« Rune blickte auf. Aber er sah nichts.

Norman blickte hinunter. »Überraschung!« sagte er und warf die Handgranate. »Oh, hallo Boris!«

»Oh!« kreischte Boris, als die Handgranate in seinen Schoß fiel. »Nicht schon wieder!«

Und dann ... ein gewaltiger Blitz. Zwei gezackte Linien aus blauem Licht schossen herab.

»Ich sollte besser abspringen«, sagte Tuppe. »Aber mein Hosenbein hat sich anscheinend irgendwo verfangen.«

»Ich sollte besser hinunterklettern«, sagte Cornelius. »Aber da kommt gleich eine gewaltige Flutwelle.«

»Ich sollte besser sehen, daß ich hier rauskomme«, sagte Boris. Sprach's, schaltete seine fliegenden Stiefel ein und schoß senkrecht in den Himmel hinauf.

Nun, einer von dreien ist gar nicht schlecht.

Aber es ist auch nicht besonders gut.

Hinunter kam das blaue Licht, und es umarmte die beiden Sendemasten.

Tuppes Bulldozer krachte gegen sein Ziel.

Der Murphysche Bolzenschneider biß sich durch den letzten Draht des Kabels.

Die Untertasse mit Rune darin kippte zur Seite und krachte in einen Mast.

Aber nichts konnte die Sache jetzt noch aufhalten.

Nichts, das auf der Erde lebte.

Die elektrische Ladung hüllte die Stromkabel und Masten ein und traf auf die Piers.

Die Flutwelle traf *Skelington Bay.*

39. KAPITEL

»Sie überladen das System«, sagte ein Ingenieur in Unterhemd und Unterhose.

»Sie werden alle Sicherungen zum Durchbrennen bringen«, sagte ein zweiter Ingenieur, ähnlich gekleidet.

»Wer seid ihr?« wollte der alte Claude wissen.

»Wir sind die beiden Ingenieure, die Ihr Freund Norman in den Schacht hinunter geworfen hat. Aber wegen eines Kontinuitätsfehlers hat uns seitdem kein Schwanz mehr erwähnt.«

Kick, kick, kick! machte Claudes Fuß am Karmaskop.

»Er wird den Apparat noch beschädigen«, sagte Unterhoseningenieur #1.

»Und es ist der einzige, den wir am Laufen gehalten haben. Wir kriegen keine Ersatzteile mehr, verstehen sie? Wir improvisieren nur noch. Hört mir eigentlich jemand zu?«

»Nein«, sagte sein Kompagnon, der Unterhoseningenieur #2. »Letzte Woche erst hab' ich einen Fluxschlauch eingesetzt. Auf meinem Interositor war plötzlich eine Abweichung um zwei Mikron aufgetreten.«

»Schaltet das Ding aus!« brüllte der alte Claude. »Wenn ihr wißt, wie es geht, dann schaltet es aus. Augenblicklich!«

»Der blaue Knopf«, sagte Unterhose #1.

»*Der blaue Knopf?*«

»Der blaue Knopf.

Unterhose #2 zuckte die Schultern. »Die Hälfte der Keilriemen muß ersetzt werden«, berichtete er Jack Bradshaw.

»Wirklich?« fragte Jack.

»Der blaue Knopf? Der blaue Knopf?«

»Die Simmeringe der Kurbelgehäuse sind auch nicht mehr dicht«, erklärte Unterhose #1.

»Der blaue Knopf?« fuhr Claude dazwischen.

Der zweite Ingenieur streckte die Hand an Claude vorbei aus und drückte auf den blauen Knopf. »Öl ist das größte Problem bei diesen alten Apparaten«, sagte er zu Jack. »Man muß die Maschine immer gut geschmiert halten, dann kann man nichts falsch machen.«

»Ich werd's mir merken«, sagte Jack.

»Ist es aus?« Der alte Claude fuchtelte mit den Armen in der Luft. »Hast du es abgeschaltet? Ist es aus?«

»Natürlich ist es aus. Sie hätten nicht daran herumspielen sollen. Das ist kein Spielzeug. Wer sind Sie eigentlich?«

»Ich«, sagte Claude mit Feuer in den Augen, »ich bin der echte Chef. Ich bin Claude Hinterbacke.«

Die beiden Ingenieure warfen sich vielsagende Blicke zu. »Claude *Hinterbacke*?« fragte Ingenieur #1. »Wie Hintern und Backe ...?«

40. KAPITEL

Die alte Sonne ging über dem Druidenhügel auf. Sie funkelte und glitzerte auf den taufeuchten Hecken und Wiesen. Der Himmel war blau, und die Sturmwolken hatten sich verzogen. Es sah ganz wie ein wunderschöner Tag aus.

Die alte Sonne blickte einigermaßen verwundert auf die

Erde hinab. Sie hatte in ihrer Zeit schon einiges gesehen. Eine ganze Menge. Aber einen Anblick wie diesen?

Nein. Gewiß nicht.

Auf dem Hügel standen Tausende von Leuten.

Tausende.

Sie standen dort und starrten auf ihre Stadt hinab.

Erschöpft. Die Arme gegenseitig über die Schultern gelegt. Hände hielten Hände. Manche weinten. Andere rangen die Hände, schüttelten die Köpfe und seufzten.

Weil nämlich das, was die alte Sonne sah und was die Tausende von Leuten sahen, etwas Überwältigendes war. Etwas Einzigartiges.

Eine Stadt aus zwei zerstörten Piers, umgefallenen Masten, zerfetzten Autos und ausgebrannten Häusern. Verlassene Armeefahrzeuge. Aufgerissenes Pflaster. Zusammengestürzte Gebäude. Geplünderte Läden.

Eine Stadt, die Mitleid erregte.

Aber auch eine Stadt, die etwas anderes erregte.

Weil nämlich hier. In *Skelington Bay*. Hier. Jetzt.

Alles. Restlos. Selbst die kleinste Kleinigkeit. Vom kiesigen Sandstrand bis zu herabhängenden Dachrinnen.

Alles.

Restlos.

Die gesamte Stadt.

Mit Gold überzogen war.

Und wie ein Feuer in der Sonne leuchtete.

So etwas sieht man wirklich nicht jeden Tag.

41. KAPITEL

»Wo bin ich?« fragte Tuppe.

»Ich bin bei dir.«

»Oh, du bist es, Cornelius.«

»Ich bin es.«

»Was ist mit uns passiert?«

»Ich denke nicht gerne daran. Aber ich denke, ich weiß es.«

»Dann sind wir …?«

»Tot«, sagte Norman und lächelte ihnen vom Schreibtisch des mit Aktenschränken vollgestopften Raums aus zu. »Aber seht es mal von der positiven Seite: Ihr mögt vielleicht tot sein, aber wenigstens habt ihr jetzt eine richtige, reguläre Vollzeitbeschäftigung.«

42. KAPITEL

Thelma und Louise blickten auf die goldene Stadt hinab.

»Sie haben es nicht geschafft«, sagte Thelma.

»Nein.« Traurig schüttelte Louise den Kopf. »Aber vielleicht waren sie es, die die Sache aufgehalten haben. Es hat aufgehört.«

»Und alle Leute in der Stadt haben überlebt. Immerhin etwas. Aber nicht genug.«

»Wir werden sie vermissen«, sagte Louise. »Sehr sogar.«

Thelma schniefte und wischte eine Träne ab. Sie war nicht besonders sentimental. Aber manchmal. Manchmal. Wenn man jemanden richtig liebt …

Thelma legte ihren Arm um Louises Schulter.

Und sie weinten beide.

Und die Sonne stieg höher. Und um die Sonne herum, zwar ein wenig versengt, aber bereits wieder kosmisch, hingen die Myriaden von Seelen im Weltall.

Und warteten.

43.
KAPITEL

»Ach, kommt schon, Jungs«, sagte Norman. »Es ist gar nicht so schlecht, wie ihr vielleicht denkt. Ehrlich gesagt, eigentlich doch. Aber ihr werdet euch daran gewöhnen. Der Chef hat mir Jack Bradshaws Job gegeben. Und jetzt muß nicht mehr jeder sterben. Ein Happy-End. Jeder mag Happy-Ends.«

»Ich fühle mich gar nicht tot«, sagte Tuppe. »Ich fühle mich hungrig.«

»Ich zeig' euch die Kantine. Ich bin sicher, es gibt eine Kantine, obwohl ich sie noch nicht gesehen habe.«

»Ich nehme an, alle Runes sind tot?« fragte Cornelius.

»Ich nehme es an. Obwohl ich nicht mehr mitgezählt habe.«

»Gott wird sich schon darum kümmern«, sagte Tuppe.

»Hugo Rune war mein Vater«, sagte Cornelius. »Ich kann immer noch nicht glauben, was er getan hat.«

»Mein Vater fiel aus dem Himmel und hat mich erschlagen«, sagte Norman. »Man kann Vätern eben nicht immer vertrauen.«

»Ich dachte, man könnte ihnen *nie* vertrauen?«

»Wenn wir schon hier arbeiten müssen«, begann Tuppe. »Für wie lange? Du hast erzählt, es hätte etwas damit zu tun, wann die Himmelserweiterung fertig wird. Wann ist es soweit?«

»Es dauert nicht lang.«

»Wie lang?«

»Nun, ...«

»Hör schon auf damit, Norman.« Der alte Claude stand in der Tür. Er sah ziemlich verändert aus: neuer Haarschnitt, frische Rasur, schicker neuer Anzug. Ein weißer Anzug. »Das reicht jetzt wirklich.«

»Ich wollte ihnen eben von unserem Betriebsfußball nach Feierabend erzählen«, sagte Norman.

»Es reicht.«

»Was soll das?« fragte Cornelius.

»Er weiß es«, sagte Claude und deutet auf Norman. »Los, Jüngelchen. Erzähl's ihnen.«

Norman grinste. »Ihr könnt gehen«, sagte er. »Ich hab' nur Spaß gemacht. Ihr müßt nicht hierbleiben.«

»Sag das noch mal.«

»Ich hatte eine Unterredung mit dem Alten Herrn«, erklärte Claude. »Hab' IHM alles erzählt. Über Rune und dich und Tuppe und Norman. ER ist ziemlich in Ordnung, der Alte Herr, wißt ihr? Und ER sagt, das nächst Mal legt ER die Eier nach innen. ER erschafft gerade eine neue Rasse.«

»Ich glaube nicht, daß ich das verstehe«, sagte Tuppe.

»Ihr müßt nicht mehr länger tot sein«, erklärte Norman. »Gott hat gesagt, daß ihr weiterleben dürft. Als Belohnung für das, was ihr getan habt.«

»Du machst wohl Witze? Das hat er nicht gesagt!«

»Und ob«, sagte Claude. »Zur Tür hinaus, dann links, und dann nehmt ihr den Aufzug nach unten.«

»Ehrlich?« fragte Cornelius. »Ich meine, danke.«

»Dankt IHM«, sagte der alte Claude.

»Danke sehr, SIR«, sagte Cornelius.

»KEINE URSACHE«, sagte eine sehr gewaltige Stimme.

»Danke sehr auch von mir«, sagte Tuppe. »SIR, meine ich. Danke sehr, SIR.«

»Heh, Tuppe«, sagte die gewaltige Stimme. »Paß auf deinen Kopf auf, wenn du wieder unten bist.«

»Pardon?«

»DU WIRST ES SCHON MERKEN.«

»Danke. Ich kann gar nicht sagen, wie sehr ich IHNEN danke, SIR.« Cornelius schüttelte dem alten Claude die Hand. Drehte sich um und schüttelte auch Norman die Hand. »Danke für alles, Norman.«

»KEINE URSACHE«, sagte Norman. Ebenfalls mit einer sehr gewaltigen Stimme.

»Also dann. Auf Wiedersehen.«

Tuppe und Cornelius winkten noch einmal und verschwanden durch die Tür.

Norman seufzte und stützte den Kopf auf die Ellbogen.

»Ich schätze, du wirst jetzt wieder anfangen herumzuhängen, was?« fragte Claude.

Norman zuckte kläglich die Schultern.

»Verpiß dich«, sagte der alte Claude.

»Verzeihung, was?«

»Verpiß dich! Verschwinde!«

»Was meinen Sie damit?«

»Was ich damit meine? Norman, der ALTE HERR hat auch dir eine Gunst erwiesen. Ich habe ein gutes Wort für dich eingelegt. ER sagt, du darfst wieder leben. Aber keine Beschwörungen mehr nach Sonnenuntergang, hm?«

»Sie meinen, ich kann wieder lebendig werden?«

»Genau. Und jetzt verschwinde, Jüngelchen. Verpiß dich. Du verpaßt noch den Lift.«

»Danke, Claude. Vielen, vielen Dank.« Norman warf die Arme um den alten Burschen. Tränen flossen. Pathos.

Und warum auch nicht, hm?

»Nun mach schon«, sagte der alte Claude. »Und viel Glück.«

44.
KAPITEL

Und die Sonne schien.

Und wenn wir noch immer pathetisch sind …

(Was ich bin. Tun Sie, was Sie wollen.)

In goldenen Strahlen kamen sie beim Druidenhügel an.

»Meine Güte!« sagte Cornelius und betastete sich am ganzen Leib. »Ich bin anscheinend kerngesund.«

»Mein Güte!« sagte Norman. »Ich auch.« Und als er sein Gesicht betastete: »Und meine Pickel sind alle verschwunden. Nicht, daß sie mich großartig gestört hätten.«

»Und deine Haare sind nicht mehr so rot«, sagte Cornelius. »Und dein Haarschnitt ist viel besser als der blöde Pilzkopf, den du vorher hattest.«

»Ich glaube, das ist jetzt ein Tony Curtis«, sagte Norman und befingerte seine Frisur.

»Wie steht's mit dir, Tuppe? Bist du in Ordnung?«

Cornelius wandte sich zu seinem Freund um. Blickte zu Tuppe hinunter.

Blickte ein wenig weniger hinunter.

Blickte noch ein wenig weniger hinunter.

Blickte gar nicht mehr hinunter, sondern geradeaus.

»Tuppe«, sagte Cornelius.

»Ich bin gewachsen«, sagte Tuppe. »Gott hat mich groß gemacht! Ich bin kein kleiner Mann mehr.«

»Für mich warst du nie ein kleiner Mann.«

»Sie sind es!« rief Thelma. »Sie leben noch!«

»Hei, Tuppe!« rief Louise. »Du siehst verdammt gut aus, weißt du das?«

45.
KAPITEL

»Wir, das Volk von *Magonia*, sind stolz, dir für deine Tapferkeit und deinen Edelmut und deine Taten weit über die reine Pflichterfüllung hinaus diese Medaille verleihen zu dürfen.«

Der Imperator salutierte. Sein Hof salutierte. Die Medaille wurde angeheftet. Boris strahlte den Hof an.

»Ich danke euch allen sehr«, sagte er.

»Keine Ursache«, sagte der Imperator. »Aber wenn ich diesen falschen König Hugo jemals wieder zu Gesicht bekomme, dann werde ich ihm ein paar sehr wenig schmeichelhafte Worte sagen.«

»Ich glaube nicht, daß er noch mal auftaucht«, sagte Boris und grinste in Richtung seines guten Freundes Bryant, der mit den Zähnen knirschte. »Ich glaube wirklich nicht, daß er noch mal auftaucht.«

46.
KAPITEL

Der wundersamste Mann, der jemals lebte, lag in seiner marmornen Badewanne. Das parfümierte Wasser schwappte um seinen mächtigen Leib, als ein tiefer Atemzug seine Lungen füllte, während er über die letzte mathematische Gleichung nachdachte, die seine Formel für ein universales Heilmittel und ewiges Leben vervollständigen würde.

Und er hätte die Gleichung auch gelöst, wäre da nicht mit einem Mal das heftige Pochen an seiner Tür gewesen und das protestierende Keifen seiner Zimmerwirtin. »Raus aus dem Bett, du fauler Tunichtgut, oder ich rufe meinen Mann Cyril, damit er die Tür einschlägt!«

Der wundersamste Mann, der jemals lebte, erwachte ein wenig benommen.

Er blinzelte. Seine Augen waren ein wenig blutunterlaufen, aber ansonsten sahen sie ziemlich normal aus. Weil nämlich dieser wundersame Mann hier der *echte* Hugo Rune war, Vater von Cornelius Murphy und Sucher nach Allerletzten Wahrheiten.

Ein Rune, der sich schon vor langer Zeit von seinen bösen, selbst erschaffenen Zwillingsbrüdern losgesagt hatte. Ein Rune, der sein Leben edlen Taten und dem Wohle der Menschheit widmete.

Der Formel für ein universales Heilmittel und ewiges Leben zum Beispiel.

Und diesmal würde er es wirklich schaffen.

Wirklich.

Aber das Klopfen an seiner Tür ließ nicht nach.

Und seine Zimmerwirtin rief nach Cyril.

Sie hatte ziemlich kräftige Lungen, diese Zimmerwirtin. Der Name ihres Mannes erklang im ganzen Haus. »CY-RIL!« rief sie mit den kräftigen Lungen. »CY-RIL!«

»Cyril?« Der wundersamste Mann kratzte sich an seinem kahlgeschorenen Kopf. Er hatte dringend eine neue Rasur nötig. *»Cyril?«*

Er warf sein verknittertes Laken zur Seite und sprang wie ein Besessener aus dem Bett, suchte nach Pergament und Griffel und sprach laut, während er schwungvoll zu schreiben begann.

»CYRIL! Das ist es! CY wie in Cyanamid, der farblosen wasserlöslichen Säure mit der chemischen Formel H2NCN. R ist das chemische Symbol für Radium. I ist das physikalische Symbol für Iso-Spin. L ist das chemische Symbol für die

Avogadro-Konstante, die Zahl der Atome oder Moleküle in einem Mol einer Substanz. Entspricht 6,022 X 1023 Teilchen. Die letzte Gleichung! Ich hab' sie! *Heureka!*«

Und so war es auch. Sozusagen.

ENDE